W0383951

HORTENSE

DU MÊME AUTEUR

ROMANS :

Gabrielle (*Les Fous de lumière*, tome 2), Archipoche, 2009.

Du côté de Bombay, Presses de la Cité, 2007.

Jouez cœur et gagnez, Presses de la Cité, 2006.

Mes nuits ne sont pas les vôtres, Presses de la Cité, 2005.

Et tout me parle de vous, Presses de la Cité, 2004.

Ne disons pas au jour les secrets de la nuit (avec Jean-Paul Gourévitch), Presses de la Renaissance, 2003.

Le Roman de Jeanne, Le Pré aux Clercs, 2003.

Cap Malabata, Presses de la Cité, 2003.

Le Regard du Sphinx, Presses de la Renaissance, 2002.

Les Nuits du Caire, Presses de la Cité, 2001.

La Rose des vents, Presses de la Cité, 2000.

Du côté de Pondichéry, Presses de la Cité, 1999.

À l'ombre des amandiers, Presses de la Cité, 1997.

Darjeeling, Jean-Claude Lattès, 1996.

DOCUMENTS :

Une histoire de l'amour, avec Véronique Lesueur, Le Pré aux Clercs, 2001.

Les Belles de Cocteau, Jean-Claude Lattès, 1995.

ALBUMS :

Plaisirs d'amour, avec Jean-Paul Gourévitch, Le Pré aux Clercs, 2006.

La Belle et la Bête, les coulisses du tournage, Le Pré aux Clercs, 2005.

Un siècle de femmes, avec Véronique Lesueur, Le Pré aux Clercs, 2000.

DOMINIQUE MARNY

Hortense

LES FOUS DE LUMIÈRE *

roman

ARCHIPOCHE

Visitez le site de Dominique Marny :
wwww.dominique-marny.com

Ce volume constitue une édition révisée des *Fous de lumière* (Stock, 1991).

www.archipoche.com

Si vous souhaitez recevoir notre catalogue et être tenu au courant de nos publications, envoyez vos nom et adresse, en citant ce livre, aux éditions Archipoche,
34, rue des Bourdonnais 75001 Paris.
Et, pour le Canada, à
Édipresse Inc., 945, avenue Beaumont,
Montréal, Québec, H3N 1W3.

ISBN 978-2-35287-115-6

À la mémoire de ma mère

« Si la vie a un sens, c'est donc le sentiment artiste de l'homme qui le lui impose, par-delà le Bien et le Mal, par-delà le Beau et le Laid, par-delà le Vrai et le Faux, en créant dans l'énergie de l'enthousiasme des formes spirituelles. [...] Dût-il détruire, dût-il semer le désespoir pour atteindre l'une de ces formes, la sienne propre, le poète est celui qui ne cesse d'avoir confiance précisément parce qu'il ne s'attache à aucun port, ne se fixe à aucune ancre, mais poursuit cette seule forme qui fuit à travers l'orage et se confond sans cesse avec l'éternel devenir. »

ÉLIE FAURE, *L'Esprit des formes*

1

1863

— Mademoiselle Lebel, vous êtes attendue au parloir !

À l'annonce de son nom, Hortense leva la tête, posa sa plume et ferma son cahier.

Elle quitta la salle de classe où une vingtaine d'adolescentes soupiraient sur un texte de Sénèque puis s'engagea dans un corridor désert.

Une femme en vêtements de deuil releva la tête en entendant Hortense pousser la porte du parloir. C'était Alice Laferrière. Elle se leva, voulut prendre sa nièce dans ses bras, hésita et murmura en retenant ses larmes :

— Hortense… Il s'agit de ta maman. Elle est morte. Cette nuit, pendant son sommeil…

Tante Alice parla du « cœur qui s'était arrêté de battre », mais Hortense ne l'entendait plus. Il fut question de rentrer à Paris. Engourdie, absente, elle obéit en automate aux injonctions douces de la sœur de sa mère. « Prépare tes affaires », « boutonne ton manteau, il fait froid ».

Aux portes de la capitale, elle demanda :

— Où m'emmenez-vous, ma tante ?

— Chez nous, voyons !

Cette précision la réconforta. Elle n'avait pas le courage d'affronter la maison natale et la chambre mortuaire.

— Dorénavant tu peux compter sur ton oncle André et sur moi, ajouta Alice. Nous serons toujours là.

— Je le sais et je vous en remercie, répondit Hortense qui se rappelait que sa famille s'était toujours montrée attentive.

Que serait-elle devenue sans la bienveillance des Laferrière après la mort de son père survenue lorsqu'elle avait quatre ans ? Avec un élan de tendresse, Hortense chercha la main de sa tante. À sa mémoire affluaient des souvenirs privilégiés : la demeure familiale qui, d'une colline de Trouville, dominait la mer, la pêche aux crevettes, le rire de sa mère amusée par les charades et les jeux de mots quotidiens de l'oncle André.

En pénétrant dans la cour de l'hôtel Laferrière, Hortense eut un frisson : elle allait devoir affronter la compassion des uns et des autres, proches ou lointaines connaissances, leurs paroles de convention.

Retrouver sur le perron sa cousine Gabrielle dont elle avait partagé les jeux d'enfant l'apaisa. Sans mot dire, elles s'étreignirent.

Dans le vestibule, Hortense entendit un froissement de tissu suivi d'un grincement de porte. On l'évitait comme on évitait ce qui touchait à la mort. Restait la curiosité malsaine pour une orpheline de quinze ans…

Son nouvel état animerait les conversations de l'office. La cuisinière en tête, chacun s'apitoierait. « Elle aura bientôt l'âge de se marier », ajouterait Marceline, la lingère, convaincue qu'une union remédiait à tous les maux.

— Désires-tu te rafraîchir ? proposa Gabrielle à sa cousine.

Elle ajouta, quand elles entrèrent dans la chambre :

— Peut-être préfères-tu rester seule ?

— Non, se récria Hortense, il n'y a qu'à toi que je peux tout dire !

Ce qu'elle avait contenu depuis quelques heures jaillit : sentiment d'injustice, prise de conscience d'avoir perdu celle qui comprenait, guérissait et pardonnait, celle qui d'un mot, d'une caresse, dissipait les nuages et insufflait courage et confiance.

— Pourquoi ? répétait-elle en laissant couler ses premières larmes. Elle était si jeune ! Elle était si gentille !

À cette question révoltée, Gabrielle ne pouvait offrir qu'une épaule contre laquelle Hortense sanglota à perdre haleine.

Le jour était tombé lorsqu'elle recouvra un semblant de calme.

— Veux-tu que nous descendions souper ? proposa sa cousine.

André Laferrière répéta le diagnostic du médecin appelé au chevet de la défunte : un arrêt cardiaque que rien ne laissait présager. L'inhumation était fixée au surlendemain. Elle serait suivie par l'ouverture du testament qui ne devait causer aucune surprise, Hortense étant enfant unique. Sans toucher à la nourriture, la jeune fille tentait d'oublier, dans la conversation, son vertige et le bourdonnement qui grandissait dans sa tête.

Elle était allongée sur son lit quand elle reprit connaissance. Une lampe brûlait sur un guéridon, allumant des reflets mordorés sur le mobilier d'acajou.

— Respire, ordonnait Alice en lui présentant un flacon de sels.

Tard dans la soirée, elle resta au chevet de sa nièce. Hortense lui fut reconnaissante de n'esquisser aucun geste maternel. Il lui était déjà difficile de ne pas céder à l'illusion qu'accentuait la pénombre. Alice avait les mêmes cheveux blond vénitien que sa mère, le même visage aux traits fragiles et ce regard de myope dont la douceur faisait fondre les cœurs les plus secs.

Elle ferma les yeux. De la rue montaient les bruits de la nuit. Il devait y avoir une réception ; elle entendait le piaffement des chevaux, le roulement des attelages sur la chaussée, le claquement des fouets et les interpellations des cochers. La vie suivait son cours et « c'était bien ainsi », lui déclara Gabrielle lorsqu'elles furent seules.

Vêtues de leurs longues chemises de nuit blanches, elles se serraient l'une contre l'autre ; Gabrielle parlait d'une voix d'adulte, douce mais déterminée.

— Tout est appelé à s'amoindrir, à disparaître, les plus grandes souffrances comme les plus grandes amours. C'est une vérité qu'il faut accepter, aussi révoltante qu'elle te paraisse aujourd'hui…

D'où tenait-elle ce discours ? De ses lectures, des adultes côtoyés dans les ateliers de dessin qu'elle fréquentait avec assiduité ?

— C'est peut-être pour arrêter le temps, pour fixer la beauté, que j'ai décidé de peindre.

Hortense éprouvait la même sensation lorsqu'elle inventait des contes pour ses camarades de pension. Elle régnait alors sur un univers où vivaient lutins, licornes, poissons multicolores, princes et princesses aux noms d'étoiles et de pierres précieuses. Ce soir, elle aurait voulu qu'une machine à remonter le temps la projetât quelques jours en arrière puis changeât le cours des événements.

2

LE SOLEIL BRILLAIT lorsque s'ouvrirent les portes de l'église Saint-Roch, à la fin de la cérémonie funèbre.

Louis Duplessis regarda sa montre de gousset. Il arriverait en retard à son rendez-vous, néanmoins s'éclipser avant de présenter ses condoléances à André Laferrière serait du plus mauvais goût. Les affaires qu'ils traitaient ensemble méritaient quelques égards. À en juger par les nombreuses personnalités parisiennes – politiciens, sénateurs ou banquiers – qui l'entouraient, il n'était pas le seul à agir selon ses intérêts. Un à un, derrière la princesse de Metternich, ils aspergeaient d'eau bénite le cercueil de Denise Lebel puis se dirigeaient vers la famille de la disparue.

Louis attendait dans le cortège d'accomplir les rituels quand il découvrit Hortense qui, durant la messe, lui avait tourné le dos. Silhouette frêle dans sa robe de drap noir, elle se tenait très droite et répondait avec dignité aux marques de compassion.

En s'approchant, il constata qu'elle était plus jeune qu'il ne l'avait pensé. Une adolescente qui aurait pu donner des leçons à beaucoup de ses aînées convaincues qu'un chagrin devait être bruyant ! De sa place, il pouvait détailler l'arc parfait des sourcils, le nez fin et droit, la bouche charnue. Il remarqua, comprimée sur la nuque, la lourde chevelure aux reflets de cuivre. Quand son tour arriva de se présenter devant elle, aucun son ne monta à ses lèvres. Deux yeux couleur d'ardoise le fixaient sans le voir, perdus, lointains. Submergé par une vague de tendresse, il eut envie de serrer l'inconnue entre ses bras afin de lui communiquer sa confiance en la vie.

En l'invitant à s'écarter, son voisin lui rendit sa présence d'esprit. Après avoir contourné la foule massée sur les marches de l'église, il gagna le trottoir.

— Tiens, Duplessis ! Je souhaitais vous entretenir d'un placement dans une affaire de textiles, lui déclara un agent de change.

— Vous m'en donnerez les détails plus tard, interrompit Louis en cherchant son coupé.

— Comme vous voudrez, répliqua l'autre.

C'était l'heure de la promenade et l'avenue des Champs-Élysées était encombrée des victorias, daumonts et tilburys qui prenaient le chemin du Bois de Boulogne. D'un attelage à l'autre, on se jaugeait, on se saluait ou l'on s'ignorait. Les femmes élégantes côtoyaient les courtisanes méprisées et jalousées. Dans une débauche de chevaux racés, de postillons aux livrées éclatantes, les unes et les autres comparaient ce qu'elles avaient réussi à arracher à l'homme qu'elles partageaient. Pour rencontrer les premières dans les manifestations officielles, et les secondes lors de soupers fins au Café Anglais ou à la Maison-Dorée, Louis les connaissait presque toutes. Il y avait la comtesse de Guiral, qui depuis des années briguait un tabouret auprès de l'impératrice Eugénie, plus loin, la petite Florimont, dernier trésor des Variétés, dont on disait que son talent n'avait d'égal que son tempérament. Le sourire qu'elle lui adressa indiqua à Louis Duplessis qu'il devait tenter sa chance.

Ferronniers et staffeurs l'attendaient devant la future école de musique dont ils exécuteraient les ornements. Louis, qui regrettait la Renaissance et le siècle des Lumières, avait dû obéir aux propriétaires et boursoufler l'édifice de dorures et de volutes. Viendrait un jour où la simplicité reprendrait ses droits, se disait-il pour se consoler. Serait-il encore en âge de travailler ? C'était une ironie du sort qu'il fût devenu, à vingt-huit ans, l'un des architectes préférés de Haussmann, alors qu'il rêvait de lignes pures et de dépouillement.

Cinq heures sonnaient lorsqu'il rentra chez lui. Son demi-frère Henri l'attendait dans le fumoir en buvant un verre de madère.

— Nous avions rendez-vous ? s'étonna Louis.

— Non… mais j'ai pensé que nous pourrions aller au club.

— Combien as-tu perdu au jeu ? rétorqua l'architecte qui connaissait les mobiles de ces visites à l'improviste.

La somme était faible, néanmoins les dettes qu'accumulait le jeune homme devenaient préoccupantes.

— Pour préserver notre mère d'un scandale, je vais devoir payer !

À cette raison s'ajoutait sa culpabilité d'avoir hérité d'une importante fortune alors que son demi-frère, enfant d'un premier mariage, n'avait rien touché à la mort de Blaise Duplessis, leur père et beau-père. Spontanément, Louis allouait à Henri une rente mensuelle qu'une vie de bohème et de plaisirs transformait rapidement en fumée.

— Il faut comprendre les artistes, gémissait celui-ci.

Henri possédant un don pour la photographie, Louis l'avait présenté à Nadar qui, en 1854, avait ouvert un atelier rue Saint-Lazare et exécuté les portraits de Gautier, Nerval, Daudet. Nadar officiait maintenant dans un local du boulevard des Capucines où tout était rouge, du vestibule au grenier. À fréquenter cet original, Henri avait contracté le goût des paysages urbains, ainsi que l'espoir de réaliser à son tour des vues aériennes. En attendant de monter à bord d'une montgolfière, son rêve, il devait se préoccuper du quotidien et remplir une bourse qui n'avait jamais pesé dans sa main.

— Que ferais-je sans toi ? murmura-t-il alors que Louis lui remettait la somme.

Son insouciance reprenant le dessus, il ajouta :

— Sortons !

— Je n'en ai guère envie !

— Si le club ne te tente pas, allons à notre café des Batignolles. À cette heure-ci, ils y seront…

Louis se laissa fléchir. Rencontrer peintres et journalistes lui ferait du bien.

La douceur de l'air attirait les Parisiens sur les boulevards. Assourdis par les cris des vendeurs de journaux, interpellés par les bouquetières, élégants et ouvriers, comédiennes et lorettes déambulaient à l'affût de la moindre attraction. On mangeait des pralines, on riait d'un bon mot et on cherchait l'aubaine qui ferait oublier la solitude et paierait peut-être un dîner.

Les sens en éveil, Louis savourait ce fleuve de couleurs et d'odeurs. C'était sa ville qui respirait et grondait, mouvante, insaisissable. Au café, on se bousculait autour du comptoir. Avec adresse et rapidité, des serveurs, le corps sanglé dans de longs tabliers, emplissaient bocks et verres à liqueur pendant que leurs clients jouaient aux cartes, aux dominos ou reconstruisaient le monde. Sans hésiter, Louis et Henri se dirigèrent vers l'arrière-salle. Autour d'une table encombrée de cendriers débordant de mégots et de tasses à demi vides, une poignée d'hommes discouraient.

Après avoir serré la main du plus jeune et tapé dans le dos d'un garçon blond à l'allure compassée, Louis attira une chaise et s'assit entre Monet et Bazille.

Le premier déclarait :

— Les bons bourgeois vont au Salon des refusés pour rire devant *Le Déjeuner sur l'herbe*...

— La toile qui a scandalisé l'impératrice, interrompit Henri en bourrant sa pipe.

— Voilà qui plaide en faveur de son auteur, s'exclama un membre du groupe.

— Qui est ce type ? demanda Louis en se penchant vers son voisin.

— Étienne Carlier, lui répondit Monet. Il travaille avec nous chez Gleyre.

— Manet a du cran, poursuivit Étienne Carlier. C'est réconfortant de penser qu'il existe des peintres capables de faire un pied de nez à la clique de fossiles qui nous imposent leurs normes académiques, leurs guerriers fatigués, leurs Vénus exsangues et leur mythologie languissante. J'aurais voulu être le premier à imaginer deux baigneuses nues en train de parler à leurs compagnons en costume de tous les jours… Ah oui… j'aurais voulu, conclut-il avant de boire la bière que l'on venait de lui apporter.

— Il ne manque pas de conviction, murmura Henri.

— Tu n'as rien vu, répliqua Monet. Il rend fou ce pauvre Gleyre en se moquant de son attrait pour le chic, les dessins blonds et l'éclairage diaphane. Carlier est un fanatique de nature et de plein air. On va retourner ensemble à Fontainebleau.

À plusieurs reprises, Louis avait songé à suivre ses amis dans l'auberge de Chailly qu'ils avaient élue comme seconde résidence. Ses chantiers d'architecte l'en empêchaient ainsi que la gestion du patrimoine familial et des entrepôts au Havre qu'il visitait chaque semaine.

Étienne Carlier aurait poursuivi sa plaidoirie en faveur de Manet si un garçon dégingandé, au long cou et aux tempes dégarnies, ne s'était approché.

Renoir, un débutant auquel ses professeurs ne cessaient de répéter : « Gardez-vous de la couleur. Vous risquez de devenir un autre Delacroix ! », s'était approché du monde de la peinture en se faisant engager comme apprenti chez un fabriquant de porcelaine. Plus tard, décorer de fresques les restaurants et les cafés lui avait rapporté assez d'argent pour qu'il préparât son entrée aux Beaux-Arts. Reçu à tous les examens, il avait pourtant choisi un atelier libre qui répondait à son souci de peindre « avec plaisir ».

Une jeune fille au nez retroussé et aux joues rebondies s'assit sur ses genoux.

— Ça fait huit jours que je te cherche, lui reprocha-t-elle en le fixant d'un air inquiet. Où étais-tu ?

— Je travaillais.

— Avec d'autres filles ?

— Tu sais bien que tu es mon modèle préféré. Demande à Monet ! Il connaît mes goûts !

Au fil de la soirée, la fumée s'épaissit, brûlant les yeux et asséchant les gosiers. Les bocks se succédèrent à un rythme aussi accéléré que les professions de foi révolutionnaires. On projeta de dynamiter le palais de l'Industrie qui abritait le Salon officiel.

— Tout cela ne nourrit pas son homme, se plaignit Monet. Tu n'as pas faim, Bazille ? poursuivit-il en comptant sur la générosité de son compagnon pour dîner dans une taverne de Montmartre.

Louis, qui aspirait au calme et à la solitude, refusa de les suivre. Abandonnant Henri à la modiste suspendue à son bras, il s'enfonça dans la nuit.

— Hé ! attendez-moi, lui cria Étienne Carlier.

Le peintre allait aussi vers Saint-Lazare. Ils marchèrent en silence jusqu'à ce que Louis demandât :

— Vous êtes parisien ?

— Ma famille est originaire de Touraine. J'ai quitté Amboise il y a deux ans.

Sensible à la voix basse et musicale d'Étienne, Louis l'écouta lui conter ses démêlés avec un père réfractaire à l'art. Il avait fallu l'intervention d'un oncle, professeur d'histoire dans un collège de Tours, pour qu'il obtînt le droit de gagner la capitale.

— J'avais très peu d'argent, juste de quoi payer l'atelier et les séances chez le père Suisse. Ni la faim ni le froid ne m'ont arrêté. Quand j'étais découragé, je sortais et je regardais autour de moi. Le spectacle de la vie me donne l'envie de peindre.

La lueur d'un réverbère éclaira le visage d'Étienne pendant qu'il prononçait ces mots et Louis fut frappé par la fougue et la volonté qu'il lut dans son regard.

— Les choses sont devenues plus faciles lorsque j'ai rencontré Bazille et la bande. Je n'étais plus le seul à souhaiter un changement.

En débouchant rue d'Amsterdam, il remarqua :

— Je n'ai parlé que de moi… j'aurais aimé vous entendre…

— La prochaine fois, répliqua Louis en lui serrant la main.

Cette conversation l'avait régénéré. Il parcourut d'un pas léger le chemin qui le séparait de son domicile.

Une lampe brûlait dans le vestibule où veillait Justin le majordome.

— Mme Mercier attend Monsieur dans le salon.

— Depuis longtemps ?

— Une heure environ.

Débarrassé de son chapeau, Louis rejoignit sa visiteuse.

— Fanny ! Nous n'avions pas prévu de nous voir !

Sa robe de voile brodé et la cape jetée sur un fauteuil indiquaient qu'elle sortait d'une soirée.

— Avant de partir pour l'Opéra, j'ai appris que Robert serait retenu jusqu'à l'aube par une réunion politique. À l'entracte, j'ai couru jusqu'ici. N'ai-je pas eu raison ? poursuivit-elle en s'approchant de son amant.

Il l'attira contre sa poitrine. Que n'aurait-il donné, il y avait seulement quelques mois, pour qu'elle vînt le retrouver ?

3

1866

Dans la cour illuminée de l'hôtel Laferrière, pierrots et colombines accueillaient les invités de leurs pantomimes. Sur le perron, des jongleurs formaient de leurs cerceaux une haie multicolore.

— Monsieur Duplessis, aboya un huissier.

Debout entre ses oncle et tante, Hortense accueillit Louis. Le sourire qu'elle lui adressa creusa une fossette à la commissure de ses lèvres.

— Ma nièce Hortense, présenta Alice Laferrière.

— Nous nous sommes rencontrés… il y a trois ans.

Occupée à saluer d'autres arrivants, Hortense détourna son attention. Déçu, il allait s'éloigner quand une inconnue lui lança :

— Vous êtes le fameux Louis Duplessis ?

Constatant sa surprise, elle ajouta :

— Depuis des mois, mon père me vante vos mérites. Il juge, sans doute, que vous êtes un bon parti. Les apparences ne lui donnent pas tort…

Louis, amusé, dévisagea l'inconnue.

— Je suis Gabrielle Laferrière, la fille de vos hôtes. Celle qui refuse habituellement de jouer les chiens savants dans ce genre de mondanités.

— Gabrielle ! J'aurais dû m'en douter…

— Ah oui ? Pourquoi ?

— Je savais que vous étiez différente des autres jeunes filles.

— Au grand désespoir de mes parents ! Enfin… J'exagère… Ils sont plutôt compréhensifs. Pensez-vous qu'ils aient tort ?

— Loin de moi cette idée !

— Vous commencez à me plaire, enchaîna Gabrielle en refermant d'un claquement sec son éventail. Je vous inscris sur mon carnet pour la troisième danse.

Elle murmura sur un ton de confidence :

— Ne craignez rien, j'ai une faiblesse pour le célibat.

— Votre cousine partage-t-elle votre point de vue ?

— Hortense ? C'est l'impératrice du romanesque ! À force d'inventer des princes charmants, elle finit par y croire.

— Inventer des princes charmants ?

L'approche d'une femme brune au visage sensible et expressif empêcha Louis d'entendre la réponse.

— Bonsoir, Berthe, dit-il en s'inclinant.

— Vous voilà pris en flagrant délit de cour, répliqua Berthe Morisot. Mais je vous comprends.

Elle expliqua :

— Gabrielle et moi, nous nous connaissons bien. Nous partageons le même professeur de dessin. Un homme remarquable !

— Si l'on en juge par les toiles que vous avez envoyées au dernier Salon, il choisit des élèves douées. Je n'avais pas encore trouvé l'occasion de vous le dire… J'ai beaucoup aimé vos deux paysages.

— C'est l'influence de Corot…

Berthe avait bénéficié à ses débuts des conseils du vieux maître et Louis appréciait qu'elle ne l'oubliât pas. La fidélité n'était pas sa seule qualité ! Quiconque approchait Mlle Morisot respectait son intelligence et son talent.

La cohue qui les entraînait vers la véranda, transformée à grand renfort de carton-pâte en grotte marine, mit fin à leur conversation. Gabrielle fut arrêtée par le peintre Eugène Giraud, protégé de la princesse Mathilde. Quant à Berthe, elle disparut derrière une étoile de mer.

À une époque où les réceptions devaient rivaliser d'originalité, rien chez les Laferrière n'était laissé au hasard. Compétition difficile quand on songeait aux thèmes déjà utilisés : l'aurore boréale, les *Contes* de Perrault, les Quatre Éléments et ce fameux quadrille où de gigantesques bouteilles de champagne avaient, en se fendant, libéré des matelots. Ce soir, des fleurs aquatiques, des coraux, des nacres grimpaient le long des murs, se mêlaient aux lustres et aux girandoles afin de rappeler le royaume de Neptune.

— C'est Hortense qui a choisi le sujet, murmura derrière Louis une voix féminine.

— Bonsoir, Fanny, répliqua-t-il en se retournant.

Une flûte de champagne à la main, elle le fixait.

— Tu t'es fait rare, ces derniers temps…

— J'étais à Marseille. Des halles à construire.

Depuis quelques mois, ils ne se rencontraient qu'en public. Cette situation, qui satisfaisait Louis, causait à son ancienne maîtresse des nuits blanches. Sa fierté l'empêchait de lui avouer qu'elle ne l'avait pas oublié. Que n'aurait-elle donné pour retrouver dans ces yeux qui l'observaient avec un intérêt poli la flamme d'antan ! Il fallait affronter l'évidence : elle n'avait laissé aucune trace dans le cœur de son amant. En témoignait le ton détaché avec lequel il l'entretenait de ses projets architecturaux !

— Fanny, ma chère, j'aimerais vous présenter à lord et lady Durward, les interrompit un homme à la silhouette corpulente et à la calvitie précoce.

Saluant Louis d'un signe de tête, Robert Mercier entraîna son épouse vers des rivages plus paisibles.

Attiré par les mesures d'une mazurka, Louis se dirigea vers la galerie où des jeunes filles tourbillonnaient dans leur crinoline aux tons pastel. Les joues rosies par l'émotion, elles s'abandonnaient à des cavaliers dont l'étreinte un peu trop appuyée faisait chavirer leur âme romanesque. Parmi elles, Hortense souriait à un garçon réputé pour ses bonnes fortunes et ses dettes de jeu. Trouvait-elle des qualités à ce don Juan de pacotille ? se demanda-t-il. Après tout, ce n'était pas son affaire ! À quelques pas, Gabrielle lui faisait signe de le rejoindre.

— C'est notre danse !

Elle ajouta après qu'ils se furent lancés dans une polka :

— Je suis sûre que vous accomplissez là ce que vous détestez !

— Avec vous, l'épreuve est allégée.

Gabrielle était jolie ; toutefois c'était son amour de la vie qui séduisait. Il détailla le visage aux traits mobiles, les yeux mordorés où se reflétait un monde d'émotions. Il aimait aussi la voix au timbre sourd.

— Vous n'avez pas encore invité l'héroïne de la soirée, remarqua-t-elle lorsqu'il l'accompagna jusqu'au buffet. Hortense !

La jeune fille, qui s'apprêtait à suivre un compagnon, se retourna.

— Louis Duplessis souhaiterait figurer sur ton carnet.

Percevant de l'amusement dans le ton de Gabrielle, Hortense chercha secours auprès de Louis. Alors qu'il demeurait silencieux, elle murmura avant de tourner les talons :

— Il me reste une valse après le souper.

Elle s'en voulut de ne pas s'être montrée plus brillante. Jamais elle n'avait été confrontée à si large assemblée. Quant aux hommes, elle en ignorait tout ou presque. Contrairement à elle, Gabrielle n'avait pas connu l'isolement du pensionnat, les lectures interdites et les rêves chimériques…

Durant le souper, elle observa les femmes qui faisaient et défaisaient les modes, provoquaient duels et ruines. Escortées de leurs époux, elles n'hésitaient pas à collectionner les amants. « C'est la coutume », lui expliquait Joséphine, sa gouvernante. L'information l'avait choquée. Comment en aurait-il été autrement alors qu'elle attendait tout d'un seul homme ? Lui donnerait-elle, ce soir, un visage ? À sa table se trouvaient des jeunes gens promis par leur naissance à un avenir flatteur. Certains la jaugeaient, en particulier Jules Baroche contre lequel on l'avait mise en garde : sa passion pour les héritières était notoire, ainsi que son penchant pour l'alcool.

Son voisin, un ami de son oncle qui avait gagné une fortune dans les chemins de fer, la fit sursauter :

— Que ressent-on le jour de ses dix-huit ans ?

— Un mélange d'ivresse, d'anxiété et de fatigue, répondit-elle avec un rire timide.

Des maîtres d'hôtel en livrée safran apportèrent un gâteau surmonté d'une couronne de bougies. Le silence s'installa et Hortense, le cœur battant, leva le rideau sur sa vie d'adulte. On l'applaudit. Gabrielle vint l'embrasser... Puis tout se précipita jusqu'à la reprise du bal : les compliments de la comtesse de Pourtalès, ceux de Théophile Gautier. Plus tard, en passant devant le fumoir où s'étaient réfugiés les irréductibles de la politique et de l'industrie, elle aperçut son oncle André. Admirateur de Napoléon III, il ne manquait jamais de le défendre, bien que le régime connût une passe difficile. L'expédition au Mexique et la guerre austro-prussienne entretenaient un climat malsain. Même la prospérité économique, fer de lance de l'Empire, était touchée. Quant à l'ordre social, une incessante agitation ouvrière le mettait en péril.

Tournant le dos à des préoccupations qui la concernaient peu, Hortense regagnait la salle de bal quand Louis Duplessis s'interposa.

— Je ne vous propose pas de danser comme nous l'avions projeté, déclara-t-il... Mais de faire quelques pas dans le jardin...

Sans attendre la réponse, il lui offrit son bras.

Avec la sensation d'être épiée par des centaines de regards, elle le suivit vers un banc de pierre. Devait-elle attendre qu'il parlât ou provoquer la conversation ? À la dérobée, elle l'observa, mais la pénombre masquait ses traits.

— Cette soirée correspond-elle à celle dont vous rêviez ? finit-il par murmurer.

— Oh oui... J'ai l'impression de sortir de prison.

— Vous évoquez, sans doute, le pensionnat ?

Elle hocha la tête avant d'ajouter :

— Heureusement, c'est fini.

L'orchestre entama une valse ; ils l'ignorèrent. La nuit était douce et les parterres de fleurs exhalaient des senteurs entêtantes. Un bruit de verre cassé suivi d'éclats de voix rompit le charme... Deux garçons apparurent sur le perron et commencèrent à se battre. Quelques amis essayaient de les séparer pendant que Gabrielle soutenait une femme prête à s'évanouir.

— Excusez-moi, lança Hortense en se levant d'un bond.

Elle gravit les marches et, avec fermeté, s'empara du poignet de l'un des agresseurs. Louis s'approcha pour intervenir. Des menaces furent proférées de part et d'autre, mais Hortense qui ne s'avouait pas vaincue finit par arrêter la dispute.

— Ma cousine n'a manqué ni d'esprit ni de courage, déclara Gabrielle quand on la libéra de l'invitée pour l'emporter vers un boudoir.

À l'intention de Louis, elle ajouta :

— Il ne se passe pas une réunion sans que cette créature ne provoque un scandale.

4

SURPRISES PAR L'ORAGE qui s'était abattu sur Trouville, Hortense et Gabrielle quittèrent en courant la plage et gagnèrent la villa Antinea. Dans le vestiaire, elles déposèrent leurs filets de pêche puis, en riant aux éclats, se libérèrent de leurs chapeaux et de leurs mantelets ruisselants de pluie.

— Il est temps de vous préparer pour le dîner, les avertit Alice Laferrière dès qu'elles furent montées dans leur chambre. N'oubliez pas que nous recevons le préfet Morel et ses neveux, ainsi que la famille Pasquier.

Gabrielle, qui avait confié sa chevelure aux mains de la femme de chambre, laissa échapper un gémissement.

— Encore des invités !

— Si nous t'écoutions, nous vivrions en reclus, remarqua Alice en sortant.

— En reclus, répéta Gabrielle. Maman prend pour de la misanthropie l'envie de faire passer l'agrément avant les obligations.

Sans répondre, Hortense se dirigea vers la fenêtre entrouverte. Les éclairs s'espaçaient et la mer, désertée par les vapeurs et les remorqueurs, se voilait de gris. Aucun cri de mouette ne troublait l'espace purifié de la chaleur anormale des derniers jours. Le bruit d'une porte claquée par un courant d'air la tira de sa rêverie. À contrecœur, elle ferma la croisée. Frissonnant dans ses jupons mouillés, elle s'approcha de Gabrielle qui, la mine boudeuse, encerclait son cou de perles baroques.

— Ces gens-là seront peut-être agréables…

— Agréables ou non… je ne suis pas d'humeur à m'en soucier ! Cela fait des semaines, Hortense, que je n'accomplis rien de bon. Pourtant, tout est là : la lumière, les ombres sur l'eau…

Le besoin pour Gabrielle de surmonter les difficultés de l'art provoqua des moments d'impatience et de découragement.

— Tu n'as personne ici pour te stimuler. Pourquoi ne rends-tu pas visite à Monet ? Ne séjourne-t-il pas à Honfleur ?

— J'y ai pensé ! Mais il m'intimide.

Hortense retint son souffle afin que Rosalie laçât son corset plus serré, puis déclara :

— Demain, nous prendrons le bac… Et nous irons le saluer.

Des crissements de roues sur le gravier les avertirent que les invités arrivaient. Hortense se glissa dans une robe de mousseline bleu de Prusse et jeta sur ses épaules un châle. Dans le tiroir d'une commode, elle repoussa son journal intime pour prendre le coffret qui contenait des bijoux hérités de sa mère. Enfin prête, elle rejoignit Gabrielle devant le miroir. De taille moyenne, sveltes, féminines, elles étaient néanmoins différentes… le feu et l'eau !

Leur entrée dans le salon créa une heureuse diversion. Le préfet Morel et M. Pasquier ne semblaient pas partager le même avis quant aux conséquences de la bataille de Sadowa… La joute reprit, dès qu'Hortense et Gabrielle les eurent salués. Sous le regard navré d'Alice Laferrière, le premier vantait l'attitude de Napoléon III tandis que le second déclarait que la France commettait la pire des fautes en ne s'alliant pas avec l'Autriche contre la Prusse.

— Que vous le vouliez ou non, Bismarck est le grand maître de l'Allemagne. Un jour prochain, nous l'aurons comme ennemi. Si notre empereur est abattu, c'est qu'il comprend enfin la mise en garde que lui avait adressée Metternich : « Méfiez-vous… si vous ne jouez pas les médiateurs, l'Allemagne se fera contre vous… »

N'en finirait-on jamais de Sadowa ? Lassée de ce sujet qui, depuis des semaines, mobilisait les énergies, Gabrielle examinait les invités de ses parents. Les deux grands dadais, neveux du préfet, l'un boutonneux, l'autre jouant avec fatuité de son monocle, se conformaient à l'image qu'elle s'en était forgée. Mme Pasquier lui parut plus à plaindre qu'à critiquer. Quant à sa fille, si l'on en jugeait par sa mine sournoise et revêche, elle aurait peine à se faire épouser.

— L'empereur abattu ! s'exclamait le préfet. Vous êtes mal informé, mon cher… N'avez-vous pas entendu son gouvernement déclarer que l'unification de l'Allemagne, sous l'égide de la Prusse, lui convenait ! Même le peuple est content ! C'est le triomphe de la liberté et du progrès sur une Autriche réactionnaire…

— Et la Bourse monte, l'interrompit André Laferrière.

La petite phrase calma les esprits. Le dîner fit le reste et l'on ne parla plus que des réjouissances locales.

— Assisterez-vous aux régates ? demanda le dadais boutonneux à Gabrielle.

— Non.

Pas découragé par cette réponse laconique, il s'enquit de ses occupations journalières.

— Je peins… Enfin, j'essaie…

— Comme c'est charmant ! Des bouquets ?

— Je préfère la nature humaine, précisa-t-elle en le fixant droit dans les yeux.

— Le portrait ne doit pas être une discipline facile, intervint le second dadais.

— Pas plus que le nu, rétorqua Gabrielle.

Cramoisie, Mlle Pasquier jouait de l'éventail tandis qu'Alice cherchait à comprendre pourquoi le silence s'installait chez ses plus jeunes convives.

Avec nervosité, Gabrielle tourmentait la mie de son pain. Elle songeait aux poèmes de Baudelaire abandonnés sur sa table de chevet, au plaisir qu'elle aurait éprouvé à les lire ou relire plutôt que de côtoyer ce monde avec lequel elle se sentait de moins en moins d'affinités. Perdue dans ses pensées, elle se rendit à peine compte que le repas était terminé. Plusieurs images l'envahissaient : Hortense assise dans le jardin, sa capeline jetée sur le gazon… l'enfant des jardiniers remplissant son panier de fleurs champêtres… la mer… la lumière d'un après-midi quand décline le soleil. Les courbes et les couleurs s'organisaient dans son esprit. Sa décision était prise. Dans quelques heures, elle rendrait visite à Monet…

Accoudées à la rambarde du bateau et le visage fouetté par le vent, les deux cousines découvraient Honfleur.

— Tu ressembles à une somnambule, remarqua Hortense.

— Je ne sais pas si tu peux comprendre. Tout était devenu clair ! La scène s'organisait. Tu étais au premier plan, vêtue de ta robe blanche à pois bleus.

— Moi ?

— Oui, toi. Je ne t'ai pas posé la question… Tu ne refuseras pas d'être mon modèle, n'est-ce pas ?

— Non, bien sûr…

Le bateau accosta. Gabrielle et Hortense attendirent que Joséphine, la gouvernante installée à l'intérieur de la cabine, les rejoignît. Puis elles se dirigèrent vers l'hôtel du Cheval Blanc, près de la lieutenance.

Des malles, des paniers, des parapluies et un matériel de randonnée envahissaient le vestibule.

— M. Monet est sorti, répondit le concierge à la question de Gabrielle. Vous le trouverez à l'autre bout du port.

De loin, elles l'aperçurent. Assis derrière son chevalet, indifférent à l'agitation générale, il concentrait son attention sur le bassin encombré de bateaux.

— Bonjour, le salua Gabrielle en s'approchant. Je suis une amie de Berthe Morisot.

— Voilà une excellente introduction, répliqua Monet.

L'espace de quelques secondes, ils se fixèrent. Rassurés, ils se sourirent.

— Je m'appelle Gabrielle… et je peins.

— Vous habitez la région ?

— Je passe les vacances à Trouville.

— Courbet y séjournait l'an dernier. Je lui ai rendu visite.

Courbet ! Gabrielle n'appréciait ni l'homme ni les toiles. Un monstre de vanité, une œuvre au réalisme brutal, des femmes à l'allure de fermières, des paysages dénués d'émotion et des tons sombres qui donnaient à ses tableaux des allures de fin du monde…

Percevant sa réserve, Monet précisa :

— C'est un garçon courageux. Il est le premier à avoir refusé ce que nous enseigne l'Académie.

Arrêtée par une fillette qui lui proposait des dentelles, Hortense les rejoignit au moment où Monet reculait pour juger sa toile.

Séduite par la simplicité et l'intimité du sujet, Gabrielle contempla l'œuvre, les numéros d'enregistrement inscrits sur les proues et les voiles des bateaux, les chaluts séchant le long des mâts, l'inclinaison des vergues ! Les tons rouges et bruns, la nuance du ciel, la couleur de l'eau n'étaient que la réalité d'un instant, un nouveau langage visuel qui obéissait à l'impression.

— Pensez-vous l'envoyer au Salon ? demanda-t-elle.

— Je ne pense qu'à cela, s'exclama Monet en riant.

Les soucis d'argent du peintre étaient notoires ! Depuis sa rencontre avec Camille, sa compagne et modèle, la situation s'était encore dégradée. Il avait un besoin vital d'être officiellement reconnu pour obtenir des commandes.

Après un dernier regard sur le ciel où s'effilochaient des nuages, Monet rangea palette et boîte de couleurs. À pas lents, ils revinrent vers l'hôtel.

— Cette toile m'oblige à vivre près du port. Mais je continue à prendre mes repas chez la mère Toutain à Saint-Siméon. Connaissez-vous l'endroit ?

— J'en ai entendu parler, répliqua Gabrielle.

— Pourquoi n'y viendriez-vous pas un jour prochain ? La vue sur l'estuaire est magnifique.

Il déposa son chevalet sur la chaussée, rajusta son canotier menacé par le vent puis s'enquit des projets de la jeune fille.

— Je n'ai rien entamé depuis que j'ai quitté Paris… Mais je tourne autour d'un sujet…

En retrait, Hortense les écoutait et mesurait le vide de sa propre existence. Qu'avait-elle accompli depuis sa sortie du pensionnat, hormis assister à quelques bals ? Mécontente d'elle-même, elle décida de consacrer trois heures par jour à rédiger des contes…

5

Se croyant dans un jour faste, Hortense avait refusé d'accompagner ses oncle et tante en promenade. Néanmoins, elle froissait et jetait en boule les feuillets qu'elle noircissait. Histoire et personnages se dérobaient.

En milieu d'après-midi, les aboiements de son chien lui firent lever les yeux.

Le majordome approchait, suivi d'un visiteur qu'elle reconnut aussitôt.

— M. Duplessis a rendez-vous avec Monsieur… Mais Monsieur n'est pas arrivé.

— Votre oncle souhaite bâtir une serre dans le parc. Il m'a demandé d'en étudier les plans, précisa Louis après avoir salué la jeune fille.

— Une serre ! Quelle bonne idée, répliqua-t-elle en refermant son cahier.

Sans répondre, il la regarda se lever et ramasser les papiers qui jonchaient le sol. Avec ses pommettes colorées par la chaleur ou le zèle, ses doigts tachés d'encre noire, elle était attendrissante. Il nota les mèches folles qui bouclaient sur la nuque où la peau devait avoir un goût de sel.

— J'ai toujours rêvé d'une serre ! On peut s'y croire au bout du monde, poursuivit Hortense.

Elle se renseigna :

— Avez-vous l'habitude de voyager ?

— Oui.

— Fréquemment ?

— J'ai cette chance.

— Vous êtes allé loin ?

— Jusqu'en Orient.

— En Orient, répéta-t-elle.

Songeuse, elle ajouta :

— Je crains que la lecture ne suffise pas pour s'évader.

— Il est agréable de la reprendre après avoir connu de nouveaux horizons.

En conversant, ils marchèrent jusqu'au tertre qui dominait la baie. À la dérobée, Hortense observait son compagnon et le jugeait différent des hommes qu'elle rencontrait. Il semblait en harmonie avec ce qui l'entourait, l'air, la mer…

L'attention de Louis se fixa sur la plage en contrebas où des pêcheurs, la pipe à la main, discutaient devant leurs filets étalés sur le sable.

À sa mémoire revenaient les phrases de Michelet : « La terre est muette et l'océan parle ! L'océan a une voix. Il parle aux astres lointains, répond à leur mouvement dans sa langue natale et solennelle. Il parle à la terre, au rivage, d'un accent pathétique, dialogue avec leurs échos, plaintif, menaçant tour à tour, il gronde ou soupire. Il s'adresse à l'homme surtout. C'est la vie qui parle à la vie. »

Fusionner avec l'univers, tel était le but. Pas un jour ne s'écoulait sans qu'il ne tentât de s'en approcher.

À ses côtés, Hortense se taisait et il lui en était reconnaissant. Sans la connaître, il la percevait sensible, généreuse et inquiète.

— Vous avez raison, murmura-t-il, la lecture ne suffit pas. Comme tous les enfants solitaires, vous l'avez privilégiée. Maintenant, il vous faut agir.

— J'essaie… Enfin, pour être honnête… depuis quelques jours…

— Les boules de papier ?

— Oui.

Son rire lui plut, ainsi que ses yeux voilés de rêve et le froncement de son nez petit et fier. Il se souvint de leur première rencontre et de son désir de la protéger contre les peurs et les peines. Il aurait souhaité poursuivre ce tête-à-tête, mais l'appel répété de leurs noms les obligea à revenir sur leurs pas.

— Excusez-moi pour ce retard, s'exclama André Laferrière… Une roue de la voiture nous a causé du souci…

Discrète, Hortense regagna la maison et attendit le départ de l'architecte pour en savoir davantage sur la construction de la véranda.

— Ce garçon a du talent, mais ses idées sont trop avancées, lui répondit son oncle. À son retour en Normandie, il me soumettra un nouveau projet…

— Son retour en Normandie ?

— Les Duplessis sont originaires du Havre. Ils y possèdent des entrepôts… Et sa mère séjourne à Sainte-Adresse. Il est question que nous leur rendions bientôt visite…

Mme Duplessis reçut les Laferrière sur la terrasse de sa villa. D'autres invités conversaient en observant l'horizon et le va-et-vient des navires. Parmi eux, les Reaburn, un couple d'Anglais quadragénaires, s'extasiaient sur la variété de fleurs qui ornaient jardinières et parterres.

— La botanique est ma passion, expliquait Marthe Duplessis. Enfin, l'une de mes passions… Les deux plus grandes étant mes fils. Connaissez-vous Henri, mon aîné ?

Un homme au visage fatigué quitta la longue-vue derrière laquelle il s'était posté afin de saluer les arrivants. Hortense lui prêta peu d'attention, s'inquiétant de l'absence de Louis. Il ne tarda pas à les rejoindre, suivi d'une Anglaise à l'indiscutable beauté.

— Excusez-moi ! Amanda gagnait au croquet et voulait terminer la partie, déclara-t-il à la cantonade.

Hortense le regarda s'incliner devant sa tante, serrer la main d'André Laferrière. Il semblait heureux et détendu. Lorsque vint son tour, il garda ses doigts entre les siens plus longtemps que ne l'exigeaient les convenances. Prise au dépourvu, elle s'écarta vers le parapet qui dominait la plage où des enfants bâtissaient une citadelle.

— Voilà un endroit qui respire la paix, murmura-t-elle à l'intention d'Henri.

— Sans doute.

Étonnée, elle le regarda et lut dans ses yeux que rien ne saurait lui apporter la sérénité.

— Je suis un homme de la cité, poursuivit-il… Un homme des cafés et des tripots. Le calme et la nature m'ennuient !

Il avoua :

— Je n'aime pas me frotter aux vieux souvenirs. Ils sont le poison de l'âme !

— En voilà une idée, s'exclama Gabrielle qui les avait rejoints.

— C'est pourtant celle que je continuerai de défendre.

— Êtes-vous sûr de ne pas changer d'avis ?

En les appelant pour prendre le thé, Marthe Duplessis interrompit leur échange. Henri s'empara de la tasse qu'on lui tendait pour la reposer aussitôt. Il alluma un cigare qu'il partit fumer à l'écart.

— Ce garçon se ruine la santé, soupira sa mère. Si seulement il pouvait épouser une femme qui le tempère ! C'est comme Louis, ajouta-t-elle en fixant Amanda, il est grand temps pour lui de fonder un foyer.

— Ne désespérez pas ! répliqua le jeune homme.

Le visage de Marthe s'épanouit. Quant à Amanda, elle devint cramoisie. Pour se donner une contenance et souligner son importance, elle proposa :

— Si nous allions à la fête de Sainte-Adresse !

Une foule d'estivants s'agglutinait devant une estrade où se succédaient acrobates, jongleurs et mimes. Les très jeunes préféraient les marionnettes. Accompagnés de leurs parents ou de leurs gouvernantes, ils ne perdaient rien des déboires de Polichinelle. Quelques-uns, pressés de goûter aux friandises que l'on sortait de grands paniers d'osier, restaient sur la plage où des élégantes se laissaient bercer par le ressac.

Amanda glissa son bras sous celui de Louis. Pour la contenter, il fallut s'arrêter aux balançoires.

— Poussez-moi, Louis, demanda-t-elle, assise sur l'escarpolette.

Se sachant irrésistible avec sa chevelure dénouée, sa robe gonflée par le vent, l'Anglaise lançait en avant ses petits pieds chaussés de bottines roses en criant :

— Plus fort... Plus fort...

Agacée, Hortense s'éloigna. Les hommes étaient-ils si bêtes qu'ils donnaient dans les pièges les plus grossiers ? À côté d'elle, une petite fille pleurait sur sa glace tombée dans la poussière. Elle lui en offrit une autre, puis chercha des yeux Gabrielle.

Agenouillée sur le sable, celle-ci sculptait un buste de femme. Elle n'entendit pas Henri s'approcher et sursauta lorsqu'il lui déclara :

— C'est beau et fort.

Relevant le visage, Gabrielle eut un sourire heureux.

— Je n'en suis pas mécontente.

— Où avez-vous appris à sculpter ? poursuivit-il en s'agenouillant à son tour.

Du poignet, elle repoussa une mèche de cheveux qui avait coulé le long de sa joue puis évoqua l'enseignement reçu.

— C'est la peinture qui m'intéresse, précisa-t-elle.

Ils parlèrent de leurs maîtres. Henri aimait Rembrandt, Véronèse, Goya ; Gabrielle privilégiait Turner, Delacroix et Whistler.

— Je me rends fréquemment au Louvre pour copier… Mais je n'ai pas eu la chance d'y rencontrer Manet.

Emportée par son admiration pour ce peintre, Gabrielle évoqua l'*Olympia* que les Parisiens avaient à l'unanimité décriée.

— En représentant cette fille vêtue de ses seuls bijoux et en annulant autour d'elle l'espace traditionnel, Manet oblige le spectateur à pénétrer son œuvre, à y participer.

Sans la moindre gêne, elle s'attarda sur les courbes du corps, le lit à moitié défait.

— Attend-elle l'amant qui s'annonce par le bouquet de fleurs que lui apporte sa servante ? Est-elle remerciée des heures qu'elle vient d'accorder ? Sa pose est provocante, mais elle ne s'abandonne pas… Si on lit de l'assurance dans ses yeux, la mélancolie n'en est pas absente. Je ne connais rien de la vie, ajouta-t-elle, pourtant je crois la comprendre.

— Avez-vous déjà rencontré Étienne Carlier ?

— Non. Pourquoi ?

— C'est un jeune artiste dont les toiles vous plairaient. Il a quitté Paris pour accomplir le traditionnel voyage…

— Les Flandres… l'Italie…

— Et l'Espagne…

La marée montait, menaçant la statue.

— C'est dommage, remarqua Henri.

— Mais non, voyons…

Gabrielle releva sa robe mouillée et lança avant de rejoindre Hortense qui lui adressait de grands signes :

— J'aime les actes gratuits !

Immobile, il la regarda courir, se baisser pour ramasser un bâton qu'elle jeta au chien qui jappait sur ses talons, puis entraîner sa cousine vers le kiosque à musique.

Amanda les avait précédées. Les yeux mi-clos, elle écoutait les premières mesures d'une valse de Chopin.

— On se demande ce qui lui permet de jouer les mélomanes averties, souffla Gabrielle.

Une heure plus tard, celle-ci dut admettre que la jeune Anglaise possédait une voix de soprano riche et nuancée.

Hortense, assise dans un « confident » du salon, observait Louis. Accoudé contre la cheminée, il semblait suspendu aux notes cristallines. Était-il amoureux ou appréciait-il seulement son talent ? Dans le doute, elle préféra regarder l'auditoire. Fière de sa fille, Mrs. Reaburn bombait le torse tandis que son époux luttait contre l'assoupissement.

Indifférent à la prestation de la cantatrice, Henri suivait le vol d'un papillon autour d'une lampe. Les applaudissements le tirèrent à peine de son absence. Il se servit un verre de madère et attendit que la soirée s'écoulât.

Profitant du brouhaha, Hortense s'éclipsa sur la terrasse. Des points lumineux dansaient à l'horizon. Elle songeait à ces marins qui partaient pour les Amériques sans savoir s'ils n'y seraient pas retenus par les promesses d'un monde nouveau, quand des pas s'approchèrent.

— Je vous connais à peine, murmura Louis. Pourtant, j'ai la certitude que vous compterez dans mon existence. Ne me répondez rien, sinon que vous m'accorderez la permission de vous revoir à Paris…

Sous ces mots formulés avec douceur perçait une volonté à laquelle Hortense désirait s'abandonner. Pour la première fois, elle se sentait choisie, recherchée.

— Oui, souffla-t-elle en resserrant son châle autour de ses épaules.

6

À L'AUTOMNE, LES LAFERRIÈRE regagnèrent la capitale, mais un surcroît de travail empêcha Louis de leur rendre visite. L'Exposition universelle ne lui accordait aucun répit. Son projet de promenoir en verre et acier avait obtenu l'approbation du jury ainsi que l'étude d'une fontaine. Un séjour en Angleterre, six ans auparavant, l'avait rallié aux nouveaux matériaux et aux lignes épurées. Quant au progrès social, il ne se contentait pas d'en discourir et se penchait sur un projet d'habitation pour ouvriers aux portes de Lille.

Un soir de novembre, alors qu'il rentrait chez lui avec l'espoir d'oublier sa fatigue devant une flambée, son majordome lui tendit une carte posée sur le plateau du courrier.

— M. Coblence est venu jusqu'ici. Il attend Monsieur au Café Anglais pour souper…

Julien était rentré de son périple en Extrême-Orient ! À sa hâte de se préparer, Louis mesura combien la séparation lui avait pesé.

C'était une bagarre qui avait préludé à leur amitié : le narguant du haut de ses onze ans, Julien avait remis en question les connaissances de Louis sur Mozart ! Ils en étaient venus aux poings… duel dont ils étaient sortis liés par un respect que rien n'entamait.

Aux alentours de minuit, Louis poussa la porte du restaurant.

— Si monsieur Duplessis veut bien me suivre, lui proposa le maître d'hôtel.

Traverser la salle du rez-de-chaussée relevait du tour de force. À droite, à gauche, d'une table à l'autre, il fut interpellé, congratulé. Amis ou ennemis, enjoués ou fatigués, les visages se reflétaient dans les miroirs. Louis se sentit envahi de compassion devant cet étalage de toc et de fausse gaieté.

À l'entrée des caves où se déroulait la réception, il se heurta à Demidoff qui, avec d'autres membres du Jockey Club, commentait le spectacle des Variétés. Les abandonnant à leur délire pour une jeune comédienne italienne, il chercha Julien et le découvrit au cœur d'un sérail. Elles étaient toutes là, les reines de la nuit, à caresser, embrasser celui dont elles entretenaient le souvenir… leur confident et amant de cœur, leur fierté et leur désespoir.

— On n'a pas idée de rester aussi longtemps chez les sauvages, se lamentait la Barucci.

Avec un clin d'œil à Léonide Leblanc, plus connue sous le nom de Mademoiselle Maximum, elle ajouta :

— Souhaitons qu'il n'y ait pas perdu ses bonnes habitudes !

— J'en ai gagné, se défendit Julien en riant.

Apercevant Louis, il échappa aux bras qui l'enlaçaient. Aucune parole ne fut prononcée. Seul comptait l'apaisement qu'ils éprouvaient chaque fois qu'ils se retrouvaient. Julien n'avait pas changé. C'était toujours la même allure juvénile, ce mélange de force et d'élégance nonchalante. On ne pouvait ni ne voulait rien lui refuser ! La preuve : après des mois de silence, aucun de ses amis ne manquait à l'appel, même si les uns et les autres avaient dû se libérer d'engagements antérieurs. Coqueluche des femmes, Julien était également apprécié des hommes qui voyaient en lui un parfait compagnon de jeu et de libertinage.

— À nous ! cria-t-il en levant son verre de champagne.

Aux exclamations enthousiastes, succéda le discours pompeux de Léonide Leblanc qui se piquait de phrases bien tournées. Tandis qu'elle parlait, Louis notait les flétrissures de la peau, le teint fatigué par les veilles et la bonne chère. Était-ce la courtisane qu'avait aimée le duc d'Aumale et qui comblait ses pertes au casino en spéculant à la Bourse ? Quel exemple offrait-elle aux deux créatures qui se poussaient du coude en fixant son fameux collier de perles ?

— Mes petites, leur dit-elle, mettez-vous dans la tête que pour réussir il faut oublier son cœur. Avant de vous laisser séduire, vous devrez vous assurer que l'on vous offrira un bel appartement, des toilettes coûteuses et de splendides bijoux…

Elle joua avec l'une de ses bagues.

— Et si par malheur vous tombez amoureuse d'un homme pauvre, faites en sorte que l'utile précède toujours l'agréable…

Tant de sincérité fit rougir la plus jeune des recrues, réaction qui n'échappa pas à la Païva, venue flairer la génération montante. Elle aussi croulait sous les pierres précieuses qu'elle enfermait, aux dires des Goncourt, dans des coffres-forts situés de chaque côté de son lit.

— Jouer les effarouchées peut plaire à ces messieurs, siffla-t-elle, mais faites-le avec davantage de grâce et de rouerie…

À leur groupe se mêla Robert Mercier, l'époux de Fanny. L'alcool rendait sa démarche hésitante, ses gestes lourds…

— Quels mauvais conseils es-tu en train de leur donner ? demanda-t-il d'une voix pâteuse.

La Païva haussa les épaules et se dirigea vers le rond-point où l'on avait dressé les tables.

Avant de prendre place, Louis s'entendit héler par Julien.

— Assieds-toi en face de moi !

Éclairées par des grappes de raisin suspendues aux voûtes, les caves livraient aux connaisseurs des trésors patiemment accumulés et répertoriés. Rangés dans des casiers ou acheminés sur un petit chemin de fer, il y avait des vins de Constance provenant du service de bouche de la reine Marie-Antoinette, d'autres de Steiner, des bordeaux Larose de Capa auxquels on fit honneur.

À l'inverse de ses hôtes, Julien buvait peu. Se serait-il assagi ? songeait Louis que les excès de son ami inquiétaient. Il savait que son apparente gaieté masquait un mal de vivre que de successifs engagements et voyages ne guérissaient pas. Qu'était-il en train de murmurer à Cora Pearl pour la faire rire à gorge déployée ? Une aventure les avait liés par le passé. Même si la courtisane ne l'avouait pas, ses proches savaient que le beau Julien Coblence aurait pu mettre en péril les convictions qu'elle répétait à qui voulait les entendre : « Je ne déçois personne car je n'appartiens à personne. Mon indépendance est ma seule fortune ! »

— Quand je pense que tu n'étais pas là pour m'admirer nue sur un lit de violettes ! C'était chez les Trois Frères provençaux, badinait-elle avec son inimitable accent d'outre-Manche.

— Cela m'a évité des regrets, rétorqua-t-il en déposant un baiser au creux de son poignet.

— Ne crois pas t'en tirer à si bon compte ! En janvier, je jouerai le rôle de Cupidon dans *Orphée aux Enfers*. Je ne porterai qu'un maillot et des bottines.

À l'inverse de la Païva, qui s'était attiré le jeu de mots « Qui paye y va », Cora Pearl plaisait pour son originalité et sa gaieté. Son visage expressif, ses boutades, son argot avaient séduit le duc de Morny, le prince Napoléon et le prince d'Orange… De leur passage, elle conservait maisons, écuries, chevaux de selle : un train de vie qu'enviaient les plus fortunés… « Quel chien », s'extasiait-on quand, précédée de ses postillons en livrée jaune serin, elle parcourait les allées du Bois dans sa calèche gros bleu.

— Je ne serai plus à Paris en janvier, lui annonça Julien.

— Ce garçon est un courant d'air, lança-t-elle à la cantonade.

Le scrutant de ses yeux verts, elle ajouta :

— Où vas-tu te perdre ?

— Dans tes brumes natales. En Angleterre !

Le brouhaha rendant leur dialogue inaudible, Louis prêta attention à l'inconnue assise à sa gauche. Ses cheveux noirs, son teint mat trahissaient des origines méridionales. Plus piquante que jolie, elle lui plut par une fraîcheur que n'avaient pas encore dénaturée des séjours prolongés dans les alcôves.

— Qui t'a amenée ici ?

— Aglaë Tissot.

Louis sursauta. La maquerelle était connue pour hanter les coulisses des théâtres et les ateliers de modistes afin d'y dénicher des malheureuses auxquelles elle faisait miroiter luxe et fortune. La plupart acceptaient. Livrées aux pires servitudes, elles brûlaient jeunesse et santé jusqu'à devenir aux alentours de vingt-cinq ans des laissées-pour-compte.

— Tu as de la famille ici ?

— Non… Je suis de Narbonne.

Luttant contre sa timidité et son inexpérience, elle soutenait son regard. Il eut envie d'entrer dans son jeu. Les femmes n'avaient pas tenu une grande place dans son existence, ces dernières semaines ; manque de disponibilité ou d'intérêt, il n'aurait su le dire !

— Comment t'appelles-tu ?

— Flora. Et vous ?

— Louis.

Victime d'une bousculade, elle eut un mouvement qui déséquilibra le verre qu'elle portait à ses lèvres. Le vin se répandit sur sa gorge, sur son corsage.

— Attends, ordonna-t-il alors qu'elle cherchait à se lever.

À l'aide de sa serviette, il essuya le dommage. Autour d'eux, le vacarme s'était accru. Les rires fusaient, accompagnés de grivoiseries. Robert Mercier avait assis ses protégées sur ses genoux et les gavait d'huîtres pendant que Léonide Leblanc pariait l'un de ses plus gros diamants sur les performances qu'elle tirerait du vieux comte Tutscheff.

À mesure que défilaient les pains de volaille, brochets à l'impériale, turbans de fruits, le laisser-aller grandissait. On mangeait avec ses doigts sans se préoccuper des taches de graisse qui auréolaient les étoffes rares, on lampait les alcools. Des mains s'égaraient sous les tables…

Étourdie par les parfums, Flora s'abandonnait contre Louis. Elle avait oublié ses calculs ; seuls existaient le plaisir de séduire et d'être séduite, la fierté d'être remarquée par un homme jeune, beau et convoité… Un refrain entonné par Cora Pearl, puis repris par la plupart des convives, la sortit de sa rêverie.

C'est ici l'endroit redouté des mères
L'endroit effroyable où les fils mineurs
Font sauter l'argent gagné par leurs pères
Et rognent la dot promise à leurs sœurs !

On apporta un palanquin recouvert de fleurs de lotus sur lequel trônait une ravissante Chinoise qui cachait sa nudité derrière un éventail aux incrustations de jade et de nacre. Sous les applaudissements, elle fut déposée aux pieds de Julien. La main de celui-ci s'attarda sur les seins menus, le ventre à peine renflé. Repris par le sortilège des contrées où régnait le fils du Ciel, il dérivait vers des souvenirs peuplés de jonques, de maisons de thé et de femmes aux cheveux de jais. Une musique délicate remontait à sa mémoire, accompagnée du froissement des soies. Il ferma les yeux… Tant de douceur ! Pourquoi avait-il offert cette fête qui lui montrait combien le fossé s'était creusé ?

La fatigue l'envahit, avec l'envie de regagner sa chambre d'hôtel. Se reprenant, il demanda qu'on apportât le punch.

— Tu nous quittes déjà ? lança-t-il à Louis qui s'approchait, la main tendue.

— Voyons-nous demain.

— Demain…

Julien hésita avant d'ajouter à mi-voix :

— Je passe la journée à Bougival.

— Soupons chez moi à ton retour.

— Excellente idée !

Les marches de l'escalier étaient envahies de curieux. Louis eut du mal à se frayer un passage jusqu'au vestiaire où il aida Flora à s'envelopper d'une mante de velours prune.

— Ne crains rien, murmura-t-il en la sentant trembler.

Elle se persuada qu'il disait la vérité.

7

Au moment où Louis voulut rémunérer Flora pour ses faveurs, il la vit hésiter.

— Prends, ordonna-t-il.

Ignorant son regard voilé de honte, il fit appeler son cocher pour qu'il la reconduisît chez elle.

— Est-ce que nous nous rencontrerons de nouveau ? murmura-t-elle dans le vestibule.

— Peut-être.

Lorsqu'elle fut partie, il se servit un verre de porto pour vaincre l'accès de sentimentalisme qui emplissait son esprit d'images dignes d'un mauvais feuilleton. Elle allait regagner son taudis, pleurer car elle débutait dans le métier ; demain soir, elle reprendrait son poste en maudissant le sort de ne pas tomber sur un homme semblable à celui qui l'avait traitée avec égards.

En faisant irruption dans la bibliothèque, Julien le tira de son humeur morose.

— J'ai perdu l'habitude du froid, s'exclama-t-il en se dirigeant vers la cheminée où flambait un feu. Le retour de Bougival m'a transi.

Avec un rire amer, il ajouta :

— J'aurais pu me dispenser de cette course !

— Comment va ta mère ? demanda Louis.

— Je l'avais à peine saluée qu'elle s'est plainte de ses reins et de ses tracas domestiques. Pas un instant, elle ne s'est préoccupée de ce que j'avais accompli pendant mon absence...

Malgré la désinvolture qu'affichait son visiteur, Louis perçut de la rancœur.

— Je ne suis pas là pour ressasser de vieux griefs, déclara Julien en se laissant tomber dans un fauteuil.

Leur connivence était demeurée intacte alors que les périples lointains, les expériences nouvelles et un choix de vie auraient pu l'altérer. Les veillées durant lesquelles Elsie leur chantait Rossini les liaient inexorablement.

Privée d'enfants, la cantatrice n'avait vécu que pour ses deux filleuls, Louis l'officiel et Julien l'officieux, leur offrant son hospitalité, son enthousiasme et sa fantaisie. Elle était belle et bonne, juste, exigeante, mystérieuse et intuitive.

— Un jour, vous m'étonnerez, répétait-elle en initiant ses protégés à l'art et en leur inculquant un goût sûr.

Ils n'eurent pas le temps d'accomplir la prédiction : une congestion pulmonaire emporta Elsie pendant que Louis achevait à Rome ses études de dessin. Depuis, il ne s'était pas résolu à séjourner dans la villa qu'elle lui avait léguée à Bougival et en avait proposé la jouissance à Julien. Celui-ci préférait parcourir le monde.

— Je t'ai entendu annoncer à Cora que tu partais pour la Grande-Bretagne, rappela Louis.

— C'est exact.

Avec une animation inhabituelle, Julien expliqua :

— J'ai rapporté du Japon quantité d'objets de bronze, de laque, et des planches de Hiroshige, Hokusai, Shunko... De quoi contenter les collectionneurs les plus difficiles ! Burty, Bracquemond et d'autres m'en ont déjà acheté... À Londres je vais faire un malheur !

— C'est étrange comme cette mode s'est imposée !

— Nous n'en sommes qu'au début ! La nouvelle génération de peintres ne jure plus que par la variété des motifs et le contraste des couleurs qu'ils trouvent dans ces paysages.

— Moi aussi, je suis attiré par les constructions japonaises. J'aime leur manque de symétrie, les vides qui l'emportent sur les pleins, le naturel des matériaux employés.

Louis ajouta sur un ton sarcastique :

— Me voici en train d'encenser le contraire de ce que l'on me demande d'édifier !

— Où en es-tu dans tes chantiers ? Nous n'en avons pas parlé.

— Je travaille pour l'Exposition...

Du doigt, l'architecte désigna un bureau sur lequel étaient disposés plusieurs bâtiments miniaturisés.

— Les maquettes sont là... Si tu as envie de les regarder.

Julien se dirigea vers la table. Sans s'attarder sur les commandes officielles, il se pencha vers les créations où dominaient le verre et le métal.

— Ce ne sera pas facile à imposer, murmura Louis, mais je ne renoncerai pas. Il faut parvenir à une architecture épurée, gagner de l'espace et de la lumière.

— Vous n'êtes pas nombreux à tenir ce discours !

Ils poursuivirent leur conversation dans l'intimité de la salle à manger où Louis avait groupé ses peintres préférés. Éclairés par les flammes des bougies, il y avait des aquarelles de Guys, un paysage italien de Corot, un portrait de femme exécuté par Chasseriau et un jardin sous la neige que Julien découvrait.

— C'est ma dernière acquisition, expliqua Louis. Un Bonington. Je n'ai pas résisté.

— Tu as eu raison.

Leur passion pour la peinture les avait fréquemment entraînés dans les salles de ventes et les ateliers d'artistes plus ou moins célèbres. N'obéissant qu'à leur flair, ils allaient vers ce que leur entourage vilipendait.

Julien, qui ne possédait pas de domicile fixe, entreposait dans une remise des esquisses de Daumier, des marines de Jongkind et des aquarelles de Turner. À chacun de ses retours, il courait retrouver ses acquisitions que l'absence rendait différentes. L'expérience de ses voyages le faisait évoluer et lui permettait de les voir avec un œil neuf. Pendant des heures, il vivait en compagnie de ceux qui, comme lui, aspiraient à concrétiser les rêves que leur soufflait une sensibilité hors du commun. Son sentiment de solitude disparaissait, ainsi que sa peur de retranscrire ses idées en poèmes. « À défaut de toucher le ciel, je remuerai les Enfers », se répétait-il en s'inspirant d'un vers de Virgile. Surgiraient la brûlure d'une enfance démunie d'affection, la rudesse du pensionnat et les misérables vacances auprès d'une mère qui ne lui pardonnait pas d'être le fruit d'un mariage non désiré, dont le conjoint avait rapidement succombé à un accident de chasse. Un beau-père que Julien avait détesté s'était installé à Bougival où s'enchaînaient des disputes et des fugues sévèrement sanctionnées. Telle une fée, Elsie était apparue au moment où l'adolescent touchait le fond du désespoir. Avec bienveillance et patience, la cantatrice l'avait apprivoisé. Rencontré la même année, Louis était devenu un exemple. Auprès de ces deux êtres qui privilégiaient la tendresse et l'harmonie, Julien avait compris que vivre n'était pas un châtiment.

— Après ton séjour à Londres, que vas-tu faire ? demanda Louis.

— Reprendre en totalité la fabrique de porcelaine que m'a laissée Elsie. Son associé accepte de me vendre ses parts.

— N'avais-tu pas affirmé que tu voulais te débarrasser de cette entreprise ?

— L'Extrême-Orient m'a poussé à changer d'avis. J'ai décidé de produire des objets ornés de motifs japonais… Je vais demander à des artistes français d'unir leurs talents pour rajeunir une maison qui s'essouffle.

— Ne seras-tu pas ligoté ?

— Non.

Il y eut un silence avant que Julien n'ajoutât :

— J'ai vingt-sept ans et je n'ai encore rien construit. Il est temps de m'y mettre !

Revenus dans le bureau, ils allumèrent des cigares. Du regard, Julien parcourait les titres des volumes rangés sur les étagères de chêne. L'érudition de son compagnon le séduisait. Ouvert aux courants de pensée les plus variés, Louis ne craignait pas de remettre en cause ses opinions. « Tout est fluctuant... Moi, mon entourage..., affirmait-il. Nous sommes en évolution, en mouvance... Rien n'est acquis... »

— J'aimerais posséder une parcelle de ta sagesse, finit par murmurer Julien.

— De ma sagesse !

Louis éclata de rire.

— Je n'en ai aucune !

— De ta patience, alors.

— Tu me prêtes des qualités qui me font défaut. J'essaie seulement de trouver un équilibre entre mes aspirations, le besoin de réussir dans mon métier et celui de subsister...

— Tu y parviens fort bien...

— Pas autant que je le souhaiterais.

— Ce que tu crées te plaît...

— Détrompe-toi ! Dès qu'un bâtiment est terminé, j'en vois les défauts !

Louis observait Julien pendant que celui-ci arpentait la pièce. De taille moyenne et mince, il s'imposait par l'énergie que lui octroyait la fréquentation régulière des salles d'armes. Des cheveux épais et noirs retombaient en mèches rebelles sur un front rêveur, mais le nez à peine aquilin et une bouche à l'expression désabusée corrigeaient cette impression de douceur. Il possédait le charme vénéneux de l'ange déchu et ceux qui tombaient dans ses filets mettaient un certain temps à guérir de leurs plaies. Non qu'il fût cruel… Louis le connaissait assez pour se porter garant de sa loyauté et de sa fidélité. Il était simplement à l'écoute de lui-même et ce repli l'empêchait d'offrir aux autres ce qu'ils cherchaient à obtenir.

— Il est tard, remarqua Julien en entendant sonner la pendule. Je vais te laisser dormir…

Louis n'essaya pas de le retenir. Après cette journée éprouvante, son ami avait besoin de distractions. Les salles de jeux, les maisons closes, l'alcool l'appelaient…

8

1867

À L'APPROCHE DU SALON, les esprits s'échauffaient. Venu rendre visite à Frédéric Bazille dans son atelier de la rue Visconti, Louis assistait à la colère de Paul Cézanne, un Aixois réputé pour ses démêlés avec Nieuwerkerque, le surintendant des Beaux-Arts.

— On nous enlève l'opportunité d'exposer en « refusés », tonnait-il. Et nous n'avons pas la notoriété d'un Courbet ou d'un Manet qui se font édifier près du pont de l'Alma deux pavillons indépendants pour abriter leurs œuvres !

Aucun des artistes présents ne le contredit, ni le maître des lieux, ni Renoir ou Sisley. Tous venaient d'être écartés de la manifestation qui les aurait aidés à vaincre l'anonymat.

En faisant les cent pas, Cézanne continuait de maugréer :

— Tant qu'il y aura des salopards de journalistes comme Arnold Mortier… nous ne sortirons pas de notre misère !

Misère matérielle pour la plupart ! Tel Monet qui ne savait de quelle manière nourrir sa compagne Camille et leur enfant… Misère morale pour d'autres… Aucun membre du groupe n'y échappait.

Pour tenir bon, il fallait la foi, une part d'inconscience et de la solidarité. Louis sentait la force de l'amitié qui, malgré les disputes quotidiennes, les désillusions passagères, les remises en question et les crises de désespoir, tissait un halo de lumière plus précieux que l'assentiment d'un public tourné vers des valeurs médiocres.

— Aix me manque… J'ai décidé d'y retourner…, poursuivit Cézanne.

En dépit de son ton vindicatif, on percevait la blessure causée par la critique de son *Grog au vin*.

Bazille conservait son flegme habituel. Debout devant son chevalet, il modifiait un détail de son autoportrait. Grand, distingué, sobrement vêtu, il était défini par Renoir comme quelqu'un « qui demande à son valet de chambre d'user ses chaussures neuves ». De riches parents protestants lui accordaient une aisance financière dont il faisait profiter ses compagnons. Actuellement, il abritait Monet et Renoir ; à tous les autres, sa porte était ouverte. Apprécié de Zola qui vantait sa « race » et sa bonté, il jouait le trait d'union entre ses différentes connaissances. Autour de lui s'était créée une atmosphère chaleureuse arrosée de vin et de bière. Lorsqu'on avait froid aux os ou à l'âme, on pouvait compter sur son aide.

Louis, qui lui avait acheté le croquis d'un héron, n'arrivait pas à prendre congé. Assis dans un sofa recouvert de peluche verte, il se laissait bercer par le crépitement de la pluie sur la verrière et par le prélude de Chopin que jouait Eugénie, la compagne de Sisley. Celui-ci discutait avec un garçon qui payait ses cours de dessin en posant à l'Académie Suisse.

La fumée des cigares et des pipes envahissait la pièce où régnait un ordre monacal. C'était la discipline, la seule, à laquelle tous devaient se soumettre.

— Je ne peux pas travailler au milieu de cendriers pleins ou de verres vides, soulignait Bazille.

En revanche, le bruit ne le dérangeait pas ; certains le soupçonnaient même de l'apprécier.

— Je trouve pas que tu te sois arrangé, murmura devant la toile une gamine aux cheveux flamboyants. Tu me plais davantage au naturel !

Lui entourant le cou de ses bras potelés, elle se blottit comme un petit chat contre le peintre.

— Ta belle barbe blonde, elle paraît clairsemée là-dessus…

— Elle risque de le rester si tu continues, soupira Bazille en posant palette et pinceau. Tu m'empêches de me concentrer…

— Alors, emmène-moi à Mabille.

— À Mabille ! Avec ce temps !

Dépitée, elle s'exclama :

— À quoi pourrait-on s'amuser ?

— Demande à Monet. Il a peut-être une idée.

De la tête, elle désigna la loggia.

— Monet ! Il dort.

Eugénie s'était arrêtée de jouer du piano pour écouter la conversation de Sisley avec un marchand de tableaux à la réputation de rapace. Partagée entre l'admiration qu'elle vouait aux œuvres de son compagnon et le besoin d'argent, elle ne savait plus ce qu'elle souhaitait.

— C'est important d'avoir l'esprit libéré des soucis matériels, lui murmura Louis qui percevait son dilemme. Sisley peindra mieux s'il n'a pas faim.

— Vous avez raison ! Mais c'est dur de s'aplatir devant des gens méprisables.

Adossé contre un mur et les yeux perdus dans le vague, Cézanne se taisait. Il prêta à peine attention à l'arrivée d'une jeune fille. Trempée par l'averse, elle s'ébroua avant de sortir un volume abrité sous son mantelet de taffetas pour le tendre à Bazille.

— Gabrielle ! Il ne fallait pas, s'exclama celui-ci.

— Vous étiez sur mon chemin et je savais que vous en aviez besoin.

Découvrant Louis, elle s'exclama avec un sourire :

— Je n'aurais pas pensé vous rencontrer ici !

— Je fais pourtant partie des habitués… Prenez mon siège, proposa-t-il en s'effaçant.

— Merci, la voiture m'attend.

— Vous rentrez chez vous ?

— Oui.

— Pourriez-vous me déposer à la Concorde ? Mon frère Henri m'avait promis de revenir me chercher à 5 heures. Il m'a oublié…

— Bien sûr.

La petite aux cheveux flamboyants, qui dévisageait Gabrielle sans aménité, demanda à Bazille :

— C'est qui, celle-là ?

— Un peintre.

— Tu la vois souvent ?

Il hocha la tête.

— Elle te plaît ?

— Oui.

— Parce qu'elle est riche ?

La réflexion avait été proférée à voix haute, mais Gabrielle l'ignora. Bien qu'elle n'eût jamais entretenu de relation amoureuse avec un artiste, les modèles la jalousaient. Elle en prenait son parti. De même, elle ne s'attardait pas sur l'attitude affable et condescendante de ses camarades masculins.

— Ils acceptent difficilement que nous luttions sur leur terrain, lui répétait Berthe Morisot... Et, si notre peinture est un jour appréciée, ils considéreront ce résultat comme le produit du hasard !

Le hasard ! Ils verraient !

Les parents de Gabrielle avaient mis à sa disposition une remise dans leur jardin. Dans son nouvel atelier, la jeune fille reprenait, améliorait ce qu'elle avait appris pendant ses cours, attendant l'apparition de la grande lumière pour sortir et travailler sur le motif. Ses progrès étaient indiscutables ; peu à peu, elle conquérait le style qui la caractériserait.

En attendant que Louis eût enveloppé son croquis, elle échangea quelques mots avec Eugénie qu'elle trouva fatiguée. Partager la vie d'un peintre n'était pas enviable, à moins de croire en son génie !

En descendant l'escalier, elle dévoila ses craintes à son compagnon.

— C'est un véritable sacerdoce que de se consacrer à la carrière d'un autre ! J'en serais incapable !

— Parce que vous êtes habitée par votre art. Si vous n'étiez que spectatrice, ce serait plus facilement envisageable…

L'averse redoublait et un torrent de boue dévalait la rue.

— Laissez-moi vous porter, ordonna Louis.

Après lui avoir tendu le paquet, il la souleva dans ses bras puis se dirigea vers l'attelage dont le cocher était descendu de son siège pour leur ouvrir la portière. En s'asseyant sur la banquette, Louis découvrit Hortense que leur irruption n'avait pas éveillée. Sous le chapeau à l'équilibre menacé, il reconnut le teint pâle et la minuscule cicatrice qui marquait la commissure des lèvres.

— Nous nous sommes couchées tard… Un bal à l'ambassade d'Angleterre, expliqua Gabrielle en souriant.

Hortense bougea, ouvrit les yeux et croisa le regard de Louis. Ne sachant où elle se trouvait, ne reconnaissant pas son interlocuteur, elle se sentit perdue. Puis elle reprit ses esprits.

— Excusez-moi, balbutia-t-elle en lissant les plis de sa robe.

Dans un mouvement maladroit, elle fit tomber l'éventail déposé sur ses genoux.

Louis se baissa pour le ramasser. Frappé par la petitesse du pied, la finesse de la cheville que dévoilaient les jupons à peine relevés, il mit un certain temps à se redresser. Oubliant la présence de Gabrielle, il se rassit pour contempler celle qu'il n'avait pas oubliée.

Qu'avait-elle vécu pendant que lui, aveuglé par ses propres ambitions, laissait les mois filer ? Était-elle fiancée ? Les nouvelles circulant vite, il en aurait été informé ! Elle pouvait avoir contracté un engagement officieux ! Cette idée le rendit fou de jalousie.

Sous la pluie, les chevaux avançaient avec lenteur. Un silence lourd de signification s'installa, accompagné d'une sensation d'intimité et de sécurité que n'aurait procurée aucun autre lieu.

Gabrielle s'était perdue dans l'observation des rues désertes. Seul un léger sourire trahissait qu'elle n'ignorait rien de la relation qui se nouait à ses côtés.

— Qu'êtes-vous devenu depuis l'été dernier ? demanda-t-elle. On ne vous a vu nulle part ! Vous êtes-vous transformé en moine ou n'avez-vous hanté que des endroits malfamés ?

— L'un et l'autre, rétorqua Louis en riant. J'ai beaucoup travaillé. De temps en temps je me suis distrait…

— Pas dans les réunions que nous fréquentons…

— Où pourrais-je vous escorter, dans les jours à venir, pour être pardonné ?

Gabrielle se tourna vers Hortense.

— Allons-nous choisir une promenade sans histoires ou mettrons-nous notre ami dans l'embarras en lui réclamant de nous emmener dans l'un des salons particuliers du Café Riche ?

— Commençons par le cirque de l'Impératrice, proposa Hortense.

Louis n'entendit que le « commençons ». Un chemin s'ouvrait... Depuis longtemps, il se répétait que l'amour entre un homme et une femme relevait de l'utopie... Et voilà qu'une adolescente rencontrée quatre ans plus tôt lui insufflait l'envie de recevoir et de donner...

Ils arrivèrent place de la Concorde, il se préparait à prendre congé quand Gabrielle insista pour le ramener jusqu'à son domicile.

Cette initiative plut à Hortense qui souhaitait prolonger le trajet. Au cours de cet hiver consacré à des œuvres de charité, à des réceptions et à la rédaction de huit contes, elle avait parfois songé à Louis...

Elle s'habillait pour le dîner lorsque sa tante lui déclara d'un ton enjoué :

— Hortense, ma chère petite, Raoul de Saint-Louvet a demandé ta main à ton oncle André.

— Raoul de Saint-Louvet ! Je le connais à peine !

— Voyons... Il n'a cessé de t'inviter à danser la nuit dernière.

— Cela ne suffit pas.

— Cette proposition mérite que l'on y prête attention. Raoul est un excellent parti : des terres en Mayenne, un château près de Compiègne.

— Par pitié, ma tante, cessez cet inventaire, s'écria Hortense.

Radoucie, elle poursuivit :

— Je ne l'épouserai pas.

Face à sa détermination, Alice ne sut que balbutier :

— Nous n'irons jamais à l'encontre de tes souhaits, seulement laisse-moi te dire que tu m'inquiètes. Tout comme m'inquiète ta cousine. À force de refuser des prétendants, vous allez grossir le lot des vieilles filles. Gabrielle a beau affirmer qu'elle n'en a cure, mon devoir est de vous mettre en garde.

— Vous avez raison, ma tante, mais nous n'avons pas tort…

— Quelle est la cause de ce conciliabule ? demanda Gabrielle qui entrait dans la pièce. Saint-Louvet, s'exclama-t-elle dès qu'elle eut appris la nouvelle… Saint-Louvet ! Enfin, maman, l'avez-vous regardé ? Hortense peut prétendre à beaucoup mieux, je vous l'assure…

— Veux-tu que je te récite « Perrette et le pot au lait » ? susurra Alice.

— Surtout pas, répliqua Gabrielle en se bouchant les oreilles.

Cette bravade cachait le souci qu'elle aussi nourrissait quant à son avenir. Son exigence de liberté, sa volonté d'atteindre son but lui imposaient un chemin solitaire. Rien n'étant idéal, elle se familiarisait avec l'idée que les hommes étaient incapables d'accepter qu'elle ne leur accordât pas la priorité. On l'accusait d'originalité, parfois de dévergondage…

— Nous devons nous montrer sélectives, affirma-t-elle avec conviction.

Comme sa mère allait protester, elle l'embrassa sur la joue.

— C'est le meilleur moyen d'obtenir ce que nous méritons…

9

L'EMPEREUR, EN HABIT NOIR, la poitrine barrée du cordon de la Légion d'honneur, inaugura l'Exposition universelle en compagnie de son épouse et d'autres chefs d'État venus du monde entier. Cet événement fit tout oublier aux Français, y compris l'échec de leurs troupes au Mexique. On se ruait vers l'esplanade du Champ-de-Mars où dômes, clochers, cheminées de hauts fourneaux, coupoles et minarets surgissaient d'entre les arbres et les charmilles. C'était à qui s'extasiait devant l'ascenseur capable de monter les étages d'un immeuble en deux minutes à peine ou se récriait face aux machines utilisées pour percer le canal de Suez ou le mont Cenis... Quant au « Bardo », réplique de la demeure du bey de Tunis, il récoltait un concert de louanges !

Louis avait proposé aux Laferrière de les guider dans cette gigantesque foire. En cette soirée d'avril, ils traversaient la Seine où naviguaient des vapeurs chargés de visiteurs.

— On m'a raconté qu'Hortense Schneider avait, dans sa voiture découverte, forcé l'entrée en jetant aux gardiens : « Je suis la grande duchesse de Gerolstein », rapporta Alice en riant.

Protégées par Louis qui leur fit un rempart de ses bras, Hortense et Gabrielle franchirent sans trop de difficultés l'une des quatre portes principales. Avec la tombée de la nuit, le parc s'illuminait d'une ceinture de feu à laquelle restaurants et buvettes ajoutaient leurs lumières. Étourdies par la variété des articles proposés, grisées de bruits et de couleurs, les jeunes filles avançaient à travers un labyrinthe de pavillons hétéroclites.

— C'est le rendez-vous de l'esbroufe et du mauvais goût, s'exclama Catulle Mendès en les croisant.

Sans prêter attention à ces propos, Louis poursuivit son chemin en répondant aux questions d'André Laferrière sur l'édification de l'ellipse de fer au centre de laquelle s'élevait un gigantesque palais de verre.

La visite dura plusieurs heures. Après s'être attardée dans un temple égyptien où l'on avait réuni des objets découverts par Mariette, serré les mains de connaissances et échangé des bribes de phrases que rendaient inaudibles des musiques venues des quatre coins du globe, Hortense n'aspirait plus qu'à s'asseoir dans un lieu retiré afin d'ôter les bottines qui lui martyrisaient les pieds. La serre à laquelle on accédait par un vestibule à treillage d'or ressemblait à une oasis. Après avoir enjambé un pont de bois, elle se dirigea vers une cascade, s'assit sur un banc et, oubliant la rumeur, se laissa envahir par une fraîcheur bienfaisante.

Les yeux clos, elle ne vit pas Louis s'approcher.

— Vous êtes pâle, remarqua-t-il en s'installant à côté d'elle. Voulez-vous que j'aille prévenir votre tante ?

— Non, non… C'est un simple moment de fatigue.

À travers les plantes, ils apercevaient la société qu'avait forgée le Second Empire : industriels, bourgeois, rentiers hantés par les cours de la Bourse et l'accroissement d'une fortune qui leur accorderait tous les privilèges ! La femme légitime dans leur sillage, les enfants non loin, ils affichaient leur soutien à la vertu.

Hortense allait se lever, quand Louis s'empara de sa main.

— Voici un curieux endroit pour vous parler… Accepteriez-vous de m'épouser ? demanda-t-il d'un ton calme.

Alors qu'elle le fixait, médusée, il poursuivit :

— Je suis sûr de pouvoir vous aimer… vous aimer vraiment…

— De pouvoir, répéta-t-elle.

— Quand je vous connaîtrai mieux.

— Je ne comprends pas…

— Vous ne comprenez pas que je ne vous mente pas en vous jurant que je vous ai adorée dès notre première rencontre.

Il sourit.

— La vie n'est pas un roman, Hortense, encore moins un conte de fées. C'est une aventure où ne manquent ni les pièges ni les illusions. Je voudrais que nous la tentions ensemble.

— Je ne sais que vous répondre.

— Qui vous demande de me répondre aujourd'hui ?

Incapable de rassembler ses idées, Hortense dévisageait celui qui lui proposait de partager son destin. Rien n'advenait comme dans les rêves entretenus depuis son adolescence. Ni serments éternels ni étreintes passionnées. Croisant son regard, elle comprit que l'honnêteté et la détermination de Louis étaient de meilleurs gages de bonheur que les discours faussement romantiques des chasseurs de dot qui l'avaient courtisée jusqu'à présent. Un tel homme ne trahirait pas la confiance qu'elle lui accorderait.

Il se leva.

— Rien ne presse... À l'inverse des pratiques employées, je ne dévoilerai mes intentions à votre famille que lorsque vous m'y autoriserez.

Les Laferrière, accompagnés d'un couple d'amis, venaient à leur rencontre. On se salua de part et d'autre, mais Hortense ne participa pas à la conversation générale. Sa fatigue s'était envolée. Avec une ardeur nouvelle, elle marcha jusqu'au restaurant espagnol dont le décor évoquait une taverne.

Dans un halo de fumée, au son des guitares, les clients goûtaient des spécialités andalouses. Alice eut un mouvement de recul. Était-ce un lieu convenable pour les jeunes filles dont elle avait la responsabilité ?

Du fond de la salle, une voix masculine héla Louis. C'était Henri qui les invitait à sa table.

— Nous pouvons vous faire de la place, proposait-il...

Henri présenta les Laferrière à ses compagnons : un photographe et un graveur. Il s'arrangea ensuite pour que Gabrielle s'assît à côté de lui.

— Cette visite vous a-t-elle amusée ?

— J'ai eu l'impression de me promener dans la caverne d'Ali Baba. Le temps et les distances étaient abolis. C'était comme un grand rêve !

— Un rêve ou un cauchemar selon ce que l'on choisit de voir.

— Pourquoi vous montrez-vous sans cesse critique ?

— Comment ne pas l'être face aux aberrations d'un régime dont on souhaite la fin ?

Gabrielle se tut. Ce soir, elle voulait oublier la politique. Fascinée par ce qu'elle découvrait, elle contemplait les éclairages dosés, les couleurs caractéristiques des lieux de plaisir. Une fois de plus, elle enviait la liberté conférée aux hommes. Que n'aurait-elle donné pour déambuler à sa guise, fréquenter cafés et cabarets, fumer et discourir sur l'avenir de l'humanité ? Certaines, telles Marie d'Agoult, George Sand ou la duchesse Colonna, avaient osé tenir tête à l'opinion publique. Pour les imiter, il fallait un courage qu'elle ne possédait pas encore.

Des chanteurs se mêlèrent aux musiciens et, bientôt, leurs voix rauques et plaintives dominèrent le brouhaha. Enivrés d'alcool et de dépaysement, les convives cédaient à l'illusion du décor. Ils étaient à Séville, à Grenade. Avant de se coucher, ils iraient flâner dans les jardins de l'Alhambra… L'air embaumerait la fleur d'oranger…

Hortense subissait elle aussi l'envoûtement de ces mélopées qui parlaient aux sens. Il se fondait, se mélangeait à l'émotion provoquée par la déclaration de Louis. Assis à l'autre bout de la table, celui-ci discourait avec le graveur. Rien dans son attitude ne trahissait la moindre perturbation. La jeune fille était surprise d'une telle maîtrise. Elle détailla les cheveux châtains qui couronnaient un front réfléchi, les yeux dont le gris se mouchetait de points mordorés. Aucune ombre, aucun pli désabusé n'altéraient ses traits. Il dut percevoir l'examen, car il lui adressa un sourire empreint de tendresse.

À la demande d'Henri, on apporta de nouvelles bouteilles de vin. Gabrielle, épuisée de chaleur et de bruit, suivait avec difficulté les propos de son voisin photographe quand la porte s'ouvrit sur un couple qu'il était impossible d'ignorer : la femme, ronde, pulpeuse, très brune et vêtue d'une robe de moire violine, son cavalier rappelant les grands fauves…

— Voilà Nina, s'exclama Henri… et Carlier ! J'ignorais son retour !

— Il a toujours été imprévisible, rétorqua le graveur.

— Alors, mon beau, plaisanta Nina en appuyant sa main gantée sur l'épaule d'Henri… Tu ne sembles pas t'éterniser sur les trésors de cette manifestation !

— Ne suis-je pas en train de t'admirer ? répliqua le jeune homme.

Se détournant, il ajouta :

— Gabrielle, je vous présente Nina de Callias, l'ange gardien des artistes dignes de ce nom.

Qui ne connaissait la bonté et l'hospitalité de cette muse au charme exotique et au rire communicatif ? Elle pétillait d'énergie, d'enthousiasme. Gabrielle ressentit à son égard un élan de sympathie.

— Et toi, Étienne, depuis combien de temps as-tu regagné Paris ?

— Trois jours.

— Tu étais à Madrid…

— On ne peut rien te cacher !

Pendant que l'inconnu relatait le périple qui l'avait tenu éloigné de la capitale depuis des mois, Gabrielle observait son visage qui reflétait une nature ardente, passionnée et peu encline aux concessions.

Louis se leva pour saluer l'arrivant.

— Il y a longtemps, nous avons marché ensemble dans la nuit, lui rappela-t-il.

— Je me souviens, répondit Étienne Carlier avec un sourire qui découvrit des dents éclatantes.

On approcha des chaises et, au grand désespoir d'Alice Laferrière, l'atmosphère gagna en liberté.

— Peut-être devrions-nous rentrer, murmura-t-elle à son époux.

— Dans un instant, répliqua André Laferrière que l'arrivée des danseuses ne laissait pas indifférent.

La tête coiffée d'une mantille blanche, vêtues d'une large jupe noire qui s'arrêtait sous le genou, elles se faufilaient entre les tables, jouant de la prunelle et de l'éventail. Au rythme des castagnettes, elles frappaient le sol du pied et, la taille cambrée, les bras en couronne, offraient leur sensualité aux spectateurs corsetés dans des tabous qu'ils n'osaient transgresser.

Carlier, pour sa part, ne craignait pas de montrer son attirance. Il apostropha la plus jolie des danseuses dans sa langue natale. En guise de réponse, elle fixa à la boutonnière de son veston la rose qu'elle tenait entre ses lèvres.

— Avais-tu droit au même traitement en Espagne ? demanda Henri.

— Je n'ai pas eu à me plaindre.

— A-t-il jamais eu à se plaindre ? s'interposa Nina. Depuis son retour, les filles se battent pour lui servir de modèle.

— Elles ne vont pas se battre longtemps. Après-demain, je pars pour Barbizon.

— J'en connais quelques-uns qui vont être contents, remarqua le graveur. Tu manquais à Daubigny et à Diaz.

— Eux aussi m'ont manqué, répliqua Étienne Carlier.

Déposant un baiser sur les doigts de Nina, il insista :

— Vous m'avez tous manqué.

Alors qu'il prononçait ces paroles, il découvrit Gabrielle.

Henri, qui avait suivi son regard, s'exclama :

— Tu ne connais pas Mlle Laferrière ?

— Non.

— Elle peint, elle aussi…

— Ah !

Étienne concentra son attention sur le menu que lui présentait un serveur.

« Encore un qui pense que la peinture est une affaire d'homme », se dit Gabrielle en triturant sa cuiller. Une telle attitude la vexait et la stimulait. Étienne Carlier, comme les autres mufles de son espèce, devrait un jour exposer ses toiles à côté des siennes.

— Nous partons, l'avertit sa mère.

Imitant Hortense, Gabrielle prit congé des uns et des autres, à l'exception d'Étienne Carlier. Qu'il ne s'en rendît même pas compte l'agaça.

— Tu parais contrariée, remarqua Alice dès qu'elles furent dehors.

— Je suis seulement lassée de cette foire…

Le rayon d'un phare balayait le lac artificiel autour duquel se dressaient des grottes, des maisons sur pilotis et des pontons illuminés. Hortense respirait la nuit, sensible à la présence de Louis qui la suivait à quelques pas en discutant avec son oncle. Quelle existence lui offrirait cet homme auprès duquel elle se sentait une enfant ?

10

LE PRINTEMPS FUT UN TOURBILLON. Avec l'Exposition, Paris était devenu la capitale des fastes et des plaisirs. Si la Cour donnait le ton, les ambassades étrangères savaient répliquer… Les bals ne se comptaient plus. À plusieurs reprises, Hortense y rencontra Louis, mais il se montra réservé.

— Il n'est pas romantique, confia-t-elle à Gabrielle.

— Que voudrais-tu ? Qu'il se jette à tes pieds ?

— Et plus encore…

S'approchant d'un miroir, Hortense se contempla puis ajouta :

— Dans les livres, les héros n'ont pas honte de déclarer leurs sentiments. Pense à Heathcliff dans *Les Hauts de Hurlevent*, pense à Julien Sorel et à tous les autres ! Pourquoi ne m'aime-t-il pas comme eux ? Il est tellement sérieux que je ne sais plus si je veux l'épouser. Rends-toi compte, il ne m'a jamais tenue dans ses bras. Et les baisers fougueux, passionnés, quand les connaîtrai-je ?

Avec un soupir de dépit, elle se laissa tomber dans un fauteuil.

— Moi qui rêve d'avoir la tête tournée !

— Sois patiente !

— Oh ! Gabrielle, cesse de parler comme une grand-mère qui n'aurait jamais connu le coup de foudre…

— Tu te tourmentes trop, répliqua sa cousine en haussant les épaules. Abandonne-toi aux événements…

Un après-midi, Louis rendit visite aux Laferrière afin de les prévenir de son prochain départ pour Londres. Après qu'il eut indiqué que cette absence n'entraverait pas les finitions de la serre à Trouville, Alice lui proposa de rejoindre Gabrielle et Hortense dans l'atelier.

— M. Duplessis nous quitte pour un mois, les avertit-elle. Il souhaite vous saluer.

Hortense, penchée sur les pinceaux qu'elle nettoyait, leva la tête. Louis se tenait à quelques pas, mais les rayons du soleil l'empêchaient de discerner ses traits.

— Où allez-vous ? balbutia-t-elle en s'essuyant les mains.

Tandis qu'il répondait, elle comprit qu'il allait lui manquer. Une douleur sourde envahissait sa poitrine. Un mois, ce n'était rien, et pourtant… tout pouvait arriver : un retard, un accident, des rencontres ! Elle craignait Amanda Reaburn… Dans un brouillard, elle entendait Louis converser avec Gabrielle. Il s'arrêta devant une toile représentant une femme debout et face à une fenêtre ouverte sur un ciel de mer. Le vent gonflait le rideau. À quoi songeait cette inconnue, qu'attendait-elle dans la lumière d'une fin d'après-midi ?

— On peut percevoir le ressac et le cri des mouettes, l'odeur du sable mouillé… C'est une parenthèse de bonheur, n'est-ce pas ?

— Oui.

Avec un sourire pensif, Gabrielle ajouta :

— Je ne sais pas peindre la tristesse ! Ce n'est pas, non plus, ce que je souhaite transmettre.

En silence, Louis poursuivit sa découverte d'un univers où la féminité était exaltée ; mères et adolescentes dissertaient en poses alanguies ou couraient derrière des cerceaux dans des jardins ombreux…

— Que Gabrielle accepte de montrer son ouvrage n'est pas courant, remarqua Alice avant de retourner vers la maison où l'attendait sa couturière.

Hortense termina de ranger le matériel qu'elle inventoriait, puis suspendit sa blouse à une patère.

— Gabrielle, excuse-moi… Je dois m'entretenir avec M. Duplessis, dit-elle tout à trac.

— Je vous laisse !

Dès qu'ils furent seuls, Hortense maudit son initiative.

— Que se passe-t-il qui ne puisse attendre ? lui demanda Louis. Vous paraissez bouleversée ! Est-ce grave ?

— Très grave.

Sur un ton qu'elle voulait déterminé, elle murmura :

— Il faut nous fiancer. Si vous le souhaitez toujours…

Avec amusement, Louis observa celle qui occupait ses pensées. Maîtrisant le désir de voler à son secours, il la laissa démêler seule ses contradictions.

— Le souhaitez-vous toujours ? répéta-t-elle.

— Me prenez-vous pour une girouette ?

— Non.

Il l'attira contre lui et, la bouche sur sa tempe, respirant son odeur de jasmin, il admit :

— Jamais je n'ai voulu m'unir à un être avant notre rencontre. Je ne suis pas un homme de mots, Hortense. Trop parler dénature l'essence d'une relation...

Entourés des toiles de Gabrielle, ils demeurèrent, sans passé, sans futur, repliés sur ces instants qui, lorsqu'ils seraient séparés, deviendraient un précieux souvenir.

Un bruit leur fit tourner la tête. Attiré par des feuilles de papier, un chat venait de monter sur la table et s'étirait dans la lumière du soleil. Puis il se figea, attentif aux pas qui résonnaient dans la cour. On venait. Le majordome, sans doute, pour annoncer que le thé était servi dans la véranda.

— Je vais demander à votre oncle de me recevoir, dit Louis avant de se détacher d'Hortense.

La cérémonie se déroulerait au début de l'automne. Louis aurait ainsi terminé l'aménagement de la maison achetée quelques mois auparavant rue La Bruyère.

— Je l'avais acquise pour l'améliorer et la revendre. À bien réfléchir, je pense qu'elle vous est destinée, déclara-t-il à Hortense. Elle est claire, ses proportions sont harmonieuses... Vous l'aimerez.

Il fallut rédiger un contrat.

— Je refuse la dot d'Hortense, annonça l'architecte à l'oncle et tuteur de sa fiancée.

— Ce sont pourtant les usages…

— Je tiens à ce qu'elle conserve sa liberté financière.

André Laferrière était abasourdi. Jamais il n'aurait pensé que l'on pût renoncer à des immeubles faubourg Saint-Germain et à un important portefeuille d'actions.

— Si je ne le connaissais pas depuis des années, je le prendrais pour un illuminé, confia-t-il à son épouse. Où a-t-il contracté de telles idées ?

Avec un geste d'impuissance, il ajouta :

— J'ai des craintes quant à l'éducation de mes petits-neveux… Que leur mettra-t-il dans la tête ?

Hortense ne se posait pas ces questions. Accaparée par les préparatifs de son trousseau, la visite de sa future demeure et la lecture des lettres qu'elle recevait régulièrement d'Angleterre, elle voguait sur un nuage. Il y avait aussi les essayages chez Worth. À sa cousine qui l'accompagnait dans ses courses, elle ne parla plus que ruchés, plissés et dentelles.

— J'ai l'impression de jouer à la poupée, avoua Gabrielle alors qu'elles sortaient de chez Mlle Ode dont personne n'égalait le talent de modiste.

Hortense allait répliquer quand elle aperçut une jeune femme, plutôt jolie, qui l'observait à distance.

— Elle nous suit depuis le début de l'après-midi…

— Voyons, c'est impossible…

— Attends-moi. J'ai besoin d'en avoir le cœur net.

D'un pas assuré, elle se dirigea vers l'inconnue et, sur un ton aimable, demanda :

— Vous cherchez quelqu'un ou quelque chose ?

N'obtenant aucune réponse, elle insista :

— Je ne crois pas que nous nous connaissions.

Elle se décidait à formuler une nouvelle question quand l'autre lança avant de tourner les talons :

— Laissez-le !

Plus qu'un ordre, c'était un cri de désespoir. Gabrielle, qui avait rejoint Hortense, remarqua :

— Encore une folle !

— Non, elle n'est pas folle… Mais je ne comprends toujours pas ce qu'elle me veut.

Les jours suivants, des missives répétant « Laissez-le » se succédèrent au courrier.

— Il ne peut s'agir que de Louis, murmura Hortense à Gabrielle.

Sur le passé de son futur époux, elle ne s'était pas posé de questions. Pudeur ? Crainte de savoir ?

Louis revint d'Angleterre, les bras chargés de présents. Comme il racontait son voyage, il remarqua :

— Vous ne m'écoutez pas, Hortense.

— Si, je vous assure !

— Allons, vous n'êtes pas assez rouée pour cacher vos pensées.

Dans un sursaut de courage, elle avoua la cause de ses insomnies.

— Vous ne serez plus importunée, je vous le promets.

— Vous savez de qui il s'agit ?

— Oui.

— Cette histoire a-t-elle compté pour vous ?

— Ai-je besoin de vous répondre ?

Avant de regagner son domicile, Louis demanda à son cocher de le déposer à l'endroit où celui-ci avait, à plusieurs reprises, raccompagné une jeune femme brune.

— C'est ici, monsieur, l'avertit le serviteur quand l'attelage se fut arrêté dans une ruelle proche du Châtelet.

Louis sauta au-dessus d'une rigole malodorante, puis poussa la porte d'un immeuble aux murs lézardés.

Des fillettes jouaient dans la cour où suintait une fontaine.

— Je cherche une dame. Elle s'appelle Flora.

— Flora, répéta l'une d'entre elles en jaugeant de la tête aux pieds l'élégant inconnu qui s'était fourvoyé jusqu'à leur tanière de misère. Il n'y a pas de Flora.

— Une dame jeune…

— Ah ! Celle qui met des jolies robes et des plumes dans ses cheveux ! Mais c'est pas Flora, son petit nom… C'est Marion !

— Où habite-t-elle ?

— Juste au-dessus… au deuxième.

D'un doigt poisseux, l'enfant indiquait une fenêtre entrouverte derrière laquelle pendait un rideau déchiré.

Louis frappa plusieurs fois avant que ne se rapprochent des pas traînants.

— Toi ! s'exclama Flora en découvrant le visiteur.

La panique l'envahit, accompagnée d'une honte paralysante. Elle se voyait avec les yeux de son amant, la chevelure défaite, les yeux battus. La paresse l'avait empêchée de descendre à la pompe et elle n'était pas lavée… Pas plus qu'elle n'avait nettoyé l'antre où s'étalait la médiocrité de son existence.

— Tu ne veux pas revenir… ou plutôt ne pourrions-nous pas nous rencontrer ailleurs ? finit-elle par balbutier.

— Ce ne sera pas long.

À contrecœur, elle le laissa entrer dans la pièce jonchée de vêtements. Sans y prêter attention, Louis alla droit au but.

— Je t'avais prévenue de mon prochain mariage et de mon souhait d'en terminer avec notre relation.

En le fixant d'un regard blessé, Flora gardait le silence.

— Nous nous sommes plus, toi et moi… Mais souviens-toi, Flora… je ne t'ai jamais rien promis.

— Tu disais que dans ta vie les femmes n'avaient pas de place… et que seuls t'importaient ton métier et tes recherches…

Avec une colère qu'elle ne maîtrisait plus, elle ajouta :

— Tu voulais sans doute parler des pauvresses comme moi que tu caches sous tes draps !

— Je ne t'ai pas cachée, tu le sais. C'est toi, et toi seule, qui inventes ta gêne. Comme tu t'inventes des mirages…

— Des mirages ! cria-t-elle. C'étaient des mirages quand tu étais si pressé de me ramener chez toi ?

Des coups furent frappés de l'autre côté de la cloison.

— On voudrait dormir, vociféra une voix masculine.

— Un serveur de la Closerie, expliqua Flora. Il travaille la nuit, comme moi.

Elle pleurait à gros sanglots.

— Il travaille la nuit pour gagner, comme moi, la médiocrité qui nous entoure.

S'il se laissait attendrir et la prenait dans ses bras, Louis allait à sa perte.

— Quand on est mal née, quel autre choix a-t-on que de tirer parti du seul bien qui vous appartienne ?

— Je t'ai donné l'adresse d'un ami qui possède un théâtre, interrompit Louis. Et je lui ai parlé de toi pour un rôle de figuration. Il accepte de te recevoir. Qu'attends-tu pour lui rendre visite ? Et l'argent que je t'ai versé ? Qu'en as-tu fait ? Il aurait dû te permettre d'être logée décemment.

— J'avais des dettes.

— De jeu ?

— De jeu… Et aussi des factures de vêtements.

— Combien te faut-il pour t'en sortir ?

— Louis, je ne veux pas de ton argent ! Je te veux, toi ! Je t'aime.

Comme elle essayait de l'enlacer, son peignoir glissa, découvrant sa peau laiteuse, ses seins ronds et fermes.

— Garde-moi, supplia-t-elle. Je te jure d'être discrète.

— Là n'est pas la question, répliqua-t-il en reculant.

Soudain, elle eut froid. À quoi ressembleraient les jours et les nuits privés de l'espoir d'un rendez-vous ? Lorsque Louis avait évoqué son mariage et signifié la rupture, elle avait refusé de l'entendre. À présent, elle lisait dans ses yeux une pitié qui la condamnait sans appel. Le fossé entre leurs deux mondes redevenait infranchissable. L'espace d'un hiver, une erreur d'aiguillages les avait fait se croiser. C'était cruel et imparable. C'était la vie.

— Va-t'en, murmura-t-elle.

11

HOMME DE L'INSTANT, Henri s'était adonné à tous les plaisirs. Néanmoins, leur abus engendrait une lassitude grandissante. Il lui fallait miser de plus en plus gros pour ne pas s'ennuyer aux tables de jeu et boire davantage d'alcool pour calmer ses peurs ; même les aventures galantes devenaient un pensum.

— Ma paresse m'empêche de chasser, claironnait-il à qui voulait l'entendre.

Certaines de ses conquêtes ayant divulgué des secrets d'alcôve, personne n'était dupe de cette déclaration. On savait que, pour vaincre un début d'impuissance, Henri recourait à des subterfuges. Photographier des femmes nues fouettait son imagination. Il convoquait d'innombrables modèles dans son atelier et leur imposait diverses postures. Parfois il les prenait dans une étreinte rapide qui trahissait le dégoût que lui inspirait leur faiblesse. Si toutes étaient des « chiennes », comme il aimait à le souligner, il ne contribuait pas à les racheter. Sans vergogne, il utilisait la misère morale ou matérielle des unes et des autres pour alimenter ses fantasmes.

Les fiançailles de Louis et Hortense lui fournirent l'occasion de trouver chez les Laferrière un semblant de foyer. Il rendait de fréquentes visites aux deux cousines et, sous leur influence sereine, perdait de son désabusement.

Avec Gabrielle, il découvrit une complicité artistique. Il l'entraîna dans ses chasses photographiques à travers Paris et lui apprit à exercer son regard pour saisir l'instant.

— L'appareil permet de capter chaque détail d'un mouvement. Il est plus fidèle que votre œil, plus rapide que votre crayon !

— On ne peut confondre mémoire mécanique et sensibilité, se défendit Gabrielle.

Elle regretta d'avoir prononcé cette phrase quand il lui montra ses travaux. Face à des portraits où le modèle ne pouvait tricher avec son attente, ses interrogations, sa richesse d'âme ou la crainte de l'inconnu, elle révisa son opinion. Il fallait une sensibilité d'artiste pour saisir ces fragments d'existence et les fixer à l'intention des générations à venir. Les clichés attestaient, par ailleurs, les transformations que subissait la capitale depuis l'avènement de Haussmann.

— Aucun parmi vous n'aurait eu le temps de répertorier ces sites avant qu'ils ne disparaissent, affirma Henri.

La leçon porta ses fruits et Gabrielle observa la réalité avec davantage d'acuité. Sa puissance de travail s'accrut. Aucune séance d'atelier ne lui paraissait superflue. Elle s'y rendait chaque jour. En compagnie d'autres enragés, elle s'initiait aux mystères du corps humain.

Ils étaient une cinquantaine sur six rangs à étudier, sous la houlette d'un ancien prix de Rome, chaque repli, chaque creux ou boursouflure des hommes et des femmes qui, pour quelques sous, prenaient la pose. Tous les quinze jours, le maître corrigeait, démarche qui déclenchait la polémique entre le clan des « acquis » et celui plus restreint des « novateurs » pour lesquels Manet représentait l'exemple à suivre.

Leur meneur, Jean Chevigny, avait à plusieurs reprises claqué la porte. Après quelques journées d'absence, il revenait et, d'une phrase bien tournée, obtenait le droit de réintégrer sa place. Il ne respirait que pour son art, en oubliant le boire et le manger. Nul ne l'entendait se plaindre, mais Gabrielle, consciente des privations qu'il s'infligeait, apportait toujours dans un sac un en-cas qu'elle lui proposait de partager.

Un après-midi, elle s'évertuait à reproduire la croupe d'une fille qui tenait plus du mammifère que de la muse quand son compagnon s'insurgea contre la correction que l'on souhaitait lui imposer.

— Non, non et non, je ne l'arrangerai pas ! Elle est comme ça avec son gros ventre et ses bras trop courts… J'en ai assez qu'on nous demande de tricher en lui donnant des allures de nymphe !

Ce fut un tollé. Certains le traitèrent de goujat, d'autres applaudirent. Des objets voltigèrent, dont l'un atteignit Jean au front. En trois enjambées, il rejoignit son agresseur, l'attrapa au collet et lui assena une gifle retentissante.

— Arrêtez-les, criait le professeur tandis que les deux antagonistes roulaient à terre.

Un cercle se forma. Les plaisanteries fusaient, accompagnées d'encouragements. Comme les autres, Gabrielle approcha. Les coups pleuvaient... et Jean n'avait pas le dessus.

— Éloigne-toi, duchesse ! C'est pas pour toi, lui conseilla un camarade.

Elle recula jusqu'à la table où le modèle, les mains liées pour conserver la pose, suivait la bagarre en roulant des yeux effarés. Elle la libéra.

— C'est gentil, merci.

Sans songer à se couvrir, la fille ajouta avec fierté :

— J'ai l'habitude qu'on se batte pour moi.

La rapidité de Chevigny le sauva. Esquivant les attaques, il réussit à épuiser son adversaire.

— Chevigny, vous ne remettrez plus jamais les pieds ici, hurla le maître.

Sans répondre, l'interpellé épongea d'un mouchoir sale le sang qui coulait de son nez. Puis il retourna à sa place et rassembla ses affaires.

— Ça va, n'en parlons plus..., répliqua-t-il aux félicitations de ses voisins.

La séance fut levée et, dans un piétinement de grosses chaussures, chacun gagna la sortie.

Après avoir prévenu le cocher qui discrètement l'attendait dans une ruelle, Gabrielle se rendit à pied jusqu'à la boutique où les élèves des Beaux-Arts et d'ailleurs se fournissaient. Dans un bric-à-brac de châssis, toiles de lin, coton ou chanvre, ils égrenaient leur liste à deux frères jumeaux dont la compétence faisait oublier le caractère irascible.

— Je voudrais de l'huile d'œillette et de la paraffine solide, demandait Gabrielle à l'un d'entre eux quand la porte s'ouvrit devant un homme chargé d'un tableau.

Elle reconnut Étienne Carlier. La cigarette aux lèvres, il gagna le comptoir et, sans se préoccuper de sa présence, s'exclama :

— Il me faut des tubes !

— Quand j'aurai terminé avec ma cliente, rétorqua le marchand de couleurs.

— Vous êtes tout seul, aujourd'hui ?

— Comme vous le constatez.

— Que lui arrive-t-il, à René ?

— René, c'est moi.

— Décidément, je vous confondrai toujours. Alors, que lui arrive-t-il, à Jules ?

— Il fait l'inventaire dans l'arrière-boutique.

— Je dois le voir, insista Étienne. J'ai quelque chose à lui proposer.

René soupira, glissa son crayon derrière son oreille puis, d'un pas traînant, disparut dans les coulisses.

Gabrielle se concentra sur un échantillonnage de brosses en soie, tandis qu'Étienne, délesté de son fardeau, passait en revue des fioles de siccatif. Quand elle se retourna, son coude heurta un carton contenant des pierres à encre qui se répandirent sur le sol. Dans un bruissement de jupons, elle s'agenouilla.

— Laissez-moi les ramasser, lui intima Étienne.

— Je suis navrée.

Il ne répondit pas, se contentant de réparer les dégâts.

— Que se passe-t-il ? s'inquiéta René qui revenait suivi de son double.

— J'ai renversé vos pierres, maugréa Étienne.

« Quel homme étrange, songea Gabrielle en suivant ses gestes. Bourru et pourtant sensible, spontané... » Sa tâche terminée, il se releva et, de ses doigts jaunis par le tabac, mit de l'ordre dans ses cheveux, épousseta son pantalon. S'adressant à Jules, il lança :

— J'ai une scène de café à vous montrer !

— Une scène de café ! Vous voulez ma ruine ! À qui pourrais-je la vendre ?

— Regardez-la avant de parler.

Gabrielle découvrit une salle où, dans un demi-jour, une blanchisseuse attendait debout devant une table que son compagnon, la mine hébétée, vidât son bock. Toute la misère humaine était peinte dans ce face-à-face où filtraient le ressentiment, le désespoir, l'accablement et l'oubli qui ne venait pas.

— Comme c'est beau, souffla-t-elle.

Étienne avait-il entendu ? Il ne broncha pas.

— C'est bien ce que je pensais, déclara Jules... Invendable, mon vieux !

— Invendable ! C'est pourtant la vérité qui nous entoure !

— Qui souhaite la voir, cette vérité ? Je vous l'ai déjà répété mille fois : Faites-moi des scènes guerrières ou choisissez des sujets religieux.

— Je vous la laisse pour trois fois rien : juste des tubes de couleurs et...

— Non, non, c'est impossible.

Gabrielle ne songeait plus qu'à partir. Elle avait honte d'être là, nantie, voyeuse et impuissante face au souci d'un homme aux abois. Malgré son envie, il était hors de question qu'elle proposât d'acquérir le tableau. Il l'en aurait méprisée.

— Vous le gardez contre du violet de cobalt, du rouge garance, du jaune de chrome et de la terre d'ombre, insistait Étienne.

Son interlocuteur demeurant inébranlable, il plaida :

— Je ne peux plus peindre, sinon…

Sachant qu'elle-même serait incapable d'exister sans son travail, Gabrielle se serait bouché les oreilles.

— Désirez-vous autre chose, mademoiselle ? lui demanda René.

— Non, ce sera tout. Merci.

Dans un brouillard, elle entendait la conversation qui se poursuivait à quelques pas. Était-il admissible, était-il juste que le talent s'échangeât contre une poignée de fournitures ?

Sans connaître le résultat de la discussion, elle se retrouva dans la rue et donna un grand coup de pied dans un panier éventré. Jusqu'à présent, elle avait assumé son statut social. Plus favorisée que d'autres, elle s'était efforcée, sans les renier, de ne pas abuser des privilèges. Seule son amie Berthe Morisot, qui elle non plus n'avait pas besoin de gagner sa vie, pourrait comprendre ce qu'elle ressentait.

— Déposez-moi rue Franklin, demanda-t-elle au cocher.

La famille Morisot habitait une grande maison carrée dont les fenêtres dominaient la Seine. On y était chaleureusement accueilli et une atmosphère de sérénité rassurait les natures les plus tourmentées.

Berthe peignait dans le salon du rez-de-chaussée. Sans interrompre son ouvrage, elle demanda à la visiteuse un instant de patience.

— Le temps de terminer ce frottis… Ce ne sera pas long.

Assise dans un fauteuil, Gabrielle observait le visage de Berthe où se lisaient l'intelligence, la pudeur, l'inquiétude, la sensualité et une inébranlable volonté. Elle était belle du feu qui l'animait, du trop-plein de richesses qu'elle libérait dans un travail exigeant et régulier.

— Voilà, conclut-elle en reposant sa brosse.

Elle essuya ses mains sur un chiffon puis, approchant une chaise du siège de son amie, remarqua :

— Vous semblez bouleversée ! Que s'est-il passé ?

Après que Gabrielle eut raconté ce qu'elle venait de vivre, elle murmura :

— Vous n'avez pas à vous sentir coupable.

— Pour moi, c'est si facile ! J'achète ce qui m'est nécessaire… Je n'ai aucun souci matériel…

— Vous en avez d'autres.

Après une légère pause, Berthe ajouta :

— Nous en avons d'autres, même si nous évoluons au sein d'une société aisée et dans un cadre confortable.

Du regard, elle embrassa la pièce où le soleil jouait avec la dorure des miroirs et des girandoles, illuminant la soie jaune du sofa sur lequel elle avait oublié une capeline de paille.

— Ce serait facile de se laisser bercer par cette paix, mais nous avons choisi une autre voie, Gabrielle, où nous aurons sans cesse à nous remettre en question. Plus on veut, mieux on veut… J'ai toujours eu la sensation du gouffre, gouffre de l'action, du désir, du rêve, du souvenir, du beau… Vous et moi, nous avons échangé notre tranquillité d'esprit contre la puissance de l'idée fixe, de l'espérance. Vous n'êtes pas un peintre de hasard, je le sais, je le sens. Vous avez comme moi une tâche à accomplir…

Elle poursuivit sur un ton volontairement léger :

— Pensez-vous exposer, un jour prochain ?

— Non.

— Pourquoi ?

— Votre question me prend au dépourvu.

— Par peur, insista Berthe.

— Affronter un public me terrifie.

— C'est pourtant le seul moyen de progresser. Louis Martinet et Alfred Cadart organisent régulièrement des manifestations pour mettre en relation amateurs et artistes. Aimeriez-vous les rencontrer ? Il ne s'agit pas de vendre ou d'être reconnue par la critique, seulement de se détacher de sa propre subjectivité.

La tête de Gabrielle tournait. Tant d'événements se produisaient dans la même journée ! Les yeux plongés dans ceux de Berthe, elle y quêta un soutien.

— Je n'ai que le droit de suggérer, se défendit celle-ci. Réfléchissez à cette proposition et, si vous vous sentez prête, prévenez-moi. Je vous organiserai un entretien.

12

La veille du mariage, Hortense et Gabrielle ne parvenaient pas à s'endormir.

— Promets-moi de me rendre souvent visite, répétait Hortense. Je vais me sentir seule dans ma nouvelle maison !

— Seule !

— Louis est un étranger.

— Enfin… Personne ne te force…

Hortense tortilla autour de son index l'une de ses boucles brunes…

— Je le trouve séduisant, je l'apprécie… Mais pour le reste, l'amour… je ne sais pas.

— Il t'intimide, trancha Gabrielle.

— Il fait tout pour m'inspirer le sentiment contraire.

Songeuse, Hortense ajouta :

— J'aimerais tellement l'étonner, le surprendre !

Cet espoir fut exaucé quand elle entra, au bras d'André Laferrière, dans la nef de l'église Saint-Philippe-du-Roule. Enveloppée d'un halo de tulle auquel se mêlaient perles et fleurs, elle avançait d'un pas léger, frêle et grave, enfantine, souveraine.

Alors qu'elle tendait à Louis sa main dégantée afin qu'il y glissât l'alliance, il chercha son regard… Elle demeura paupières closes, recueillie sur le serment qui transformait son existence et la liait à celui qui devenait son époux.

La suite fut confuse à son esprit… La foule qui les attendait sur le parvis pendant que les cloches sonnaient à la volée, les compliments sincères ou fabriqués…

— Quel couple assorti, s'extasiait une demoiselle au chapeau empanaché d'oiseaux.

Une réception était offerte à l'hôtel Laferrière. À son habitude, Alice avait agi comme pour sa propre fille.

— Vous m'avez prodigué tout ce à quoi je pouvais aspirer… et au-delà, lui murmura Hortense, émue.

Dans le bourdonnement des conversations, elle perçut une voix familière. Gabrielle félicitait Henri pour sa prestation de témoin, rôle qu'elle-même avait rempli auprès de la mariée.

— J'ai essayé de remplacer Julien Coblence, se défendait-il en riant. C'était une lourde responsabilité.

Julien Coblence ! Louis avait à plusieurs reprises évoqué cet ami. Un séjour en Russie l'empêchait d'être présent, mais il avait envoyé à la future épouse un éventail décoré d'hortensias. À force de délicatesse, les fleurs touchaient à l'abstraction. La perfection de l'objet lui avait plu et l'attention, touchée.

À mesure que la journée s'écoulait, Hortense cédait à la fatigue. Sans perdre son sourire, elle échangeait des bribes de phrases avec les uns et les autres. Fanny Mercier tint à la féliciter.

— Je vous souhaite beaucoup de bonheur...

Quelques racontars bien orchestrés avaient appris à Hortense que Louis n'était pas resté insensible au charme de cette chasseresse.

Sans qu'aucune hostilité n'eût été déclarée, la nouvelle Mme Duplessis comprit qu'il lui faudrait se montrer vigilante.

— Souhaitez-vous rentrer ? lui demanda Louis.

— Oui... si vous jugez convenable de nous éclipser.

Dans l'attelage qui les menait rue La Bruyère, elle sentit les larmes monter à ses yeux.

— Venez près de moi, murmura son époux.

Entourant ses épaules de son bras, il l'attira contre lui.

— N'ayez pas honte de pleurer, dit-il, la bouche dans ses cheveux. Croyez-vous que je sois incapable de comprendre ce que vous ressentez ?

De la poche de son habit, il sortit un mouchoir dont il essuya les joues d'Hortense. Bercée par le roulement de la voiture, elle s'abandonna peu à peu à cette étreinte. Pour avoir été nourrie de récits où primaient les rapports d'orgueil et de séduction, tant de simplicité l'étonnait, la déconcertait.

La portière s'ouvrit. Justin, le majordome, abaissa le marchepied. Des fleurs ornaient le vestibule encombré de paquets enrubannés. Ni l'un ni l'autre n'y prêtèrent attention.

Un feu brûlait dans la cheminée du salon. Elle s'en approcha et tendit vers les flammes ses mains gantées de dentelle.

Louis la rejoignit et la sensation bienfaisante se transforma en inquiétude. Sa tante lui avait parlé l'avant-veille… en termes si couverts, avec des circonvolutions tellement prudentes qu'Hortense se sentait mal préparée à son initiation amoureuse.

— N'ayez plus peur. Je ne vous ai pas achetée.

Elle tressaillit, surprise qu'il l'eût à nouveau devinée.

— Beaucoup d'émotions se sont succédé, poursuivit-il, et vous êtes épuisée. Que penseriez-vous de monter dans votre chambre et d'ôter cette robe qui m'a ébloui, mais que vous souhaitez sans doute échanger contre un vêtement plus confortable ? Nous pourrions ensuite converser devant une collation. La journée ne nous a guère laissé le temps de nous alimenter.

« Quel homme singulier », se disait-elle tandis que la femme de chambre lui présentait un peignoir de soie. Mystérieux sous une apparence sereine, imprévisible…

Lui aussi avait troqué son habit contre une veste d'intérieur. Devant un guéridon ou l'on avait dressé le couvert, il emplissait un verre de vin d'Alsace qu'il lui tendit. Puis il lui présenta un fauteuil et murmura :

— Que cette demeure vous dispense de la joie !

Luttant contre l'étourdissement, elle posa son regard sur les murs ornés des tableaux côtoyés durant son enfance. Pour exorciser la nostalgie, elle s'était résolue à renouer avec le mobilier et les objets qu'avaient affectionnés ses parents. Ils représentaient le trait d'union avec sa nouvelle maison.

Il s'assit sur un siège proche du sien. Les principes leur ayant interdit de trop longs tête-à-tête, ils avaient tout à se raconter. « On ne peut aimer que ce que l'on connaît. » C'était ce chemin des confidences que Louis voulait parcourir pour comprendre la véritable Hortense. C'était le chemin qu'elle devrait emprunter pour le voir, l'accepter tel qu'il était, avec ses errances, ses défauts.

Les pommettes rosies par l'alcool, Hortense s'apprivoisait. Tel un chaton, elle s'était pelotonnée contre les coussins. Machinalement elle tournait son alliance autour de son annulaire. Louis saisit la main si menue qu'elle évoquait celle d'une enfant et, cherchant la paume, il y posa ses lèvres. De l'autre main, elle caressa spontanément la joue de son mari, geste qui les surprit et les émut.

— Je suis bien avec vous, murmura-t-elle.

Aux questions qu'il formulait, elle répondait sur un ton enjoué, et à plusieurs reprises, elle rit. Avec amusement, ils évoquèrent leur première rencontre. Pour Louis c'était à l'église Saint-Roch ; pour Hortense, le soir de ses dix-huit ans.

Il se leva pour ranimer les braises et elle fut troublée par le mélange de force et de nonchalance que révélaient ses gestes.

— J'aimerais un verre d'eau glacée, demanda-t-elle.

— Justin est couché… Je vais le chercher.

À son retour de l'office, il découvrit Hortense endormie. La prenant dans ses bras, il la souleva comme une plume et l'amena jusqu'à sa chambre où brûlait une lampe. Avec précaution, il la déposa sur le lit, puis recouvrit son corps d'un édredon brodé.

Après avoir soufflé la mèche de la lampe, il retourna près de la cheminée, pour fumer un cigare. Le bonheur pouvait-il s'apparenter à cette sensation de légèreté ? Sous le toit de la maison plongée dans le silence dormait, d'un sommeil paisible, la femme qu'il voulait son égale…

Les jours suivants, il la laissa se familiariser avec sa demeure et les serviteurs.

Armée d'un trousseau de clefs, elle inspecta les buanderies, établissant avec les lingères les règles de rangement pour les draps chiffrés, les nappes damassées. L'argenterie demanda le même travail. Il fallut aussi définir des horaires, des menus, tâche qui ne lui accorda aucun répit, tant était grand son souci de perfection.

Les soirées étaient réservées aux distractions. Louis l'emmenait au théâtre, au concert. Cependant, elle préférait leurs tête-à-tête, les attendant avec impatience, s'y préparant avec un soin extrême. Au fil de leurs entretiens, elle s'imprégnait de ce qu'il appréciait, les ambiances, les couleurs, et, peu à peu, s'y adaptait. Sensible à cette attitude, il répliquait par des attentions susceptibles de la toucher.

Depuis le décès de son père, Louis se rendait régulièrement au Havre afin de veiller sur les entrepôts où l'on déchargeait des marchandises venues du monde entier.

— Je m'absenterai cinq jours, dit-il à Hortense un samedi. Attendez-moi jeudi pour le dîner et promettez-moi de vous distraire.

Hortense accompagna Gabrielle à la Comédie-Française et aux Italiens. Mais l'entrain lui manqua. L'absence de Louis créait un vide qu'elle ne parvenait pas à combler. Elle s'enfermait dans la bibliothèque où ils avaient mêlé leurs livres. Son besoin de le revoir grandissait. Encore quelques heures et il serait là, attentif, disponible et disert.

Vers 9 heures, Justin proposa de servir le dîner.

— Patientons encore un peu… Monsieur ne devrait plus tarder.

10 et 11 heures sonnèrent à la paroisse voisine sans qu'aucun roulement d'attelage ne résonnât sur les pavés de la cour.

Hortense marchait de long en large. Qu'était-il arrivé ? Si Louis avait choisi de s'attarder au Havre, il l'aurait prévenue. Avait-il versé dans un fossé ? Était-il blessé ? Elle s'enveloppa dans un châle et, le front collé à la vitre, scruta l'obscurité. Deux semaines de cohabitation avaient suffi pour que Louis fût devenu indispensable à son existence. L'envie de l'enlacer, de le réchauffer et de se réchauffer à son souffle anéantissait toute pudeur…

La nuit était avancée lorsqu'un piaffement de chevaux emplit la rue, se rapprocha…

Elle avait descendu l'étage quand la porte du vestibule claqua.

— Vous voilà ! s'exclama-t-elle en s'élançant dans les bras de son époux.

— Des rafales de vent et des pluies diluviennes m'ont retardé. La prudence aurait dû m'empêcher de voyager, mais j'avais hâte de vous revoir. Je supporte de moins en moins d'être séparé de votre petite personne.

Pendant qu'il s'expliquait, il l'entraîna à travers les escaliers. La bibliothèque dont la porte était demeurée ouverte les invitait à s'y réfugier.

— Louis…, murmura Hortense alors qu'il déposait sa redingote sur un siège.

Ils se fixèrent, conscients de se trouver au bord du plus grand abandon. Hortense balaya ses peurs : il avait connu des femmes expertes, soit, mais elle seule suscitait ce regard de conquête et de douceur.

Quand leurs bouches se mêlèrent, elle découvrit qu'un baiser pouvait abolir toute notion d'identité. Avec délicatesse, avec patience, il la conduisit aux confins du désir ; dénouant des rubans, froissant étoffes et dentelles, il lui apprit à accepter ce vertige qui l'entraînait à balbutier des mots dont elle découvrait la magie. Alors, parvenant à la véritable fusion où donner valait plus que recevoir, il accomplit, bouleversé, la plus fervente des initiations amoureuses. Étreinte était bien l'anagramme d'éternité…

13

1868

— Je ne saurais plus vivre sans vous, déclara, un matin, Hortense à son époux.

Avec un long soupir, elle s'étira sur ses oreillers.

— En êtes-vous heureux ?

— Non.

Elle se redressa et, appuyée sur un coude, le dévisagea.

— Je ne comprends plus, murmura-t-elle en voyant qu'il ne plaisantait pas.

— Vous avez devancé mon intention de vous parler. Depuis quelque temps, j'ai remarqué que vous respiriez trop à mon rythme, adhériez trop à mes idées…

— Elles me conviennent, ces idées !

— Elles vous poussent à négliger les vôtres.

— Je ne néglige rien, répliqua-t-elle, piquée au vif.

— Vous êtes trop occupée à devancer mes désirs pour vous en rendre compte.

Il s'interrompit afin de choisir les mots justes puis reprit :

— Ce n'est pas en moi, mais en vous-même que vous devez trouver la raison de votre existence.

Il y eut un silence avant que Hortense ne proférât d'une voix à peine audible :

— Vous êtes déçu, n'est-ce pas ?

— Déçu !

L'emprisonnant de ses bras, il l'obligea à soutenir son regard :

— Je vous aime, Hortense, je vous aime dans mon âme, dans ma chair… Je vous aime telle que vous êtes, avec vos fantaisies, vos hésitations, vos emballements et cette lumière qui vous habite et vous porte à accomplir des actes exempts de médiocrité. Cet amour m'oblige à vous demander de demeurer celle que je découvre. Vous ne m'écoutez pas ! ajouta-t-il en riant.

— Vous vous trompez !

Sa confession adoucissait les précédentes réflexions. Émue, troublée, elle ne percevait plus que la chaleur de leur intimité, sa force d'homme et ce vertige qui la poussait à le provoquer.

— Souhaitez-vous vraiment que je suive mes penchants ? souffla-t-elle à son oreille.

Sans attendre sa réponse, elle l'entraîna vers les contrées qu'il lui avait révélées. L'intuition la guidait, ainsi que la volonté d'abolir les garde-fous qu'il n'avait, par délicatesse, pas encore écartés. Osant, réfrénant, insistant, elle créa autour d'eux une bulle de plaisir et de liberté, à l'intérieur de laquelle ils ne formèrent plus qu'un seul être. Rien de ce qu'elle avait lu ou imaginé ne ressemblait à cette plénitude.

Gabrielle, la première, remarqua le changement.

— Je ne t'ai jamais vue aussi radieuse, entreprenante...

— Tout me paraît accessible...

Avec un léger sourire, Hortense ajouta :

— C'est une bonne maladie.

Dans le secret, elle se remit à l'écriture de ses contes et, bientôt, surgirent « Le palais des vents », « La cité aux mille pagodes » ainsi que d'autres mirages. Discuter avec des artistes exaltait sa créativité, aussi privilégia-t-elle ces rencontres en tenant salon chaque dimanche. Sa plus grande victoire fut d'y attirer les familiers de Louis. La rumeur, qui circulait en sa faveur, les rendait impatients de connaître la compagne d'un ami.

Avec l'exposition officielle, chaque printemps enfiévrait les esprits. Un soir de mai 1868 où la réunion était animée chez les Duplessis, Hortense avertit Gabrielle de la présence de Manet.

— Mais je crains que ce ne soit pas le bon jour pour te présenter. Il est furieux qu'Arsène Houssaye ait écrit à son propos : « Il serait un artiste hors ligne s'il avait de la main. Ce n'est point assez d'avoir un front qui pense, un œil qui voit : il faut encore avoir une main qui porte. »

Sans répondre, Gabrielle découvrait un homme de taille moyenne, aux cheveux ondulés, à la barbe blonde. Son regard était clair, sa bouche railleuse. À l'inverse de nombreux peintres qui affectionnaient le débraillé, il avait une allure de dandy. Jamais elle n'aurait l'audace de lui avouer qu'elle avait puisé dans ses tableaux le courage de ne pas faillir. Bravant les conventions, il imposait la peinture claire, étudiait d'après nature, traquait la vérité de son époque et remplaçait par la lumière le bitume cher à ses confrères.

Il discutait avec Duranty, un romancier qui dans ce même salon avait affirmé : « Manet a enfin capté les reflets moraux des êtres, leur intimité avec l'environnement, le trait particulier que leur accorde une profession et le geste qu'elle entraîne. Pour avoir trempé dans le suc de la vie, ses crayons et pinceaux nous restituent des formes animées, expressives, que seul Rembrandt nous avait jusqu'à présent données. »

Tirant sur leur pipe, le peintre et l'auteur paraissaient oublier leur entourage. Le visage de Manet demeurait tendu, malgré les efforts de son compagnon pour le dérider.

— Mieux vaut un tombereau d'injures que l'indifférence, affirmait ce dernier. C'est signe que tu déranges !

— Je dérange depuis des années et depuis des années je suis calomnié, coupa Manet avec sécheresse. Aujourd'hui, je suis las de me battre contre l'ignorance… J'ai besoin d'être reconnu.

Du plus haut au plus bas de l'échelle, ils rêvaient tous d'une approbation qui les tirerait de leur solitude.

— Mon salut pour connaître vos pensées, glissa Henri à Gabrielle.

Il remarqua :

— Vous semblez fatiguée.

— J'ai beaucoup travaillé ces derniers temps. Et…

— Et ?

— Je ne suis pas certaine d'être en progrès.

— Vous ne pouvez pas l'être constamment.

— Sans doute, mais rien ne se produit dans mon existence qui soit stimulant.

Avec un sourire triste, elle ajouta :

— J'ai des pieds de plomb, Henri.

Il réfléchit un instant, puis proposa :

— Pourquoi ne viendriez-vous pas avec Hortense et Louis chez ma mère à Bougival ? Elle ouvre, pour la saison, la maison que lui a laissée mon père… et vos cousins ont promis d'y passer quelques jours. J'y serai, moi aussi.

Devant son mutisme, il insista :

— Vous devriez accepter, Bougival possède de nombreux atouts.

— Qu'êtes-vous en train de susurrer à Gabrielle ? demanda Hortense qui venait leur proposer une tasse de thé.

L'entrée d'un visiteur l'empêcha d'entendre la réponse.

— Voilà une surprise qui va réconforter notre ami Manet, lança-t-elle à Félix Bracquemond.

— D'autant que j'apporte un article de Zola paru dans *L'Événement illustré*, où sa réponse à Houssaye est magnifique. Quant à la conclusion, je vous en laisse juge.

À voix basse, il récita pour son hôtesse :

— « Vous vous plaignez qu'Édouard Manet manque d'habileté. En effet, ses confrères sont misérablement adroits auprès de lui. Je viens de voir quelques douzaines de portraits grattés et regrattés qui pourraient servir d'étiquettes à des boîtes à gants. »

L'article ne tarda pas à circuler, répété par les uns et les autres, Manet en tête.

— Sacré Zola, répétait-il. C'est la première fois qu'un modèle ne me garde pas de rancœur, la toile achevée. Lui seul a compris que je ne savais pas inventer ! Si je dois un jour obtenir l'approbation générale, ce sera grâce à mon interprétation exacte de la nature.

En retrait, Gabrielle observait les « piliers » du Guerbois, ce café des Batignolles qu'il était interdit à une jeune fille de fréquenter. Chaque semaine s'y réunissaient Manet, dont l'atelier était voisin, Bracquemond, un ancien écuyer reconverti dans la lithographie et qui avait amené nombre de ses amis à exécuter eux-mêmes leurs gravures, Duranty, Duret, critique d'art et grand voyageur… Louis avait pris l'habitude de les y rejoindre. À plusieurs reprises, Gabrielle avait remarqué combien leur compagnie l'exaltait.

— Présentez-moi à Manet, demanda-t-elle à son cousin lorsqu'elle le vit s'écarter de Bracquemond.

Mais le graveur, qui n'entendait pas en rester là, rattrapa le maître de maison.

— Avez-vous des nouvelles de Julien Coblence ?

— Sa dernière lettre provenait de Saint-Pétersbourg, répliqua Louis. Il évoquait son retour pour l'été prochain.

— Ce garçon est incroyable ! Il m'a commandé des projets pour des services de porcelaine en insistant sur l'urgence de leur exécution… Croyez-vous qu'il songe encore à les commercialiser ?

— Sa fabrique est en travaux de rénovation…

Sentant que la discussion n'était pas près de se terminer, Gabrielle allait s'écarter quand Henri l'appela.

— Alors, avez-vous pris une décision ?

Devant l'impossibilité d'accéder au monde qui lui importait, elle entrevit Bougival comme un îlot d'oubli. Rien n'y entamerait le calme dont elle avait besoin…

— Je viendrai, promit-elle sur un ton qu'elle tenta de rendre joyeux.

14

MARTHE DUPLESSIS AIMAIT RECEVOIR. Tapi dans les arbres, prisé des oiseaux, son chalet à Bougival offrait un dépaysement qui abolissait le monde extérieur. C'était la première fois qu'Hortense sentait le temps suspendu, la première fois qu'il lui semblait épouser la nature par tous les pores de sa peau. Jamais elle n'avait vu un tel foisonnement de fleurs, d'aussi subtiles alliances de couleurs…

— J'ai beaucoup tâtonné avant d'obtenir ce résultat, lui avoua sa belle-mère. Mais j'étais aidée par un esthète en la matière.

— Le voisin dont vous m'avez parlé ?

— Constant Delteil. Il ne devrait pas tarder à rentrer de Baden. C'est un homme charmant, vous verrez… Et la gazette de notre petit bourg…

Bougival semblait si tranquille avec ses maisons égrenées le long de la Seine, ses jardins potagers ! Des fenêtres de sa chambre, Hortense observait le passage des chalands, écoutait les rires des femmes qui remontaient leurs paniers de linge du lavoir… Louis la rejoignait. Accoudés au balcon, ils assistaient en silence au déroulement de ces existences qui tournaient autour de la nourriture à gagner et des événements commémorés à l'église.

— J'aime ce lieu, lui dit-elle un soir que l'angélus sonnait. Et vous, en gardez-vous des souvenirs heureux ?

— Oui. Et ces souvenirs m'ont tenu éloigné pendant des années…

Après une courte hésitation, il se décida à évoquer Elsie.

— Elle était fantasque, imaginative, originale. Je lui dois mon attirance pour l'art et ma décision de devenir architecte… Je lui dois aussi de n'éprouver aucune peur face à la vie et à la mort…

— Vous manque-t-elle ?

— Non, puisqu'elle ne m'a jamais quitté.

Hortense aurait voulu en savoir davantage, mais il se tut. N'osant insister, elle dut attendre plusieurs jours avant que le sujet ne revînt… amené par le fameux Constant.

Dès son retour de Baden, il s'était présenté chez les Duplessis. Après avoir observé Hortense avec insistance, puis complimenté Louis sur son mariage, il tendit à celui-ci une carte de visite.

— Des Américains me l'ont laissée à votre intention. Ils aimeraient acheter la villa d'Elsie. Seriez-vous vendeur ?

— Vendeur ! s'exclama Louis.

— Tu en tirerais un bon prix, s'interposa Henri.

— Là n'est pas la question !

— Où se trouve-t-elle, cette villa ? demanda Hortense qui avait perçu le trouble de son époux.

— Derrière l'abreuvoir, répondit sa belle-mère.

— Bougival attire de plus en plus de monde, poursuivait Constant... Pas toujours la fine fleur... C'est à qui s'encanaillera à La Grenouillère !

En entendant cette phrase, Gabrielle tressaillit. Henri projetait de l'y emmener le dimanche suivant.

— Pensez-vous qu'ils ne découvriront pas notre escapade ? s'inquiéta-t-elle alors qu'ils avaient prétendu se rendre à Marly pour y visiter l'ancien parc royal.

Pour la circonstance, elle avait revêtu sa robe la plus simple et prié Lucille, la femme de chambre de sa cousine, de lui prêter chapeau et ombrelle.

— Me prendra-t-on pour votre modèle favori ? demanda-t-elle à Henri.

— Si vous jouez bien le jeu... pourquoi pas !

À mesure qu'ils approchaient du fameux établissement, elle sentait s'envoler sa culpabilité et, au bras de son compagnon, apprenait la liberté. Une foule de Parisiens déversés par trains et omnibus se pressait sur la passerelle qui, coupant le fleuve, menait au ponton où alternaient restaurants et cabines de bain. Des embarcations filaient, menées par des gaillards en maillots de coton. On s'interpellait de part et d'autre ; des chansons fusaient, reprises en chœur et truffées de calembours.

S'amuser était le maître mot des commerçants, boursicoteurs, commis ou artisans qui, sous les rayons du soleil, tentaient d'oublier échoppes et officines. À la dépense physique, certains préféraient les charmes de la bonne chère et de la boisson. Sous la tonnelle de la terrasse, en canotier, ils devisaient des dernières courses de chevaux devant bocks de bière ou ballons de vin et se moquaient des gommeux à la recherche d'une bonne fortune.

— Tiens, la grosse Julia a trouvé preneur, s'exclama un joueur de dominos en désignant d'un doigt jauni par le tabac une créature au décolleté hardi et à la croupe rebondie.

— Un gamin par-dessus le marché ! Elle va faire une bouchée du malheureux !

Grisée par cette atmosphère de licence, Gabrielle voyait des couples se diriger vers les bouquets de saules. L'incognito la protégeant, elle souhaitait s'accorder une rencontre sans lendemain.

Captivé par l'observation de cette faune bigarrée, Henri l'avait distancée. Il accédait au guichet où se louaient les barques quand une voix féminine le héla. C'était Nina de Callias ! Sur une nappe à carreaux, elle partageait avec des amis les victuailles qu'ils avaient déballées de grands paniers d'osier.

— Il y en a pour tout le monde, cria-t-elle, une cuisse de poulet à la main.

— Les rejoignons-nous ? demanda Henri à Gabrielle.

Celle-ci venait de reconnaître Étienne Carlier dans le groupe. Accoté à un tronc d'arbre, il mâchonnait un brin d'herbe en suivant des yeux les enfants qui barbotaient dans l'eau. Une fille s'était allongée près de lui, mais les efforts qu'elle accomplissait pour capter son intérêt demeuraient vains.

— Regarde, murmura-t-il à Henri en guise de salut, regarde ces reflets de lumière à travers le feuillage. Arrivera-t-on jamais à les retranscrire ?

— Tiens, voilà René qui nous ramène du gibier, l'interrompit un géant barbu… Et du beau… Pas vrai, Henri ?

Sûr de son effet, le dénommé René s'avançait, entouré de deux charmantes baigneuses.

— Évangéline et Lison, annonça-t-il avec un respect exagéré.

Henri jeta son dévolu sur Évangéline et ses formes rebondies que soulignait un costume de bain bleu roi. Quand elle s'approcha, il perçut une odeur de violette, mêlée à celle de la peau chauffée par l'effort.

— Évangéline… Voilà un prénom qui sent sa pruderie… Je ne suis pas contre les paradoxes !

Enlevant la jeune fille à son cavalier, il l'entraîna vers un grand seau de bois dans lequel rafraîchissaient des bouteilles.

— Buvons à notre rencontre, proposa-t-il en emplissant un seul verre.

Gabrielle suivit la scène avec un certain étonnement. Alors qu'elle s'habituait à la désertion d'Henri, son regard croisa celui d'Étienne Carlier. Il la fixait avec une telle acuité qu'elle en éprouva de la gêne.

— Viens, lança-t-il.

Quand elle s'assit à son côté, il lui dit sans cesser de mâcher son brin d'herbe :

— J'ai l'impression de te connaître. Tu poses pour Henri ?

— Oui, répondit-elle en réprimant un sourire.

— J'ai dû t'apercevoir chez lui.

Sans la moindre vergogne, il continuait de la dévisager. Elle entra dans le jeu, consciente d'être enfin perçue comme une créature désirable et non comme la trop originale ou inabordable Gabrielle Laferrière. Avec une aisance qui la surprit, elle s'inventa une existence de couturière ainsi qu'un logement faubourg Saint-Antoine.

Refusant de céder à ses prérogatives, la compagne d'Étienne demeurait à les écouter. Il fallut que Nina l'appelât à plusieurs reprises pour qu'elle la rejoignît afin de ranger les reliefs du repas.

Étienne se leva à son tour.

— Je déteste l'heure de la sieste, déclara-t-il à Gabrielle. Que dirais-tu d'une promenade en canot ?

Un ballon atteignit le peintre de plein fouet, avant qu'elle n'eût répondu. Il le relança aux gamins qui avaient investi leur territoire. Sous les remontrances des flâneurs, la partie s'organisa, âpre, acharnée. Tel un diable, Étienne marquait des buts et recueillait par ses pitreries les suffrages des plus jeunes. Prise pour cible, Gabrielle se lança dans la mêlée. Son chapeau s'envola, ses cheveux croulèrent sur ses épaules.

— Arrêtons-nous si nous voulons leur éviter d'avoir notre mort sur la conscience, finit par lui intimer Étienne en l'attrapant par la taille.

Il l'entraîna jusqu'à l'embarcadère. Encore essoufflée, elle s'installa à l'avant du bateau. Étienne empoigna les rames et, avec adresse, s'écarta de la foule.

Ni l'un ni l'autre ne parlèrent pendant qu'ils gagnaient un bras de fleuve ombragé par des peupliers.

Avec la fraîcheur, Gabrielle frissonna. Étienne se libéra de sa veste en lin.

— Tiens… couvre-toi.

Il en profita pour rouler les manches de sa chemise, puis reprit son poste. En sa présence, Gabrielle ressentait une impression de sécurité et de vulnérabilité. Elle ne savait plus si elle souhaitait prolonger le tête-à-tête ou s'enfuir avant d'être prise au piège. Elle avait reproduit le corps de nombreux modèles masculins, mais nouvelle était cette émotion à détailler les cheveux épais et bouclés, les yeux d'ambre, la bouche entrouverte sur des dents éclatantes.

— Tu ne m'as pas dit comment tu t'appelais, remarqua-t-il.

— Gabrielle.

— Quand rentres-tu à Paris, Gabrielle ? Ce soir ?

— Dans quelques jours.

— Tu poserais pour moi ?

— À mon retour ?

— Non. Ici, à Bougival. J'ai trouvé à me loger pour la semaine. J'habite près de la gare.

— Je ne sais pas.

— Henri accapare-t-il ton temps ?

— Non.

— Tu crains que je ne te paye pas suffisamment ?

— Non, se défendit-elle encore.

— Ne t'inquiète pas, je suis en fonds ! Les miracles se produisent parfois…

Le bateau s'immobilisa près d'un rideau de joncs. Aucun bruit ne parvenait jusqu'à leur cache, sinon le chant des oiseaux. Étienne alluma un Regalia dont il tira quelques bouffées. Avec la même attention, il scruta sa passagère.

Cette fille l'intriguait. Du modèle, elle ne possédait aucune des caractéristiques, sinon celles qu'elle se forçait à adopter. Était-ce ce qui poussait Étienne à vouloir saisir l'image qu'elle offrait ? Il la sentait intensément vivante, bouillonnant de ce tumulte intérieur que lui-même connaissait, de cet élan grâce auquel il avançait…

— Peux-tu me donner le carnet de croquis et le crayon qui se trouvent dans la poche gauche de ma veste ?

De longues minutes d'observation s'écoulèrent, emplies de méfiance et de secrets. Qu'aurait éprouvé Étienne s'il avait su que Gabrielle, accompagnant chacun de ses gestes, dessinait avec lui ? Qu'aurait-elle éprouvé si elle avait su qu'il prenait un rare plaisir à reproduire la frange épaisse de ses cils, son nez imparfait mais espiègle ?

— C'est fini pour aujourd'hui, annonça-t-il en refermant son calepin.

Sans autre commentaire, il dénoua la corde passée autour d'un tronc d'arbre.

À peine se furent-ils éloignés de la rive qu'il se reprocha de n'avoir pas poussé plus loin ses avances. Redoutait-il d'être éconduit ? Ou de manger avec trop de hâte un fruit prometteur ?

Henri ne prenait pas tant de précautions. Il harcela Évangéline jusqu'à l'obtention d'un baiser dont l'effet réveilla une virilité sur laquelle il ne s'illusionnait guère.

— Indique-moi où je peux te rejoindre ce soir, la supplia-t-il, les mains plaquées sur sa chute de reins.

— En voilà une drôle d'idée, répliqua Évangéline en se dérobant.

— Cesse de faire la bête ! Je serai généreux.

Pour connaître le galbe et la douceur de ses seins, la chaleur de son ventre, il aurait donné son âme à Satan !

— Je serai au lavoir autour de 10 heures, promit-elle avant de s'éclipser.

L'esprit redevenu clair, il se rendit au ponton où ses amis disputaient un concours de plongeons. Nina de Callias, abritée sous son ombrelle, devait juger, puis noter.

— Tu n'as pas vu Gabrielle ? lui demanda Henri qui soudain se rappelait ses responsabilités.

— Gabrielle… Qui est-ce ?

— Ma cousine… Enfin, la cousine par alliance de mon frère. J'étais chargé de la surveiller.

— J'ai plutôt l'impression que tu en surveillais une autre, se moqua Nina.

— Essaie de me renseigner… Une jeune fille vêtue d'une robe à rayures jaunes et blanches.

— Grande, mince…

— Oui, s'énervait Henri.

— Elle est partie avec Carlier.

— Quoi !

— Ils ont loué un canot, il y a environ une heure. Que crains-tu ? ajouta Nina après une courte pause, Carlier n'a jamais violenté personne. Il n'en a pas besoin.

— Combien pour ma prestation ? criait, les mains en porte-voix, René qui était remonté à la surface.

— Huit sur dix, accorda Nina.

La fin de l'après-midi se profilant, certains songeaient à rentrer. Des mères de famille appelaient leur progéniture occupée à se tremper. À leurs ordres de regagner les cabines de bain, répondaient souvent des vociférations. Des gifles tombaient suivies de pleurs. Sur la terrasse, on buvait toujours, mais les conversations avaient perdu de leur virulence. Une fille à demi dépoitraillée se mit à danser sur une table, accompagnée par les jappements d'un chien. L'air sentait la sueur et les parfums bon marché. Aux propos hardis répondaient des rires complices. Les bosquets avaient trouvé des occupants et, sous les jupons froissés, des doigts frôlaient des jambes où le bas avait glissé.

Loin de cette effervescence, Étienne et Gabrielle s'abandonnaient au fleuve et à ses mystères, à l'alternance des ombres, au ciel qui se teintait de mauve et de rose.

— J'aime ce glissement vers le crépuscule, avoua Étienne.

— C'est comme un soupir, renchérit Gabrielle. Toutes les tensions se libèrent et meurent.

S'il fut surpris, il ne laissa rien paraître. À mesure qu'ils s'approchaient de leur but, des barques et des yoles les entouraient. Une joute s'organisa entre deux embarcations. Sous les applaudissements, on comptait les points de ceux qui, à la proue, gardaient l'équilibre face aux assauts de l'ennemi.

— Tu ne m'as toujours pas donné ta réponse, insista Étienne sur un ton faussement désinvolte. Viendras-tu demain ?

— C'est difficile.

— Je t'attendrai en fin de matinée. J'habite chez Mme Chapuis… une maison de pierre blanche… Essaie… c'est important !

Au débarcadère, Gabrielle sautait hors du bateau quand Henri s'avança pour apostropher Étienne :

— Qui t'a permis de l'emmener ?

— Je ne savais pas que c'était chasse gardée ! Mais du calme, il n'y a pas d'offense…

Sans l'écouter, Henri saisit le bras de la jeune fille.

— Carlier ! maugréa-t-il… vous n'auriez pu trouver plus dangereux pour votre réputation ! Êtes-vous devenue folle, ma pauvre amie ?

— Vous oubliez que vous aviez disparu !

Étienne, auquel Gabrielle avait eu juste le temps de rendre sa veste, la regardait s'éloigner.

— Je ne comprends plus rien, murmura-t-il à Nina qui avait assisté à l'altercation. Elle est sa maîtresse ?

— Non. C'est plus compliqué…

15

LE LENDEMAIN MATIN, Gabrielle se décida à frapper chez Étienne Carlier.

Soucieuse de ne plus tricher, elle s'habilla selon ses habitudes, choisissant dans sa penderie un costume de taffetas écossais qu'elle savait flatteur à son teint pâle. Un chapeau de paille derrière lequel flottait le traditionnel « suivez-moi jeune homme », dont le ton lilas s'accordait au chevreau de ses bottines, complétait l'ensemble. Après avoir scruté dans le miroir l'éclat de ses joues, humecté d'eau de lis un mouchoir de dentelle, elle partit à la recherche d'Hortense qui rédigeait son courrier sous la pergola.

— J'ai besoin de ton aide, lui dit-elle à brûle-pourpoint. Il me faut un chaperon compréhensif et discret.

Elle ajouta :

— Partons nous promener.

— Maintenant ?

— Oui.

— Aurai-je droit à des explications ? s'exclama Hortense quand, un quart d'heure plus tard, elles prirent en tilbury le chemin de la gare.

— Je dois rendre visite à un peintre.

— Un peintre ! Où l'as-tu rencontré ?

— C'est trop long à raconter…

À mesure qu'elles se rapprochaient du centre de la bourgade, Gabrielle devenait nerveuse.

La voix inquiète de sa cousine la rappela au présent. Elle la rassura puis la pria de s'arrêter.

— Nous y sommes.

En mettant pied à terre, elle ajouta :

— Retrouvons-nous, ici, dans une heure.

Gabrielle demanda son chemin à une rempailleuse de chaises installée près de la fontaine, puis se dirigea vers un portail entrouvert sur un jardin où une vieille dame entassait dans un panier sa récolte de primeurs.

— Vous venez pour mon locataire ?

Du menton, elle désigna la dépendance qui prolongeait une petite serre. Gabrielle frappa avec le manche de son ombrelle contre un vantail vermoulu. Étienne apparut, les cheveux ébouriffés, les yeux bouffis de sommeil.

— Je suis en avance, balbutia-t-elle.

Comme il demeurait silencieux, elle ajouta :

— Ne m'avez-vous pas demandé de passer ?

— J'ai changé d'avis.

Prise au dépourvu, elle ne trouva pas de réplique.

— Je n'ai rien à faire avec une petite bourgeoise à la recherche de sensations fortes, ajouta-t-il, maussade. Vous m'avez bien eu ! Un vrai débutant !

— Qui vous a révélé la vérité ?

— Nina.

— Et qu'est-ce que cela change ?

— Tout.

— Suis-je du jour au lendemain devenue quelqu'un d'autre ?

— Dans mon esprit, assurément.

— Vous voilà pris en flagrant délit de contradiction. Je n'ai ni grossi ni rétréci. Or, à vos yeux, seule compte la forme et, hier, c'était bien la mienne qui vous intéressait…

Avec un sourire ironique, elle tournoyait sur elle-même dans la lumière crue de midi.

— Alors, je ne vous inspire plus.

— Non.

Accoté au chambranle de la porte, il lui interdisait l'accès à son univers. Plus que de la vexation, elle en éprouvait de la tristesse. S'expliquer, insister ne servirait pas sa cause. Elle se contenta de lancer :

— Dans tout procès, l'accusé a le droit de se défendre. Vous ne me l'avez même pas accordé. Suis-je une telle source de perturbation qu'il faille en finir au plus vite ?

La colère envahit Étienne… contre elle, contre lui, contre la situation ridicule. Pour bannir la scène de son esprit il prépara son chevalet et sa boîte de couleurs. Peindre le déclin du printemps sur les champs que la chaleur avait déjà brûlés lui accorderait peut-être le calme qui lui échappait depuis son retour en France.

Des mois durant, il avait parcouru l'Europe à la recherche de ses maîtres. Les Flandres, puis les Pays-Bas lui avaient tour à tour livré Rubens, Jordaens et Rembrandt. Sur leurs traces, il découvrit les matins glacés, les eaux prisonnières et le froid tenace qui poussaient vers les tavernes. Là, autour d'un poêle et d'un vin chaud, l'homme oubliait les éléments et s'accrochait aux mirages qui le maintenaient en vie. Les jours pluvieux, les nuits trop longues du Nord lui avaient imposé une trêve et permis de plonger au plus profond de lui-même avant d'approcher l'Italie dont la douceur pouvait l'entraîner sur des chemins trompeurs. Gorgé de lumière, ébloui de perfection, il s'était attardé en Toscane, puis Rome l'avait absorbé… et, s'il n'y avait rencontré un sculpteur hanté par les sortilèges de l'Andalousie, il y occuperait encore la mansarde du Trastevere où, pour se nourrir, il illustrait des livres pieux.

Étienne parvint à une butte d'où s'étirait une prairie jusqu'aux bâtiments d'une ferme. Il installa sur son chevalet un carton recouvert d'une couche d'enduit. Le chapeau rejeté sur sa nuque, il s'imprégna de l'atmosphère, sentant sur son visage la brise qui couchait l'herbe haute et lui donnait une tonalité argentée. Il vibrait avec le ciel, la terre, attentif au nuage qui bientôt occulterait le soleil et transformerait ce qu'il percevait. Sans attendre, il commença de travailler, soulignant les formes à larges coups de pinceau. La ferme s'imposa, trapue, paisible, les arbres apparurent… À mesure que s'écoulaient les minutes, l'insatisfaction s'installa. Choix du sujet ? Fatigue d'une nuit de beuverie ? Bien qu'il s'en défendît, la rencontre avec Gabrielle accaparait son esprit. Il la revoyait courir derrière le ballon, rire sans affectation. « Suis-je une telle source de perturbation ? » Les mots martelaient ses tempes. Pour qui se prenait cette mijaurée dont l'existence était, sans nul doute, régie par la rédaction de l'inévitable journal, les kermesses de charité et la chasse au mari ? Avec rage, il se concentra sur sa tâche, effaçant, reprenant. Le feuillage d'un arbre lui donnait du souci. Aux jaune et vert de chrome, il ajouta du blanc. Une mouche bourdonnait. Il l'éloigna du revers de la main. Si seulement on pouvait agir de même avec les femmes !

En attendant le retour de sa cousine, Gabrielle nourrit la même pensée à l'égard des hommes. Jamais on ne l'avait traitée avec autant de muflerie…

— J'ai fait une délicieuse promenade, s'écria Hortense en tirant sur les rênes de son cheval. Et j'ai rencontré M. Delteil. Il propose de nous emmener visiter la maison d'Elsie.

— Elsie, bougonna Gabrielle. Qui est-ce ?

— La marraine de Louis ! Nous l'évoquions l'autre jour… Tu ne te souviens pas ?

— Ah oui… Excuse-moi.

— J'ai pensé que nous pourrions y aller cet après-midi.

Après avoir dévisagé sa cousine, elle ajouta :

— Que se passe-t-il ? Tu sembles contrariée…

— Rien de grave…

Sentant que Gabrielle ne se dériderait pas, Hortense détourna son attention vers les ruelles qu'elles traversaient. Par les fenêtres ouvertes, on entendait vaquer aux préparatifs du repas. Sur une place, des fillettes en sarrau jouaient à colin-maillard, indifférentes à la bagarre de chiens qui s'était déclenchée à quelques mètres. La vie s'écoulait, ponctuée par les rites quotidiens. Chargés de leur pêche, des mariniers remontaient du fleuve en plaisantant avec les lavandières qui, leur panier de linge contre la taille, martelaient la chaussée de leurs sabots de bois.

Louis devisait avec sa mère lorsqu'elles pénétrèrent dans le salon.

— Où aviez-vous disparu ? demanda-t-il à sa femme.

— Nous avons visité Louveciennes.

À l'annonce du déjeuner, Marthe Duplessis s'inquiéta de son fils aîné.

— Serait-il encore dans sa chambre ?

— Je vais m'en assurer, déclara Louis en se dirigeant vers l'escalier.

La pièce était plongée dans la pénombre.

— Que se passe-t-il ? gémit Henri du fond de son lit.

Sur un ton à peine audible, il ajouta :

— Une grosse caisse résonne à l'intérieur de ma tête.

— Il est temps de te lever, déclara Louis qui repoussait les rideaux.

— Tu veux ma mort !

— Tu tiens encore une sacrée cuite !

— À qui le dis-tu !

Il y eut un silence, puis Henri supplia :

— Louis, rends-moi service… Annonce à maman que je suis malade. Un refroidissement…

Seul, il tenta de se reposer avant de nouveaux ébats avec Évangéline. Des bribes de leur rencontre revenaient à sa mémoire, le corps pulpeux, sensuel, qu'elle avait offert avec un mélange de rouerie et de fraîcheur ; cette hardiesse qui l'avait comblé au-delà de ses espérances. À ses questions, elle avait rétorqué avoir dix-sept ans, être lingère et fiancée à un apprenti maçon qui terminait son service militaire aux environs de Nancy. Henri en était déjà jaloux. Le front pressé contre l'oreiller, il cherchait l'apaisement à sa migraine, mais ne pouvant trouver le sommeil il se leva.

Quand il arriva au jardin, Constant Delteil invitait Hortense et Gabrielle à monter dans son attelage.

— Où vont-ils ? demanda Henri à Louis qui les observait du perron.

— Chez Elsie.

— Chez Elsie ! Suppose que ta femme s'entiche de cette propriété ?

— Ce serait logique !

— Elsie l'a achetée durant son célibat, expliquait Constant à ses interlocutrices. Ce fut une véritable révolution dans le bourg. Imaginez un peu, une jeune femme de vingt-cinq ans, cantatrice de surcroît, engloutissant la majeure partie d'un héritage dans une demeure battue par les vents. Il y avait matière à nourrir les conversations…

— Habitiez-vous déjà Bougival ? interrompit Gabrielle.

— Oui. Je me souviens de notre première rencontre comme s'il s'agissait d'hier. Elle portait une robe de mousseline blanche rebrodée de papillons et une capeline retenue par un ruban indigo assorti à la couleur de ses yeux.

Envahi de ronces et d'herbes folles, le parc descendait vers un étang au bord duquel un kiosque recouvert de millepertuis attendait d'abriter de nouvelles confidences. Des massifs d'hortensias blancs alternaient sur la terrasse avec des statues de pierre verdies par la mousse. Quant à la villa, elle ne ressemblait à rien de ce qu'Hortense connaissait. Coiffée de bulbes, entrecoupée de pignons et de balcons ouvragés, elle eût été à sa place au bord de la mer Noire ou dans le décor d'un opéra romantique.

— Un Italien l'avait bâtie dans les années vingt pour sa maîtresse, précisait Constant… Avant la fin des travaux, celle-ci l'abandonna pour un plus riche protecteur.

— Avez-vous les clefs ? s'impatientait Gabrielle.

Une odeur d'humidité les accueillit dans le vestibule obscur.

— Suivez-moi, leur murmura Constant en les guidant vers une porte entrebâillée sur une pièce plus éclairée.

Hortense découvrit un salon surmonté d'un dôme où, sur fond de nuit, brillaient dans un bel or mat des étoiles et des planètes. Une véranda prolongeait le salon. Le long de ses verrières pendaient des stores déchirés.

— Voici la salle de musique…

Un piano à queue en occupait le centre, mais Hortense ne vit que le portrait d'une femme au regard pensif qui lui souriait.

En retrait, Constant attendait sa réaction. Ce fut Gabrielle qui se manifesta la première.

— C'est incroyable ce que tu lui ressembles, Hortense !

Après avoir prolongé son examen, elle ajouta :

— L'expression, surtout...

— Oui, c'est troublant, renchérit Constant.

— A-t-elle été mariée ? demanda Hortense.

— Non, mais elle a partagé pendant quelques années la vie d'un diplomate persan.

— Vous l'avez connu ?

— Oui. L'astronomie le passionnait.

— Qu'est-il devenu ?

— Il est mort à l'avènement de notre empereur. De phtisie. Elsie était en tournée à New York. Lorsqu'elle est rentrée, elle a fait savoir à son entourage qu'elle ne voulait pas de condoléances. Pour elle, tout continuait... Elle a poursuivi les tâches auxquelles s'était voué son amant. Elle s'est aussi beaucoup occupée de votre époux et de Julien Coblence...

La visite se poursuivit à travers une bibliothèque aux rayonnages vides, un boudoir dont les peintures en trompe-l'œil évoquaient des légendes orientales, des chambres tapissées de cretonnes surannées.

— Qu'est-il advenu des meubles ? s'inquiéta Gabrielle.

— Pour obéir aux vœux de la défunte, ils ont été vendus au profit d'un orphelinat... Quant aux objets personnels, on les a remisés dans la buanderie.

Seule dans le fumoir où l'on avait oublié un tapis du Caucase qui conservait les empreintes creusées par les pieds d'un billard, Hortense se laissait envahir par la sensation d'être destinée à perpétuer ce qui avait été interrompu. Toutefois, elle ne pouvait en décider seule.

Sans qu'un mot eût été prononcé, Louis avait capté le souhait de sa femme. En secret, il se rendit à son tour chez Elsie. Ses pas résonnèrent sur les dallages, puis il s'assit à même le sol. La musique resurgit alors, accompagnée de rires et des charades où Julien se montrait imbattable. S'imposèrent aussi, avec une parfaite précision, le goût de la liberté que la maîtresse des lieux leur avait instillé avec patience et tendresse. « Sans renier le passé, avançons », leur répétait-elle. Ce message prenait toute sa valeur aujourd'hui. Avec Hortense, Louis pouvait créer une relation neuve en ne rompant pas avec ses années de jeunesse.

Le soir même, il déposa une clef sur la coiffeuse d'Hortense qui bataillait avec le fermoir d'un collier. Comme elle le dévisageait sans comprendre, il précisa :

— Pour vous permettre d'entrer dans votre nouvelle maison.

— Ne retournons-nous pas ensemble à Paris ?

— Vous m'avez habitué à davantage de perspicacité, s'exclama-t-il d'un air faussement moqueur. Qui vous parle de Paris ? J'ai pensé que conserver la villa d'Elsie vous plairait…

— Vous plairait, répéta-t-elle en se jetant à son cou. Comment le saviez-vous ?

— Il suffisait d'observer votre mine rêveuse et de se poser quelques questions sur vos promenades solitaires.

— Je ne voudrais pas vous forcer !

— Personne ne me force…

L'obligeant à se rasseoir, il lui dit avec gravité :

— Je devais accomplir un choix. Vous m'y avez aidé et je me sens en paix.

Il prit le collier pour l'attacher sur sa nuque, ses doigts s'attardant sur la peau dont lui seul connaissait la douceur et le goût. Dans le miroir, il vit qu'elle avait fermé les paupières.

— Regarde-moi, souffla-t-il.

16

Avec l'aide de Louis, Hortense établit le programme des travaux qui rendraient à leur villa son agrément d'autrefois. Sans chercher la reconstitution, elle tenait à conserver l'essentiel, aussi insista-t-elle pour que fussent sauvées fresques et boiseries. Quant au reste, elle donna libre cours à sa fantaisie.

À mi-chemin entre le château de *La Belle et la Bête* et le harem d'un sultan, une première maquette refléta son attirance pour les tentures flottantes, les girandoles en bois doré, les meubles insolites et les tableaux d'inspiration orientaliste.

— J'ai peut-être dépassé les bornes, avoua-t-elle face au résultat.

— Au moins nous nous amuserons, la rassura Henri qui suivait l'élaboration du projet.

Avec un certain étonnement, Hortense et Gabrielle le voyaient s'attarder à la campagne, sans se plaindre de la monotonie des journées.

Selon un rite immuable, il se levait pour le déjeuner, faisait la sieste, se promenait en fin d'après-midi et remontait dans sa chambre après le dîner familial.

Gabrielle le croisa dans les escaliers, un soir qu'elle redescendait au salon afin d'y chercher un livre oublié. En le découvrant habillé pour sortir, elle se posa un peu plus de questions.

— Je n'arrive pas à m'endormir, lui dit-il. Une promenade au clair de lune me fera du bien…

La maison appartenant aux parents d'Évangéline se trouvait à l'autre bout du village. Il s'y rendit d'un bon pas. Comme à l'accoutumée, il frappa contre un volet puis attendit que sa maîtresse ouvrît la fenêtre. Avec précaution, il pénétra dans le réduit qui lui tenait lieu de chambre. Soulevant la chandelle posée dans un récipient de terre, il contempla celle dont il ne savait plus se passer.

Les cheveux dénoués, la chemise entrebâillée sur son corset, elle subissait son examen, attendant qu'il lui demandât de se déshabiller, ce qu'elle accomplit avec la lenteur qu'il aimait, avec l'impudeur à laquelle elle s'adonnait volontiers. Rien à voir avec les étreintes brutales et rapides imposées par les paysans auxquels elle s'était donnée ! Auprès d'Henri, dont la famille appartenait à la grande bourgeoisie, elle découvrait que l'entente des corps abolissait les distances sociales. Une femme de sa condition lui aurait-elle accordé ce qu'il demandait…

Il l'avait poussée contre un mur et, la tête sur son ventre, en respirait l'intimité. Dans la pièce d'à côté, un lit grinça ; on toussa, mais loin de les déranger la proximité du risque les stimulait… La bougie s'était éteinte quand il se releva, jugeant la terre battue peu confortable.

— Demain, même heure, lança-t-il en enfilant sa veste.

— C'est pas sûr.

— Comment… pas sûr ?

— Jean. Il doit rentrer !

— Et alors ? Qu'est-ce que tu veux que cela me fasse ? mentit-il.

— Lui aussi, il a l'habitude de venir la nuit.

— Choisis un prétexte pour être tranquille.

Comme elle ne répliquait rien, il répéta en lui glissant quelques pièces dans la main :

— Trouve un prétexte, sinon tu peux mettre une croix sur notre histoire.

Devait-elle obéir ou au contraire le rendre jaloux ? Il y avait davantage à gagner en le rassurant. Un projet prit forme. Pourquoi ne s'arrangerait-elle pas pour l'accompagner à Paris ? Il avait les moyens de l'y installer décemment. Là-bas, elle oublierait un père qui l'avait toujours battue, le poids des fers à repasser et les exigences d'une patronne pour qui le linge usagé devait paraître neuf…

Le lendemain, Henri ne vint pas au rendez-vous, ni le surlendemain. Évangéline s'aventura à questionner le jardinier.

— Mme Duplessis a fermé le chalet jusqu'aux vacances d'été, la renseigna-t-il.

Une bouffée de haine l'envahit pour celui qui l'avait grugée et la laissait face à ses illusions perdues.

Le départ de sa famille et la peur d'être pris au piège avaient décidé Henri à fuir sans explications. Néanmoins, après quelques semaines, il commença à déchanter. Aucune de ses conquêtes ne parvenait à lui rendre le plaisir qu'Évangéline lui procurait.

Seule la compagnie de Gabrielle apaisait son angoisse de vieillir mal.

— Rien ne vous empêche d'éviter ce sort, objecta la jeune fille lorsqu'il lui confia son tourment.

— Vous êtes en train de demander des efforts de volonté à quelqu'un qui ne cultive que la paresse !

— L'avez-vous toujours cultivée ?

— Le contraire eût été stupide puisque, dès ma naissance, on a décidé pour moi : mon père, mon beau-père et maintenant Louis…

Leurs pas les avaient menés au Louvre où Gabrielle avait l'intention de copier un tableau de Titien. La grande galerie était envahie de peintres. Henri s'arrêta auprès de Fantin-Latour. Occupé par la reproduction d'une scène guerrière de Rubens, il répondit par un grognement à son salut.

— Fantin tourne à la vieille fille, murmura Berthe Morisot qui travaillait à quelques pas. Quel caractère ! Je crains qu'il ne devienne infréquentable ! J'ai tout de même davantage de clémence envers ses défauts depuis qu'il m'a présentée à Manet…

— À Manet ! Vous lui avez parlé ? s'exclama Gabrielle.

— Ici même.

Chargée de son matériel, Gabrielle se dirigeait vers son lieu de travail quand elle passa devant Étienne Carlier, occupé lui aussi à copier... Si la surprise ne l'avait pas arrêtée à sa hauteur, il n'aurait pas tourné la tête.

Il la dévisagea, puis, comme s'il ne la reconnaissait pas, revint à sa tâche. Le cœur battant, elle disposa son chevalet de l'autre côté puis commença de dessiner sur sa toile les contours du sujet choisi. Malgré des tentatives renouvelées, elle n'obtint aucun résultat. Obéissant à son impulsion, elle quitta sa place et retourna auprès d'Étienne Carlier.

— Je ne peux pas travailler, lui lança-t-elle d'une traite. Je ne peux pas travailler à cause de vous !

— Vous n'allez tout de même pas m'ordonner de plier bagage ? répliqua-t-il avec un flegme qu'elle envia.

— Non, bien entendu ! Mais ne pourrions-nous pas oublier notre discorde ?

À son corps défendant, il admira son courage et sa franchise. Les joues rosies par l'effort qu'elle imposait à son orgueil, elle attendait sa décision.

— Marché conclu, finit-il par bougonner. Maintenant fichez-moi la paix ! Je dois terminer cette copie.

Elle lui adressa un sourire lumineux qui valait tous les discours et retourna derrière son chevalet. Indifférente aux visiteurs qui déambulaient, s'extasiaient et commentaient, elle plaça ses personnages. Une femme agenouillée lui donnait du mal. Elle allait gommer son esquisse, quand une voix murmura dans son dos :

— N'effacez pas tout... Il s'agit de corriger la chute de reins.

S'emparant de son crayon, Étienne rectifia le détail en question.

Il ajouta :

— Pourquoi m'avoir caché que vous peigniez ?

— Je ne vous l'ai pas caché.

— Vous plaisantez !

— Henri vous en a informé quand nous nous sommes aperçus à l'Exposition universelle. C'était dans un restaurant espagnol, mais vous ne m'avez prêté aucune attention.

— Avez-vous déjà exposé ?

— J'ai l'intention de le faire.

La phrase avait jailli et il était trop tard pour reculer. Dût-elle travailler jour et nuit, elle exposerait et récolterait son tribut de louanges ou de critiques.

— Je vous quitte, annonça Étienne sur un ton abrupt. Au revoir !

À sa sortie du musée, il ne résista pas à l'envie de flâner sur le quai. Il aimait cette image sinueuse de la ville, les coupoles illuminées par les rayons du soleil et les chalands qui se croisaient. Déformé par son art, il observa les courbes, les angles, à la recherche de la vision parfaite puis, conscient de ne pas profiter d'un moment de repos, il chassa de son esprit l'idée de création. « Je vais devenir fou si je ne me défends pas contre cette envie de tout absorber, de tout retranscrire », se disait-il. En même temps il avait conscience de ne pouvoir perdre une parcelle de ses journées. Il était si difficile de concilier la qualité de l'œuvre et l'exigence de subsister ! Avoir connu la faim le rendait vigilant. Combien lui restait-il en poche depuis qu'il avait vendu à un marchand des aquarelles rapportées de Madrid ? De quoi vivre chichement pendant une quinzaine de jours. La copie qu'il venait d'effectuer lui accorderait un répit, mais ensuite ?

Le besoin de se distraire l'entraîna vers un café des boulevards que fréquentaient certains de ses amis ainsi que des filles légères qui acceptaient gratuitement de servir de modèle. La salle bourdonnait quand il poussa la porte de verre dépoli. Dans un ronronnement de percolateur, chacun y allait de son couplet sur les derniers événements politiques, un empereur de plus en plus indécis et la nouvelle loi sur la presse.

— Ils ont supprimé la demande d'autorisation préalable... et les délits reprochés aux journaux seront soumis aux juridictions de droit commun, glapissait François Giraudon, un sculpteur qui ne songeait qu'à obtenir le prix de Rome.

— Les tribunaux d'exception seront abolis, eux aussi !

La remarque avait été proférée d'une voix fluette par un « vieil enfant » aux oreilles en feuilles de chou.

C'était Simon, dit « La Fleur », un enragé du nu féminin et, malgré son physique de collégien, un virtuose en matière de conquêtes. Pilier des coulisses, il savait, d'un bon mot, se faire apprécier des débutantes en mal de compliments. L'habitude qu'il avait de les partager avec ses camarades le rendait populaire et aucun événement d'importance ne se serait produit sans qu'il y fût convié. Aujourd'hui, il était entouré par deux lorettes qui, assises sur la banquette, buvaient ses paroles.

— Carlier ! s'exclama-t-il, tu tombes bien… J'offre une tournée…

Il désigna sa voisine de droite.

— Je te présente Flora qui bientôt régnera sur la scène des Variétés.

— C'est moi la Méridionale, intervint celle-ci, et c'est lui qui exagère…

— Je suis certain, ajouta La Fleur, que Carlier rêve déjà de te peindre !

La sensibilité d'Étienne pour les fruits du Sud ne pouvait qu'être stimulée par la matité de la peau qu'il devinait à travers la dentelle du corsage, les yeux où l'encre noire de l'iris se mêlait à celle de la pupille et la bouche aux lèvres généreuses. Pris d'un désir brutal, il proposa à Flora de le suivre jusqu'à son atelier.

— Je répète cet après-midi… Mais demain j'ai relâche, promit-elle.

17

FLORA DEVINT LE MODÈLE attitré d'Étienne et sa maîtresse.

— Je refuse les attachements sérieux, la prévint-il dès le début de leur aventure.

Propos qu'elle ne sous-estimait plus depuis sa rupture avec Louis ! Elle non plus ne souhaitait pas se lier à un artiste sans le sou. La fréquentation d'un monde clinquant lui donnait des goûts de luxe et, pour réaliser ses ambitions, elle devait garder la tête froide. Non sans naïveté, elle pensait que l'argent permettait tout, y compris de se venger qu'on l'eût négligée pour une jeune fille bien née. Peu importait l'âge et l'allure de ses amants, pourvu qu'ils remplissent de pièces sonnantes le tiroir de sa table de nuit. Depuis son engagement aux Variétés, elle vivait dans un deux-pièces rue du Rocher et s'était attaché les services d'une femme de chambre. Ses toilettes s'étaient améliorées et elle posséderait bientôt un attelage pour remonter l'avenue de l'Impératrice. Ses aînées montraient l'exemple à suivre, mais parviendrait-elle à égaler Marguerite Bellanger ou Apollonie Sabatier ? Pour s'installer dans l'immortalité, l'une et l'autre avaient su se faire aimer des artistes. Alors, pourquoi ne pas miser sur Carlier qui, peut-être, deviendrait célèbre, d'autant que cette décision ne tenait pas du sacrifice ? Si seulement l'énergie consacrée au succès de sa carrière pouvait éteindre la passion qu'elle éprouvait pour Louis Duplessis ! À plusieurs reprises, elle l'avait croisé au bras de sa nouvelle épouse et elle avait pu se rendre compte qu'il était heureux. Encore ignorait-elle qu'Hortense allait lui donner un enfant !

Au retour de Bougival, le médecin avait confirmé la grossesse. Impatiente d'apprendre à Louis la nouvelle, Hortense gagna le rez-de-chaussée dès qu'elle entendit des pas dans le vestibule. Ignorant le majordome qui cherchait à lui parler, elle entra en trombe dans le salon.

— Louis, j'ai quelque chose de très important à vous dire !

— Excusez-moi de vous décevoir, répliqua en se retournant un inconnu. Ce n'est que moi… Julien Coblence…

— Julien Coblence, répéta-t-elle, interdite.

— Je n'aurais pas dû venir à l'improviste ! Mais n'ayant pas vu Louis depuis longtemps, j'ai fait un détour pour le saluer. De plus… j'étais impatient de vous connaître !

Avec l'étrange sensation de se trouver face à l'un des héros qui peuplaient ses contes, Hortense subissait le charme du visiteur. De ses voyages lointains, il gardait l'empreinte du vent et de la liberté. Ses épaisses boucles noires lui donnaient une allure de pirate, que corrigeait sa mise soignée. C'était surtout son regard qui déconcertait, à la fois pénétrant et rêveur…

— Quel examen intimidant, s'exclama-t-elle.

Elle ajouta avec un rire léger :

— Ce n'est jamais facile d'affronter le verdict du meilleur ami de son mari.

— Je ne trouve que des raisons de le féliciter… et de l'envier.

— Alors, vous voilà revenu parmi nous ! coupa-t-elle afin de cacher sa gêne.

— Pour une longue période.

— C'est une excellente décision ! s'exclama Louis qui se tenait sur le seuil de la pièce.

Les deux hommes se donnèrent l'accolade. De taille et de corpulence similaires, ils différaient par leur style. Louis, posé, harmonieux ; Julien, plus nerveux…

— À quoi ressemble Saint-Pétersbourg ?

— C'est long à raconter. Pourquoi ne dînerions-nous pas ensemble ? Je vous invite au Café Riche.

— Qu'en pensez-vous, Hortense ? demanda Louis.

Lourde de son secret, grisée d'imprévu, elle acquiesça. En chantonnant, elle choisit une robe de faille dont les bouillonnés de tulle et les nœuds de satin rappelaient le bleu délicat de l'éventail offert par Julien.

— Remonte davantage mes cheveux sur la nuque, ordonna-t-elle à Lucille pendant qu'elle lui tendait des épingles de diamant…

Cette coiffure accentuait sa ressemblance avec Elsie. Julien, qui ne s'était pas encore expliqué le trouble que lui inspirait la jeune femme, en comprit la raison. Il n'en fit pas état, mais continua d'observer Hortense tandis que la calèche les emmenait vers les boulevards.

À la veille des départs en villégiature, les Parisiens s'étaient donné le mot pour se ruer vers les spectacles auxquels ils n'avaient pas assisté ou se griser de frivolité et de rendez-vous galants aux terrasses des cafés. Aux voix éraillées des vendeurs de journaux se mêlaient celles des cochers qui s'invectivaient devant le perron de Tortoni où, dans un encombrement d'attelages, des élégantes attendaient qu'on leur servît les sorbets qui rendaient célèbre l'établissement.

Dans la grande salle du Café Riche, les têtes se tournèrent à l'arrivée d'Hortense et de son escorte. Avec l'intuition de créer quelques jalousies, elle suivit d'un pas léger le maître d'hôtel jusqu'aux cabinets particuliers. Des senteurs de musc et de parfums capiteux flottaient dans le corridor où résonnaient exclamations et rires. Leur guide s'effaça devant une petite pièce aux murs tendus de moire mordorée. Un miroir encadré de girandoles renvoyait le reflet d'un lustre étincelant de tous ses feux. Sans cacher sa curiosité, Hortense remarqua les plus infimes détails de cet endroit sur lequel elle s'était posé tant de questions… N'était-ce pas le vœu des femmes du monde que de mener, l'espace d'une nuit, l'existence de leurs rivales, ces courtisanes dont elles enviaient le savoir-faire ? Du sofa aux tableaux représentant Cupidon et Psyché, tout évoquait la volupté. Combien de serments vrais ou faux, de soupirs ou de larmes, de jeux et de disputes n'avaient résonné dans la clandestinité de ce boudoir où le temps et les conventions sociales étaient abolis ? L'idée que Louis en eût été l'un des habitués ne lui déplaisait pas. Sur son célibat, il se montrait discret, mais l'expérience qu'il possédait et les allusions de tierces personnes suffisaient à l'édifier. Amusée, elle le voyait choisir, avec l'aide de Julien, les vins qui accompagneraient leur repas. La complicité s'avouait dans chacun de leurs gestes... À tel point qu'elle faillit révéler son secret... Puis elle se ravisa. Louis l'apprendrait dans l'intimité de la chambre...

Un rafraîchissoir fut apporté, contenant une bouteille de champagne.

— À nous trois, déclara Julien en levant son verre.

À peine eut-il prononcé ces mots qu'il tressaillit. À sa mémoire revenait une scène similaire. Lors d'un retour de voyage, Elsie l'avait invité avec Louis à souper à la Maison-Dorée. Il venait d'avoir seize ans. Assise entre ses protégés, la cantatrice s'était éventée avec cette grâce nonchalante qu'il retrouvait chez Hortense. Leurs rires aussi se ressemblaient, cristallins, juvéniles...

— Julien est dans ses brumes, l'excusa Louis qui lui demandait s'il avait toujours l'intention d'ouvrir sa fabrique de porcelaine.

— L'inauguration est fixée à septembre prochain, répliqua celui-ci.

— Voilà qui va rassurer Bracquemond !

— Ah oui... Pourquoi ?

— Il craignait que tu annules tes commandes.

— Quelle garantie faut-il à ce garçon ? Une parole est une parole !

Hortense découvrit que Julien pouvait changer d'humeur avec rapidité. Son visage s'était fermé et quelques secondes s'écoulèrent avant qu'il ne reprît sur un ton affable :

— Nous allons sortir six nouveaux services, trois inspirés de décors extrême-orientaux et trois autres dessinés par des artistes en lesquels je crois.

Avec habileté, Louis chassa les nuages et Julien évoqua son futur. Il allait chercher un appartement à Paris, y déposer des biens qui n'avaient connu que la poussière du garde-meubles. Pendant qu'il s'occuperait de sa fabrique, il développerait l'importation de produits japonais.

Hortense sentait se répandre dans ses veines la chaleur du vin. Les mets épicés qu'elle goûtait lui paraissaient délicieux.

— Hortense écrit, entendit-elle dans un brouillard.

— Ah oui ? répondit Julien avec une nuance d'intérêt dans la voix.

— Des contes... que je trouve excellents, insista Louis.

— Peut-on les lire ?

— Je l'encourage à les publier, mais elle n'a pas encore pris sa décision.

— Des contes de fées, répéta Julien. En échappant à toutes les règles, ils ne brident pas l'imagination !

— Ils n'échappent pas à toutes les règles, s'insurgea Hortense.

Avec fougue, elle poursuivit :

— J'essaie d'offrir une réponse aux questions que se posent les enfants sur la solitude, l'amour et la vie.

J'essaie de les rassurer sans leur cacher la vérité. Rien n'est facile, mais on peut surmonter les difficultés.

— Ne croyez-vous pas que, pour vaincre les difficultés, il faille en avoir les moyens et que ceux-ci n'appartiennent qu'à une poignée de privilégiés ?

— Ils appartiennent à ceux qui, après les avoir recherchés, finissent par les obtenir.

— Avez-vous eu besoin de tant chercher ? insista Julien.

— Mon existence n'a pas toujours ressemblé à ce que vous voyez, rétorqua-t-elle.

Sous l'amabilité du ton, perçait une fermeté qui intrigua son interlocuteur. À l'annonce du mariage de son ami, Julien avait songé que, pour obtenir la capitulation de ce célibataire endurci, l'élue ne devait pas manquer de qualités. Hortense ne ressemblait pas à celles qui l'avaient précédée dans l'existence de Louis. Elle était belle, vive, grave, semblait généreuse… Derrière une apparente sérénité, se cachait une nature passionnée. Il n'y avait qu'à observer la veine frémissant à son cou, sa fougue à vivre l'instant pour comprendre qu'elle devait préférer les eaux tumultueuses aux fleuves tranquilles.

18

HORTENSE EFFECTUA L'INVENTAIRE des objets qu'elle souhaitait conserver avant que les travaux ne débutent dans la villa d'Elsie. Avec Constant Delteil qui l'hébergeait et lui servait de mentor, elle passa en revue le rez-de-chaussée et le premier étage, puis décida de visiter la buanderie.

— C'est l'heure du thé, s'insurgea le vieil homme. J'ai invité mes voisins.

— Rejoignez-les et renvoyez-moi l'attelage dans une heure.

— Croyez-vous vraiment que…

— Oui.

Avec gentillesse mais fermeté, elle l'accompagna jusqu'au perron.

Il était impossible de pénétrer dans la buanderie tant elle débordait de caisses, de cartons à chapeaux, de vêtements couverts de poussière. Sur une table bancale, des paquets de partitions voisinaient avec des daguerréotypes sur lesquels elle découvrit Louis adolescent. Émue, elle s'attarda à chercher sur son visage les traits d'aujourd'hui. Elle profita de la lumière du soleil pour trier les papiers entassés dans des malles. Programmes de récitals, coupures de journaux, billets d'admirateurs, la carrière de la cantatrice défilait sous ses yeux. Entourées de rubans, des lettres étaient rangées dans un sac en tapisserie. Sans chercher à les lire, Hortense les ajouta aux biens qu'elle voulait protéger des regards indiscrets. Elle trouva des quatrains dont la qualité attira son attention. Tous portaient la signature de Julien. Le cœur battant, Hortense s'assit sur un panier retourné. Au travers des mots, elle découvrit l'âme d'un être qui, contre le manque d'amour et l'incompréhension, avait cherché dans l'écriture un moyen de libérer son inquiétude. Implorant Elsie, l'ange gardien, il lui demandait de lui insuffler une part de cette lumière dont elle rayonnait. « Si je ne vous avais pas rencontrée, avouait-il dans une missive, je me serais détruit et aurais ainsi répondu au souhait de celle qui m'a mis au monde. Combien de fois n'ai-je pas capté dans son regard que j'étais un frein à l'accomplissement de sa destinée ! Dites-moi la vérité, Elsie, toute la vérité. Suis-je si mauvais, si noir ? Dites-moi aussi, ma magicienne, pourquoi j'étouffe quand vous partez dans vos périples lointains… Le monde est mal fait… Si j'avais été plus âgé, j'aurais déposé ce monde à vos pieds et nous l'aurions possédé. »

Assise avec Constant Delteil sous un marronnier du jardin, Hortense confia :

— J'ai découvert la correspondance de Julien Coblence ainsi que des poèmes adressés à Elsie… Pourquoi était-il si malheureux ?

— C'est une longue histoire dont lui-même ignore certains éléments.

— Vous les connaissez, n'est-ce pas ?

Constant se frotta le menton.

— Elsie m'a fait quelques confidences… Nous étions très liés… Un peu comme un frère et une sœur… Enfin, c'était ainsi qu'elle voyait notre relation.

Le silence s'installa et Hortense le laissa aux prises avec son passé. Qu'il eût voué à la cantatrice une passion étrangère aux liens fraternels n'était pas à mettre en doute. Il suffisait d'observer son expression lorsqu'il l'évoquait.

— Elle connaissait l'existence de Julien, mais ne l'avait jamais approché. Après avoir appris sa fugue, elle m'a demandé de le lui amener. Je me souviendrai toujours de leur première rencontre, elle enjouée comme d'habitude, lui taciturne. Il devait avoir onze ans et, déjà, ressemblait à un adulte. Au bout d'une heure, elle est parvenue à instaurer un dialogue. À la fin de l'après-midi, il tournait les pages de la partition pour piano et, avec un visage transfiguré, écoutait la romance qu'elle chantait à son intention.

— Pourquoi cet intérêt pour un étranger ? interrompit Hortense.

— Julien n'était pas un étranger… mais le fils du diplomate qu'Elsie a aimé. Avant de la rencontrer, il avait eu une liaison avec Mme Coblence, devenue en secondes noces Mme Lesage.

— En a-t-on la certitude ?

— La ressemblance entre le père et le fils en est une preuve irréfutable.

— Lui ne s'est pas posé de question ?

— Pas la moindre. Son père est M. Coblence. Même s'il n'en garde qu'un souvenir flou, il lui voue une affection sans borne.

— À quoi ressemble Mme Coblence ?

— Vous la croiserez dans le village. Elle était ravissante, mais sa rancœur a fini par lui ôter son éclat. Elle vit dans l'ombre de René Lesage, un militaire de carrière auquel elle n'a pu donner l'enfant qui aurait racheté sa honte.

— Détestait-elle vraiment Julien ?

— Elle reportait sur lui son amertume d'avoir été abandonnée.

— Comment a-t-elle accepté qu'il se rende chez sa rivale ?

— Elle attribuait des pouvoirs sataniques à cette pauvre Elsie et craignait d'en subir les effets si elle lui déclarait ouvertement la guerre.

C'était la seconde soirée qu'Hortense passait à Bougival et elle appréciait la compagnie de son hôte qui se passionnait pour la mythologie, les énigmes de l'histoire et pour l'horticulture qu'il enseignait à Marthe Duplessis.

Hortense l'observait pendant qu'il réajustait un bouton de manchette. Avec son crâne dégarni et ses oreilles décollées, il ne pouvait passer pour séduisant, mais la vivacité des yeux et la douceur du sourire corrigeaient cette impression.

— Vous n'avez jamais souhaité vous marier ?

— Il faut être deux pour se lancer dans cette aventure.

— En éprouvez-vous des regrets ?

— C'était mon destin que de vivre seul. J'ai ainsi étudié dans la tranquillité, voyagé comme je l'entendais. Reste que je n'ai pas de descendants…

Du regard, il balaya la façade illuminée de sa maison :

— Que leur aurais-je transmis, sinon mes emballements et mes fantaisies ? Je suis paresseux et rêveur, ma chère petite. Comme ces gens-là, je fuis la réalité et les responsabilités.

Ces aveux avaient été prononcés avec tant de conviction qu'ils en rirent.

Constant se leva pour gagner la salle à manger.

— La gravité n'est pas faite pour les clochards du sentiment… Je parle de moi, bien entendu ! En ce qui vous concerne, vous n'avez pas fini d'inspirer de grandes amours.

— Arrêtez de vous moquer de moi, s'insurgea Hortense.

— Je ne me moque pas de vous !

À mi-voix, il ajouta :

— On n'échappe pas à certains caprices du sort… Même si l'on tente de garder ses distances.

19

UN APRÈS-MIDI D'OCTOBRE, Gabrielle poussa la porte de l'éditeur et graveur Albert Cadart qui avait accepté d'exposer ses travaux dans sa galerie. Était-ce bien elle qui avait brossé ces scènes où le temps paraissait suspendu entre ciel et eau, ces univers de givre et de cristal peuplés de femmes aux visages sensibles et aux gestes délicats, ces enfants courant derrière leurs cerceaux ? Elle gagna le bureau. Sur une longue table, s'étageaient des piles de *L'Union des artistes*, l'hebdomadaire fondé par le maître des lieux.

— J'espère que vous ne vous êtes pas trompé en choisissant mon travail, lui dit-elle avec un rire nerveux.

À mesure que l'heure avançait, les doutes l'envahissaient. Aurait-elle la force de tenir tête à la critique ? Avec sa fidélité coutumière, Berthe Morisot était venue la soutenir dès l'ouverture des portes au public. En silence, elle fit le tour du petit local, puis rejoignit Gabrielle.

— Vous n'avez pas à vous inquiéter… C'est beau. Et si personnel ! À quoi songez-vous en voyant vos toiles sur ces murs ?

— J'ai l'impression qu'elles ne m'appartiennent plus…

Gabrielle s'interrompit pour reprendre avec gravité :

— Oh ! Berthe ! Comment vous remercier ? Sans vos conseils et votre aide, je me battrais encore contre mes hésitations.

L'arrivée de ses parents l'empêcha de poursuivre. Eugène Giraud, qui les accompagnait, échangea quelques mots avec Cadart, salua Berthe, tapota la joue de Gabrielle comme si elle était restée la petite fille qu'il avait fait sauter sur ses genoux, puis s'exclama devant une scène de canotage :

— Pourquoi ces demi-teintes et ces grandes trouées de lumière ?

— Venant de lui, c'est le meilleur compliment qu'il vous soit donné d'entendre, chuchota Berthe.

Compliment ou reproche, ces mots furent repris par d'autres personnes qui passaient là par hasard ; Gabrielle n'avait pas voulu lancer d'invitations.

Jean Chevigny était le seul parmi ses camarades d'atelier à être informé de l'événement. La jeune fille le vit arriver, le cheveu hirsute et les doigts maculés d'encre de Chine.

— Mazette, siffla-t-il entre ses dents pendant qu'il dénouait une écharpe délavée… C'est toi, ma bichette, qui as fait ce travail ?

Après avoir contemplé les œuvres de Gabrielle, il déclara avec un hochement de tête :

— Il y a un raffinement qui m'échappe, mais c'est intéressant…

Elle eut un soupir de soulagement ! L'avis du garçon comptait parmi les plus précieux, même si sa franchise lui causait des nuits sans sommeil.

— Tu ne t'imposeras pas tant que tu ne te débarrasseras pas de ton bon goût. Ose, nom de Dieu, ose les dualités de tons, les cassures de volumes…

Elle l'avait écouté et le résultat était probant.

— Je dois filer, lui confia Jean.

— Déjà !

— J'ai promis à Nina de passer chez elle. Elle donne une petite fête pour son anniversaire.

Du regard, il balaya les visiteurs.

— Qui te demande de rester avec ces éteignoirs ? Tes tableaux parlent d'eux-mêmes ! Viens avec moi, on va s'amuser !

Allongée sur un sofa, la princesse de la bohème dissertait au milieu de sa cour. Les rideaux tirés sur le crépuscule et le feu allumé pour combattre l'automne ajoutaient à l'intimité que créaient les plafonds bas, les sièges capitonnés et les coussins. Enjambant livres et journaux, Gabrielle s'approcha de Nina qui, après l'avoir dévisagée, déclara :

— Nous nous connaissons ! Mais je ne sais plus où nous nous sommes rencontrées.

— Au lieu de te remuer les méninges, tu ferais mieux de nous indiquer où se trouve le punch, coupa Chevigny en déposant un baiser sur sa tempe.

— Carlier est en train de le préparer.

En entendant prononcer le nom, Gabrielle tressaillit. Pour avoir trop espéré ce face-à-face, elle en redoutait l'imminence. Comme un automate, elle suivit Chevigny jusqu'à l'office. Penché sur un récipient en argent, Étienne composait son breuvage.

— Un peu de patience, leur lança-t-il sans se retourner.

— Moi qui croyais être le seul à faire la loi dans cette maison, se plaignit Chevigny.

— Depuis qu'elle a quitté son mari, Nina nous a donné des rôles interchangeables, répliqua Étienne en riant. Au lieu de gémir, goûte-moi cette poudre à canon.

— Galanterie oblige, rétorqua Jean en s'effaçant devant Gabrielle.

— Tu as raison, renchérit Étienne sur un ton uni.

Et, présentant une cuiller à la jeune fille, il attendit qu'elle s'en saisît.

— Dites-moi ce que vous en pensez...

Il fallut quelques secondes à Gabrielle pour réagir à la brûlure de l'alcool. La gorge en feu, les yeux brillants, elle balbutia :

— Avec une telle poudre, le plus modeste canon viendrait à bout de tous les sièges !

Sans quitter son sofa, la maîtresse de maison conversait avec ses invités. Parmi ceux-ci, Gabrielle reconnut des artistes croisés dans les ateliers. Mêlés à des chroniqueurs et des auteurs dramatiques, ils oubliaient, sous l'aile protectrice de leur muse, la rudesse du quotidien.

— Nous sommes jeunes et talentueux, martelait Nina à un garçon qui, assis en tailleur sur un tapis élimé, ne semblait guère optimiste quant à son avenir. Ce sont des biens que beaucoup souhaiteraient posséder ! Alors, cesse de te lamenter et fais fructifier ce capital !

Existait-il un homme qui pût demeurer indifférent à ce chatoiement, cette fantaisie, cette générosité ? se demanda Gabrielle en voyant Étienne proposer un verre à leur hôtesse. Était-il son amant ? Leur connivence le laissait croire…

— Mais non, la rassura Chevigny auquel elle posa la question.

Il ajouta :

— Ces deux natures passionnées redoutent la passion, Nina pour s'y être brûlée… Étienne par souci de préserver sa liberté. Ils ont décidé de privilégier l'amitié.

Il eut un petit rire.

— Penses-tu que je serais assez fou, si je t'aimais, pour te déclarer ma flamme ? Deux artistes ensemble… C'est condamné d'avance !

— Il existe des exceptions.

— Ah oui ? Cite-les-moi !

Sans la laisser répondre, il poursuivit :

— Rien dans notre existence ne peut rivaliser avec la peinture !

En l'écoutant, elle observait Étienne qui discutait avec un sculpteur dont Carpeaux s'était attaché les services. Une femme les avait rejoints et, appuyée sur l'épaule du peintre, lui reprochait de s'être transformé en ermite.

— On ne te voit plus ! C'est Flora qui t'accapare ?

— Flora ! s'écria Nina qui avait intercepté ces paroles. Laissons-la de côté, celle-là !

À la cantonade, elle lança :

— Et bénissons le théâtre de l'occuper durant quelques heures.

Gabrielle eut soudain très chaud. À la recherche d'un réconfort, elle se tourna vers Jean. Celui-ci l'avait abandonnée pour gagner la salle à manger où sur une table couverte d'une moire cramoisie s'étalaient des mets aux parfums d'épices et de cannelle. Un inconnu chevelu lui tendit un nouveau verre, qu'elle refusa. Que faisait-elle ici, alors que sa famille devait s'inquiéter de son absence ? Ce souci, qui ne l'avait pas effleurée jusque-là, devint pressant.

Un serviteur lui présentait sa mante dans l'entrée quand Étienne, venu chercher la blague à tabac qu'il y avait oubliée, s'exclama :

— Vous partez ? Déjà !

— On m'attend, balbutia-t-elle en maudissant sa gêne.

— Qui ?

— Mes parents.

— Comment avez-vous l'intention de rentrer ?

— En fiacre.

— Nous allons le chercher ensemble.

— Mais non, voyons… Le dîner est servi et…

Indifférent à ses protestations, il lui avait pris la main et l'entraînait dans les escaliers. Plus un mot ne fut échangé jusqu'à ce qu'ils eussent gagné un boulevard où circulaient omnibus et attelages. Si Gabrielle avait été surprise par la rapidité des événements, Étienne ne l'était pas moins. À quelle impulsion avait-il obéi lorsqu'il l'avait découverte prête à prendre la fuite, sinon au désir de provoquer un nouveau tête-à-tête ? Il n'avait guère songé à la jeune fille depuis leur rencontre au Louvre ; néanmoins, lorsque son souvenir traversait son esprit, il éprouvait une sensation d'inachèvement. De Gabrielle, il ne savait rien, sinon qu'elle appartenait à un milieu privilégié qui ne pouvait que les séparer…

À la lueur d'un réverbère, il la dévisagea et retrouva dans son regard, dans son sourire, le bouillonnement de vie qui l'avait séduit. Un fiacre passa ; ni l'un ni l'autre ne tentèrent de le héler. Complice, la nuit abolissait leurs défenses et ils s'y fondaient avec la joie grandissante de cheminer ensemble. Gabrielle s'étonnait qu'un tel accord pût s'établir avec un étranger. Malgré la cadence qu'il lui imposait, malgré le vent glacé, elle aurait marché des heures à son côté. Aux interrogations désordonnées qui l'assaillaient, elle ne trouvait pas de réponse… Qu'importait !

Le trot d'un cheval s'approchait. Cette fois-ci, Étienne fit signe au cocher. Puis il ouvrit la portière de l'attelage afin qu'elle s'y installât.

— Merci, murmura-t-elle en s'asseyant sur la banquette capitonnée.

— J'aimerais vous revoir, lança-t-il, furieux de laisser échapper la phrase qu'il retenait depuis quelques minutes.

— Moi aussi.

— Alors, soufflez-moi ce que je dois vous proposer… Je ne connais pas les habitudes de votre monde.

— Qui vous oblige à les connaître ?

Surpris par tant de franchise et de simplicité, il la dévisagea. Avec la conviction d'accomplir la plus grande bêtise de son existence, il finit par déclarer :

— Voulez-vous m'accompagner à Meudon dimanche prochain ? J'avais projeté de m'y promener.

— Oui.

— Retrouvons-nous à 11 heures, sous l'horloge de la gare Saint-Lazare.

Sans attendre son accord, il claqua la portière, puis, les mains dans les poches, rebroussa chemin.

20

ONZE HEURES ÉTAIENT PASSÉES et Étienne faisait les cent pas devant la gare. Incapable de savoir s'il souhaitait que Gabrielle tînt sa promesse ou non, il triturait dans son gousset l'argent qu'il venait d'emprunter à Nina.

— Je ne te le rembourserai pas de sitôt, l'avait-il prévenue.

Avec un soupir, il avait avoué :

— Je n'ai rien vendu depuis des semaines et ce que je dois toucher pour les fresques d'un café servira à payer mes retards de loyer.

Voilà qu'il ajoutait à ces tracas en recherchant la compagnie d'une jeune fille à laquelle il n'avait rien à offrir. Bousculé par des promeneurs pressés de goûter aux charmes de la banlieue, il commençait à se résigner à l'idée de partir seul lorsqu'il la découvrit au milieu de la foule.

— Excusez-moi, lui dit-elle, essoufflée. J'ai dû utiliser des subterfuges pour tromper la surveillance de ma mère.

Hortense, mise dans la confidence, l'avait tirée d'affaire en la réclamant à son chevet. Sa grossesse l'obligeait à s'allonger une grande partie de la journée. Gabrielle s'était rendue rue La Bruyère… À peine la calèche des Laferrière disparue, elle s'était ruée vers Saint-Lazare.

— Je connais une auberge où l'on sert d'excellentes omelettes, déclara Étienne lorsqu'ils arrivèrent à Meudon.

Une paysanne, le corps ceint d'un grand tablier blanc, quitta l'âtre dans lequel elle cuisinait pour les installer autour d'une table où elle déposa un pichet de vin rouge, une miche de pain et des rillettes.

La commande faite, Étienne considéra Gabrielle en silence. Ainsi, elle avait bravé tous les interdits pour partager ces instants avec lui.

— Je suis passé chez Cadart et j'ai vu vos toiles, dit-il alors qu'elle dépliait sa serviette.

— Chez Cadart ! Vous y allez souvent ?

— Non… Chevigny m'avait prévenu que vous y exposiez et j'étais curieux de connaître votre travail.

L'idée qu'il se fût attardé devant ses toiles la pétrifiait. Elle redoutait son jugement plus que celui de quiconque.

— Votre peinture vous ressemble. Elle est à la fois forte et fragile, sensuelle, épanouie, heureuse et nostalgique. On a l'impression que vous voudriez arrêter le temps pour que votre esprit et votre cœur en saisissent chaque parcelle.

Étienne n'était pas homme à mentir : il avait donc aimé son ouvrage ! Libérée de son appréhension, elle parvint à répondre avec clarté aux questions qu'il lui posait sur ses débuts.

— Comme la plupart des adolescentes, j'ai suivi des cours de dessin. Mes professeurs ont su m'encourager, c'était important… La chance a suivi.

— Mais le fait d'être une femme ?

— Passé l'effet de surprise, cet élément a perdu de son importance. Est-ce un tel handicap ?

— Non… Enfin…

— Soyez honnête !

— Jusqu'à présent, rien ne m'avait enthousiasmé chez vos consœurs. Mlle Gérard aurait pu ne pas exister. Quant à certaines contemporaines, comme Rosa Bonheur, je vous abandonne volontiers leur barbouillage.

— Voilà une déclaration qui ne respire pas la misogynie !

— Mais non, se défendit-il en riant.

— Parlons d'un sujet plus intéressant, poursuivit Gabrielle sans prêter attention à ses justifications. De vous, par exemple !

— De moi ! Il n'y a rien à dire.

— Vous êtes ombrageux et vindicatif. Je n'oublierai jamais votre accueil à Bougival…

— Reconnaissez que vous vous étiez gentiment payé ma tête.

— Ce n'était pas mon but, je vous l'assure.

— Admettons…

— Si vous aviez su qui j'étais, vous ne m'auriez pas emmenée en canot.

— N'êtes-vous pas ici avec moi, aujourd'hui ?

— C'est une décision que vous n'aviez pas préméditée. Ai-je tort ?

L'effet du vin avait permis cette affirmation et, maintenant qu'elle était formulée, Gabrielle se rendait compte qu'elle délivrerait leur relation des dernières ombres.

— Je crains toujours la nouveauté, sauf lorsqu'il s'agit de peinture, avoua Étienne.

— Sur ce terrain, vous marchez en éclaireur !

— Je commence à piétiner. Il me manque une sollicitation que je trouvais dans mes voyages, l'émulation que provoque la confrontation avec les maîtres...

Happé par ses souvenirs, il évoqua Rembrandt.

— Qu'il s'agisse d'un enfant dans son berceau, d'une fiancée à la veille de ses noces ou d'un vieillard désenchanté, il se glissait derrière leur visage, traquait leur âme à la recherche de leurs espoirs. Il savait saisir ce lent glissement qui mène vers la dissolution de cette vie qu'il voulait percevoir, capter, retranscrire... Comment ne pas se juger misérable face à une telle force ? Comment ne pas poser son pinceau, après avoir admis que rien ne pouvait être ajouté à cette œuvre ? J'ai cru ne jamais me relever de cette confrontation... Prétention ou inconscience, l'envie de peindre a resurgi.

Avec un sourire de dérision, il reconnut :

— Je ne savais rien faire d'autre !

— L'avez-vous regretté ?

— Oui... Quand j'avais faim.

La scène à laquelle elle avait assisté quelques mois auparavant remontait à la mémoire de Gabrielle. Ce marchandage contre des tubes de couleurs la faisait encore frissonner.

— Si je vous rétorquais que le confort n'est pas un allié, vous me remettriez à ma place, n'est-ce pas ?

— Je ne peux me prononcer sur un sujet qui m'est étranger. Même si mes parents n'étaient pas pauvres à proprement parler, je n'ai pas connu l'aisance.

— Vivent-ils à Paris ?

— À Amboise. Mon père est mort pendant que j'étais en Espagne. Depuis, ma mère a transformé notre maison en pension de famille.

Il s'interrompit avant de constater :

— Elle n'aura décidément pas cessé de servir les autres.

Dans ces paroles filtraient tendresse et remords de ne pouvoir remédier à une situation qui le navrait.

— Même si elle ne s'en plaint pas, elle souffre de mon éloignement. Mais de trop fréquentes visites affaibliraient ma révolte. On a tôt fait de rentrer dans le rang !

De nature pudique, il avait appris à dominer ses émotions – et plus encore devant les femmes, avec lesquelles il préférait se montrer superficiel et désinvolte. Que possédait Gabrielle pour vaincre des défenses soigneusement édifiées ? Une sensibilité, une capacité d'écoute particulières ?

Quand on leur présenta l'addition, elle insista pour en payer la moitié. Il ne céda pas.

— Cessez de me contrarier et gardez votre énergie pour marcher !

Ils parcoururent des kilomètres à travers la forêt. Sans mot dire, Étienne respirait à pleins poumons, le regard fixé sur des ors et des pourpres dont la subtilité le narguait.

— La nature nous donne la plus grande leçon d'humilité, finit-il par murmurer. Aucune composition chimique ne saurait restituer ces dégradés de tons, ces teintes brisées…

Puis il se reprit :

— J'avais décidé de me détendre et je ressasse mes tourments…

— Oubliez-les, lui dit-elle en glissant spontanément son bras sous le sien, et profitez de cet air encore sec, écoutez ces cris d'oiseaux…

Une paix l'envahit, ainsi que la sensation de ne plus être seul face à une tâche qui, parfois, l'écrasait. Avec la conscience de toucher au meilleur, il s'abandonna à la joie de communier avec un être dont il respectait la démarche et la sincérité.

La crainte de manquer le train et de placer Gabrielle dans une situation fâcheuse lui fit rebrousser chemin.

— Je n'avais pas vécu aussi agréable journée depuis longtemps, avoua-t-il avant de la quitter.

Malmené dans ses sentiments, ne sachant plus s'il souhaitait se préserver d'un tumulte dont il n'était pas sûr de sortir indemne ou s'il voulait céder au bonheur de donner et de recevoir, il se tut. La prudence l'emporta… Il la salua sans fixer de rendez-vous.

Rentrer chez lui le rebutait. Le théâtre faisant relâche, Flora risquait de lui rendre visite ! Il supportait mal son verbiage. Et son corps ne l'attirait plus ! Pour éviter le face-à-face, il prit la direction du Café de Bade.

Henri fut la première connaissance qu'il aperçut en pénétrant dans l'établissement. Assis à califourchon sur une chaise, il discutait avec Degas qui avait passé l'après-midi sur le champ de courses de Longchamp.

Étienne n'éprouvait guère de sympathie pour l'homme qu'il jugeait hautain et compassé, mais l'œuvre l'intéressait.

— Rien en art ne doit ressembler à un accident, encore moins le mouvement, était-il en train de déclarer à son interlocuteur. Il faut refaire dix fois, cent fois le même sujet et, si l'on n'obtient pas satisfaction, l'oublier.

Après avoir jeté un rapide coup d'œil à la pendule qui affichait 7 heures, Degas s'empara de sa canne et de ses gants.

— Je n'ai que le temps de courir à l'Opéra avant le lever de rideau…

— Une autre bière, lança Henri au garçon qui passait.

Puis, s'adressant à Étienne :

— Plutôt que d'essuyer une colère de Degas, j'ai préféré ne pas le contrarier. Qu'est-ce que tu bois ?

— La même chose que toi.

La Fleur les rejoignit un peu plus tard et les bocks se succédèrent à un rythme accéléré.

— On m'a parlé d'une soirée un peu particulière chez un marchand de tableaux mexicain. Il y aura des filles et de l'alcool… Vous m'accompagnez ?

Étienne déclina l'invitation. Quant à Henri, il était encore trop perturbé par la scène de la veille pour songer à se distraire.

Il terminait de se raser quand on avait frappé à sa porte. Pensant qu'il s'agissait de sa concierge, il avait ouvert, le visage recouvert de savon, et quelle avait été sa stupéfaction de trouver Évangéline emmitouflée dans une houppelande râpée.

— Que fais-tu là ? balbutia-t-il.

— Je peux entrer ?

— Oui, bien sûr…

D'un rapide coup d'œil, elle parcourut le logement qui, sans être luxueux, surpassait ce qu'elle avait connu jusque-là. La serviette autour du cou, Henri se tenait devant elle, attendant qu'elle s'expliquât, et elle trouva qu'il avait perdu de sa superbe. Mais ce n'était pas le moment de faire la difficile.

— On ne t'a pas beaucoup vu à Bougival !

— J'ai dû travailler.

— Ah oui ? répliqua-t-elle en tendant ses mains vers le poêle. Et c'est rentable ?

— Pas autant que je le voudrais.

— On pourrait vivre avec ?

Comme il la fixait sans répondre, elle ajouta :

— Je suis venue m'installer.

— Enfin, Évangéline, c'est une plaisanterie.

— Est-ce que j'ai l'air de plaisanter ?

— Je ne comprends plus… Tu débarques sans t'annoncer et tu me parles d'une cohabitation alors que je ne t'ai rien promis !

— J'attends un enfant, Henri… Ton enfant.

Assommé par la nouvelle, il mit un certain temps à réagir.

— Comment, mon enfant ? Tu vas vite en besogne !

— Je suis enceinte de cinq mois… Alors, si tu as de la mémoire…

— Justement j'en ai, de la mémoire, et je me souviens que tu passais tes nuits avec un bouseux qui rentrait du service militaire.

Marchant de long en large, il déclara :

— C'est facile de pleurnicher chez celui qui te paraît le plus fortuné. Seulement, tu t'es trompée d'adresse. Je suis couvert de dettes.

— Je travaillerai pour nous.

Avec un rire amer, il haussa les épaules.

— Regarde-toi et regarde-moi. Tu nous imagines ensemble ! Non, ma belle, je n'officialiserai rien… D'abord… parce que je ne suis pas le père de ce mouflet à naître, ensuite… parce que je vais partir.

— Partir ? Où ?

— Loin…

Il avait pris cette décision au moment même où il l'énonçait. Tout, plutôt que de se lier à cette folle qui prenait ses désirs pour la réalité ! Il posa son regard sur le visage fatigué de la jeune femme. La grossesse, sans doute… Cette constatation effaçait l'attirance qu'elle lui avait inspirée. Au bord de la nausée, il ne songeait plus qu'à échapper à une situation de mauvais feuilleton.

— Et ce type, le père du gosse ? n'oublia-t-il pas de préciser… Que fait-il ? Il travaille ?

— Dans la maçonnerie.

— Eh bien, voilà un métier qui rapporte ! Toi qui parlais de rentabilité !

— C'est monstrueux ce que tu dis là, s'écria-t-elle.

Comble de l'horreur, elle se mit à pleurer.

— Qu'est-ce que je vais devenir, moi ? Mes parents, quand ils vont savoir la vérité, ils vont me mettre dehors !

— Cesse ce chantage et écoute-moi, ordonna-t-il.

Après lui avoir tendu un mouchoir, il poursuivit :

— Tu dois parler à ton fiancé... Tu verras qu'il t'épousera. Il t'aime, non ?

— Oui.

— Alors, où est le problème ?

— Mais toi, tu disais aussi que tu m'aimais, sanglota-t-elle de plus belle.

— Je le pensais à ce moment-là.

— Depuis, tu as changé d'avis ?

— Sans doute !

La vexation et la colère envahirent Évangéline.

— Tu n'es qu'un salaud, un infâme salaud ! Je me demande comment je me suis intéressée à toi... Parce que, au lit, c'était plus que besogneux !

Sous l'injure, il blêmit. Oubliant la prudence à laquelle il s'était juré d'obéir, il la gifla à la volée. Étourdie, elle demeura sans réaction, puis ce fut un véritable pugilat. Elle se jeta contre Henri et, à coups d'ongles, de dents, lui arracha peau et cheveux. Plus tard, il se demanda comment il avait résisté à l'envie d'étrangler cette furie qui se tordait comme un ver alors qu'il la maintenait contre le sol. Un sursaut de lucidité l'avait empêché de commettre l'irréparable. Glacé par le danger qu'il venait de frôler, il cessa la lutte que l'épuisement ralentissait. Quand, à bout de souffle, elle glissa sur le flanc, il ramena sur ses jambes ses jupons relevés, puis déclara d'une voix mal assurée :

— C'est malin !

Elle demeura de longues minutes repliée sur elle-même, à récupérer ses forces. Une ecchymose marquait son menton et, sur ses joues, coulait son humiliation. Après avoir remis de l'ordre dans ses cheveux, récupéré la chaussure perdue dans la bagarre, elle se dirigea vers le vestibule. Se retournant une dernière fois, elle lança à son adversaire immobile :

— Je me vengerai, je le jure, je me vengerai des ordures qui te ressemblent !

Ce soir, la phrase résonnait aux oreilles d'Henri. Plus que la menace, c'était le ton déterminé sur lequel Évangéline l'avait proférée qui lui donnait à réfléchir.

— Je vais partir, annonça-t-il à Étienne… J'ai fait des rêves de chaleur !

— Eh bien, tu n'es pas près de t'en délivrer ! Une fois matérialisés, ils te poursuivent sans répit…

Étienne se mit à parler d'une voix basse et fervente de foules bruyantes et colorées, de routes saturées de soleil, de criques de sable blanc où, à l'ombre des pins parasols, des enfants rapportaient dans de grands éclats de rire leur pêche du matin…

Tandis que son ami l'écoutait, la nuit les enveloppait de sa rumeur.

21

1869

Henri ne concrétisa pas ses projets aussi vite qu'il l'aurait souhaité. Une pleurésie le cloua au lit. Devant la gravité de son état, on pensa à l'hospitaliser. Il ne voulut rien entendre.

— Si je dois crever, déclara-t-il à Louis, que ce soit dans mes draps…

La famille se relayait à son chevet : Marthe Duplessis, entre deux cierges offerts à la Vierge afin que son fils recouvrît la santé, Louis, à ses retours de chantier. Gabrielle, qui remplaçait Hortense près d'accoucher, rassura son entourage.

— On va le sortir de là.

Il ne suffisait pas de lutter contre le mal physique ! Gabrielle l'ayant compris, elle insufflait son optimisme à cet homme qui n'aspirait qu'à glisser vers le néant.

— Si vous saviez comme je me fichais de ce qui allait m'arriver, lui avoua-t-il quand il récupéra un semblant de forces.

Néanmoins, la naissance attendue par Hortense allumait une lueur d'intérêt dans ses yeux.

— J'espère que son enfant lui ressemblera !

Souhait que partageait Louis qui trouvait chaque jour des nouvelles raisons de chérir sa femme. Auprès d'elle, il découvrait la connivence dont il avait rêvé sans trop y croire. Il ne lui cachait rien de ses projets et, souvent, ils se penchaient ensemble sur les plans de constructions futures, notamment celles qu'un industriel lillois lui avait commandées pour ses ouvriers. Défenseur de l'espace privé, Louis avait conçu des maisons individuelles aux lignes nettes, dans lesquelles étaient fournis l'air, l'eau et la clarté dont les malheureux avaient été jusque-là privés.

Les délais impartis l'obligeant à un rythme de travail soutenu, il rentrait de ses bureaux à une heure avancée de la soirée.

— Vous ne devriez pas veiller si tard, reprochait-il à Hortense qui, malgré sa fatigue, l'attendait pour souper.

— Si je vous obéissais, je me priverais de nos conversations.

Un soir, il ne la trouva pas à l'attendre. Avant même que le majordome ne l'eût averti, il aperçut le manteau que le médecin avait jeté sur un fauteuil. Il se précipita à l'étage. À la porte de la chambre, une sage-femme lui interdit d'entrer.

Un peu plus tard, le praticien descendit au salon. Il y découvrit Louis qui tournait comme un fauve et lui annonça que l'accouchement serait lent et difficile.

— L'enfant se présente mal.

Cela dura la nuit et Louis crut perdre la raison. Refusant le moindre soutien, il demeura le front collé à la vitre, à espérer.

À l'aube, on le sortit de sa léthargie en lui tapant sur l'épaule. C'était le médecin.

— Si nous ne parvenons pas à sauver les deux... quel est votre choix ? lui demanda-t-il.

— Comment osez-vous me poser pareille question ! s'écria Louis avec des yeux exorbités. Comment imaginez-vous un instant que je sacrifierais ma femme pour... pour...

— La loi m'oblige à le faire, interrompit le praticien sur un ton sec.

Avec une dignité outragée, il quitta la pièce pour y revenir un peu plus tard. Transfiguré par son exploit, il annonça que la mère et le nouveau-né se portaient bien.

— C'est une fille. La sage-femme est en train de s'en occuper. Quant à votre épouse, elle est très éprouvée et son état nécessite un grand repos.

— Quand pourrai-je la voir ?

— En fin de journée.

— Vous ne me cachez rien, n'est-ce pas ?

— Monsieur, vous injuriez ma profession ! Ne voulez-vous pas connaître votre enfant ?

— Pas maintenant, répliqua Louis.

Son inquiétude envolée, il n'aspirait plus qu'à fuir cette maison. Il décida de se rendre chez Julien qui s'était installé place de Vintimille.

— Monsieur n'est pas encore levé, lui déclara le valet de chambre.

— Réveillez-le !

— Monsieur vient à peine de se coucher.

— Réveillez-le, vous dis-je.

De longues minutes s'écoulèrent avant que Julien, le cheveu hirsute et les yeux battus, ne rejoignît son ami dans un salon où traînaient les caisses qu'il n'avait eu le temps de vider depuis son emménagement.

— Que se passe-t-il ? demanda-t-il d'une voix enrouée. Rien de grave ?

— J'avais envie de bavarder avec toi, répliqua Louis en faisant durer son plaisir.

— Quelle heure est-il ?

— Sept heures.

— Tu veux me tuer !

Avec un gémissement, Julien se laissa tomber dans le fauteuil le plus proche.

— J'ai fait une nouba à tout casser. Les adieux à la scène de la vieille Cornelia…

Il attrapa son étui à cigarettes et, après avoir tiré quelques bouffées, sonna son serviteur.

— Du café, Émile.

Frissonnant dans sa robe de chambre, il se leva pour s'approcher de la cheminée où l'on venait d'allumer un feu.

— Si seulement je pouvais m'en tenir à mes résolutions, murmura-t-il, les yeux fixés sur les flammes. Je m'étais juré de mener une existence plus sage… Mais je suis incapable de résister aux tentations, même les plus médiocres…

Avec un soupir d'impuissance, il ajouta :

— Il y a une gamine dans mon lit. Je ne connais pas son nom et n'ai pas envie de le connaître… Pourquoi m'ennuient-elles autant les unes et les autres ?

— Parce que tu n'as pas encore trouvé celle qui t'est destinée.

— Je ne gagne jamais aux loteries !

— Le cherches-tu ?

— Tu as peut-être raison… Dis-moi plutôt ce qui te rend si matinal ?

— Moi aussi, j'ai passé une nuit blanche… Pour des raisons différentes. J'ai cru qu'Hortense allait mourir.

— Hortense ?

— Elle a accouché… Une fille !

— Et tu ne m'as rien dit jusqu'à maintenant ! s'exclama Julien.

— Je t'ai écouté, répliqua Louis avec un sourire amusé.

À mesure qu'il avouait ce qu'il avait éprouvé, il s'en délivrait.

— Jamais je n'aurais imaginé qu'un être puisse tenir une si grande place ! Elle est tout pour moi, Julien… Tu comprends ?

— J'essaie.

Ne sachant s'il enviait ou non son compagnon, Julien tentait de voir clair en lui-même. Il était parvenu à l'âge des bilans, quand les illusions doivent céder la place aux actes. Un semblant d'ordre s'instaurait dans sa vie professionnelle. La fabrique avait ouvert ses portes, les fours marchaient et, la commercialisation des services prenant un bon départ, l'argent ne tarderait pas à rentrer… Cet argent si nécessaire à son image ! Que deviendrait-il s'il n'entretenait plus ses relations avec le faste auquel il les avait habituées ? « S'il m'arrivait de me plaindre, on aurait tôt fait de me tourner le dos », reconnaissait-il avec sa lucidité coutumière.

Après que Louis fut retourné à ses occupations, Julien éprouva une nausée en pénétrant dans sa chambre où flottaient des effluves de parfum bon marché. Pelotonnée dans son lit, une forme sommeillait. L'alcool et la fatigue lui avaient ôté toute envie de la toucher quand elle s'était couchée à son côté.

Incapable d'affronter de possibles sollicitations, il déposa quelques pièces sur la table de chevet, puis se dirigea vers le cabinet de toilette afin d'effacer les traces de ses agapes. Une journée s'ouvrait, sans but véritable sinon celui de découvrir une sculpture ou un tableau susceptible de le bouleverser.

L'après-midi, il se rendit chez le père Martin où il savait trouver des toiles de Corot, Jongkind et Pissaro.

La représentation de la nature ne provoquait plus chez lui le même engouement. Était-ce d'avoir vu les sujets contemporains de Manet ou Renoir ? Aujourd'hui, il en avait la preuve en demeurant sourd aux incitations du marchand. Il rêvait de couleurs éclatantes et de scènes fortes, voire dérangeantes. La vie se révélait un trop beau matériau pour ne pas la privilégier. À sa mémoire, revenaient l'*Olympia*, *La Musique aux Tuileries*, *Les Femmes au jardin* ou *Lise à l'ombrelle*…

Ses pas le menèrent vers l'Institut des beaux-arts autour duquel des échoppes proposaient des gravures ou des dessins… mais rien n'y stimula son intérêt. C'était partout le même académisme, la même platitude. Il allait tourner les talons quand son attention fut attirée par une toile où, prostré sur une table bancale, un homme cuvait son vin tandis que sa compagne l'attendait…

— Voilà qui tranche avec votre camelote, dit-il au marchand. Qui l'a peinte ?

— Je n'en sais fichtre rien ! On me l'a donnée en dépôt !

Julien éleva la scène à la hauteur de ses yeux.

— Combien en voulez-vous ?

Le prix était dérisoire ! Emportant le tableau empaqueté dans de vieux journaux, il héla un fiacre puis, tout au long du trajet, tenta d'apparenter cette œuvre à la manière des peintres qu'il connaissait. Il chercha aussi la raison de son engouement. C'était comme si quelqu'un possédant une sensibilité proche de la sienne avait mis en image son propre tourment et les heures qui s'écoulent sans apporter d'autres satisfactions que celle d'un oubli provoqué par l'alcool, l'indifférence à l'avenir…

De retour chez lui, il chercha à la lumière d'une lampe à pétrole la signature. Deux initiales étaient apposées au bas de la scène : E. C.

Se rendre à un récital chez Hippolyte et Valentine Lejosnes ne pouvait que bien terminer cette journée.

C'était chez ce couple aux idées républicaines et aux goûts avant-gardistes que Manet avait connu Baudelaire. Constantin Guys, Zacharie Astruc et Alfred Stevens comptaient parmi leurs familiers. L'accueil était chaleureux et les divertissements proposés de grande qualité.

Assis aux pieds de la maîtresse de maison, Frédéric Bazille tenait des propos animés sur le décret qui faciliterait, cette année, l'admission au Salon.

— Les peintres ayant déjà participé à cette manifestation seront autorisés à élire les deux tiers du jury.

— Quand on sait comment cela se passe ! s'interposa Berthe Morisot.

— Ah oui ? Comment ? demanda une vieille dame en rajustant son cornet acoustique.

— Oh ! C'est très simple, expliqua le commandant Lejosnes… Devant une cheminée monumentale où brûlent des arbres entiers, les représentants des artistes reconnus consultent et élaguent sur une table longue d'une douzaine de mètres les listes des candidats proposés. Entourés d'élèves des Beaux-Arts venus au Palais pour pousser leurs amis, ils parviennent, non sans mal, à établir un premier tri. À la nuit et après une solide collation, les discussions reprennent, mais avec davantage d'excitation. C'est à qui poussera des cris d'animaux, chantera des tyroliennes. Le plancher disparaît sous les papiers gras, les bouchons, les croûtons de pain, et une odeur de gros tabac empeste les lieux. À la foule qui, peu à peu, regagne ses foyers, succèdent des noctambules désireux de connaître les résultats avant que les journaux ne les communiquent. Vers 1 heure du matin, les quarante membres du comité de réception sont enfin connus. Pendant trois semaines, ce « jury » va devoir choisir parmi les toiles envoyées celles qu'il juge dignes d'être exposées. Son président en tête, il se promène à travers les salles. Soixante-dix gardiens en blouse blanche le suivent et emportent sur une « civière » les œuvres refusées. Chacun des membres défendant ses protégés, les choix font souvent l'objet de querelles auxquelles on remédie par des pauses chocolat et cognac... Pour parvenir au chiffre réglementaire de deux mille cinq cents tableaux acceptés, les premiers tris sont souvent remis en question. On recommence et, harcelés par le froid, la routine et la fatigue, les faiseurs d'oracles bâclent un peu plus leur tâche. Voilà, mes amis, conclut-il sur un ton navré, comment l'on décide de l'avenir d'un peintre...

— Je ne vois rien d'exagéré dans cette description, renchérit Bazille... Mais il n'y a rien qui puisse remplacer ce maudit Salon.

— Pourquoi ne reprenez-vous pas votre projet d'exposition commune ?

— Les moyens nous manquent !

Berthe Morisot écoutait ces propos en y prêtant peu d'intérêt. Les yeux rivés sur la porte, elle guettait l'entrée des invités. Manet viendrait-il comme il le lui avait promis l'avant-veille ? Au souvenir de leur dernière entrevue dans l'atelier de la rue Guyot, sa gorge se serra. Tant de ferveur, tant de complicité ! Fallait-il que tout cela fût condamné ?

Il arriva enfin, élégant, désinvolte...

— Bonsoir, Berthe, lui dit-il après avoir salué leurs hôtes.

L'espace d'un instant, elle abandonna sa main à Édouard Manet, l'homme qu'elle aimait et que la vie lui refusait. Elle savait que leur rencontre était exceptionnelle, unique. Ce n'était pas seulement l'art qui les unissait, mais une communion de pensées si forte qu'ils percevaient chez l'autre la moindre nuance sans qu'elle eût besoin d'être exprimée.

La blonde et corpulente Suzanne Manet, qui s'approchait dans le sillage de son époux, la rappela aux convenances. Savait-elle, la malheureuse, qu'Édouard retenait de longues heures leur jeune amie afin de capter ses traits et de reproduire l'élan qui la jetait vers lui ? Si seulement Berthe avait été un modèle comme cette Victorine Meurent dont Manet s'était autrefois amouraché, les choses auraient été facilitées ! Mais à Mlle Morisot, dont il connaissait les parents et qui s'était entichée de peinture, il ne pouvait avouer ses sentiments, encore moins imposer son désir. C'était cruel, sans espoir, et, pour cette raison, appelé à durer.

Un brouhaha la tira de ses pensées. On passait dans la salle de musique. Suzanne Manet s'assit à côté d'Edgar Degas, intime de la maison. Naguère, elle avait été la source d'une violente dispute entre lui et son mari. Le second, n'ayant pas pardonné au premier d'avoir dénaturé le profil de celle qui portait son nom, avait coupé la toile. La réconciliation s'était révélée difficile, d'autant que les deux peintres avaient l'habitude de mutuellement se critiquer.

— Degas manque de naturel dans ses actes, avait un jour déclaré Manet à Berthe. Il n'est même pas capable d'aimer une femme, encore moins de le lui dire !

— Et vous, seriez-vous capable de l'avouer ?

— Oui… dans ma peinture.

Une place demeurant libre, Berthe s'installa près de Bazille. Celui-ci s'effaça pour lui présenter son voisin.

— Connaissez-vous Julien Coblence ?

Le nom n'était pas étranger à la jeune femme.

— Est-ce vous qui avez vendu à Bracquemond les superbes coffres japonais qui rendent fou de jalousie notre pauvre Degas ?

— C'est moi, répliqua Julien en riant.

— Notre ami me demandait si je connaissais un artiste dont les initiales seraient E. C., poursuivit Bazille. Il peindrait des scènes intimistes et populaires… Je ne vois personne. Et vous ?

— E. C… Cela ne m'évoque rien !

Sous les applaudissements, la cantatrice fit son apparition, précédée de Mme Lejosnes. Dans le public, on se racla une dernière fois la gorge avant qu'elle n'entamât de sa voix de mezzo-soprano le *Largo* de Haendel.

Attentif à cet aria où le roi Serce déclare son amour à… un arbre, Julien ferma les yeux. Il appréciait que ce rôle écrit pour une voix masculine fût chanté par une femme, acrobatie dont la protagoniste se sortit avec brio. Réfugié dans ses songes, il sursauta quand Bazille, le silence revenu, lui lança :

— Il s'agit sûrement d'Étienne Carlier !

En réponse au regard perdu de Julien, il ajouta :

— Ce ne peut être que lui… l'auteur de votre tableau !

22

Étienne voyait enfin se lever la malédiction dont il s'était cru la victime. L'une de ses toiles était acceptée au Salon.

— Il était temps ! s'exclama-t-il en apprenant la nouvelle.

Retournant ses poches, il ajouta :

— Je n'ai plus un sou.

— Est-il nécessaire de passer par le pire ? rétorqua Chevigny qui avait cru mourir de froid pendant l'hiver.

Lui aussi voyait son travail récompensé, mais à quel prix ! Il avait dû se censurer dans le choix de ses sujets.

— Avec des paysages, nous risquons moins d'être écartés, avait prédit Étienne. Cézanne a beau crier à qui veut l'entendre qu'on leur en foutra de la même manière dans l'éternité et avec encore plus de persistance, moi, je prône la tempérance.

Le Café Guerbois fut, ce soir-là, pris d'assaut. Manet, qui occupait le centre de la discussion, arborait un sourire heureux. Son *Balcon* avait été retenu. Vidant sa pipe dans un cendrier, il n'insista pas par courtoisie pour les refusés sur les résultats connus et préféra disserter sur les tonalités.

— La lumière se présente avec une telle unité qu'un seul ton suffit à la restituer. Au risque de paraître brutal, il vaut mieux passer brusquement de la lumière à l'ombre plutôt que d'accumuler des choses que l'œil ne discerne pas.

Renoir intervint pour le contredire, l'observation de la nature lui ayant appris que les parties exposées à la lumière ont une influence sur la couleur de celles qui restent dans l'ombre.

— Quand tu peins un tableau le matin, ces couleurs doivent se remarquer. Si tu le peins le soir, il faut y ajouter du jaune et du rouge. Un arbre, par exemple, a la même couleur du côté soleil et du côté ombre. Or tu le peins comme s'il était deux objets différents : un clair et un sombre. Pourtant, la couleur de l'objet est la même, avec un voile jeté dessus. Il est parfois fin, parfois épais, mais il existe toujours.

Il s'interrompit pour boire une gorgée de bière. Arrêtant d'un geste de la main son interlocuteur qui allait répliquer, il conclut avec la même animation :

— Regarde Titien, regarde Rubens, leurs ombres sont si fines qu'on voit au travers. Les ombres ne sont pas noires… aucune ombre n'est jamais noire… elle a une couleur. La nature ne connaît que les couleurs. Le blanc et le noir n'en sont pas.

— La peinture n'est pas une affaire de vision mais d'intuition, rétorqua Manet. L'art de peindre ne peut être confondu avec l'art de voir. Les confondre, c'est subordonner la peinture à la vision. La représentation fidèle d'un sujet n'existe que si la peinture qui le produit est aussi essentielle pour le tableau que l'image elle-même.

La peinture est la peinture. Elle a une réalité propre et quasi transcendante, indépendamment de l'image qu'elle transmet.

— Nous suivons des voies différentes, répliqua Renoir en comprenant que son interlocuteur demeurerait toujours en retrait de leur mouvement, même s'il en avait été le précurseur et demeurait leur chef de file !

Ce dialogue finit par fatiguer Étienne qui, après avoir travaillé, n'aspirait plus qu'à se distraire. Flora lui avait proposé de l'escorter à une fête qu'offrait Blanche d'Antigny. Il y aurait La Fleur ainsi qu'une tribu d'artistes connus pour hanter les réceptions où l'on mangeait et buvait à volonté.

— Mademoiselle en termine avec le coiffeur, lui déclara la camériste en l'entraînant vers un boudoir.

Envahie de fauteuils à capitons, de négrillons porteurs de torchères et d'une bimbeloterie tarabiscotée où régnaient pâtres et bergères en biscuit, la pièce respirait un confort bon marché et un mauvais goût difficilement remédiable. Seule entorse : un portrait de la maîtresse de maison exécuté par son amant de cœur. L'âme de Flora s'y étalait en un mélange de naïveté et de rouerie, de frustration et d'avidité. Dans les yeux sombres se lisaient du désenchantement et un désir de revanche qui feraient d'elle une prostituée de haut vol. Son coup de reins et l'art consommé avec lequel elle flattait ses partenaires lui avaient rapporté un joli butin réinvesti rapidement dans ses outils de travail.

À Étienne qui lui conseillait la prudence, elle répondait :

— Moi ? Économiser ? Tu rigoles !

— Pense à plus tard.

— Qui pense à plus tard ? Les médiocres, les peureux !

Elle oubliait qu'un jour la jeunesse lui ferait défaut, mais il aurait été goujat de le lui rappeler. Non sans inquiétude, Étienne songeait à ces carrières où le temps était compté. Manquer le coche s'y payait très cher.

Dix heures sonnèrent à la pendule. Avec impatience, il faisait les cent pas. C'était toujours le même rituel et, comme il n'éprouvait aucun sentiment amoureux pour sa maîtresse, l'attente n'en était que plus lassante. « Je devrais mettre un terme à cette relation », songeait-il quand la domestique vint l'avertir qu'il était demandé dans la chambre.

Assise devant un miroir, le peignoir ouvert sur un corset de plumetis, Flora contemplait son image.

— Est-ce que je te plais ? minauda-t-elle.

Étienne répondit par un grognement.

— Tu devrais féliciter M. René pour son œuvre.

Avec un sourire fat, le coiffeur réajusta une boucle avant d'y piquer une épingle de perles.

Abasourdi par la teneur de leurs propos qui tournaient autour du train de vie des rivales ou du dernier scandale, Étienne tentait de s'accrocher à une pensée cohérente.

— Elle me doit une petite fortune, susurrait le coiffeur en évoquant l'une de ses clientes… Quelle idée ai-je eue de lui prêter de l'argent pour payer ses robes ! Qui aurait pensé qu'elle se ruinerait pour un joueur ?

— Le cœur des femmes révèle bien des surprises, mentit Flora qui savait contourner les écueils.

Étienne capta le regard de l'homme.

— Pourquoi me fixez-vous ainsi, l'apostropha-t-il. Ma tête ne vous revient pas ? Vous ne me jugez pas assez reluisant, c'est cela ? Vous avez peur que je la mette sur la paille ?

— Enfin, Étienne, qu'est-ce qui te prend ? s'insurgea Flora.

— Il me prend que j'en ai assez de cette lopette qui pue les relents d'alcôve et qui, lorsqu'il a fini de s'exciter avec vos confidences, compte ce qu'il vous soutirera après vous avoir encouragée à accueillir un barbon plus riche encore que le précédent !

— Non, ne partez pas, gémit Flora en tentant de retenir le coiffeur qui avait rangé dans sa mallette ses peignes et fers à friser.

— Je ne peux demeurer plus longtemps en présence de ce monsieur !

— Si tu attends que je vide les lieux, tu risques de prendre racine, mon pauvre vieux. Ou alors il faudrait que notre hôtesse me l'ordonne. Le souhaites-tu, Flora ?

René avait gagné la porte et, d'un air outragé, prenait congé.

— Tout Paris va le savoir ! reprocha Flora à son amant. Ça t'amuse !

— Plutôt.

— Après un tel affront, je devrais te renvoyer.

— Qui t'en empêche ?

Avec rapidité, Flora évaluait la situation. Même si Étienne ne représentait aucun soutien financier, elle s'était habituée à son caractère ombrageux. Et arriver sans cavalier chez Blanche risquait de ternir l'image qu'elle entretenait avec soin.

— Cette dispute m'épuise, finit-elle par murmurer.

— Alors abrégeons-la et appelle Marianne pour qu'elle termine de t'habiller. Nous sommes en retard.

Allongé sur le lit, il suivait ses allées et venues, volant un éclat de peau, la rondeur d'un sein, et appréciant cette intimité féminine où la cameriste laçait, agrafait, faisait bouffer les jupons... Il y eut ensuite la cérémonie des bijoux : la cassette déposée sur un guéridon, dans laquelle Flora puisa à pleines mains.

— Celui-là, expliqua-t-elle en brandissant un collier de rubis, appartenait à Alice Ozy. Elle l'a vendu, avec toutes ses richesses, il y a deux ans...

Un nuage d'iris se répandit, lourd, voluptueux. C'était toute la luxure qu'Étienne respirait et, s'il ne s'était retenu, il aurait pris Flora debout contre sa coiffeuse, dans un saccage de dentelles et de flacons renversés... Mais elle se remit à parler et le charme fut rompu.

23

Blanche d'Antigny avait emménagé dans un hôtel particulier avenue de Friedland.

À l'entrée d'un vestibule orné de plantes exotiques, des valets en livrée canari dirigeaient les visiteurs vers un salon où le buste de Pierre le Grand rappelait la gloire qu'avait connue la courtisane à Saint-Pétersbourg. Une foule s'y pressait et Étienne reconnut membres du Jockey Club, politiciens ou compositeurs accourus pour célébrer l'anniversaire de leur idole.

Celle-ci, vêtue de voiles transparents, recevait ses invités étendue sur une méridienne dont le dossier emplumé rappelait la roue du paon. Pour l'approcher, il fallait fouler un sol jonché d'orchidées. Flora, habituée pourtant aux caprices des grandes horizontales, en avait le souffle coupé. Quant à Étienne, il hésitait entre le fou rire et le désarroi…

Sous le regard dur de Blanche, il eut l'impression d'être une marchandise dont on soupesait la robustesse. Ignorant si elle devait ou non s'enorgueillir de l'intérêt provoqué par son amant, Flora prenait le pouls de la soirée.

La célèbre « garde », composée des douze plus grandes courtisanes de la capitale, se trouvait au complet.

Consciente du fossé qui la séparait encore de ces « biches » dont la réputation avait fait le tour de l'Europe, Flora réfléchissait aux moyens qu'elle utiliserait pour accéder au paradis de l'argent facile et des plaisirs outranciers.

Le peloton rivalisait d'originalité et de culot. C'était à qui arborerait le décolleté le plus audacieux, le maquillage le plus théâtral... Les pierres précieuses auraient à elles seules tiré de la misère des centaines de familles indigentes. Léonide Leblanc en avait même clouté les semelles de ses souliers. Quant à Cora Pearl, on murmurait que le frère de l'empereur était prêt à toutes les folies pour conserver ses faveurs. Ce soir, elle avait jeté son dévolu sur un homme que Flora connaissait pour l'avoir vu dans l'entourage de Louis Duplessis, un brun ténébreux et beau à tourner les sangs des plus aguerries. De son éventail, elle lui tapotait l'épaule et lui reprochait de ne plus emprunter le chemin qui menait à sa chambre.

— Qui a réussi à me détrôner ? s'inquiéta-t-elle. Allez, avoue !

— Personne, se défendit Julien Coblence. Tu es inégalable, ma Pearl, combien de fois devrai-je te le répéter ?

Il disait la vérité : Cora était un animal d'une race en voie de disparition. Sans être jolie, elle possédait un charme qui, une fois goûté, laissait un goût de nostalgie. Elle n'offrait aucune clef, aucun avenir, aucune explication à ceux qu'elle retenait entre ses filets, considérant sans doute que les avoir remarqués suffisait... Qui l'aurait imaginée fidèle ? Son amoralité et sa désinvolture constituaient ses principales protections. Il l'observa. Malgré les années, c'était toujours le même port de tête assuré, les mêmes yeux moqueurs et cette bouche désabusée autant dans ses refus que dans son avidité. Inaccessible aux regrets et plus encore aux remords, elle avançait à l'aveuglette. On ne pouvait l'imaginer qu'en mouvement, insaisissable et indomptable. En réalité, ils n'étaient pas très différents l'un de l'autre. C'était la raison pour laquelle, après s'être flairés, convoités et aimés, ils s'étaient séparés en se souvenant du meilleur.

— Figure-toi que mon petit Plon-Plon me fait régulièrement coucher chez lui, raconta-t-elle.

— Chez lui ? Et la princesse Clotilde ?

— La princesse... eh bien, elle ronfle dans la chambre d'à côté.

Avec un rire de gorge, Cora précisa :

— Ces équipées ne m'amusent pas mais, que veux-tu, elles sont d'un bon rapport. Avec ce que j'ai perdu au casino de Baden... je ne vais pas jouer les compliquées. Ce n'est quand même pas la d'Antigny qui va me manger sur la tête... Déjà qu'elle me copie en tout !

Haussant les épaules, elle jeta un regard sur le décor.

— Qui a eu l'idée de parfumer ses tentures, sinon moi ? Et les orchidées par terre, hein ? L'imagination, ça se perd ! Il n'y a qu'à voir ces gamines autour de nous pour comprendre que la relève ne sera pas brillante. Du petit gibier, conclut-elle avec une moue de dégoût.

Qui succéderait à Marguerite Bellanger dont personne n'ignorait qu'elle avait mis au monde l'enfant de Napoléon III, à Léonide Leblanc, surnommée Mademoiselle Maximum pour sa prodigalité et le nombre de ses amants ? Qui succéderait à Rigolboche, la reine du cancan, qui clamait en parlant d'un homme qu'elle convoitait : « Il élève la voix, je lève la jambe ; nous sommes faits pour nous entendre ! » Ces étoiles filantes, qui avaient illuminé de leur éclat le Second Empire, disparaîtraient avec le régime. Julien en avait la certitude.

— Écartons-nous, lui ordonna Cora en apercevant le duc de Gramont-Caderousse.

Devant sa mine étonnée, elle expliqua :

— Je ne lui parle plus depuis qu'il m'a délaissée pour la Schneider.

Elle l'entraîna vers un fumoir oriental. Au son d'une musique lancinante jouée par un petit orchestre, le monde et le demi-monde puisaient dans des boîtes en or du tabac exotique.

— Ma Pearl ! s'écria Arsène Houssaye, qui semblait passablement éméché… Toi qui connais tous les secrets, est-ce vrai que la d'Antigny fait verser tous les jours deux cents bouteilles d'eau minérale dans sa baignoire ?

— La malheureuse ! Elle n'a pas dû comprendre que le champagne était meilleur pour la peau ! Pire, elle a des caprices de grosse bourgeoise !

Des propos grivois ne tardèrent pas à fuser, accompagnés de rires chatouillés. L'alcool coulait à flots, colorant les pommettes des filles qui avaient quitté les coulisses, les ateliers, pour certaines, la rue, le temps de se frotter au faste. Elles étaient là, en escadron, le visage chiffonné par trop de veilles, le décolleté luisant de sueur, sanglées dans des robes criardes et prêtes à s'engouffrer dans le piège des espoirs déçus. Fascinées, elles ne perdaient pas un détail du décor d'opérette, additionnant le prix des métrages de tissu et des dalles de marbre, comptant les lustres en cristal de Bohême. La chambre à coucher consacrée à Vénus les avait laissées sans voix ; timidement, elles avaient caressé les rideaux du baldaquin, le couvre-lit en dentelle, respiré l'odeur d'interdit, débusqué les traces de certains familiers des lieux. Se détournant de leurs amis de misère, elles partaient en chasse, mais la concurrence rendait plus âpres les efforts. Quelques-unes, ayant compris que la beauté ne suffisait plus, n'hésitaient pas à étaler leur attrait pour le vice et les déviations. Flora, décidée à profiter de l'occasion, guettait la bonne fortune. Si seulement Julien Coblence pouvait la remarquer ! Voyant qu'il s'approchait d'un buffet, elle s'y dirigea et, trébuchant, tenta de se rattraper à son bras.

— Excusez-moi, murmura-t-elle.

Il l'aida à reprendre son équilibre, mais aurait-elle eu quatre-vingts ans et perdu toutes ses dents qu'il lui aurait accordé le même intérêt.

Furieuse contre lui, contre elle-même, elle s'éventait avec nervosité. Étienne avait disparu, entraîné par ses amis qui venaient de faire une entrée remarquée. La plupart d'entre eux ayant été sélectionnés pour le Salon, ils étaient l'attraction de la soirée.

— On va arroser ça, les enfants ! cria Blanche d'Antigny à la cantonade.

Passant son bras sous celui d'Étienne, elle l'emmena vers la salle à manger.

— Aujourd'hui, j'ai envie d'une tête nouvelle ! Tu vas t'installer à ma droite.

En retrait, Flora suivait la scène. Rien ne se déroulait comme elle l'avait prévu.

— On arrive accompagnée et on repart seule, lui susurra avec perfidie une rivale qui, elle aussi, avait été lancée sur le marché par Aglaë Tissot, la maquerelle que l'on flattait, craignait, puis fuyait.

Sans réfléchir, Flora répondit par une gifle dont la violence la surprit. L'autre, aveuglée par l'humiliation et la fureur, lui empoigna les cheveux. Avec des vociférations, elles roulèrent sur le tapis. Étienne allait les séparer quand Blanche le retint.

— Laisse, c'est une histoire de femmes.

Un sourire pervers sur les lèvres, elle assista au règlement de comptes, imitée par ses convives qui ne tardèrent pas à prendre des paris. Dans un envol de jupons, la rixe se poursuivait, révélant un genou, un pantalon bouffant. Des coutures craquaient… Constantin Guys, dont les filles de joie étaient l'un des thèmes favoris, ne perdait aucun détail des attaques et sursauts des protagonistes. Flora s'essoufflait mais, au moment où tout le monde croyait en sa défaite, elle réussit à plaquer d'un coup de reins son ennemie sur le dos. Les pouces sur ses paupières, elle lui enfonça les yeux dans les orbites.

— Alors, saleté, tu vas ravaler tes idioties ?

Elle ne la lâcha qu'après avoir obtenu des excuses. Oubliant la douleur qui se propageait dans son corps, elle contempla son public avec un air de défi. Un seul souci l'habitait : sortir de la situation avec panache. Consciente du désordre de sa mise, elle décida d'en jouer. Croisant le regard admiratif d'un petit homme moustachu et ventripotent, elle s'en approcha, saisit le verre qu'il tenait entre ses mains, puis d'un trait en but le contenu.

— Me serviras-tu de cavalier ? lui demanda-t-elle après avoir jaugé le poids de sa chaîne de montre et de sa chevalière.

— Vous me faites trop d'honneur, répondit-il avec un fort accent espagnol.

— Blanche, c'est quand tu veux, lança Flora. Et pardon pour le dérangement.

Sans accorder le moindre intérêt à sa victime qui, à terre, gémissait entre les bras d'une matrone, elle suivit la maîtresse de maison jusqu'à la table principale.

— Elle a plus de cran que je ne le croyais, confia Blanche à Étienne, surpris lui aussi par la prestation de sa maîtresse. Si tu avais volé à son secours, tu aurais gâché son succès.

Les murs de la salle à manger étaient garnis de velours violet et ornés de scènes libertines d'après Boucher et Fragonard. Sur chacune des tables étaient disposés des candélabres à quinze branches ainsi que des coupes de vermeil contenant des nénuphars. Dans le plus grand chahut, on s'installa au gré de ses sympathies. Face à Guys et à Bazille, Julien se sentait bien.

— Je vais partir pour l'Italie, l'informa le premier. Avant de devenir trop vieux j'ai besoin de m'y replonger.

— Trop vieux… N'exagérez pas !

— C'est la stricte vérité ! Regardez ce joli fruit qui vient de nous donner le spectacle : je ne peux plus y goûter…

Désignant du menton Flora que son voisin convoitait avec avidité, il ajouta :

— Le Mexicain a de la chance ! Remarquez, la petite n'y perdra pas… Il est riche comme Crésus !

— Ah oui… Qu'est-ce qu'il fait ?

Imprésario en tout genre.

— Et collectionneur, ajouta Bazille.

Un souvenir surgissant à sa mémoire, il ajouta :

— Dites-moi, Coblence : la fameuse toile dont vous m'avez parlé chez les Lejosnes, j'ai toutes les raisons de croire que le jeune homme assis à côté de Blanche en est l'auteur.

— Vraiment ! Étienne Carlier… C'est lui ?

— Je vous le présenterai à la fin du repas.

Julien observa l'homme qu'il recherchait. Au milieu de cette mascarade, il détonait. Si son visage reflétait une nature entière, un caractère certainement emporté, dans les yeux filtrait la compassion propre à ceux qui se sont frottés à la vie.

Avec les homards, les chauds-froids de pluviers, les ortolans couchés sur de la purée de truffe, les vins se succédaient et le champagne pétillait dans des gobelets de vermeil dont chacun représentait la tête d'un animal. L'air était lourd de musc, une touffeur envahissait la pièce. Les mains se faisaient plus audacieuses. Carole Letessier riait à gorge déployée…

— J'ai maintenant une surprise pour vous, clama Blanche après avoir réclamé le silence.

Un majordome apporta un pot de chambre en argent.

— Ce sont mes admirateurs du club Rigolo qui me l'ont offert à Saint-Pétersbourg !

Acclamations et applaudissements soulignèrent cette précision.

— Et nous allons y flamber le punch !

— Elle a perdu la tête, gémit Cora Pearl. C'est d'un mauvais goût !

Étienne, éberlué, vit sa voisine mettre le projet à exécution.

— Et maintenant, qui va boire le premier ? poursuivit-elle quand le breuvage fut prêt.

— Moi ! s'écria Teresa, une chanteuse dont Paris s'était entiché.

Il y eut des refrains. Les verres se heurtèrent, certains furent lancés contre les murs. Blanche appuyait son genou contre celui d'Étienne, qui n'aspirait qu'à retrouver le silence de son atelier. Dans un brouhaha de chaises, on se leva, pressé de gagner les tables de jeu ou l'intimité du « salon des amoureux ».

— Carlier, appela Bazille au moment où Étienne se dirigeait vers le vestiaire. Il y a là quelqu'un qui aimerait te connaître.

À contrecœur, Étienne suivit son ami pour être présenté à Julien Coblence qui, sans attendre, lui demanda s'il avait peint une scène de café. À mesure qu'on lui en décrivait les détails, Étienne revoyait le couple observé lors d'un après-midi de farniente.

— J'ai acheté cette toile il y a quelques semaines. Depuis, j'ai cherché à savoir qui se cachait derrière les lettres E. C. Est-ce vous ?

— C'est réconfortant de savoir que mon travail est apprécié, avoua Étienne.

— Vous venez pourtant d'être sélectionné pour le Salon !

— Avec une toile que je n'apprécie guère. Enfin, je n'avais pas le choix…

— N'avez-vous pas envie de quitter cet endroit ? interrompit Julien, qui venait d'être bousculé par un Américain éméché.

— Je partais lorsque Bazille m'a retenu.

— Si vous n'êtes pas fatigué, allons chez moi.

Bientôt, ils se retrouvèrent dans la cour où s'avançait l'attelage de Julien.

Soûlés de vulgarité, ils n'aspiraient qu'au silence. Julien baissa sa vitre et, le visage penché à l'extérieur, respirait l'air de la nuit tandis que son compagnon attendait que s'apaisât le sang qui battait à ses tempes.

L'appartement de la place de Vintimille parut au peintre un havre de paix. À mesure qu'il en découvrait le décor, il sentait que, s'il n'avait été privé d'argent, il aurait pu habiter ces pièces aux plafonds bas et au charme suranné. Les peaux de panthère jetées sur les fauteuils, les tapis du Caucase, les tableaux représentant la Neva sous la glace, tout évoquait les pays lointains. Des livres en désordre occupaient les bibliothèques ainsi que des revues en langues étrangères.

Son hôte se pencha pour ranimer le feu et, à la lueur des flammes, Étienne observait ses traits. Julien Coblence était beau et triste. Il se dirigea vers un salon, dont il revint avec le fameux tableau.

— Jamais je n'aurais pensé le revoir, avoua Étienne, ému plus qu'il ne l'aurait voulu. Je suis heureux qu'il soit chez vous.

— Est-ce un travail ancien ?

— Plutôt… C'était une période difficile où je tâtonnais. J'étais à la recherche d'une nouvelle expression… Pour y parvenir, je devais lutter contre la crainte d'aller au-devant des plus dures critiques… On a beau dire, c'est difficile d'y rester insensible. Ceux qui affirment que l'on s'y habitue sont des menteurs !

— J'aimerais posséder une parcelle de votre certitude, répliqua Julien. J'aimerais ne pas céder à la facilité, ne plus être paresseux…

— Moi aussi je suis paresseux, se récria Étienne. Si je m'écoutais, je flânerais et dormirais. Seulement, il n'y a pas de résultat sans discipline et sans travail.

— Ne remuez pas le couteau dans la plaie !

Julien évoqua son envie d'écrire et les sollicitations auxquelles il était trop heureux d'obéir afin d'échapper à la page blanche.

Vous n'avez pas suffisamment insisté. Ou alors l'exigence d'écrire n'était pas assez forte…

— Peut-être.

En tournant son verre de fine entre ses mains, Julien réfléchissait. Avait-il connu l'état qu'évoquait le peintre ? Oui, quand, adolescent, il avait rédigé des poèmes ; à cette époque, son sens critique n'entravait pas sa spontanéité. S'il les relisait aujourd'hui, il en aurait probablement honte… Grâce au ciel, seule Elsie en avait connu l'existence. Maintenant qu'elle avait disparu, personne ne pouvait les lui rappeler.

— Vous n'avez jamais connu l'hésitation, insista-t-il.

— Les menaces de mon père, les larmes de ma mère m'ont fait du mal, mais pas un instant je n'ai songé à leur céder... Ils auraient voulu que j'exerce un métier stable. À la place, ajouta Étienne avec un geste d'impuissance, ils ont eu un nomade dont ils n'osent parler à leur entourage... enfin ma mère... puisque mon père est mort pendant que j'étais à l'étranger.

— Qui vous a initié à l'art ?

— Un oncle. Il était instituteur. C'est lui qui m'a offert ma première boîte de couleurs. Je n'osais pas m'en servir de peur de l'user...

Envahi par les souvenirs, Étienne se tut. Il revoyait le départ d'Amboise vers un Paris dont il ne savait rien... sinon que personne ne l'y secourrait ; les métiers de misère pour payer l'atelier ; les logements au gré du hasard ; le froid, la faim, ainsi que le gigantesque orgueil qui l'avait aidé à ne pas s'avouer vaincu.

À l'aube, ils discutaient encore.

— Si je ne peignais plus, je me laisserais mourir..., confia Étienne entre deux bouffées de cigare.

Il se hâta d'ajouter :

— C'est parce que je sais qu'une telle éventualité ne se produira pas que je l'évoque.

Puis il se leva.

— Il est temps d'aller travailler.

— Sans avoir dormi ?

— Si vous désirez reprendre notre conversation, passez un jour me voir ! J'habite avenue de Clichy, au numéro 48. L'atelier est toujours ouvert.

24

LES ÉLECTIONS GÉNÉRALES des 23 et 24 mai 1869 échauffèrent les esprits. C'était à qui défendrait son opinion. Julien, qui n'aspirait qu'à un régime républicain, oublia les plaisirs pour se consacrer à la politique. Les résultats ne purent que le satisfaire. À Paris, l'Empire récolta soixante-quatorze mille voix, l'opposition deux cent trente mille. L'état de santé alarmant de Napoléon III et son apathie n'inspiraient plus confiance aux Français, déjà las de sa dictature. L'événement fut fêté chez les Duplessis.

— Vous ne nous rendez visite que pour les grandes occasions, remarqua Hortense en accueillant son invité… Si ma mémoire est bonne, vous nous avez boudés depuis le baptême de notre fille !

Julien ne chercha pas à se défendre. Depuis que Louis avait une vie de famille, il hésitait à s'immiscer dans son intimité.

— Notre maison vous est ouverte, insista-t-elle.

S'il ne répondit pas dans l'immédiat à cette invitation, il s'en souvint au début de l'été. Revenant de Louveciennes où se trouvait sa fabrique, il fit un détour par Bougival.

En poussant la grille du parc, il eut l'impression de revenir des années en arrière. Des jardiniers arrosaient la pelouse et les giroflées plantées dans des vases de Delft. Par une fenêtre ouverte s'échappait un prélude de Liszt. Sous un orme, une gouvernante brodait à côté d'un moïse où somnolait l'enfant.

Ne trouvant personne dans le vestibule, Julien se laissa guider par les notes de musique.

Assise à son piano, Hortense lui tournait le dos. Sans l'interrompre, il l'observa. Le soleil allumait des reflets dans ses cheveux cuivrés, caressait la courbe de sa joue. Elle effleurait les touches avec sensibilité. Il serait resté à l'écouter s'il n'avait eu des scrupules à jouer les voyeurs.

— Hortense, appela-t-il.

— Quelle bonne surprise, s'exclama-t-elle.

La maternité l'avait encore embellie, affinant son visage et donnant à ses yeux, à son teint, un éclat qui retenait l'attention. Elle était lumineuse du bonheur qui l'habitait et qu'elle dispensait à ses proches, riche d'amour partagé et de promesses à tenir.

Elle ajouta :

— Je suis intimidée de vous recevoir… ici.

Julien ne répondit pas. Son regard s'était posé sur le portrait d'Elsie, qui avait conservé sa place au-dessus du piano à queue.

— Ai-je le droit de visiter ?

— Bien sûr ! Seulement Louis n'aura pas le plaisir de vous guider.

— Il est absent ?

— Je crains de peu le voir cet été, soupira Hortense. Son chantier près de Lille l'accapare.

Elle entraîna Julien à travers une succession de pièces où se révélait un goût qui ne devait rien à la mode du moment. Les couleurs safran et rouge pompéien chères à l'ancienne propriétaire subsistaient, ainsi que les panoramiques d'inspiration orientale. Hortense y avait ajouté son attrait pour les pays imaginaires. Dans le salon, au milieu de palmiers dorés à la feuille, elle avait rassemblé licornes et chimères. Un imposant canapé et des fauteuils aux dossiers d'argent en composaient le mobilier, ainsi que des coffres aux incrustations de perle.

— C'est curieux, remarqua Hortense en redressant une pivoine dans un vase d'albâtre, comme cette maison répondait à mes attirances. Elle sentait la soie et les brocarts des palais persans.

— Les lieux s'imprègnent de leurs habitants. Elsie a aimé un homme qui était né en Asie.

— Constant Delteil m'a parlé de lui.

— Ah oui ?

Sans autre commentaire, Julien passa dans le bureau. De la fenêtre, on dominait l'étang et la Seine où se croisaient péniches ou vapeurs.

Sur les pages du cahier ouvert, il vit l'écriture penchée de la jeune femme. Il y avait peu de ratures mais, dans la marge, une multitude de petits dessins.

— Ce n'est pas bon signe, murmura Hortense en suivant son regard.

Avec un geste d'impuissance, elle ajouta :

— J'ai du mal à me concentrer. Ma pensée est ailleurs, avec ma fille, avec le passé de cet endroit, avec mon envie de le faire resurgir.

— Vous avez réussi.

Ces mots balayèrent les ultimes garde-fous. Ils étaient comme des enfants qui, la méfiance passée, n'obéissent plus qu'au désir de jouer ensemble.

— Le thé va être servi sous la véranda. Peut-être préféreriez-vous une autre boisson ?

— Je peux me dispenser d'alcool jusqu'à la nuit, se défendit-il en riant.

Découvrant que la gouvernante avait rangé son ouvrage et rentrait avec le bébé, Hortense s'excusa auprès de son visiteur :

— Je vous quitte un instant…

Elle descendit les quelques marches qui menaient au jardin. Par la vitre, Julien la vit repousser le rideau de tulle du moïse et se pencher au-dessus de l'enfant…

— Louis a-t-il la tête tournée par sa fille ? l'interrogea-t-il quand ils s'assirent autour d'une table en bambou.

— Pas encore, reconnut-elle.

Elle réfléchit avant d'ajouter :

— Sa présence reste abstraite pour lui, comme elle l'a été pour moi au tout début. Ensuite, cela vous envahit, vous déborde…

C'était la première fois qu'elle se confiait et, devant le silence de Julien, elle rougit. Pour se donner une contenance, elle souleva la théière et emplit les tasses.

— Vous rentrez de Louveciennes ?

— J'y vais quotidiennement... Afin de surveiller la fabrication d'un service qui doit être livré pour l'inauguration du canal de Suez. Notre ambassade a bien voulu me faire confiance...

Par la verrière ouverte sur la terrasse, des voix leur parvinrent.

— Ce doit être Gabrielle, ma cousine. Elle passe chez nous une partie de l'été.

Constant Delteil l'accompagnait, ainsi qu'un jeune homme qu'il présenta comme son neveu. Se tournant vers Julien, il se plaignit de ne plus le voir.

— Je vous promets de venir plus souvent, le rassura celui-ci. J'ai même l'intention de m'inviter chez vous à la fin de la semaine.

— Une chambre t'attend, répliqua Constant avec un rire heureux.

Aurait-il espéré revivre ces journées où Bougival bruissait d'amitiés et de réunions impromptues ? Son âge, soudain, lui pesait moins. Assis dans un fauteuil, il s'abandonnait au charme de cette fin d'après-midi où la lumière devenait poudre d'or, où le jour déclinant s'emplissait de bruits nouveaux. Non loin, sur la place, des enfants se rassemblaient en criant pour une partie de colin-maillard tandis que, des guinguettes qui peuplaient l'île, parvenaient des bouffées de valse musette. L'arrivée de son neveu Frédéric, dont les parents s'étaient installés au Canada, avait rompu la solitude de Constant. Le garçon allait entamer une carrière dans la finance. En attendant de trouver un logement à Paris, il découvrait les charmes de la villégiature. La compagnie de Gabrielle semblait le ravir. Il buvait ses paroles.

— J'ai rencontré Monet, confia-t-elle à Hortense. Il loue une maison à Saint-Michel mais le malheureux est, encore une fois, dans une passe difficile. Pas de commande et une famille à nourrir ! Avec Renoir, il a décidé de peindre La Grenouillère. J'ai envie de les imiter, lança-t-elle sur un ton de bravade.

— Vous peignez ? s'étonna Julien.

— Oui, et je me suis juré d'exposer au prochain Salon.

C'était sa seule possibilité de se rapprocher d'Étienne ! Il ne lui avait donné aucune nouvelle depuis leur escapade à Meudon. Au gré des conversations, elle avait appris qu'il avait séjourné à Barbizon et que son tableau exposé avait été remarqué par quelques critiques. Son souvenir ne la laissait guère en paix… Plutôt que de le subir, elle l'utilisait comme stimulant.

Jusqu'au dimanche suivant, elle installa son chevalet dans un champ de coquelicots à l'extrémité duquel se découpaient les ruines d'une chapelle. Frédéric l'aidait à porter son matériel, puis il s'allongeait dans l'herbe et suivait le vol des hirondelles. Sa présence ne la dérangeait pas. Elle le jugeait même intéressant, avec les histoires de pirates et de galions qu'il contait lors de ses visites au « Berceau ». Ainsi Hortense avait-elle baptisé sa demeure. Son éducation d'outre-Atlantique donnait à Frédéric une liberté de pensée qui le rendait différent des hommes côtoyés dans les soirées auxquelles la jeune fille se devait d'assister.

— Je suis un sauvage, se défendait-il quand elle le rabrouait sur son ignorance en matière de peinture. Personne ne m'a appris à aimer ce qui est beau.

— On n'apprend pas ! On ressent !

Phrase qu'il répéta en riant à Julien Coblence quand, au cours d'un pique-nique, ils goûtèrent un vin que le maître d'hôtel sortait d'une glacière.

— Quelle opinion pourrais-je vous donner ? Selon Gabrielle, je ne suis qu'un théoricien…

Le repas se déroula dans la gaieté et, à l'heure du repos, tous s'adonnèrent aux charades.

— Julien est imbattable, se plaignit Gabrielle. Pourquoi ne jouerions-nous pas en équipes ?

— À condition que nous les tirions au sort, corrigea Marthe Duplessis, qui s'était jointe aux convives.

Des papiers furent rédigés puis déposés dans le chapeau de Frédéric. Hortense fut désignée pour s'allier avec le champion. Penché sur son oreille, Julien lui soufflait les solutions et s'amusait de la voir prêter tant d'attention à leurs victoires. Les minutes s'envolaient sans que personne n'y prît garde. L'air était doux et, insidieusement, une torpeur s'installait. Adossé contre un tronc d'arbre, Frédéric avait fermé les yeux, tandis que Constant tirait avec nonchalance sur une pipe qui menaçait de s'éteindre. Julien, appuyé sur un coude, suivait le vol d'une abeille. Depuis longtemps, il ne s'était pas accordé semblable détente. À quelques pas, Hortense cherchait un trèfle à quatre feuilles.

— Je n'en ai jamais trouvé…

— Vous n'en avez pas besoin, protesta Julien.

— J'ai besoin d'un talisman pour conjurer le sort, lui avoua-t-elle. Trop de bonheur me semble dangereux…

Malgré les apparences, Hortense était un être de tempête. Comment lui qui ne connaissait que les extrêmes ne l'aurait-il pas comprise ?

— Je dois vous paraître puérile.

— Simplement lucide. Mais il faudrait apprendre à ne pas toujours anticiper…

— Comment ne pas anticiper pour les êtres que l'on aime ?

— Je suis mal placé pour vous répondre.

— Vous ne tenez à personne ?

— Je ne veux pas souffrir à cause d'un attachement… ni faire souffrir car je n'ai rien à donner.

— C'est vous qui l'affirmez !

— Je connais mes limites, répliqua-t-il d'un ton sec.

Conscient de l'avoir heurtée, il se radoucit.

— Il existe tant de choses que j'ignore, Hortense.

Julien s'était pourtant assagi. Avec les mois de chaleur, Paris avait perdu son beau monde et l'absence de fêtes le satisfaisait. Il leur préférait récitals, concerts ou discussions avec des intimes. À deux reprises, il s'était rendu chez Étienne, mais ne l'avait pas trouvé. Ils finirent par se rencontrer au Café de Bade.

— J'étais à Amboise, expliqua le peintre.

Ils revinrent vers son atelier qui, malgré la verrière ouverte sur le ciel, avait la touffeur d'une serre.

— C'est invivable, soupira Étienne.

Puis il ajouta :

— Je n'aurais pas dû rentrer… Mais Bazille m'avait prévenu du passage d'un collectionneur espagnol qui connaissait mon travail.

— Vous l'avez vu ?

— Avant-hier. Il a choisi une toile parmi celles que j'ai rapportées de Barbizon.

Dès son arrivée, Julien les avait regardées avec attention, ainsi que les études qui emplissaient des cartons à dessin. La peinture d'Étienne avait évolué. Elle s'était débarrassée de ses rudesses.

— Votre vision a changé. Vous semblez plus optimiste.

— Quand il fait beau et qu'on a de l'argent, ne serait-ce qu'un peu… on se laisse aller. Néanmoins, la ville me pèse.

— Pourquoi ne m'accompagnez-vous pas à Bougival ? Vous y trouverez facilement une logeuse… Et j'ai des amis qui seraient heureux de vous rencontrer…

Pour emporter l'adhésion d'Étienne, Julien poursuivit :

— Il y a chez eux une jeune fille qui peint, elle aussi.

Avant que ne fût prononcé le prénom de Gabrielle, Étienne devina qu'il s'agissait d'elle. Des pensées contradictoires se bousculaient dans son esprit. Devait-il s'en tenir à sa décision de ne pas la revoir ? Les dernières paroles de son compagnon le décidèrent :

— Savez-vous que Renoir et Monet sont là-bas ? Ils ont choisi de peindre un même sujet.

25

ABRITÉE SOUS UNE OMBRELLE, Hortense descendait les marches du perron quand ils pénétrèrent dans la cour du Berceau.

— J'allais retrouver mon époux, annonça-t-elle après que Julien lui eut présenté Étienne. Il surveille la construction d'un pavillon près de l'étang. M'accompagnerez-vous ?

Elle ajouta :

— Il a réussi à s'octroyer quelques jours de vacances.

Surpris par l'odeur qu'exhalaient les fleurs, Étienne s'abandonna au charme du parc. En buissons ou courant le long des pergolas, azalées, roses trémières et camélias mêlaient leur rose et leur carmin.

— Je ne savais pas que Julien vous connaissait, remarqua Louis en serrant la main d'Étienne.

Accroupi devant un muret, un ouvrier en scellait les pierres, tandis qu'à quelques pas une jolie fille attendait qu'il eût terminé son travail.

En connaisseur, Julien détailla le corps rebondi, le visage piqueté de taches de rousseur et la bouche aux lèvres boudeuses. Avec une expression de défi, elle le fixa de ses yeux dorés et il fut surpris par la lueur de méchanceté qu'il y lut. En voulait-elle aux hommes de la trouver à leur goût ?

— Jean, je voudrais vous montrer le pigeonnier. Il a besoin de réparations, dit Louis.

— Il vous faudra trouver quelqu'un d'autre, monsieur. On m'a embauché à Paris.

— À Paris ?

— Oui. Évangéline croit qu'on y sera mieux payés. Avec la naissance du petit, on a besoin d'argent !

Hortense s'était approchée des canards qui s'ébrouaient sur la berge. Une quiétude l'envahissait. Au loin, elle voyait le soleil se refléter sur les vitres de sa maison. Là se trouvaient ses racines…

— Vous semblez rêveuse, lui murmura Louis alors qu'ils rebroussaient chemin.

Il avait passé son bras sous le sien et elle en profita pour s'appuyer contre lui.

— Je ne veux plus que vous me quittiez…

— C'est le seul moyen de me faire regretter !

— Vous savez bien que vous n'avez pas besoin d'utiliser ce subterfuge.

— Pour l'instant, se défendit-il en riant.

Changeant de sujet, il ajouta :

— Personne, ces dernières années, n'avait réussi à apprivoiser Julien. Que lui avez-vous fait ? Constant m'a dit qu'il paraissait moins tourmenté. Est-ce vrai ?

— Je ne le connais pas suffisamment pour en juger.

Loin d'imaginer qu'il était le centre de leur conversation, celui-ci recensait pour Étienne les célébrités qui avaient habité Bougival.

— Alexandre Dumas n'était pas loin… Saint-Saëns…

Leurs pas les menèrent jusqu'à la serre où Gabrielle, les cheveux en bataille et le visage maculé par le pistil des lis, composait des bouquets. En entendant leurs voix, elle releva la tête et, interdite, vit apparaître l'homme auquel elle était en train de penser. Ce n'était pas une hallucination. Étienne était là, devant elle qui ne sut que rougir et balbutier :

— Comment est-ce possible ?

Prêtant une attention distraite aux explications de Julien, elle prit conscience de son allure négligée. Pour masquer son désarroi, elle reprit son occupation. La piqûre d'une épine de rose la fit tressaillir. Une goutte de sang perlait à son annulaire.

— Tenez, dit Étienne avec simplicité en lui tendant son mouchoir.

— Merci.

Elle avait l'impression que tous pouvaient lire sur ses traits le trouble qui l'envahissait.

— Gabrielle, il est temps de te préparer…, déclara Hortense.

À l'adresse de leurs visiteurs, elle précisa :

— Louis a promis de nous emmener à la fête foraine. Souhaitez-vous nous accompagner ?

— Auparavant, je dois aller saluer Constant qui a proposé de m'héberger, répliqua Julien.

— Tu aurais pu t'installer ici, protesta Louis.

Gabrielle déposa le sécateur dans son panier puis gagna sa chambre. Avec fébrilité, elle se débarrassa de sa robe de jardin pour passer un costume de taffetas dont les rayures roses et vertes s'accordaient avec le collier de tourmalines reçu pour ses vingt et un ans. Après avoir essayé plusieurs chapeaux, elle opta pour une capeline de paille. Devant le miroir, elle lissa ses sourcils, se pinça les pommettes et, après un rapide coup d'œil sur ses ongles, les lustra avec un polissoir. En chantonnant, elle descendit les escaliers et, apercevant Étienne qui faisait les cent pas sur la terrasse, elle décida de le rejoindre.

— N'avez-vous pas été surpris de me rencontrer ici ?

— Notre ami m'avait signalé votre présence.

La fête battait son plein. Dans une odeur de sucre candi et de caramel, lutteurs et cracheurs de feu rivalisaient de prouesses pour le plus grand plaisir des enfants qui, de leurs mains poisseuses, se gorgeaient de friandises. Enlacés, des amoureux se promenaient, enviés par des militaires à la recherche d'une bonne fortune. Julien avait amené Frédéric. Ils applaudissaient un avaleur de sabres quand Gabrielle les aperçut.

— Qui veut son petit noir ? clamait une vendeuse de café.

Des refrains naissaient à droite, à gauche, repris par les badauds. On se poussait du coude devant un ventriloque qui, d'une voix fluette, faisait parler une poupée géante. Hortense avançait entre son époux et Julien.

— Une rose pour la dame, proposa une bouquetière en leur barrant le passage.

À la recherche de pièces, Louis fouilla dans sa poche. Son ami le devança.

— Celle-ci, ordonna-t-il en désignant une rose thé.

Frédéric l'imita. Il tendit une fleur à Gabrielle qui la piqua dans son chapeau. Étienne n'avait pu ignorer la scène. Il se sentait mal à l'aise au milieu de ces gens bien nés et régis par des codes. Avec la sensation de s'être fourvoyé, il les suivit jusqu'à une cabane où un bonimenteur promettait à ses éventuels clients de les faire voyager à travers les cinq continents.

— Le monde entier en dix minutes, criait-il, les mains en porte-voix.

— C'est la sibylle qui m'intéresse, déclara Frédéric en se dirigeant vers une roulotte ou Madame Nabila prédisait l'avenir.

— Voilà un garçon qui a de l'argent à perdre, remarqua Julien.

— Moi aussi, j'en ai à perdre, renchérit Gabrielle.

Tentée, Hortense hésitait.

— Accompagne-moi, l'encouragea sa cousine.

Derrière Frédéric, elles attendirent leur tour.

— Alors ? lui demandèrent-elles lorsqu'il réapparut.

— Vous êtes bien curieuses !

Entre des rosaires et des images pieuses, une femme encore jeune était assise à une table. Elle fixa Gabrielle, puis lui tendit un paquet de cartes.

— Je vois des couleurs, beaucoup de couleurs… Un chemin… Tu es toute seule. Il te paraît long, ce chemin ! Tu es fatiguée. Un homme te tourne le dos. Tu pleures.

Je vois un voyage, une décision et, ensuite, la lumière. Ne te laisse pas décourager par les apparences…

— Voici qui n'est guère rassurant !

— Tu n'as pas besoin d'être rassurée ! Tu obtiendras ce que tu voudras… tout comme l'obtiendra celui que tu aimeras…

Gabrielle était songeuse quand elle retrouva le brouhaha de la kermesse. Hortense avait dû changer d'avis, car elle la vit près d'un stand où Louis et Frédéric tiraient au fusil. Étienne rechargeait son arme. Elle se glissa à son côté.

— Pensez-vous que je puisse essayer ?

— Tenez, lui dit-il en lui tendant le fusil.

Le premier plomb atteignit l'extérieur de la cible, le second passa au-dessus. La présence d'Étienne empêchait Gabrielle de se concentrer…

— Appuyez davantage votre joue contre la crosse… et…

L'entourant de ses bras, il l'aida à trouver la bonne position, mais attentive à ce corps si proche elle n'entendait pas ses conseils. La main sur la sienne, il appuya sur la détente. Le coup passa près du centre.

— C'est mieux, constata-t-il.

Un orgue de Barbarie lançait à tous vents une valse lancinante sur laquelle dansait un ourson muselé. Avec l'« homme-pavé » qui de son poing cassait d'énormes cailloux, il était l'une des attractions les plus prisées.

Dans le public, Julien reconnut le maçon et la jeune femme rencontrés chez les Duplessis. Lui riait à gorge déployée tandis qu'elle scrutait la foule, captant le regard des hommes, le retenant… Que faisait-elle avec ce rustaud qui, d'un geste de propriétaire, lui plaqua un gros baiser sur la joue qu'elle s'empressa d'essuyer de ses doigts gantés de filoselle blanche ?

— Alors, Coblence, de retour au pays ? s'exclama un homme à l'allure compassée… On pensait que vous nous aviez reniés !

— Eh bien… vous pensiez mal !

— Votre mère est absente ?

— C'est exact, elle s'est installée à Honfleur pour l'été.

Contrarié par la curiosité de son interlocuteur, Julien ne tarda pas à lui tourner le dos comme il avait, naguère, tourné le dos à un passé de puritanisme et de médisance…

Le soir même, assis dans le jardin qu'Hortense avait ressuscité avec tant de délicatesse, il se sentit libéré de l'inquiétude que provoquait en lui la tombée de la nuit. À l'ouest, le ciel hésitait entre le pourpre et l'indigo. L'odeur de l'herbe fraîchement coupée se mêlait à celle des lis et du tapis de pois de senteur qui bordaient un bassin empli de nymphéas. La maison se découpait en contre-jour avec ses bulbes, ses balcons ouvragés et cette véranda sur laquelle grimpaient bougainvilliers et clématites. Par la fenêtre éclairée de la salle à manger, il voyait Justin, le maître d'hôtel, veiller aux derniers préparatifs de la table. Sur la terrasse, Marthe Duplessis et Constant Delteil évoquaient leurs prochaines plantations.

— J'ai décidé de créer une bordure de fleurs bleues : jacinthes, iris, pensées… Elles se succéderont de février à l'automne, disait la vieille dame.

Un sourire aux lèvres, Julien les écoutait.

— Ils ont vingt ans, confia-t-il à Louis qui, son chien aux pieds, s'était installé sur un banc de pierre.

— Ce Carlier sort de l'ordinaire, constata Louis. Son travail lui ressemble-t-il ?

— Il oscille entre la rigueur d'un Manet et la luxuriance de Renoir. Mais je suis prêt à parier qu'il s'imposera parmi les plus grands.

Julien s'interrompit, hésita puis reprit :

— Je ne lui ai fait aucune proposition, mais je songe à m'occuper de sa carrière. Il y a peu de marchands éclairés et, avantage non négligeable, je connais des collectionneurs outre-Manche qui n'aspirent qu'à une peinture nouvelle.

Une brume montait de l'étang autour duquel se promenaient Étienne et Gabrielle.

— Avez-vous rencontré Monet et Renoir ? demanda-t-il à la jeune fille.

— Pas encore. Mais ils ne sont pas difficiles à trouver… Tous les jours à La Grenouillère !

— C'est une idée amusante que de peindre le même sujet.

— Qu'attendons-nous pour les imiter ?

La proposition le prit tellement au dépourvu qu'il l'accepta.

— Que choisissons-nous ? le pressait Gabrielle.

— Vous êtes meilleur juge !

— J'avais pour projet de m'installer sous le pont. On a une large vue du fleuve.

— Marché conclu… Quand commençons-nous ?

— Demain matin, à 9 heures.

26

Étienne était déjà installé quand Gabrielle déposa son chevalet au pied du pont. Les yeux plissés par l'attention, il dessinait au crayon le fleuve. En silence, elle commença à travailler. Oubliant la technique, elle se laissait envahir par ses sensations, faisait corps avec le paysage, le respirait.

Avec l'espoir de retranscrire le bonheur qui l'habitait, elle traça les premiers contours. Le temps s'évanouit. Elle n'était plus que l'instrument de la nature, qui demandait qu'on la perçût dans sa vérité. Au bout de deux heures, l'odeur du tabac la sortit de sa concentration. Un Regalia à la bouche, Étienne s'accordait une pause. À la dérobée, elle détailla l'épaisseur des cheveux qu'il avait oublié de coiffer, le teint hâlé par le soleil, l'authentique élégance. Vêtu de haillons, il aurait ressemblé à un prince. Un instant, elle se demanda si elle ne manquait pas d'objectivité, mais l'avis que lui avait donné Hortense sur leur visiteur l'avait rassurée. Sa séduction était indéniable.

Absorbés par leurs pensées, ni l'un ni l'autre ne prêtèrent attention à une vache qui s'était détachée de son troupeau pour s'approcher de la toile d'Étienne et y passer une langue râpeuse.

— La garce, s'écria-t-il lorsqu'il s'aperçut du saccage.

En deux bonds, il rejoignit la bête qui, mécontente d'être dérangée, fit basculer le chevalet dans l'herbe.

— Et vous riez, grommela-t-il en entendant Gabrielle s'esclaffer.

— Personne ne peut se vanter de susciter un tel engouement !

— Tout est à reprendre, soupira-t-il.

— Mais non… voyons !

De son pinceau, Gabrielle rendit au tableau son aspect initial.

Prétextant le besoin de rencontrer Pissarro, Étienne repoussa son retour à Paris. La majeure partie de ses après-midi se déroulait auprès de Monet et Renoir. Le premier survivait grâce à l'aide du second, qui profitait de l'hospitalité de ses parents pour le nourrir de restes.

— Sans lui, je ne sais pas ce que je serais devenu, avoua Monet à Étienne. Je ne parle pas que de l'aide matérielle. On ne peut résister à son amour de la vie. Et puis, il m'a « embarqué » avec cette Grenouillère.

Pendant que son ami peignait, Étienne discernait des personnages qui n'avaient pas plus d'importance dans la composition que le feuillage ou les planches du ponton. C'était l'eau qui primait, en touches franches de bleu et de blanc juxtaposées au noir et entrecoupées d'ocre chaud.

Chez Renoir, l'approche était différente. Portraitiste-né, il avait choisi de privilégier ses contemporains, dont on aurait presque perçu les éclats de voix.

Trois semaines s'écoulèrent sous un ciel pommelé, dans le parfum entêtant des fleurs, une pause champêtre au cours de laquelle Étienne assista à la fenaison et aux régates qui se disputaient le dimanche sur la Seine.

En maillots de couleur, les équipes filaient dans leurs yoles, applaudies par la foule massée sur la berge. Louis et Hortense ne manquaient pas une course, imités par Constant qui se lamentait de n'avoir plus l'âge d'y participer. Puis il y eut le bal du 14 Juillet…

Après avoir dansé avec Louis et accepté de suivre Frédéric dans un galop, Gabrielle espéra qu'Étienne l'inviterait. Assis sur un banc de bois, il se contentait de boire en contemplant les contorsions des canotiers et de leurs grisettes endimanchées. Sous les lampions multicolores, c'était à qui chalouperait et s'adresserait des œillades. La soirée se poursuivit sans qu'il sortît de son humeur morose. Dans un sursaut d'orgueil, la jeune fille décida d'écouter les compliments que lui adressait Frédéric. Elle le suivait une nouvelle fois sur la piste quand, se retournant, elle s'aperçut que le peintre avait disparu…

Le lendemain, elle prétexta une migraine pour se soustraire à la randonnée en vélocipède que lui proposait sa cousine.

— Je profiterai de ton absence pour jouer avec Élisa.

— Voilà qui ne risque pas d'améliorer ton état, souligna Hortense qui connaissait la tyrannie de son enfant.

La petite s'amusa à tirer les cheveux et les rubans de Gabrielle. Il fallut la faire sauter sur les genoux, l'envoyer dans les airs…

L'enfant enfin endormie, la jeune fille s'installa au bord de l'étang pour y rédiger son courrier. En écrivant à ses proches, il lui semblait avoir quitté Paris depuis des mois. La parenthèse qu'elle venait de connaître resterait l'une des plus précieuses de son existence. Auprès d'Étienne, elle avait appris à vaincre ses dernières peurs. Comme Chevigny, il l'exhortait à oser davantage, à se débarrasser de certains tics qui affadissaient sa peinture.

— Vous devez oublier votre féminité dès que celle-ci pourrait se transformer en sensiblerie, lui avait-il conseillé. Tout comme je dois surveiller ma tendance à certains effets faciles. S'il m'arrivait de ne pas m'en rendre compte assez vite… promettez-moi de me rappeler à l'ordre !

Tant de complicité aboutissait-elle à la déception qu'il lui avait infligée la veille ? Ramenant son châle sur ses épaules, Gabrielle tenta de se concentrer sur ses missives. Des pas sur le gravier lui firent lever la tête.

— Étienne, murmura-t-elle en le voyant s'approcher.

— Je suis venu vous avertir de mon départ.

— Votre départ ! C'est une décision subite !

— Si l'on veut.

Le ton froid sur lequel il s'exprimait ne facilitait pas les aveux. Pourtant elle n'hésita pas.

— Vous allez me manquer.

— Je ne dois pas vous manquer, Gabrielle.

Stupéfaite par cette réponse, elle se leva et, sur la pointe des pieds, rapprocha son visage du sien :

— Ce n'est pas parce que vous refusez la vérité qu'il faut imposer votre aveuglement aux autres ! Moi, je n'éprouve aucune honte à vous dire que je vous aime. En éprouvez-vous à me l'entendre dire ?

— Vous savez bien que non, finit-il par répondre.

— Alors... je ne comprends plus !

— Vous ne voulez pas comprendre ! Et, moi-même, j'ai trop longtemps fermé les yeux. Je ne peux rien vous apporter, Gabrielle... Encore moins la vie à laquelle vous avez droit... Votre monde me demeure étranger ! Je n'ai pas un sou et rien ne supplantera jamais la peinture...

— Tenez-vous à moi ou me suis-je trompée ?

— Vous êtes ce que j'ai connu de meilleur. Oui, je vous aime. C'est la raison pour laquelle je ne veux pas vous faire perdre votre temps et votre réputation.

Au moment où elle allait lui caresser la joue, il saisit sa main pour en embrasser la paume...

— Je vous aime, poursuivit-il d'une voix basse. Mais je suis incapable de supporter la moindre entrave.

— Qui vous y oblige ?

Elle s'appuya contre lui et, à travers le voile de la robe, il percevait la chaleur de son corps, son parfum de jasmin. La repoussant avec douceur, il murmura :

— Vous êtes belle et Dieu sait que je ne suis pas un saint... Alors... ne cherchez pas à me séduire.

— Est-ce que vous vous rendez compte de ce que vous me demandez ?

— Un jour, vous me donnerez raison.

— C'est faux !

La colère resurgit, accompagnée d'un sentiment d'injustice. Pourquoi devait-elle payer si cher d'avoir été élevée dans un milieu privilégié ? Pourquoi devait-elle payer si cher d'aimer cet homme qui ne vivait que pour son art ?

— Que me souhaitez-vous, Étienne ? De vous croiser au bras de vos modèles et de m'extasier sur les nus que ces femmes vous inspireront ?

— Je vous souhaite d'être en paix et de m'oublier... Si vous m'aviez côtoyé plus longtemps, vous vous seriez rendu compte que j'étais égoïste et invivable...

Il s'interrompit pour reprendre, avec un sourire triste :

— Je m'aperçois d'une chose étrange... Le sentiment que je vous porte me pousse à prêcher contre moi-même.

Gabrielle frissonna. Des larmes brûlaient ses paupières.

— Je ne pourrai vous accuser d'avoir manqué de franchise, murmura-t-elle en rangeant plume et papiers dans son écritoire.

— J'aurais souhaité remercier vos cousins pour l'accueil qu'il m'ont réservé.

— Ils sont en promenade... N'ayez crainte, je leur transmettrai ce message.

— Alors, au revoir...

De la tête, il lui adressa un salut poli puis s'éloigna. « Prenez soin de vous », se retint-elle de lui crier.

Par respect envers ses hôtes, elle tenta de faire bonne figure pour le dîner. Le résultat ne fut guère concluant. Hortense, venue dans sa chambre pour lui emprunter une étole, remarqua :

— Ton mal de tête semble avoir empiré ?

— Non. Enfin... Oui.

— Gabrielle, cesse de me jouer la comédie. Tu crois que je suis aveugle et stupide pour n'avoir pas fait le rapprochement entre les escapades que tu me demandais de couvrir l'hiver dernier et Étienne Carlier ? Il n'y a qu'à observer les regards que tu lui jettes pour comprendre qu'il ne t'est pas indifférent. Ai-je tort ?

Soulagée, Gabrielle avoua tout.

— Il n'a même pas voulu nous accorder une chance !

— Il est honnête…

— Tu ne vas pas lui donner raison contre moi ! Il me rejette, voilà tout !

— Il ne te rejette pas, il te préserve !

— Il se préserve, voilà la vérité !

À son retour dans la capitale, Gabrielle trouva en Berthe Morisot une interlocutrice plus compréhensive…

— Je suis incapable d'épouser un homme par raison, affirmait avec véhémence Gabrielle. Ma mère ne comprend pas cette attitude même si elle l'admet. Mon père est désespéré chaque fois qu'il éconduit un parti prometteur. Pourtant, ma vie m'appartient.

— Ce n'est pas moi qui vous donnerai tort, répliqua Berthe sur un ton pensif.

À mille lieues de soupçonner son secret, Gabrielle le découvrit lorsque son amie répondit avec colère à sa question :

— Si je sers encore de modèle à Manet ? Pensez-vous ! Il est trop occupé avec son élève.

— Quelle élève ?

— Eva Gonzalès. Il s'est entiché de cette personne et de son travail… au point de l'offrir en exemple ! Elle a, paraît-il, de la conscience, de la persévérance, mène à terme ce qu'elle entreprend… Tandis que moi, je suis une dilettante.

Avec un rire moqueur, Berthe ajouta :

— En attendant, il recommence pour la énième fois son portrait. Elle pose pour lui quotidiennement… Le soir, il est si mécontent du visage reproduit qu'il le lave au savon noir. Sa technique pécherait-elle… ou n'est-il pas inspiré ?

Ce n'était pas seulement une déception amoureuse, mais une déception d'artiste. Pour avoir longtemps cru qu'aucune femme ne pourrait, comme elle, partager les préoccupations picturales de Manet, Berthe tombait de haut.

— Il a besoin de Suzanne, son épouse, et d'une créature miroir qui lui renvoie une image valorisante. Je n'étais pas assez soumise.

Après avoir joué avec son pendentif, elle admit :

— C'est une chance que je m'en sois rapidement aperçue.

Demeuraient la solitude et une difficulté grandissante à vivre entre deux mondes.

— J'ai besoin de mes traditions même si les idées modernes me séduisent. J'imagine que vous comprenez ce langage.

— Croyez-vous qu'il soit impossible de partager l'existence d'un homme qui privilégie la bohème ?

Comme Berthe la questionnait, Gabrielle lui raconta la scène qui l'avait opposée à Étienne Carlier.

— Je ne sais que vous conseiller, sinon de compter sur le temps pour décider si cet attachement mérite que vous y consacriez votre énergie. N'oubliez pas ce que je vous ai dit tout à l'heure, ils ont besoin de créatures miroirs qui flattent leur narcissisme. Est-ce le rôle que vous souhaitez jouer ?

Les idées se bousculaient dans l'esprit de Gabrielle. Berthe n'avait pas tort, mais il existait des exceptions. Sa relation avec Étienne n'était pas fondée que sur la séduction. C'était une rencontre d'âme à âme, d'idéal à idéal.

Avec un regard de défi, elle déclara :

— Non seulement Étienne Carlier ne me repoussera pas, mais il me recherchera…

27

L'AUTOMNE FUT STUDIEUX pour Gabrielle. Elle s'était inscrite dans un nouvel atelier où deux autres jeunes filles suivaient l'enseignement d'un maître irascible qui avait choisi pour tête de Turc la plus timide d'entre elles : Héloïse Paquin. La veille de Noël, il s'était acharné sur une nature morte qu'elle ne parvenait pas à terminer. Il fallut toute la persuasion de Gabrielle pour empêcher la malheureuse d'arrêter la peinture.

— Ne rentrez pas dans son jeu, c'est ce qu'il attend. Avec moi, il a tenté le même manège jusqu'au moment où il a compris que je ne me découragerais pas.

— Comment travailler dans de telles conditions ?

— En ne suivant que ses bons conseils.

— Il peut se montrer si vexant !

— Oh ! Les vexations, il vaut mieux nous y habituer, lança-t-elle en accrochant sa blouse à une patère.

L'horloge indiquait 8 heures. Elle n'avait que le temps de rentrer chez elle et de se changer pour la soirée qui réunirait chez Louis et Hortense leurs familles respectives et les intimes.

Sur les balcons de l'hôtel particulier, des bougies brûlaient dans des coupelles de verre. À la porte d'entrée, on avait accroché du houx, ainsi que dans le vestibule. Des salons de réception montait la rumeur propre aux réunions intimes et Gabrielle respira avec bonheur cette atmosphère de quiétude.

Devant un immense sapin, Hortense, vêtue d'une robe de faille aux reflets de flamme, ressemblait aux héroïnes de ses contes. Julien, qui venait d'arriver, la contemplait avec une admiration non feinte.

— Nous avions fini par vous imaginer prisonnier du désert ou d'un harem, lui dit-elle.

Après l'avoir dévisagé, elle ajouta :

— En tous les cas, vous ne semblez pas avoir subi de mauvais traitements.

Le soleil de l'Égypte l'avait, en effet, hâlé. Autour de lui flottait encore l'Orient, ses envoûtements et ses mystères…

— J'aurais mauvaise grâce à me plaindre, concéda-t-il avec un sourire désarmant.

— Les journaux n'ont pas tari d'éloges sur l'entrée triomphale de notre souveraine dans la rade de Port-Saïd.

— Quatre-vingts navires de toutes les nations l'attendaient et, lorsque Ferdinand de Lesseps la rejoignit à bord du yacht impérial, la foule hurla de joie sur la rive.

— Si cela pouvait moucher les mécontents du régime, maugréa André Laferrière, que les derniers événements avaient ébranlé.

— Mon oncle, par pitié, abandonnons la politique ! interrompit Hortense.

— Comment l'abandonner, alors qu'Émile Ollivier va constituer un gouvernement sous quelques jours ? Émile Ollivier ! Un ver dans le fruit !

— Il sera alors temps d'en parler, s'interposa Louis qui avait suivi la scène.

— Je vous apprécie, Duplessis, mais pas suffisamment pour toujours vous donner raison. La présence auprès de notre empereur d'un membre de l'opposition est de nature à vous satisfaire...

Avec autorité, Louis plaça dans les mains de son interlocuteur un verre de punch, puis le mena vers le canapé où s'était assise Marthe Duplessis.

— Ma mère saura vous distraire.

Heureux de partager un avis similaire, tous les deux abordèrent les bals aux Tuileries, les redoutes à Compiègne et les dîners de la princesse Mathilde qui se consolait mal de sa rupture avec Nieuwerkerque.

— Quand on sait qu'il lui doit sa carrière, soupirait Marthe. Quelle ingratitude !

Louis s'écarta. Risquait-il, avec les années, de leur ressembler et de s'enfermer dans les louanges d'un passé qui ne méritait pas d'être perpétué ? À l'exemple de son chef, l'Empire agonisait et l'on avait beau calmer les esprits avec un semblant de libéralisme, rien ne conjurerait le travail de sape qu'avaient provoqué une mauvaise politique extérieure et les scandales, dont le meurtre de Victor Noir par Pierre Bonaparte.

À l'extrémité de la pièce, Julien but d'un trait le contenu d'une flûte de champagne. Il s'apprêtait à réitérer son geste quand Gabrielle lui souffla :

— Qu'avez-vous l'intention de noyer… ou de baptiser ?

— Si je le savais !

— Vous me paraissez bien désabusé.

— Lucide, seulement lucide, répliqua-t-il en renouant avec leur plaisanterie favorite.

Depuis l'été dernier, ils se moquaient de leurs états d'âme respectifs. Julien appréciait la compagnie de la jeune fille et respectait sa rébellion, son talent, même si elle lui faisait peur avec certains excès. Plusieurs fois déjà, il l'avait mise en garde.

— Pourquoi ne vous accordez-vous pas davantage d'agrément ? Il n'y a pas que le travail !

— Tant que je n'aurai pas obtenu ce que je veux, je serai incapable de m'intéresser à quoi que ce soit d'autre.

Exposer au prochain Salon était devenu une obsession. Le désir de damer le pion à Étienne n'était pas étranger à cette décision et l'empêchait de se décourager. Elle n'avait pas cherché à croiser son chemin, mais la seule évocation de son nom suffisait à lui faire battre le cœur. Aujourd'hui encore, elle eut peine à faire bonne figure lorsque Julien déclara :

— J'ai passé un accord avec Carlier. Il m'autorise à vendre ses toiles pendant l'année à venir.

— Il a beaucoup de chance.

Elle aurait aimé en savoir plus long sur la vie du peintre, son cheminement, mais se retint. L'ignorance de ses faits et gestes la garderait à l'abri des perturbations.

— Et Henri, que devient-il ? la questionnait Julien. Avez-vous reçu des nouvelles ?

— Sa dernière lettre remonte à trois semaines. Il était à Naples et songeait à s'embarquer pour la Sicile.

Après avoir discrètement désigné Marthe Duplessis, elle ajouta :

— Ma belle-mère est malheureuse de cette absence... particulièrement ce soir...

Frédéric, le neveu de Constant Delteil, interrompit leur conversation en saluant Gabrielle.

— Je devrais vous en vouloir de me traiter avec autant de désinvolture. Vous ne répondez à aucune de mes missives.

— Je voulais justement vous remercier pour les délicieuses pralines que vous m'avez envoyées.

— Mais vous étiez trop occupée... Vous êtes toujours occupée lorsqu'il s'agit de moi.

La désillusion filtrait dans ses paroles. Avec tristesse, Gabrielle le dévisagea. Il aurait été si simple d'accepter le sentiment qu'il lui vouait.

« Vous êtes belle », lui disait-il.

Elle aurait aimé qu'un autre lui murmurât ces paroles.

— Vous ne m'écoutez pas, lui reprocha Frédéric. Cela fait deux fois que je vous demande de m'accompagner à l'Opéra jeudi prochain.

— À l'Opéra ?

— Pour y voir des ballets.

Minuit sonnait à l'église voisine et ce carillon fut repris par d'autres paroisses. Devant la cheminée de la salle à manger, des présents avaient été déposés. Flacons de cristal, plumiers, poudriers en ivoire et en écaille furent sortis de leurs emballages ainsi que des tabatières ou des épingles de cravate. À titre personnel, Louis offrit à chacune des personnes présentes un paquet similaire.

— Ce sont les contes de notre nièce ! s'exclama André Laferrière.

Hortense sursauta.

— Vous devez faire erreur. L'imprimeur s'est engagé à les livrer début février.

— Je ne suis pas aveugle, insista-t-il en lui tendant un volume en maroquin violet.

— J'ai obtenu qu'il raccourcisse son délai, expliqua Louis.

Avec appréhension, Hortense voyait ceux dont elle craignait le jugement feuilleter l'ouvrage. Elle tentait de répondre avec le sourire à leurs compliments quand son regard croisa celui de Julien. Il était le seul à ne pas avoir ouvert son cadeau.

— J'attends d'être chez moi, lui confia-t-il alors qu'elle se dirigeait vers la salle à manger où allait être servi le souper.

L'avis de Julien Coblence avait-il autant d'importance qu'elle ne trouva rien à répondre quand il ajouta :

— C'est un moment que je ne souhaite partager qu'avec vous…

28

DANS LA RUE LE PELETIER illuminée par les éclairages des boulevards, les coupés prenaient la file devant l'entrée de l'Opéra où se pressaient les habitués des soirées de gala.

Il neigeait à gros flocons quand Hortense monta au bras de Louis les marches du perron recouvert d'un tapis rouge. Dans la foule, elle reconnaissait des courtisans, des ambassadeurs, des militaires de haut rang, mais aussi les membres du gouvernement que venait de former Émile Ollivier. Sur leur passage, on chuchotait. À observer les mines, leur nomination ne semblait pas satisfaire grand monde. Persigny paraissait affecté et Hortense, qui ne l'avait jamais apprécié, en éprouvait un certain contentement.

— Agénor de Gramont aux Affaires étrangères, entendait-elle murmurer… Rien de pire ne pouvait arriver !

Répétée, amplifiée, cette réflexion fila comme une traînée de poudre dans le promenoir où Gabrielle, escortée de Frédéric, tentait de gagner le balcon.

Sous la lumière d'un gigantesque lustre aux globes opalins, la salle faisait illusion. On oubliait les tentures élimées, les girandoles aux ors ternis, pour s'attarder sur les loges et la première galerie où paradait ce que la capitale comptait de plus illustre. Dans un frémissement d'éventails, le blason féminin du Second Empire scintillait du feu de ses joyaux. Le vert laurier, le bleu azuline et le jaune Vésuve étaient à l'honneur, imposés par Worth qui avait rivalisé d'imagination pour vêtir ces créatures exigeantes et capricieuses. Aucune ne devait ressembler à l'amie, encore moins à la rivale… Dans un brouhaha savamment organisé, Cora Pearl, Marguerite Bellanger et Caroline Letessier avaient pris leurs places pour devenir le point de mire d'une assistance qui ne se lassait pas de commenter leur plus infime innovation. On guettait la couleur, la forme d'un gant, le maquillage, on les décriait mais on mémorisait chaque détail afin de mieux le reproduire…

Dans cette chatoyante volière, Hortense ne passa pas inaperçue. Elle avait choisi de porter une robe de taffetas noir au décolleté profond, soulignée d'une tournure et de nœuds en tulle. Autour de son cou, dans sa chevelure sombre, brillaient les rubis que lui avait offerts Louis pour la naissance de leur fille. À son arrivée, des célibataires du Jockey Club levèrent la tête.

— Duplessis n'est pas à plaindre, souligna l'un d'entre eux.

— L'a-t-il jamais été ? rétorqua son voisin. Il faut avouer qu'en épousant cette jeune femme, il a couronné avec panache un parcours sans faute.

— Elle serait, paraît-il, intelligente…

— Voilà qui me séduit beaucoup moins !

Derrière les ouvreuses, d'autres dandys, gardénia à la boutonnière, s'acheminaient vers les fauteuils d'orchestre, la fameuse « ménagerie des lions ». Lustrés, pommadés, ils étaient les parfaits représentants de cette époque qui glorifiait les fortunes rapidement acquises, le vice et la dérision. Noceurs de choix, on pouvait compter sur leur savoir-faire pour maintenir les règles du pince-fesse élégant. Leur organisation était imparable et l'échantillonnage de leurs prises étendu. Rien n'y manquait, de la lorette à la duchesse en quête de sensations fortes. Un mariage avec un parti richement doté mettait un frein à leurs distractions. Ce n'était que provisoire !

— Coblence a su s'infiltrer, remarqua le premier compère en voyant Julien s'incliner sur la main que lui tendait Hortense.

Les musiciens s'étaient glissés derrière leurs pupitres et commençaient d'accorder leurs instruments. L'air était saturé de parfums capiteux et la chaleur colorait les pommettes. La princesse de Metternich venait d'arriver en grande pompe, talonnée par la princesse Mathilde qu'accompagnait son fidèle Théophile Gautier. Dans une baignoire, Dumas échangeait quelques mots avec Hortense Schneider, enveloppée dans des flots de dentelle ivoire. Le monocle vissé sur l'œil, Halévy scrutait l'assistance, s'arrêtant sur Degas qui n'aurait manqué aucun ballet.

De son perchoir, Gabrielle s'abandonnait à la magie de cet endroit condamné à une prochaine démolition. Son attention fut attirée par un claquement de portes dans l'une des loges centrales. Une femme à l'allure tapageuse s'y était assise et, les mains posées sur la rampe de velours, jaugeait de ses yeux froids l'effet qu'elle produisait.

— Fichtre… Elle a fait du chemin, siffla Cora entre ses dents.

La courtisane ajouta à l'adresse de son voisin, un garçon qui n'avait pas atteint la majorité :

— Qui l'aurait cru ?

Dans un ruissellement de diamants et d'émeraudes, Flora affichait son appartenance à un monde où l'on savait récompenser les services rendus. Avec une jubilation qu'elle ne parvenait pas à dissimuler, elle lisait sur le visage de ses consœurs, les reines de l'alcôve, la stupéfaction, l'envie et, récompense suprême, la colère.

Consciente des limites de sa beauté, elle avait joué sur la suggestion. Rien n'avait été oublié qui ne fût susceptible de mettre en valeur sa carnation de Méridionale et ses formes que l'on avait envie de caresser. Les épaules et la poitrine généreusement découvertes, elle s'offrait avec des gestes lascifs aux regards des hommes, dont certains avaient autrefois et pour une somme dérisoire rémunéré ses charmes. Ce soir, c'était sa revanche, même si elle n'éprouvait pas une grande fierté à exhiber son protecteur. Cesserait-il jamais de transpirer ? Une bouffée d'agacement l'envahit quand, de ses doigts boudinés et chargés de bagues, il effleura son bras… Elle se reprit et lui adressa du bout des lèvres un baiser.

— Tu es l'attraction de cette salle, lui dit-il sur un ton de propriétaire repu.

— C'est parce que tu m'accompagnes.

Il avait fallu une année à Ramon Mendoza pour être connu des cénacles parisiens. À défaut de rechercher sa compagnie, on tentait de l'intéresser à des projets audacieux. Sa fortune était considérable tant au Mexique qu'en Europe, où il avait acheté propriétés, chevaux de course, tableaux de maîtres et pris des participations dans des compagnies maritimes et de chemins de fer. Il ne semblait guère pressé de retrouver femme et enfants restés de l'autre côté de l'Atlantique, encore moins depuis qu'il avait lancé cette fille. Il venait de lui offrir un somptueux appartement sur le parc Monceau et peut-être allait-il céder pour le chalet qu'elle avait visité à Enghien. La frénésie dépensière de sa maîtresse l'amusait et le rassurait. En la rendant de plus en plus difficile à contenter, le train de vie auquel il l'habituait la maintenait à l'écart des propositions de jeunes gens séduisants, mais à l'avenir incertain. Une ombre passait parfois dans le regard de Flora… Ramon Mendoza n'avait pas voulu poser de questions…

L'intérêt de Flora s'était fixé sur la loge des Duplessis. Malgré ses résolutions, la vision d'Hortense riant avec son époux et Julien Coblence lui serra le cœur. Aucun artifice ne l'aiderait à égaler cette femme. Louis avait-il seulement remarqué sa présence ? On le disait heureux et, à l'observer, elle n'en doutait pas. Pourquoi n'avait-elle pas réussi à l'oublier et pourquoi, depuis qu'il l'avait quittée, n'avait-elle songé qu'à se hisser au faîte des honneurs ? Aujourd'hui, elle avait la certitude que son ascension ne pouvait que le laisser indifférent. Il était loin, si loin des intrigues…

Le chef d'orchestre avait levé sa baguette et, après l'ouverture, le rideau s'ouvrit sur un décor de forêt et de rochers. On toussa, on se moucha une dernière fois. Tout rentra dans l'ordre avec l'apparition du corps de ballet.

Malgré la qualité du spectacle, Hortense avait du mal à se concentrer, l'esprit agité par les compliments que Julien lui avait adressés sur ses écrits.

— Vous les avez lus ! s'était-elle exclamée.

— Ne vous l'avais-je pas promis ?

— Vous avez la réputation d'être très occupé.

— Il existe des priorités. J'ai été frappé par la façon dont vous ne tirez aucune morale de vos histoires et cette attitude m'a plu.

— Les contes ne doivent pas donner de réponses précises, mais suggérer. C'est au lecteur d'envisager les solutions.

— Je me suis aperçu que vous narriez les événements sans juger s'ils étaient positifs ou négatifs.

— La vie n'est ni blanche ni noire, elle passe par des gris plus ou moins soutenus. Alors, pourquoi donner aux enfants une fausse idée de ce qui les attend ? J'ai essayé de leur montrer le monde tel qu'il est, avec ses embûches et la possibilité de les vaincre… On peut venir à bout du pire.

— Nous en avons déjà parlé et je suis réservé quant à cette idée, vous le savez.

— Vous ne parviendrez pas à me communiquer votre pessimisme.

— Je n'y tiens pas, se défendit Julien en souriant… Sinon, je perdrais mon ange gardien.

— On ne s'épanouit qu'en explorant ce qui nous entoure et en découvrant les autres.

— Et si l'on est déçu ?

— On l'est parfois, néanmoins il existe des surprises agréables.

Il y avait eu un silence avant que, profitant d'une éclipse de Louis parti saluer un ami dans le couloir, il ne murmurât :

— Vous êtes une personne étonnante, Hortense, étonnante et déconcertante. On croit vous saisir… ce n'est qu'une illusion. Vous échappez aux classifications.

Ces paroles résonnaient à ses oreilles, couvrant la musique et la rendant insensible à la grâce des ballerines. Malgré son souci d'honnêteté, les circonstances l'empêchaient d'avouer à Julien l'émotion qu'elle avait ressentie à lire les poèmes adressés à Elsie. Avec une étrange facilité, elle reconstituait la trajectoire d'un petit garçon dont personne ne comprenait la sensibilité et qui se heurtait à la honte d'une mère abandonnée.

La salle n'était plus qu'un souffle, suspendue à la grâce d'Eugénie Fiocre qui dans *Psyché* confirmait son talent d'étoile. Une ovation salua sa prestation puis, dans un brouhaha de fauteuils repoussés et de plaisanteries au goût douteux, les occupants de la « loge infernale », suivis d'autres abonnés, se préparèrent à gagner le foyer. C'était un rite que d'y passer pendant l'entracte. Julien, entraîné par l'un de ses compagnons de nuit, emprunta le « souterrain des danseuses », un couloir où régnait une odeur de colle et de poussière. Il déboucha dans une salle exiguë où des hommes en chapeau haut de forme cherchaient la bonne fortune au milieu des tutus.

Ludovic Halévy occupait sa place favorite. Assis sur une chaise bancale au milieu des mères de ces demoiselles, il les regardait fouiller dans leurs cabas contenant du linge à repriser ou un flacon de fleur d'oranger pour en sortir des châles dont elles recouvraient les épaules de leur progéniture.

— Tu es en sueur, se lamenta l'une d'entre elles en essuyant le front d'une gamine, qui lui répondit par un haussement d'épaules en jaugeant les admirateurs du jour.

— Tous des décatis, remarqua-t-elle de sa voix de faubourg.

— Pas tous, répondit une camarade en fixant Julien Coblence. Je prendrais bien celui qui cause avec le peintre…

Pendant qu'il écoutait Degas lui reprocher de ne plus lui vendre d'estampes japonaises, Julien suivait dans un miroir les exercices à la barre d'une jouvencelle au visage de poupée. Des rubans de satin jaune d'or enserraient son cou, sa taille, et des fleurs du même ton parsemaient sa jupe de tarlatane. Dressée sur ses pointes de satin rose, elle pliait les genoux.

— C'est une nouvelle ?

— Elle est entrée dans le corps de ballet il y a deux mois.

— Comment s'appelle-t-elle ?

— Malvina.

Degas ajouta :

— Plus rouée que douée.

Personne mieux que lui ne connaissait les danseuses. Un carnet de croquis à la main, il hantait les cours, les représentations, et consacrait des heures à étudier les corps. Le contraste entre cet art raffiné et la vulgarité de ses exécutantes le fascinait. Rien ne lui échappait de ces minois que chiffonnaient un incessant travail et la peur d'être doublée par la voisine. Danser n'était déjà pas facile ; se trouver un protecteur capable d'assurer avec faste une « après-carrière » l'était encore moins. Certaines y étaient cependant parvenues. Notamment la plus stupide, cette malheureuse Pillevois qui, entendant évoquer l'édit de Nantes, avait demandé s'il s'agissait d'une grande dame anglaise. Elles avaient toutes leur spécialité ! Eugénie Fiocre se jetait sur les manuels de philosophie dès qu'elle avait une pause. Les sœurs Brache passaient pour des modèles de vertu. Quant à la Marquet, il valait mieux éviter de la contrarier. Elle avait la main leste…

Julien s'approcha de Malvina qui poursuivait son échauffement.

— Tu es libre pour souper avec moi ?

Elle marqua un silence avant de lâcher du bout des lèvres :

— Ça se pourrait.

— Je t'attendrai à la sortie des coulisses.

Surpris par le désir brutal qui l'envahissait, il cherchait en quoi Malvina sortait de l'ordinaire. Elle était moins jolie que ses compagnes avec son visage trop rond et ses dents irrégulières. Les yeux bruns étaient petits et enfoncés sous d'épais sourcils, la peau constellée de taches de rousseur.

Autour d'eux, des mains s'égaraient sur les épaules nues, chatouillaient les nuques. On riait beaucoup. Nestor Roqueplan, en bon propriétaire des lieux, veillait sur son cheptel. Le directeur de l'Opéra était connu pour ses excentricités et pour sa collection de lits habillés d'étoffes précieuses.

— Alors, Coblence ? Vous nous aviez boudés !

— J'étais en Égypte.

— Ah oui, c'est vrai, on me l'avait dit.

À mi-voix, Roqueplan ajouta :

— Elle vous plaît, la petite Malvina ?

— Plutôt.

À la fin de l'entracte, Julien regagna le vestibule où la foule dégustait des sorbets. Sur les marches de l'escalier, Hortense parlait avec Gabrielle et Frédéric. Arrêté par Fanny Mercier, Louis essayait de lui fausser compagnie.

— Vous refusez les invitations, se plaignait-elle, et Hortense ne vient jamais à mes mardis.

— Sans doute n'en éprouve-t-elle pas l'envie.

— M'en veut-elle d'avoir connu tes faveurs, insista Fanny avec maladresse.

— T'en vouloir !

Le ton de cette exclamation était pire qu'une insulte. Les regrets qu'éprouvait Fanny pour son ex-amant se transformèrent en haine. Décidée à lui faire tôt ou tard payer cet affront, elle reporta son intérêt sur Hortense Schneider. Depuis qu'elle avait joué les duchesses dans une opérette, celle-ci ne quittait plus ce rôle. La princesse Mathilde ne manqua pas de remarquer en désignant le diadème qu'arborait la cantatrice :

— Elle l'a loué pour l'occasion !

Au lever de rideau, Julien braqua ses jumelles sur Malvina. Sa technique était irréprochable, mais il lui manquait l'élégance et la spontanéité. Oubliant les autres danseuses, il la regardait enchaîner arabesques et entrechats, quand il sentit peser sur lui l'attention d'Hortense. Un léger sourire flottait sur ses lèvres. Lorsque, plus tard, elle fit signe à Louis de ne pas insister pour entraîner son ami au Café Anglais, Julien comprit qu'elle avait deviné ses desseins.

29

1870

JULIEN NE PARVINT PAS à vendre les toiles d'Étienne Carlier. À l'inverse de ses pronostics, les Anglais étaient en retard sur le goût français et appréciaient l'école de Barbizon, Rosa Bonheur…

— Je ne désespère pas, répétait-il au peintre qui, de son côté, nourrissait peu d'illusions.

Pour la seconde fois, il avait été retenu par le jury du Salon. Quant à ses amis, tous hormis Monet avaient vu leur travail récompensé. Renoir avait envoyé *Une baigneuse* et *Une femme à Alger*, où l'on retrouvait l'influence de Delacroix. Fantin-Latour était représenté par *Un atelier aux Batignolles* pour lequel avaient posé ses proches… Manet par *La Leçon de musique* et *Portrait d'Eva Gonzalès*. Elle-même exposait une œuvre. Berthe Morisot n'en éprouva guère de joie, d'autant que ses propres tableaux étaient placés à une telle hauteur sur les murs du Palais de l'industrie qu'il était difficile de les apercevoir.

— Vous avez été plus chanceuse ! dit-elle à Gabrielle dont une exquise scène de jardin avait été sélectionnée.

Cartons d'invitation à la main, la foule avait investi les lieux. On venait en couple, en famille, prêt à déambuler à travers les trente-cinq travées. Sous les plafonds de verre, s'étalaient batailles sanglantes, déesses diaphanes, réjouissances impériales, orgies romaines et, parfois, marines ou paysages champêtres. Des peintres nettoyaient encore leurs envois, alors que marchands et politiciens en veine d'achats échangeaient leurs impressions.

Se tenant à l'écart des conversations, Julien faisait le tour de la manifestation.

— Il y a un certain vent de nouveauté, confia-t-il à Étienne qu'il venait de rejoindre dans la « galerie du jardin » où des statues de pierre ponctuaient des rangées d'arbustes en caisse.

Des fillettes avaient choisi d'y jouer à cache-cache. Pour éviter d'être bousculés, ils se retranchèrent dans une salle dont les canapés circulaires étaient occupés par des femmes plus soucieuses de bavarder que de découvrir des talents. L'éventail en action, elles évoquaient les prochains bals et mariages en jetant des regards venimeux sur des créatures dont il y avait tout lieu de croire qu'elles servaient de modèles.

— Encore une traînée d'atelier, remarqua l'une des douairières en désignant une lorette qui au bras de son artiste la toisait avec insolence.

— Allons-nous-en d'ici ! Ça empeste le rance, répliqua celle-ci avec une mine dégoûtée.

Julien et Étienne poursuivirent leur déambulation jusqu'au croisement de deux allées. Alors qu'Étienne s'écartait pour saluer des connaissances, Julien s'arrêta devant une œuvre du sculpteur Marcello, alias la duchesse Colonna.

— Si seulement je pouvais obtenir une médaille, lui confia celle-ci.

Sceptique quant à la valeur de la statue, Julien ne savait comment se dérober sans paraître impoli lorsque Gabrielle le sortit d'affaire.

— En vous observant de la galerie, j'ai décidé de faire votre portrait.

Elle l'imaginait vêtu d'un habit chamarré et soutaché d'or, un faucon au poing. Prince millénaire, il fixerait le spectateur et elle tenterait de peindre ses rêves, ses doutes et ses emportements.

— Mon portrait ! Vous voulez me torturer ! Je ne peux tenir en place plus de cinq minutes !

— Soyez gentil, faites un effort…

— Dois-je accepter ? demanda Julien à quelqu'un qui se tenait derrière Gabrielle.

— Sans aucun doute !

Surprise par le timbre de la voix, Gabrielle se retourna pour se trouver face à Étienne. L'ayant aperçue, il n'avait pas eu la force de passer son chemin. Il contemplait sa couronne de cheveux cuivrés, les épais sourcils qui protégeaient des yeux ouverts sur le monde et emplis d'une infinie tendresse. Il s'attardait sur les petites oreilles, le cou gracieux autour duquel elle avait fixé un collier d'or. Luttant contre le désir de la serrer dans ses bras, il s'avouait combien lui avaient manqué son rire et ses colères de peintre, son entêtement, le mépris qu'elle avait des convenances et l'art qu'elle possédait de tout transformer en fête.

— On m'avait averti que l'une de vos toiles était exposée, finit-il par murmurer.

— Et elle a la chance de ne pas être placée à contre-jour ou cachée par une plante verte !

Alors qu'ils se dirigeaient vers une œuvre de Carpeaux, une femme que Gabrielle avait déjà croisée leur coupa le chemin pour déclarer sans ambages à Étienne :

— J'ai réussi à ce que Mendoza t'achète quelque chose… C'est bien la preuve que je ne suis pas revancharde, mais…

Elle baissa la voix.

— Il te faudra fixer un prix en pensant à la commission que tu me rétrocéderas.

Pourquoi cette rencontre venait-elle au moment le plus inopportun ? Étienne aurait voulu tourner le dos à Flora, à ses marchandages, à sa familiarité ; toutefois il avait besoin d'argent.

— Je suis propriétaire d'un chalet à Enghien, un vrai bijou ! précisa Flora. Des fresques n'y feraient pas mauvais effet… Alors, si tu me comprends…

Gabrielle hésitait entre s'éclipser ou attendre. Flora décida à sa place en glissant d'autorité son bras sous celui d'Étienne pour l'entraîner vers le petit homme ventripotent qui l'appelait.

30

GABRIELLE OBTINT sans trop de difficultés que Julien vînt à intervalles réguliers dans son nouvel atelier installé à une centaine de mètres de l'hôtel particulier des Laferrière. Il finit même par apprécier ces séances de pose qui se déroulaient au premier étage d'une maison de bois vert pâle où, sur les conseils de Louis, on avait percé de larges baies vitrées.

— Est-ce la corvée à laquelle vous vous attendiez ? lui demanda-t-elle tandis qu'ils se reposaient en buvant une tasse de café.

— Ce serait parfait si vous m'autorisiez à regarder votre travail.

— Pas question !

— Pourquoi tant de mystère ?

— Je ne veux pas que vous m'influenciez avec vos remarques.

En soupirant, il sortit une cigarette de son étui. Il allait l'allumer quand elle le pria de la lui céder.

— Vous fumez ?

— Non, mais j'ai envie de savoir à quoi cela ressemble.

Elle aspira une bouffée, recommença et fut prise d'une quinte de toux qui lui mit les larmes aux yeux.

— J'aime bien, murmura-t-elle dès qu'elle eut retrouvé son souffle.

— Vous mentez avec un aplomb qui suscite mon admiration.

— Ah ! Vous n'allez pas vous y mettre, vous aussi…

— Pourquoi ? On vous a déjà fait cette remarque ?

— Oui : Frédéric, murmura-t-elle en se laissant tomber sur un sofa de velours ponceau.

— Le pauvre garçon ! On ne peut vous reprocher de lui marquer un traitement de faveur… Il ne manque pourtant pas de qualités.

— Il en aurait même trop.

Elle ajouta sur un ton pensif :

— Je n'ai aucune critique à lui faire sinon de ne jamais me contrarier…

— Vous êtes décidément extraordinaire ! s'exclama Julien. Que cherchez-vous donc ?

— Oh, mon ami, ne jouons pas au plus fin… Comme vous, la facilité m'ennuie…

C'était sans doute la raison pour laquelle Julien avait conservé Malvina. Auprès d'elle, il n'avait pas le temps de souffler. Capricieuse, exigeante, elle ne cédait jamais à ses menaces de rupture. Depuis leur rencontre, il avait souvent envoyé son cocher à la sortie de l'Opéra. Plusieurs fois, l'attelage était revenu vide, la danseuse ayant d'autres invitations à honorer. La vexation avait redoublé son envie de la voir. Le culot de Malvina le distrayait, ainsi que son franc-parler et sa lucidité. Consciente de n'être ni une beauté ni une artiste irremplaçable, elle cultivait flegme et drôlerie.

Après avoir écrasé sa cigarette et épousseté les cendres tombées sur sa blouse, Gabrielle retourna à son chevalet. Elle travaillait vite et reprenait rarement. Sous son regard, Julien avait la sensation d'être mis à nu. De grandes plages de silence s'installaient, entrecoupées par l'échange de leurs opinions sur les derniers événements. Sous son costume de brocart, il se plaignait parfois de la chaleur. L'été arrivait et le soleil pénétrait à flots dans la pièce.

— Voilà qui n'en donne que plus d'intensité à votre portrait. N'oubliez pas que vous êtes un prince du désert, cruel et solitaire…

— Cruel !

— Je pense que vous pourriez l'être.

— Vous me prenez au dépourvu, se défendit-il en riant.

— Ne l'avez-vous jamais été lorsque vous étiez enfant ?

— Je n'en ai pas le souvenir.

Ils évoquèrent ces premières années de la vie où l'on est tenté de tester son pouvoir sur ceux qui vous aiment. Julien en profita pour se renseigner sur les moments que Gabrielle avait partagés avec Hortense.

— Nous avons été élevées comme deux sœurs. Pas un dimanche ne s'écoulait sans que nous nous rendions visite et nous passions ensemble toutes les vacances.

Avec insistance il la questionna sur les étés à Trouville, les engouements et les manies qui avaient été les leurs.

— Bien que différentes, nous nous comprenions à demi-mot.

Gabrielle s'interrompit, posa son pinceau, essuya ses mains sur un chiffon, puis se dirigea vers une armoire vitrée.

— Tenez, si cela vous amuse.

Dans une boîte en carton étaient rassemblés des dessins, des pastels et des aquarelles représentant Hortense et Gabrielle fillettes, puis adolescentes.

Julien s'attarda sur le portrait en pied d'Hortense à la veille de ses dix-huit ans. L'émotion le gagnait à mesure qu'il contemplait cette image où se lisait l'attente inquiète de ce que seraient les lendemains.

— Quand a-t-elle commencé d'imaginer ses contes ? demanda-t-il.

— Juste après la mort de son père. C'était son refuge.

Lui aussi, à l'aide des mots et des images, avait cherché à fuir sa solitude, la sécheresse de son entourage. Certaines similitudes dans le passé expliquaient pourquoi il s'était si vite senti en connivence auprès d'Hortense. Que se serait-il passé si elle avait été libre quand il l'avait rencontrée ?

Le prenant au dépourvu, cette pensée le contraria.

Avec les beaux jours, les Parisiens songeaient à partir en villégiature. Gabrielle suivrait sa famille à Trouville, aussi avait-elle l'intention de rapprocher les séances de pose avec Julien.

En éclatant, « l'affaire d'Espagne » bouleversa ses plans.

La reine Isabelle ayant officiellement abdiqué le 25 juin, le trône d'Espagne demeurait vacant et le général Prim l'offrit à un jeune prince allemand de la branche Hohenzollern.

Lorsque cette nouvelle parvint à Paris, le 3 juillet, elle y fit l'effet d'une allumette jetée sur un tonneau de poudre. On ne devait pas imposer un choix aux Français sans le leur avoir auparavant soumis. La presse se déchaîna : « L'empereur ne peut nous laisser plus longtemps courbés dans la poussière », titraient les journaux. On évoquait « l'honneur du pays ». Napoléon III et le gouvernement furent sommés de prendre une position ferme. Les esprits étaient excités jusqu'à l'aberration. Le 6 juillet, le ministre des Affaires étrangères, le duc de Gramont, prononça devant le corps législatif un discours arrogant vis-à-vis de la Prusse. « Vous venez de jeter vos gants à la figure d'un homme pour le forcer à se battre », remarqua Thiers quand il en apprit la teneur.

— Cette histoire est ridicule, confia Julien à Louis. De quoi nous mêlons-nous ?

— Et nous risquons de le regretter amèrement ! Si jamais une guerre se déclarait, la Prusse nous est largement supérieure par son organisation militaire.

— Croyez-vous que nous puissions en arriver là ? s'inquiéta Hortense.

— Qui sait…

Le 12 juillet, la Prusse annonça la renonciation du prince Léopold de Hohenzollern au trône d'Espagne, décision qui fut fêtée aux Tuileries. Toutefois, la population demeurait insatisfaite. Sur les boulevards, on insultait le « gouvernement de la honte » et on continuait de réclamer la guerre.

— Ils ont perdu la raison ! soupirait André Laferrière.

— Sans doute manquent-ils d'aventures héroïques, répliqua Louis.

Fatiguée par cette agitation, Hortense s'était installée avec sa fille à Bougival. Elle avait hâte de profiter des derniers embellissements de sa maison et de veiller sur ses floraisons.

Ses malles étaient à peine déballées que Constant Delteil se présenta à l'improviste pour lui annoncer que, cette fois-ci, les hostilités étaient déclarées.

— Je ne comprends pas, balbutia-t-elle.

— La Prusse refusant de nous donner des garanties quant à l'avenir, Gramont n'a pas eu meilleure idée que d'envoyer notre ambassadeur à Ems pour réclamer à Guillaume Ier, qui y faisait sa cure, de ne plus jamais tolérer une occupation Hohenzollern. Tant d'insistance et de maladresse ont déplu au vieux souverain, d'autant qu'il avait donné des preuves de sa bonne volonté. Bismarck, excédé par cette démarche, en a profité pour offrir aux journaux de son pays un résumé désobligeant de la requête française. Vous imaginez la réaction de nos compatriotes…

Un monde s'écroulait pour Hortense tandis qu'elle assimilait l'information. Ainsi, la déraison l'avait emporté ! Des images défilaient dans son esprit, la levée des armées, le départ des hommes, la séparation, la peur…

— Ils vont d'abord appeler l'armée régulière et les contingents sous les drapeaux, murmura-t-elle. Avec de la chance, nous vaincrons l'ennemi avant que les autres ne soient obligés de prendre la relève.

Refusant de l'inquiéter davantage, Constant garda pour lui son opinion pessimiste quant à une victoire de la France. Pour avoir connu dans sa jeunesse campagnes napoléoniennes et révolutions successives, il s'était cru préservé jusqu'à la fin de ses jours de nouveaux conflits.

— Que décider ? murmura Hortense. S'il n'y avait pas la petite, je retournerais à Paris pour être auprès de Louis…

— Il vaudrait mieux ne pas bouger jusqu'à ce qu'il vous donne des nouvelles, conseilla Constant.

En compagnie de Julien, Louis avait assisté sur les boulevards au spectacle d'une foule déchaînée par le discours de Napoléon III les encourageant à « déployer le glorieux drapeau devant les provocateurs ».

— Nous verrons si dans quelques semaines les pleurs n'auront pas remplacé les vociférations d'aujourd'hui, remarqua-t-il.

Même si tous deux avaient souhaité la chute de l'Empire, ils pressentaient que ce vœu serait exaucé dans des conditions qui mettraient la nation à genoux.

Les faits ne tardèrent pas à corroborer leurs prédictions. La mobilisation s'effectua dans le plus grand désordre. Au lieu des trois cent cinquante mille soldats espérés, on n'en regroupa que deux cent cinquante mille. Les fusils et les cartouches manquaient. Pour quiconque observait le déploiement des forces françaises entre Thionville et Strasbourg, il était clair qu'elles ne pourraient se prêter main-forte.

Occupé à mettre de l'ordre dans ses entrepôts du Havre, Louis ne vint à Bougival que pour persuader Hortense d'y rester.

— Ma mère a ouvert sa maison. Elle y passera l'été et ainsi vous tiendra compagnie. Et vous avez Constant !

— Vous savez que je n'aime pas vous sentir loin, encore moins pendant cette période troublée.

Voyant qu'elle avait les larmes aux yeux, il l'attira contre sa poitrine.

— Je ne cours aucun risque.

Il semblait si sûr de lui qu'elle se sentit incapable de lui avouer les cauchemars qui peuplaient ses nuits. D'autres avaient subi de vraies séparations, d'autres piétinaient sur un front avec l'angoisse de n'en pas revenir indemnes.

Comme s'il avait suivi ses pensées, il murmura :

— Nous sommes impuissants face à certaines conjonctures. Alors, croyez-moi, il ne sert à rien de les anticiper. Vivez votre été auprès de notre fille, aidez-la à grandir, à s'épanouir. Insufflez-lui votre force.

Elle suivit ses conseils et se sentit mieux. Auprès de son enfant, elle retrouvait le calme et la gaieté. Blonde, potelée, Élisa s'écartait des canons de la beauté, mais possédait, avec ses yeux brillants de curiosité et son nez retroussé, un charme original. Un vol d'hirondelle, un saut de carpe, un froissement de feuillage entraînaient une multitude de questions auxquelles Hortense répondait avec précision.

Au début du mois d'août, Gabrielle écrivit à sa cousine pour lui demander de l'héberger.

D'un commun accord, elles évitèrent de ressasser leurs soucis et s'efforcèrent de mener une existence normale. Les journées s'écoulaient sans heurts, partagées entre les promenades à cheval et leur travail respectif.

Elles auraient fini par croire qu'elles avaient inventé cette guerre si la cuisinière n'était rentrée un matin du marché en racontant que les généraux Frossard et MacMahon avaient été obligés de battre en retraite.

Ce fut le début d'une succession de mauvaises nouvelles. L'impératrice avait beau clamer : « Soyons fermes dans ce revers et hâtons-nous de le réparer », l'empereur, accompagné de son fils, avait beau rendre visite à ses troupes massées à la frontière, des mouvements de rue se produisirent dans la capitale. Le ministère Ollivier fut renversé et remplacé par un cabinet dirigé par le général Cousin-Montauban. Tout le monde, même à l'étranger, prédisait la chute de l'Empire.

— Napoléon III est trop affaibli physiquement et moralement pour continuer à mener le pays, déclarait Constant. On dit qu'il tient à peine debout et que ce spectacle n'encourage pas ses hommes. Quant à prendre de bonnes décisions, je crains qu'il n'en soit incapable.

— On colporte qu'il est manipulé par Eugénie, lui répondit Marthe Duplessis.

— Ce ne sera pas la première fois !

— Et personne n'ignore combien son influence peut être nocive, glissa Gabrielle.

Au cours d'une visite, Louis leur apprit que la défense de Paris s'organisait. Les forts extérieurs et l'enceinte étaient en état de soutenir un siège régulier. Les travaux de renforcement ne s'interrompaient pas, même la nuit. On avait coupé un nombre d'arbres considérable au Bois de Boulogne afin de consolider les bastions. Quarante mille hommes de la garde nationale étaient prévus, ainsi que le rapatriement de marins artilleurs. Douaniers et pompiers les seconderaient.

En l'écoutant, Gabrielle prenait conscience de la proximité du danger. Il ne s'agissait plus de batailles lointaines, abstraites… Elle, qui n'avait connu qu'une existence dénuée de privations, allait devoir affronter l'horreur. Pourtant, elle n'avait de cesse de rentrer à Paris.

— Je n'ai pas le droit de te laisser partir, s'interposait Hortense. J'ai promis à tes parents de veiller sur ta sécurité tant qu'ils demeureraient à Trouville.

La défaite de Mac-Mahon à Sedan anéantit les Français d'autant plus brutalement que la presse française, mal informée, avait annoncé les jours précédents que la nation allait de victoire en victoire. La rumeur commença à se répandre dans la journée du 3 septembre. La honte s'appesantit, accompagnée d'une haine implacable pour celui qui s'était rendu.

Prévoyant l'issue, Louis avait organisé en hâte la sécurité de sa famille. Au Havre, il avait retenu des passages pour l'Angleterre, puis s'était mis en quête d'un logement à Londres. Il arriva à Bougival alors que personne ne l'attendait.

— J'aimerais vous entretenir seul à seule, murmura-t-il à Hortense après l'avoir serrée dans ses bras.

Dans la bibliothèque, il avoua :

— Je me suis engagé et je rejoindrai mon régiment dans quatre jours.

Ainsi, ce qu'elle avait le plus redouté durant ses nuits d'insomnie s'accomplissait.

— Il m'est impossible de rester à l'abri d'un malheur qui nous concerne tous.

— Quoi qu'il m'en coûte, je ne vous le reproche pas.

Elle s'avança vers lui et, le front posé sur sa poitrine, demanda :

— Vous allez rester ce soir ?

— Oui. Je repartirai avec Julien demain matin.

— Avec Julien ?

— Il a tenu à saluer sa mère.

Alors qu'elle le regardait, étonnée, il ajouta :

— Lui aussi s'est engagé.

— Julien ! Engagé ! Jamais, je ne l'aurais cru… Lui qui critiquait le patriotisme et prônait la désinvolture…

— Vous parlez du passé, Hortense.

Sous ce rappel à l'ordre, elle rougit et balbutia :

— Excusez-moi. J'ai perdu le peu qui me restait de jugement.

— Parlons plutôt de ce qui me préoccupe, votre départ…

— Oh ! Ne vous inquiétez pas. Nous regagnerons Paris très bientôt.

— J'évoquais votre départ pour l'Angleterre.

— L'Angleterre ! Vous êtes fou !

— Pas du tout. J'ai dans ma poche des billets pour vous, Élisa, sa gouvernante et ma mère.

— Il n'en est pas question !

C'était la première fois qu'elle s'opposait à sa volonté et elle le vit blêmir.

— Vous n'avez pas le droit de jouer les enfants capricieuses, répliqua-t-il. Vous devez vous mettre à l'abri avec notre fille.

— Louis, je vous en supplie, cessez de me tourmenter.

— Croyez-vous que cela me plaise ?

Elle se rendit compte qu'il était épuisé et fit un effort pour se calmer. Leur dernière entrevue devait-elle tourner au drame ?

— Allons dîner, proposa-t-elle en s'emparant de sa main.

Gabrielle les attendait dans le salon, en compagnie de Marthe Duplessis que le cocher, sur les ordres de Louis, était allé chercher.

— C'est épouvantable, répétait comme une litanie la vieille dame.

Au cours du repas, durant lequel personne ne toucha au contenu de son assiette, Louis avertit sa mère des décisions qu'il avait prises.

— Vous devez vous trouver au Havre jeudi matin afin d'y embarquer.

— C'est impensable ! Henri ne saurait où me joindre !

— Henri était, selon sa dernière lettre, au Maroc… Tel que je le connais, il ne rentrera pas avant que nous nous soyons débarrassés des Prussiens.

— Jamais je n'aurais imaginé qu'à mon âge je serais séparée de mes fils, poursuivit-elle.

Usant de son pouvoir de conviction, Louis réussit à la persuader d'émigrer. Les Reaburn avaient promis de l'aider à attendre, en Angleterre, la fin des hostilités. Hortense écouta ce discours sans prononcer un mot. Son regard croisa celui de son époux. Elle y lut un tel désenchantement qu'elle en fut bouleversée.

— Cette situation fait violence à toutes mes convictions, dit-il. Je déteste détruire et je déteste que l'on détruise…

Ils parlèrent longtemps, récapitulant renseignements utiles et recommandations. Marthe craignait pour son appartement à Passy…

— Maman, oubliez vos habitudes ! Sinon vous serez encore plus malheureuse, lui conseilla son fils.

Il savait qu'il prêchait dans le vide : ce n'était pas à soixante-cinq ans que l'on envisageait une nouvelle vie.

— Louis, je souhaiterais que vous me rameniez dans la capitale, lui demanda Gabrielle à la fin du repas.

— Ne devriez-vous pas retrouver vos parents à Trouville ?

— Il serait judicieux que je ferme leur maison à Paris.

— Qu'en pensez-vous, Hortense ?

Sachant combien sa cousine se morfondait loin d'Étienne, la jeune femme prit son parti.

— Ce n'est pas une mauvaise idée.

Soulagée, Gabrielle monta à l'étage afin d'y préparer ses bagages.

Hortense avait congédié sa camériste. Elle s'approcha de sa coiffeuse, puis, avec des gestes d'automate, commença d'enlever les épingles qui retenaient sa chevelure.

— Laissez-moi faire, ordonna Louis.

Elle ferma les yeux et s'abandonna entre les mains de cet homme dont elle était incapable d'imaginer le départ. Plus forte que l'appréhension, la volupté finit toutefois par s'imposer. Dans cette nuit qui leur appartenait, ils retrouvèrent leurs rites. Avec amour, avec emportement, ils se reconnurent et dessinèrent, prolongèrent des gestes auxquels ils découvraient un pouvoir nouveau. Leur corps était devenu leur unique certitude. Pour conjurer le sort, ils se donnaient ce qu'ils possédaient de plus précieux, un désir qui les rendait tour à tour maîtres, esclaves, humbles ou conquérants.

Longtemps, Hortense demeura blottie contre le torse de Louis. À sa respiration régulière, elle comprit qu'il avait glissé dans le sommeil. Refusant d'écouter sa propre fatigue, elle resta éveillée, épuisant jusqu'au bout le sursis qui lui était accordé, gardienne de l'être que l'on essayait de lui voler. Dans le silence, elle se jura que rien ne les séparerait… Sa foi et sa confiance viendraient à bout de la folie collective, d'autres étreintes succéderaient à celle-ci… Louis soupira, bougea légèrement, puis resserra son bras autour de sa femme.

Avec la venue de l'aube, elle s'assoupit. La cloche de l'église la sortit de sa torpeur. Il y eut ensuite des grincements de portail suivis de palabres dans la cour. Louis s'étira.

— Quelle heure est-il ?

— 6 heures.

— Je dois me lever.

— Attendez…

Étonné par le ton suppliant qu'elle avait employé et qui lui était inhabituel, il s'immobilisa.

— Louis, j'ai réfléchi… et je voudrais que vous acceptiez ma proposition. Vous avez raison, Élisa doit partir pour l'Angleterre.

— Je savais que vous finiriez par comprendre.

— Mais, poursuivit-elle, votre mère et sa gouvernante sont parfaitement capables de veiller sur elle sans que j'aie besoin d'être présente.

— Vous songez à ne pas l'accompagner !

— Je ne peux quitter ce pays tant que vous y demeurerez. Ne m'obligez pas à vous désobéir…

— Nous ne devons pas courir le risque d'être tous les deux pris au piège si la situation s'aggravait.

— La situation n'est pas catastrophique. Paris n'est pas occupé.

— Aujourd'hui !

Il réfléchit, puis murmura :

— Il m'est impossible de vous donner mon accord. Je ne serais pas tranquille.

Gabrielle était prête lorsqu'ils descendirent dans le salon.

— Combien de temps resteras-tu là-bas ? s'enquit Hortense.

— Jusqu'à ce que je trouve Étienne.

— Au moindre problème, n'hésite pas à revenir. Nous ne bougerons pas de Bougival jusqu'à mercredi.

Une portière d'attelage claqua.

— Voilà Julien, remarqua Louis avant de se diriger vers la nursery pour y embrasser sa fille.

— Constatez comme je deviens matinal ! s'exclama celui-ci en saluant la maîtresse de maison. Ma mère en a perdu la parole ! Et vous, belle Gabrielle, à la rencontre de qui vous lancez-vous, chapeautée et gantée de la sorte ?

— À la vôtre, si vous m'acceptez comme passagère.

Hortense avait l'impression de rêver. Tant de légèreté la surprenait, mais en observant Julien elle comprit qu'il donnait le change. S'adaptant à cette humeur, elle tenta de prendre un ton enjoué pour lui proposer une tasse de café qu'il refusa. Louis était prêt. Mieux valait ne pas éterniser les adieux.

— Au revoir, ma chérie, murmura-t-il.

Hortense respira une dernière fois son odeur de vétiver, sentit ses lèvres sur sa tempe. Il lui répéta des recommandations qu'elle n'entendit pas. Dans un brouillard de larmes, elle vit que Julien s'avançait à son tour. Il garda sa main entre les siennes avant d'y déposer un baiser. Lui aussi semblait ému. Plus un mot ne fut prononcé jusqu'à ce que les voyageurs s'engouffrent dans la berline. Le fouet du cocher claqua. Gabrielle agita la main. Hortense demeura sur les marches du perron après que l'attelage eut disparu. Quoi qu'il arrivât, plus rien ne ressemblerait aux temps qu'ils avaient connus jusque-là.

31

Le trajet fut silencieux jusqu'aux portes de Paris. Chacun était replié sur ses pensées. À l'affût de sensations nouvelles, Julien attendait les événements à venir. L'Empire s'écroulait et, avec celui-ci, un monde qu'il n'aimait plus. Il revoyait les promenades au Bois, les soirées théâtrales, les tables de jeu, les soupers fins. Qui aurait songé que cet univers de luxe et de superficialité disparaîtrait aussi rapidement ? À la différence de ses proches, il n'éprouvait aucune peur face à ce bouleversement. Qu'avait-il à perdre ? Quelques possessions... Il leur accordait si peu d'importance ! Quant aux êtres... Il avait eu un élan de pitié à l'égard de sa mère. Pour la première fois, elle lui avait paru désemparée face à l'inconnu et, peut-être, à ce qu'elle n'avait pas su faire de son existence. La vision d'Hortense, seule devant sa maison, l'avait également ému. Bien qu'il connût le plan de Louis, il s'inquiétait. Parviendrait-elle sans encombre jusqu'au Havre ? Il renversa la tête contre le dosseret de la banquette en espérant s'assoupir.

La matinée était avancée quand ils déposèrent Gabrielle à son domicile.

— Êtes-vous certaine de pouvoir y séjourner seule ? lui demanda Louis en l'accompagnant jusqu'au porche.

— Il y a les concierges et le majordome.

— N'hésitez pas à me prévenir si vous avez besoin d'aide.

— Je vous le promets.

Avec ses volets clos, les housses sur le mobilier, la maison n'était guère accueillante. La jeune fille n'y prêta pas attention. D'un pas rapide, elle gagna sa chambre, changea ses vêtements fripés par le voyage et se rendit rue de Clichy.

En chemin, elle croisa une foule inhabituelle pour un dimanche. Aucun sourire n'éclairait les visages. On s'interpellait parfois : « Quoi… Mac-Mahon avait été blessé ? » Cinq cent mille Prussiens marchaient sur la capitale !

Elle chercha le nom d'Étienne sur les boîtes aux lettres et découvrit qu'il vivait au dernier étage. Julien lui avait raconté que la porte de l'atelier restait fréquemment ouverte. Aujourd'hui, elle était fermée à double tour.

— Savez-vous si M. Carlier est à Paris ? demanda-t-elle à un vieillard édenté qui la dévisageait avec méfiance.

— Je l'ai point vu.

— Depuis longtemps ?

— Sûr.

— Vous n'avez pas idée de l'endroit où il pourrait être ?

— Dans pareille période, qu'est-ce qu'on pourrait savoir ?

Dans sa mémoire, elle cherchait une personne susceptible de la renseigner. Chevigny ? Elle avait peu de chances de le trouver. Un nom s'imposa. Nina de Callias ! Aucun moyen de transport ne circulant, elle fit à pied le trajet qui la séparait du domicile de la jeune femme. À plusieurs reprises, elle hésita. Était-ce cette maison ou celle d'à côté ? Elle se repéra à la cage d'escalier, mais se trompa d'étage.

— Mme de Callias ? C'est au-dessus !

Il s'écoula un moment avant qu'un domestique n'entrebâille la porte.

— Mme de Callias est-elle là ? Je suis une amie de M. Carlier.

Il y eut quelques phrases échangées derrière la cloison. Puis Nina apparut en robe d'intérieur, les cheveux dénoués.

— Vous êtes Gabrielle, lui dit-elle en la reconnaissant.

— Vous vous souvenez de mon prénom !

— Étienne m'a souvent parlé de vous.

— Il vous a parlé de moi !

— Vous semblez étonnée. Suivez-moi et ne faites pas attention au désordre, proposa Nina en entraînant sa visiteuse vers le salon.

— Il s'est engagé il y a environ trois semaines dans les « mobiles », annonça-t-elle. C'était un choix car, fils d'une mère veuve, il pouvait rester à l'arrière.

— Depuis… avez-vous reçu des nouvelles ?

— Aucune ! Cela n'a rien d'alarmant… Aucune missive ne circule.

Il était parti et elle n'avait rien pu lui dire ! Gabrielle frissonna. La gorge serrée, elle imaginait le pire. Personne n'avait caché que les pertes en hommes étaient considérables et que l'on avait ramené de nombreux blessés.

— Vous l'aimez beaucoup, murmura Nina en allumant une cigarette.

— Oui, répondit Gabrielle.

Le domestique avait déposé un plateau sur une console. Nina se leva du sofa où elle s'était installée pour servir elle-même le thé.

— Buvez, cela vous fera du bien.

Malgré son désarroi, Gabrielle subissait à nouveau le charme du lieu. Dans un fouillis savamment orchestré, terres cuites, boîtes en albâtre, vases de Chine voisinaient avec des éventails ou des pierres à encre. Un paravent sur lequel était peint un rideau rouge et or rappelait le théâtre. Des soieries étaient jetées sur les sièges. Une odeur d'ambre flottait. Comme chez Hortense, on se sentait protégé.

— Étienne m'a laissé ses clefs. Il m'a priée de veiller sur son atelier et ses toiles, lui dit Nina. Je vais régulièrement à l'atelier… S'il se passait un quelconque événement, j'en serais avertie. Donnez-moi votre adresse. Ainsi je vous tiendrai au courant…

Quand Gabrielle retrouva la rue, le ciel était gris. À mesure qu'elle se dirigeait vers le centre de la ville, la foule devenait plus dense. Des hommes en redingote ou en blouse, leurs enfants juchés sur les épaules, des femmes dont certaines avaient oublié d'ôter leur tablier, marchaient vers la rue de Rivoli d'où provenaient des clameurs entrecoupées de chansons. En s'approchant du palais des Tuileries, elle vit que l'on avait recouvert de vieux journaux les initiales impériales qui avaient orné les grilles. L'armée, consciente qu'elle n'avait plus rien à défendre puisque l'empereur s'était rendu et que l'impératrice avait pris la fuite, laissait faire le peuple. Poussée par la curiosité, Gabrielle gagna le pont de la Concorde envahi de travailleurs, gardes nationaux et francs-tireurs. Beaucoup tenaient des branchages à la main. Sur l'une des colonnes de la Chambre, on avait tracé à la craie : « La République est proclamée. »

La France avait basculé dans un nouveau régime. Une vague d'allégresse envahit Gabrielle. Autour d'elle, on grimpait sur le piédestal des statues, on vociférait les noms des membres du gouvernement provisoire. L'ordre circula de courir vers l'Hôtel de Ville. Bousculée, les pieds meurtris par ses bottines, elle y parvint en fin d'après-midi. La place était noire de monde et, pour mieux voir, des gamins s'étaient hissés sur des réverbères.

— Ils sont à l'intérieur, criait une vendeuse de cocardes. Je les ai vus entrer : Gambetta, Arago, Ferry !

— Et Favre, renchérit l'un de ses clients.

Une clameur retentit. C'était Rochefort qui, sorti de la prison de Sainte-Pélagie, arrivait accompagné de son ami Fontvieille. Des chapeaux furent brandis au bout de fusils, on agita des drapeaux tricolores. Une vieille dame s'essuyait les yeux. « Il va sauver notre France », répétait-elle comme une litanie.

— Un œillet rouge ? proposait une bouquetière en se frayant un passage parmi les badauds.

En se réveillant le lendemain matin, Gabrielle réfléchissait à cette révolution qui s'était déroulée sans la moindre violence. Qu'allait décider le gouvernement provisoire ?

— Il n'a d'autre choix que de nous exhorter à venger les pertes de nos deux meilleures armées, lui répondit Julien venu prendre de ses nouvelles. Nous avons à reconquérir trois provinces et à empêcher l'ennemi de pénétrer dans notre capitale. Je vous conseille d'en partir le plus vite possible si vous ne voulez pas connaître l'horreur d'un siège.

Sans rien trahir de ses projets, Gabrielle hocha la tête. Plutôt périr que de s'enfuir quand elle pouvait se rendre utile ! Elle écrivit un billet à Héloïse Paquin, sa compagne d'atelier dont la mère travaillait bénévolement pour les hôpitaux. On lui trouverait une tâche. Puis elle se rendit chez Frédéric.

Un flot ininterrompu de charrettes parcourait les avenues et les rues. Bois et nourriture arrivaient de la campagne. Dans les jardins publics, on avait parqué le bétail. Ce n'était que meuglements et bêlements. Un peu partout, on emménageait, déménageait. Chaque véhicule était réquisitionné : voitures à bras, à deux roues, quatre roues, même les corbillards.

— Gabrielle ! s'écria Frédéric en la découvrant sur les marches de sa maison.

Incrédule, il répéta à plusieurs reprises son prénom, puis il la serra dans ses bras.

— Que faites-vous ici ? Je vous croyais avec vos parents à Trouville !

— Vos renseignements étaient mauvais…

— Vous m'avez tellement manqué, murmura-t-il en s'effaçant pour la laisser entrer.

Incapable de mentir, elle ne formula pas la réponse qu'il souhaitait. Les cartes étaient mal distribuées. Il aurait été si simple d'aimer cet homme auquel elle n'avait rien à reprocher, sinon sa persévérance.

— La République ne vous sauvera pas, affirma-t-il quand ils évoquèrent les événements. Votre pays est moribond. Je suis navré de me montrer aussi pessimiste, mais c'est la vérité.

— Pourquoi ne rentrez-vous pas au Canada ?

— C'est ce que je devrais faire si j'étais raisonnable.

Il se dirigea vers une fenêtre, en écarta le rideau et en lui tournant le dos murmura :

— Je n'arrive pas à me décider. Pour me pousser, il faudrait que vous m'annonciez votre intention d'en épouser un autre.

— Frédéric, nous n'allons pas recommencer. Vous êtes un excellent ami, j'apprécie votre compagnie…

— Le passé m'a enseigné que les sentiments pouvaient changer.

— Pas les miens.

— Vous êtes présomptueuse !

Gabrielle soupira. Comment lui reprocher une attitude qu'elle-même adoptait à l'égard de celui qu'elle aimait ?

— Imaginez que nous soyons envahis, dominés, le raisonna-t-elle. Vous aurez perdu du temps, des opportunités, risqué votre vie…

— Permettez-moi d'en être le seul juge !

Lorsque Gabrielle rentra chez elle, le concierge l'avertit que ses parents étaient présents.

— Enfin, Gabrielle, voudrais-tu m'expliquer ce que tu fais à Paris ? lui demanda Alice en surgissant de son boudoir.

— Hortense projetait de partir pour Londres, balbutia Gabrielle, aussi…

— Tu as décidé qu'il était trop simple de la suivre jusqu'au Havre pour ensuite nous retrouver à Trouville.

— N'ai-je pas bien agi ? l'interrompit la jeune fille… Vous veniez d'en partir ?

— Qu'allons-nous faire de toi ? se lamenta Alice.

— Cessez de vous inquiéter, maman ! Je ne suis plus une enfant et j'ai envie de rendre service.

Elle envoya un nouveau pli à son amie Héloïse qui se manifesta deux jours plus tard. Sa mère avait organisé une « ambulance* » à son domicile. Elles y soignaient des blessés légers.

Gabrielle proposa sa candidature.

Elle partait à l'aube pour gagner Auteuil où Mme Paquin avait recueilli deux artilleurs, un garde national et un fantassin. Malgré sa peur du sang, Gabrielle apprit à nettoyer les plaies, renouveler les pansements. Oubliant ses propres soucis, elle tentait de communiquer à ces hommes qui souffraient sa foi en une prochaine et décisive victoire. Non, ils ne s'étaient pas battus pour rien. En même temps qu'elle prononçait ces mots, elle essayait d'y croire. Mais comment oublier l'étau qui se resserrait et la résignation inscrite sur les visages qu'elle croisait dans la rue ? Du haut des remparts, elle avait vu des maisons s'écrouler, démolies pour ne pas gêner l'organisation de la défense. On continua d'abattre des arbres… Une longue file de convois chargés de matelas et de mobilier fuyait vers la campagne pendant que, dans le sens inverse, arrivaient munitions, sacs de terre et armes. La guerre s'étalait avec les tentes dressées le long de la Seine, les manœuvres, les exercices de tir et les travaux de remblaiement. La nervosité gagnait les citoyens. On avait hâte de rompre cette horrible attente, hâte d'agir…

Louis vint prendre congé avant de rejoindre son régiment. Il s'enferma un long moment avec André Laferrière. Sans doute lui donna-t-il des consignes pour le cas où il lui arriverait malheur.

— Voici l'adresse d'Hortense à Londres, déclara-t-il en tendant un feuillet à Gabrielle. Je doute qu'elle parvienne à vous envoyer de ses nouvelles !

Des nouvelles, Gabrielle en reçut plus tôt qu'elle ne l'espérait. Elle était occupée à ranger son atelier quand Hortense surgit à l'improviste.

— Suis-je en train de rêver ? s'exclama la jeune fille.

— Non, rassure-toi.

— Je ne comprends plus.

— C'est pourtant simple. J'ai accompagné Élisa, sa gouvernante et ma belle-mère jusqu'au bateau puis j'ai rebroussé chemin.

Gabrielle éclata de rire.

— Nous avons rivalisé d'hypocrisie. Quelle cachottière ! Pourquoi ne m'as-tu pas mise dans le secret ?

— Je ne voulais pas t'obliger à mentir.

— Un peu plus, un peu moins... Que diras-tu à Louis ?

— Je lui répéterai que je ne voulais pas m'éloigner de lui.

— Il risque d'être furieux.

Il fut convenu que Gabrielle s'installerait rue La Bruyère afin de tenir compagnie à sa cousine. Cette décision lui octroyait une liberté dont elle profita pour rendre de fréquentes visites à Nina.

— Ils sont tous partis, soupira celle-ci un soir où la solitude s'avérait plus pesante. Bazille a depuis longtemps rejoint un régiment de zouaves connus pour leur bravoure. Renoir est à Bordeaux chez les cuirassiers. Bracquemond, Duran et Tissot servent dans la garde nationale ainsi que Manet.

Elle ironisa :

— On ne manquera pas de talents au front !

— Et Monet ?

— Il s'est réfugié au Havre. Quant à Boudin et Diaz, ils ont choisi Bruxelles.

Reviendraient-ils, les uns et les autres ? Aucune des deux n'osait formuler la question. Nina était soucieuse. Les Prussiens approchaient de Paris.

— Je suis ennuyée pour les toiles de Carlier. Rien ne les protège des tirs à l'endroit où elles se trouvent. Mais les rapatrier ici, ce n'est guère plus sûr…

Elle jeta un regard autour d'elle.

— Où les mettre ?

— Dans ma cave, proposa Gabrielle. Elle est très saine… J'avais l'intention d'y descendre mes propres travaux.

Dès le lendemain, elles se rendirent chez Étienne. Non sans émotion, Gabrielle découvrait son univers. Les murs blanchis à la chaux donnaient à l'atelier un aspect monacal. Un matelas posé à même le sol servait de lit, deux chaises paillées entouraient une table de bois clair. Des cartons à dessin avaient été empilés sur une sorte d'établi. Quant aux toiles, elle n'en voyait que l'envers. Elle retourna la plus petite, une marine. Sous un ciel gris, des vapeurs rentraient au port. Elle poursuivit sa tâche avec l'impression de violer une intimité. Des visages de femmes défilèrent, jeunes, épanouis, des corps de femmes… La gorge sèche, elle imaginait les modèles qui avaient pris la pose, là-bas, sur cette sellette. Comment aurait-il pu ne pas désirer ces seins, ces ventres ronds, n'avoir pas envie de respirer, de caresser ces peaux dont il avait su rendre le grain ? Elle l'imaginait concentré sur son sujet, impatient de restituer une courbe, un pli, et la vie, la sensualité qui jaillissaient de ces formes auxquelles elle-même ne demeurait pas insensible. Elle l'imaginait repoussant ses pinceaux et s'approchant afin de corriger un mouvement. Elle l'imaginait… Ses yeux croisèrent ceux de Nina qui l'attendait pour envelopper les tableaux dans des couvertures.

— Excusez-moi, balbutia-t-elle.

Elles effectuèrent plusieurs trajets au travers des escaliers. Certains châssis étaient lourds. Gabrielle s'essoufflait, mais savoir qu'elle aurait sous sa garde ce qu'Étienne possédait de plus précieux lui donnait des ailes.

Avant la tombée de la nuit, elle mit à l'abri ses propres affaires. Quand aurait-elle la possibilité de peindre à nouveau ? Avec nostalgie, elle se rappela les heures où cette liberté lui avait été octroyée. Reviendraient-ils, les étés lumineux, le rire des enfants courant derrière les ballons, reviendraient-elles, l'insouciance, les folles espérances et l'envie de créer ?

32

Paris était assiégé. Tout au long de la journée, Gabrielle entendait tonner le canon. Avec son amie Héloïse et Hortense, venue proposer son aide, elle dispensait des soins aux blessés qui ne cessaient d'arriver. Décidé à se rendre utile, Frédéric s'était engagé parmi les brancardiers.

— Avec cette pluie diluvienne, on distingue à peine les corps de la boue ! lança-t-il alors qu'il s'apprêtait à retourner de l'autre côté des fortifications.

Hortense frissonna. Elle imaginait Louis dans son bataillon de marche, transi et abattu par les défaites qu'essuyait le pays. Depuis son départ, elle était sans nouvelles. Tel un automate, elle continua à fabriquer de la charpie. De la chambre voisine lui parvenaient les gémissements d'un lignard dont l'épaule avait été touchée par un éclat d'obus.

— Il est temps de vous arrêter, lui dit avec bienveillance Mme Paquin. Vous n'avez pris aucun repos depuis ce matin.

— Ce n'est pas grave.

Elle s'essuya le front, puis murmura :

— Je préfère continuer.

— Vous êtes livide !

Malgré sa fatigue, Hortense attendit que sa cousine eût terminé son tour de garde pour rentrer rue La Bruyère. Peu de véhicules circulaient sur la chaussée détrempée. Avec l'approche de la nuit, la ville se repliait sur sa honte. Elles parlèrent à peine durant le trajet. Gabrielle avait fermé les yeux, n'aspirant plus qu'à un sommeil capable de lui faire oublier la souffrance qui s'étalait où qu'elle posât le regard… et sa faim, car l'approvisionnement s'effectuait avec difficulté. La cuisinière avait évoqué les files d'attente devant les magasins d'alimentation.

— On en est à débiter la viande de cheval ! Il paraît même qu'ils ont tué des cerfs et d'autres animaux du Jardin d'acclimatation.

Dès leur arrivée, le majordome lui tendit une missive.

— Un monsieur est passé au milieu de la journée.

Avec fébrilité, Gabrielle déchira l'enveloppe pour lire :

> *Nina m'a appris que vous aviez mes toiles sous votre protection. J'en suis heureux. Ma permission n'étant que de vingt-quatre heures, je reviendrai frapper à votre porte demain matin.*
>
> *Étienne.*

Vingt-quatre heures ! Le sang battait à ses tempes, elle demanda impulsivement à sa cousine :

— Hortense, m'autoriserais-tu à garder l'attelage ?

— Bien sûr.

— Et ne t'inquiète pas si je reste dehors une grande partie de la soirée.

Le trouverait-elle chez lui ? La gorge nouée par l'appréhension et l'émotion, elle gravit quatre à quatre les escaliers qui menaient à l'atelier. Il fut bientôt devant elle et ni l'un ni l'autre ne parvinrent à prononcer un mot. Elle entoura son cou de ses bras et ils demeurèrent ainsi, submergés par les sentiments qui les étouffaient, éperdus de joie à se savoir les rescapés d'un drame qui ne les concernait plus. Avec douceur, Étienne dénoua son étreinte pour mieux contempler celle qui avait occupé ses pensées. Dans son visage amaigri, ses yeux paraissaient plus grands. Il y lut un tel amour qu'il en fut bouleversé.

— Venez, lui dit-il en l'entraînant vers un fauteuil bancal, le seul qu'il possédât.

Il remarqua :

— Vous tremblez… Il fait glacial, ici.

S'emparant de la couverture posée sur son matelas, il en recouvrit les épaules de Gabrielle.

— J'étais en train de préparer un café. En voulez-vous… ou…

Il ouvrit un buffet de noyer.

— Préférez-vous des cerises à l'eau-de-vie ? Il doit m'en rester un bocal.

— J'aimerais le café et les cerises, avoua-t-elle en souriant.

Avec la sensation de rêver, elle suivait chacun de ses gestes. Imaginait-il combien il lui avait manqué ?

Hormis leur entrevue au Salon, ils ne s'étaient pas parlé depuis un an. Pourtant leur ancienne connivence n'était pas entamée. De ce qu'elle avait accompli ces derniers temps, il voulut tout savoir.

— Je me rends quotidiennement à Auteuil afin d'y secourir les blessés. Certains, à peine sortis de l'adolescence, ne comprennent pas ce qui leur est arrivé. Et moi qui ai toujours privilégié la vérité, je suis obligée de leur mentir sur l'état de nos troupes.

— Moi aussi, j'ai du mal à croire en notre victoire, répliqua-t-il.

Il ajouta :

— Les Prussiens nous sont supérieurs en nombre et leur armée est parfaitement entraînée. Il fallait être fou pour les provoquer !

— Vous vous êtes pourtant engagé !

— J'ai décidé de partager le sort des appelés. C'était le tribut que je devais au passé, à ma famille. Parfois, j'ai la curieuse sensation qu'un autre agit à ma place, un inconnu qui éprouve de la haine pour l'envahisseur, prend plaisir à le charger… et trouve une inexplicable beauté aux champs de bataille. La violence est sournoise, Gabrielle, elle vous envahit à votre insu… Lorsque vous en prenez conscience, il est trop tard.

Il évoqua leur repli sur Sedan.

— Ce n'était plus qu'un spectacle navrant de canons démontés, de caissons éventrés, de chevaux morts ou fuyant aux quatre vents. Personne n'avait le temps de ramasser les cadavres. Au cours de cette misérable retraite, poursuivit-il avec un rire amer, je me suis surpris à contempler le ciel que venait de crever une averse, à observer la course des nuages et à me demander si je retrouverais un jour mes pinceaux. Même si je crains de ne plus savoir m'en servir !

Pour avoir elle-même connu cette angoisse, Gabrielle n'essaya pas de le rassurer. Le calme revenu, ils retrouveraient leur aptitude à créer. En attendant, il fallait survivre et ne se consacrer qu'à cette idée.

— Quand repartez-vous ?

— Demain après-midi. Mon unité est cantonnée à Saint-Cloud.

Le trajet d'une promenade ! Cette proximité augmenterait l'inquiétude de Gabrielle car les tirs de canon ne manqueraient pas de la renseigner sur le danger qu'il courrait. Il avait approché une chaise du siège sur lequel elle était assise et, en silence, la fixait. Sans chercher à se dérober, elle soutint son regard, puis se délivra des mots qu'il lui avait demandé de ne plus prononcer.

— Je vous ai obéi en ne cherchant pas à vous rencontrer… Cela n'a rien changé…

Il aurait dû l'arrêter, l'empêcher de rouvrir la plaie. Le sentant bouleversé, elle se leva et, sans réfléchir, s'empara de sa main pour la poser sur son ventre.

— Je vous aime. C'est là, dans mon être, au centre de ma vie, dans tout ce que j'accomplis. Comment vous l'expliquer ?

— Ne m'explique pas, murmura-t-il.

À son tour il laissa couler les mots :

— Tu es mon amour et mon tourment. Je n'ai rien à t'offrir et pourtant je refuse qu'un autre te séduise. Plusieurs fois, l'hiver dernier, je suis passé sous tes fenêtres… À des heures où j'étais certain de ne pas te croiser, une sorte de rite… Ainsi, j'avais l'impression que le lien qui nous unissait ne se briserait pas. Te rends-tu compte de mon illogisme, de ma bêtise ? J'étais jaloux de ceux qui te côtoyaient à l'atelier et même de ce malheureux Chevigny. Je n'osais pas le questionner sur tes faits et gestes tant je craignais d'apprendre que tu avais fini par me tourner le dos. Lorsque je me suis engagé, j'ai voulu t'écrire. Un sursaut de raison m'en a empêché. Que serais-je allé te mettre dans la tête ?

Une porte claquée sur le palier le ramena à la réalité. Il voulut rajuster la couverture qui avait glissé sur l'épaule de Gabrielle. Refusant ce geste, elle la laissa tomber sur le sol et revint contre lui.

— Non, se défendit-il.

Ils étaient là, encombrés de leur désir et entravés par les interdits. C'était à Gabrielle de les transgresser sans culpabilité. Étienne sentit la bouche de la jeune fille sur la sienne. Ses lèvres étaient douces et, de tous les baisers qu'il avait donnés ou reçus, aucun ne l'avait troublé de la sorte. Sous la robe, il percevait la chaleur du corps, la cambrure des reins.

— Je t'aime.

Ces mots de reddition avaient jailli du plus profond de son être. Maintenant qu'il les avait prononcés, il se sentait prêt à affronter l'ouragan qui malmènerait son existence. Gabrielle obstinée, imprévisible, Gabrielle, son double, sa déchirure, sa sœur et sa muse, Gabrielle, riche de promesses et de rêves…

— Nous ne devons pas, lui dit-il dans un sursaut de raison.

— Pourquoi ?

— Bientôt je ne serai plus là et qui sait…

— Cesse de penser à demain, l'interrompit-elle.

Avec presque de la colère, elle ajouta :

— On ne peut tout prévoir, tout peser… On ne le doit pas !

Ce fut lui qui, cette fois, la fit taire. Repoussant étoffes et dentelles, il chercha la peau nue.

— Tu es belle, répétait-il en même temps qu'il découvrait la fossette d'une épaule, les seins menus.

Surmontant sa timidité, Gabrielle l'entraîna jusqu'au matelas. Comme avec une trop grande hâte elle se tendait vers lui, il la tempéra :

— Laisse-moi te regarder… Depuis si longtemps j'espérais ce moment.

Parce qu'il savait la valeur qu'elle accordait à leur union, il voulait qu'elle en gardât un ineffaçable souvenir. Aussi, dominant sa fougue, il attendit qu'elle le suppliât de la prendre. Oubliant l'inexpérience et la peur, elle vint à sa rencontre, respirant la tiédeur de son torse, annexant chaque pouce de sa chair, épousant son rythme pour, indifférente à la douleur, donner et chercher le plaisir. Lorsqu'elle commença de gémir, il chercha son regard afin d'y lire l'aveu de la jouissance. Puis il s'abandonna à son propre vertige, ébloui par le bonheur tout neuf d'aimer avec son cœur et son corps.

Lorsqu'ils retrouvèrent le calme, il écarta avec tendresse les mèches de cheveux collés sur le front de sa compagne.

— Tu n'as pas froid ? s'inquiéta-t-il.

— Un peu.

— Rapproche-toi de moi… là…

Il chuchota :

— Je ne t'ai pas fait mal ?

— Je ne m'en souviens plus, répliqua-t-elle en se blottissant plus étroitement contre sa poitrine.

Allongé sur le dos, il revenait à la réalité. Dans un candélabre, les bougies finissaient de se consumer, étirant leurs ombres sur le mur. Au loin, résonnaient des tirs de canon, mais la guerre ne le concernait pas aujourd'hui. Gabrielle respirait avec légèreté, indifférente elle aussi à ce qui leur était extérieur. Elle se leva. Tandis qu'elle déambulait, enveloppée dans la couverture, il détailla son port de tête, ses gestes gracieux. Elle s'arrêta devant un miroir ébréché et scruta ses traits. Des cernes soulignaient ses yeux trop brillants et ses lèvres lui parurent gonflées, mais cette vision ne lui déplut pas. Du lit montait la fumée d'une cigarette. Étienne s'était enfermé dans le silence. Un instant, elle craignit qu'il ne lui en voulût.

— Que fais-tu ? s'écria-t-il quand elle ramassa ses jupons.

Sans la laisser répondre, il l'avait rejointe.

— Ne me quitte pas.

Il s'assit sur la chaise. Retenant ses mains entre les siennes, il poursuivit :

— Est-il impossible que tu restes avec moi ?

— Non… Hortense comprendra… mais l'attelage est en bas…

— Je descends pour le renvoyer…

Avant de la laisser, il lança quelques bûchettes dans le poêle.

— Mes dernières réserves, soupira-t-il. Personne n'a pu m'approvisionner.

Seule, elle arpenta l'atelier. En l'espace de quelques heures, son existence avait basculé. Quoi qu'il advînt, rien n'effacerait leurs noces clandestines. Continuerait-elle à séduire cet homme qui tenait tant à sa liberté ? Elle repoussa cette question à plus tard et s'approcha du poêle qui commençait à ronronner pour n'en plus bouger. L'absence d'Étienne se prolongeait… Quand elle le vit rentrer les bras chargés de paquets mal ficelés, elle comprit qu'il avait pensé à leur souper.

— J'ai extorqué au café du bout de la rue le civet d'un animal mystérieux, une miche de pain qui ne me semble pas trop rassie et quelques pommes de terre bouillies… Ce n'est pas tout, ajouta-t-il en brandissant une bouteille de vin.

Déjà, il s'affairait, changeait les bougies, sortait des assiettes et des couverts. Puis il lui tendit un verre.

— Passable, déclara-t-il après avoir goûté une gorgée de chinon.

Ce fut un repas très gai, au cours duquel ils évoquèrent leurs plus anciens souvenirs. Leurs versions ne concordaient jamais : avec une mauvaise foi consommée, Étienne s'accordait les avantages.

— Allons… Tu m'as rendu fou dès le premier jour dans ce satané canot et tu le sais bien…

— Pourtant, je ne crois pas être ton genre, remarqua-t-elle sur un ton léger.

— Qu'en sais-tu ?

— Si je me compare à tes autres maîtresses, elles sont plus…

Elle hésita :

— Plus épanouies… plus jolies…

— Ah oui, murmura-t-il en tentant de réprimer un sourire.

Drapée dans sa couverture, elle s'était levée pour échapper à l'examen qu'il risquait de lui infliger. Ce fut peine perdue ! En deux enjambées, il la rejoignit, la repoussa contre le mur et, l'emprisonnant entre ses bras, lui chuchota à la bouche :

— Permets-moi de ne pas partager cet avis…

Sourd à ses protestations, il arracha la couverture, écarta ses cheveux et la retint immobile face à lui.

— Elles ne sont pas plus jolies, poursuivit-il en détaillant le satiné de la peau, la finesse de la taille, les cuisses fuselées. Et aucune ne m'a autant ému que toi.

À l'aube, ils échangeaient encore des confidences. C'était leur façon de conjurer le sort. Sans faire de projets, ils voulaient ne pas se mentir, ne pas se mystifier l'un l'autre.

— Je ne sais pas quand je reviendrai, dit Étienne. En attendant, promets-moi d'être prudente et de ne pas imiter ces fous qui vont aux remparts comme s'il s'agissait d'un spectacle.

Lorsqu'elle dut se résoudre à partir pour Auteuil, il lui proposa de l'accompagner.

— Je préfère que nous nous quittions ici, protesta-t-elle en nouant les brides de son chapeau. Ainsi, j'aurai l'impression que nous nous retrouverons ce soir. Je t'en prie… n'insiste pas.

Sur le seuil de la porte, elle se força à sourire. Pour cacher ses larmes, elle s'élança dans les escaliers. À peine eut-elle gagné la rue que des affiches exhortant les hommes valides à s'engager, des charrettes chargées de denrées indéfinissables lui rappelèrent que, dans cette tourmente, elle avait la chance et la malchance de connaître un amour partagé.

33

Après la reddition de Metz, le gouvernement français songea à négocier avec la Prusse. Face aux exigences inacceptables de Bismarck, le général Trochu réorganisa l'armée en trois corps. Julien fut affecté au 3e de ligne. Il rejoignit son nouveau régiment au Moulin-Saquet, près de Villejuif. Jamais il n'avait autant pataugé dans la boue. Le froid s'étant accentué, il fallait lutter contre les engelures. Ce qu'il avait au départ considéré comme une aventure tournait au cauchemar. L'armée de la Loire avait été battue à Orléans et le découragement s'emparait des troupes.

Assis dans une tranchée, il luttait contre l'engourdissement quand son voisin déclara :

— On ne reverra plus Paris, ils vont le détruire !

— Arrête de jouer les oiseaux de mauvais augure, l'interrompit un gaillard à la voix de stentor.

Prenant les autres à témoin, il ajouta :

— On arrivera bien à les foutre dehors, ces salopards !

Fatigué par ces altercations qui se répétaient, Julien sortit du boyau où la notion de temps finissait par disparaître. Recouverts de neige, les champs s'étendaient à perte de vue… Il tapait du talon pour se réchauffer quand un garçon se dirigea vers lui.

— J'en peux plus de cette attente ! Et puis, on est sans nouvelles… Tu as de la famille, toi ?

— Non… Enfin, très peu.

— Moi, j'ai une femme et un gosse… Et je me fais du mauvais sang pour eux.

— Ils sont à Paris ?

— Une déveine ! Je voulais qu'ils retournent dans notre village… Mais Évangéline, c'est une têtue ! Elle en a pas démordu de rester à Montmartre.

Après une hésitation, il reprit :

— Écoute… Si je manquais de chance, j'aimerais que tu ailles la voir et que tu lui racontes…

— Que je lui raconte quoi ? interrompit Julien avec agacement.

— Eh bien, notre vie ici.

— Tu le feras toi-même, voyons !

— J'ai la drôle d'idée que non.

Il ne manquait plus que ce malheureux au tableau ! Julien l'observa. Grand, bien découplé, il avait la figure et le regard candide de l'honnête travailleur.

— Pourquoi me choisir… plutôt qu'un autre ?

— Comme tout homme bien né, tu dois avoir une parole. Si tu promets, tu tiens.

Stupéfait de tant de crédulité, Julien accepta de griffonner sur un morceau de carton les nom et adresse que lui indiquait son interlocuteur.

Ils livrèrent au coude à coude des combats : L'Hay, Champigny d'où ils réussirent à repousser l'ennemi. Les hommes étaient épuisés. Certains avaient même les membres gelés. On enterra les morts... Des journées s'écoulèrent, dénuées d'événements marquants... jusqu'à ce que vînt l'ordre de rentrer dans Paris.

La ville n'était plus qu'un immense cantonnement. Le long des avenues, dans les jardins publics, s'échelonnaient une multitude de petites tentes blanches devant lesquelles des soldats faisaient cuire leur pitance sur de maigres feux. Des gamins, rassemblés autour de bassins, y pêchaient des carpes et les jetaient dans des tonneaux emplis d'eau que des charrettes tirées par de pauvres rosses acheminaient vers des étals, où cette pêche miraculeuse serait vendue au prix fort. Avec l'approche de la nuit et malgré la bise, la foule avide de renseignements se déversait sur la chaussée. Les Prussiens avaient-ils encore avancé ?

Ayant obtenu la permission de rentrer chez lui, Julien dut tirer le cordon de la sonnette à plusieurs reprises avant que son majordome n'entrouvrît la porte.

— Monsieur, souffla celui-ci comme s'il se trouvait face à un revenant.

Il alluma une lampe à huile et Julien put discerner les meubles sous leurs housses. Après avoir connu une promiscuité qui dépassait ce qu'un être humain pouvait endurer, il croyait toucher au paradis dans ce lieu déserté.

— Préparez-moi un bain, ordonna-t-il en se débarrassant de son manteau.

Lorsqu'il s'assit dans le tub où fumait l'eau, il défaillit presque de plaisir. Oubliées la crasse et la vermine !

Empoignant une brosse, il s'étrilla jusqu'à ce que son corps le brûlât. Puis, enveloppé dans une robe de chambre, il s'étendit sur son lit. Dans cette douceur ouatée, il était difficile d'imaginer qu'à quelques kilomètres on risquait sa peau et que lui-même avait plus d'une fois failli la perdre. La faim l'éveilla aux alentours de 8 heures. Chez Brébant, on lui servirait un semblant de souper… Dehors, il changea d'avis et bifurqua vers la rue La Bruyère. Les gardiens avaient peut-être des nouvelles… De la lumière filtrait par les fenêtres du salon et il en fut étonné. Louis serait-il chez lui ?

— Je vous croyais en Angleterre, s'exclama-t-il en découvrant Hortense.

Spontanément, il la prit dans ses bras et la serra contre lui. Une vague de tendresse anéantissait sa réserve, amenant à sa bouche un goût de sel.

— Que faites-vous ici ? finit-il par demander.

— J'ai désobéi à Louis.

— Le sait-il ?

— Non.

— Où se trouve-t-il ? Vous en avez une idée ?

— Il y a trois semaines, on le disait près d'Orléans.

L'obligeant à s'asseoir, elle le questionna sur son périple. Comme il répondait avec désinvolture, elle le lui reprocha.

— Pourquoi devrais-je devenir grave ? se rebella-t-il. Nous ne sommes ni les premiers ni les derniers à traverser une guerre !

Conscient de l'avoir brusquée, il se radoucit.

— Pardonnez-moi, mon amie, je vous en prie…

Dès qu'elle eut acquiescé, il s'inquiéta des uns et des autres.

— Élisa est à Londres. Avec ma belle-mère.

— Vous êtes seule dans cette maison ?

— Gabrielle me tient compagnie. Maintenant que nous avons appris à donner des soins, nous allons ouvrir une infirmerie dans les deux grands salons. J'ai déjà récupéré des lits et enrôlé quelques amies.

Elle tint à préciser :

— Si vous ne vous êtes jamais nourri d'illusions, moi non plus. Mais je ne peux m'habituer à la vision de ces malheureux qui parfois supplient qu'on les achève ou qui, mutilés, ont honte de rentrer chez eux. Tout comme je ne m'habituerai jamais à la vision des enfants dont je m'occupe à l'orphelinat et que je ne parviens pas à nourrir décemment. Vous souvenez-vous de ces étés où nous échangions nos émotions, nos goûts, où nous discutions de nos projets ? L'obsession de survivre les a balayés ! Nous sommes devenus les esclaves du quotidien…

Attentif au besoin qu'elle avait de s'épancher, il ne cherchait pas à l'interrompre.

— Quand je pense aux efforts que nous accomplissions les uns et les autres afin d'évoluer, de nous améliorer, le résultat est navrant… Et, comble de l'ironie, Julien, personne n'est dans le secret… Je suis enceinte…

Sans lui cacher son inquiétude, il la dévisagea. Des images qu'il aurait aimé repousser assaillirent son esprit : Hortense, diminuée par une grossesse, dans ce chaos où la santé physique était devenue l'atout majeur… L'idée lui était intolérable.

— Quand devez-vous accoucher ? demanda-t-il d'une voix blanche.

— Au mois de mai.

— Pensez-vous qu'il soit raisonnable de vous dépenser comme vous le faites en ce moment ?

— C'est le seul moyen de ne pas sombrer dans la folie.

— Connaissant votre obstination, je n'essaierai pas de vous influencer. Vous m'avez tout à l'heure reproché ma légèreté… Je vous promets, pourtant, de vous aider dans la mesure où l'armée me maintiendra à Paris… Et si elle décide de m'envoyer au loin, nous trouverons des solutions.

Insensible au froid, Julien emprunta une succession de rues qui le menèrent vers le domicile de Malvina.

— Mademoiselle avait représentation, l'avertit la camériste.

Julien décida d'attendre la ballerine. Il commençait à s'assoupir quand des chuchotements provenant du vestibule attirèrent son attention. Malvina n'était pas rentrée seule. Le temps de congédier son cavalier et elle entra.

— Si seulement j'avais imaginé ! Montre-moi ce qu'ils ont fait de toi…

S'approchant, elle souffla, l'haleine chargée d'alcool :

— Est-ce que je t'ai manqué ?

— Serais-je là, sinon ?

Avec brusquerie, il arracha le burnous de la danseuse, retroussa jupe et jupons. Pour la forme, elle se débattit ! Puis, comprenant que rien ne l'empêcherait de la prendre comme un soudard, elle entra dans le jeu. À sa violence, elle opposa des exigences qui le libérèrent de ses derniers garde-fous. Plus rien n'exista que cette chair à la forte odeur de musc, ce ventre qui se refusait pour mieux le provoquer. Jusqu'à l'aube, il chercha l'oubli auprès de cette fille qui, même si elle ne pensait qu'à accroître ses gains, n'était pas avare de ses faveurs. Julien lui plaisait, c'était indéniable ! Elle éprouvait de la fierté à l'avoir pour amant… Et il payait avec largesse ! Malvina effectua l'inventaire de ce qu'elle avait amassé depuis son engagement à l'Opéra : quelques sièges capitonnés, des tapis de soie, un coffret en laque incrusté de nacre où elle enfermait ses bijoux, et de l'argenterie. Un long chemin restait à parcourir pour quitter ces deux pièces qui lui étaient apparues naguère comme le comble du luxe. Avec un soupir de lassitude, elle se leva du sofa où ils avaient fini par s'étendre et se dirigea vers un buffet pour y prendre une carafe contenant de la liqueur de framboise. Après en avoir bu une rasade, elle gagna la fenêtre, en écarta le rideau ; un jour sale commençait de poindre. Elle s'étira, rajusta la bretelle déchirée de sa camisole de dentelle. En se retournant, elle vit que Julien l'observait.

— Tu bois trop, lui dit-il.

— C'est pas ton affaire, répliqua-t-elle, agressive.

Partagé entre l'envie de l'aider et le sentiment qu'en insistant il ne réussirait qu'à l'humilier davantage, il choisit de s'en aller. Elle avait raison, ce n'était pas son affaire ! Après avoir déposé sur un guéridon le prix de ses fantaisies, il s'habilla.

34

Julien tint sa promesse et se rendit autant qu'il le put rue La Bruyère. Il participa à l'organisation de l'infirmerie, portant avec Frédéric matelas et couvertures, trouvant des brancards, acheminant les premiers soldats. Secondée par Gabrielle et Nina de Callias qui avait proposé ses services, Hortense s'occupa bientôt d'une quinzaine de blessés. À la suite du médecin qui passait matin et soir, elle notait les soins à administrer puis se penchait sur leurs plaies.

Où puisait-elle son énergie ? se demandait Julien qui l'avait longtemps considérée comme un être délicat. Jamais il ne l'entendait se plaindre… Même s'il l'avait vue passer une main sur son front, fermer brièvement les paupières, respirer profondément avant de reprendre sa tâche.

Le soir, ils buvaient un punch dans la bibliothèque et cette pause lui faisait oublier la misère qui s'était étendue sur Paris. Se nourrir était devenu une obsession. Après les chevaux, on avait sacrifié chiens et chats, l'âne coûtait très cher et la chasse aux rats comptait de nombreux adeptes. Le bois manquait pour se chauffer. Les communications avec l'extérieur étaient suspendues.

Certains s'échappaient de la ville en ballon. Personne n'osait plus s'imaginer un avenir. Pourtant, lui n'aurait contre rien au monde échangé cette période. Auprès de cette femme généreuse, attentive, il se départait de sa méfiance pour renouer avec la tendresse dont Elsie lui avait révélé la valeur. Au-delà du souci de séduire ou d'être séduit, il avait à l'égard d'Hortense les attentions d'un homme épris. Cette évidence l'effrayait, tout comme l'effraya la jalousie qui l'envahissait quand il lisait de la tristesse dans son regard.

— Je suis séparée des êtres qui me sont chers, lui avoua-t-elle dans un moment de déroute. Ma fille me manque. Quant à Louis, j'ai beau croire que rien de mauvais ne lui arrivera, je tremble…

Gabrielle, elle aussi, se tourmentait. Elle n'avait plus revu Étienne. Malgré un travail harassant, elle ne parvenait pas à repousser l'idée qu'il pouvait lui être à jamais enlevé. Le décès de Frédéric Bazille l'anéantit. Lorsque Nina lui annonça la nouvelle, un sentiment de révolte la submergea. Dans cette horreur qui les cernait, c'était la première fois qu'un proche les quittait.

— Bazille, répéta-t-elle sur un ton hagard.

Bazille et sa jeunesse, sa bonté, Bazille fauché par cette guerre stupide, Bazille qui n'aura pas eu le droit d'aller au bout de sa recherche et de prouver son talent ! Dans la solitude de sa chambre, elle pleura sur leurs souvenirs, sur les discussions dans l'atelier où chacun trouvait refuge, sur les colères du jeune artiste contre des valeurs qu'il jugeait périmées, sur la complicité qui les avait liés.

Discuter avec Nina l'aurait aidée, mais celle-ci s'enferma pendant plusieurs jours.

— J'ai bu tout ce qui se trouvait sous ma main, avoua-t-elle à Gabrielle quand elle eut repris son poste.

La vie primant, elle s'enquit de l'état d'un artilleur arrivé la semaine précédente.

— La plaie suppure de nouveau, lui répondit Gabrielle. Depuis ce matin, la fièvre est montée. Si cet état persiste, nous devrons l'envoyer dans un hôpital.

Paroles qui se renouvelèrent pour d'autres cas. Face au manque de remèdes, l'abdication restait la seule solution. Jusqu'où les amènerait ce siège ? Se rendre après tant de sacrifices paraissait inenvisageable, mais l'étau se resserrait et la cité n'aurait bientôt plus de réserves. Triste jour de l'an que celui qui s'annonçait ! L'absence de combustible causait la fureur des ménagères, des queues se formaient devant des échoppes où l'on vendait manchon et graisse de cheval… Des bijouteries proposaient des œufs frais dans des écrins de satin. Les modistes : de l'oie à débiter. Le boisseau de pommes de terre valait vingt francs. Par son indécision, le gouvernement s'attirait le mécontentement des foules, d'autant que la ville était maintenant bombardée. L'évacuation du plateau d'Avron, près de Neuilly-Plaisance, anéantit les derniers espoirs de victoire.

— Ce Trochu est le pire des imbéciles, s'écria André Laferrière en tapant du poing sur la cheminée. Avec une armée de cinq cent mille hommes, il aura par son incompétence assuré la plus honteuse défense de l'Histoire !

— On raconte qu'il a failli se brûler la cervelle face à l'attitude lâche et indisciplinée de ses généraux, interrompit Hortense.

Chacun pressentait que l'on approchait de la fin. Une pluie d'obus se déversait sur Passy, Saint-Sulpice et bien d'autres quartiers. Certains changeaient de logements en véhiculant dans des brouettes ce qu'ils espéraient sauver de la catastrophe. Le rationnement était tombé à quatre cents grammes de pain par jour et par individu. La famine s'installait. Hortense s'était habituée à la sensation de faim… Pire, à manger de l'« inconnu ».

— Qui nous aurait prédit une telle misère ? murmura-t-elle à sa cousine alors qu'elles décidaient de ne plus héberger de nouveaux blessés, faute de pouvoir les alimenter.

Gabrielle avait réussi à calmer l'anxiété d'un cavalier qui craignait de ne pas échapper à l'amputation de son pied droit, quand la femme de chambre de Nina la demanda.

— Madame souhaiterait que vous vous rendiez à son domicile.

— À cette heure-ci !

— C'est très important.

Malgré le verglas et le sifflement des obus, Gabrielle s'enveloppa dans une houppelande et suivit la jeune fille jusqu'à l'attelage qui les attendait dans la cour.

— Que se passe-t-il ? s'exclama-t-elle lorsque Nina lui ouvrit la porte.

— C'est Étienne. Il est ici.

Pour empêcher son amie de se réjouir trop tôt, elle ajouta :

— Je voulais vous l'amener… Mais il est si mal en point que je n'ai pas osé en prendre seule la responsabilité.

— Qu'a-t-il, Nina ?

— Ce sont les poumons. Il peut à peine respirer et il a une fièvre du diable.

Elles entrèrent dans une chambre où le malade, étendu sur le lit, tentait de rejeter les couvertures qui le recouvraient.

— Avez-vous appelé un médecin ? s'enquit Gabrielle d'une voix blanche.

— Aucun n'est disponible. Avec les bombardements, ils sont submergés d'appels.

— Nous allons le transporter.

— N'est-ce pas une folie ?

— Il n'y a pas d'autre solution. Qui sait si demain les rues ne seront pas barrées ? Chez Hortense, nous bénéficions d'une organisation médicale.

Avec l'aide des domestiques, elles installèrent le peintre dans le landau. Inconscient, il luttait pour respirer et balbutiait des phrases dénuées de sens.

— L'un de ses compagnons l'a accompagné au début de la soirée. Ils cantonnaient au Bourget quand il a commencé à tousser et à grelotter. Son idée fixe était de rentrer dans Paris. Il a donné mon adresse puis, très vite, a commencé à délirer.

Gabrielle savait que, pour sauver Étienne, elle devait surmonter son émotion. Tandis qu'elle retenait la tête du malade sur ses genoux, elle se répétait avec obstination qu'il guérirait parce qu'elle le voulait.

Afin d'éviter la promiscuité du dortoir, elle le fit installer dans une chambre d'amis proche de la sienne. La couche fut bassinée, on alluma le poêle. Puis elle entreprit de déshabiller Étienne, jetant sur le parquet ses vêtements trempés de sueur. Avec un linge, elle frotta son corps, le vêtit d'une chemise appartenant à Louis et l'étendit sous un édredon.

— Je vais le veiller, déclara-t-elle à Hortense qui l'avait rejointe.

— Essaie de le faire boire, lui conseilla celle-ci après avoir pris le pouls d'Étienne.

Son état était d'autant plus alarmant que, sur un organisme épuisé, une fluxion de poitrine comme le laissaient présager les symptômes pouvait se révéler fatale.

Le docteur Moreau leur rendrait visite en début de matinée. Jusque-là, il fallait s'en remettre à la grâce divine. Avec des gestes calmes et précis, Gabrielle se préparait à la nuit difficile qu'elle allait connaître. De l'eau avait été bouillie pour les décoctions, la chaleur envahissait la pièce…

— Va te reposer, murmura la jeune fille à sa cousine.

Comme Hortense hésitait, elle la poussa vers le corridor.

— S'il se présentait un problème grave, je t'appellerais, promit-elle avant de refermer la porte.

Elle s'approcha du chevet d'Étienne qui respirait avec de plus en plus de difficultés et, de nouveau, s'agitait. La fièvre avait augmenté. À l'aide d'un linge mouillé, elle humecta ses lèvres. Il gémit, remua la tête. Souffrait-il ? Elle comptait sur son absence de conscience pour adoucir le mal. Du plus profond de son être montait une prière : elle implorait miséricorde pour celui qu'elle aimait...

Au cours de ces heures tourmentées, elle comprit qu'au-delà de l'élan amoureux existait un sentiment de tendresse et de compassion qui fondait les relations essentielles et vraies. Même si, par la suite, il l'éloignait de lui, elle voulait Étienne vivant, sans qu'aucun égoïsme n'entrât dans son espérance. Assise sur un tabouret, elle tentait d'oublier ses membres ankylosés quand il recommença à délirer. L'horloge marquait 4 h 20. Une nouvelle fois, elle changea la chemise, essuya le corps brûlant. De la main, elle caressa son front puis, comme une litanie, prononça des mots apaisants qui même s'il ne les comprenait pas le rattachaient à la réalité.

Le docteur Moreau frappa au moment où elle allait s'assoupir. Il posa sa pharmacie sur une table d'acajou, puis lui demanda d'allumer d'autres lampes. Après avoir scruté le visage d'Étienne, il sortit sa montre de gousset afin de vérifier les pulsations de son pouls.

— Depuis combien de temps est-il ainsi ?

— Hier matin.

Relevant la chemise, il posa l'oreille sur le torse de son patient et déclara :

— L'air ne passe pas dans le poumon droit.

Lorsqu'il eut terminé son examen, il posa son cornet et déclara.

— Son état est très alarmant.

— Vous voulez dire que…

— Oui.

— Que puis-je faire ?

— Le surveiller sans interruption et veiller à ce qu'il n'attrape pas froid. Ce serait fatal. Vous lui donnerez cette préparation, poursuivit-il en inscrivant quelques mots sur une feuille de papier. Je reviendrai en fin de journée.

Une semaine s'écoula pendant laquelle Gabrielle lutta sans relâche. Elle savait que la mort profiterait du moindre instant d'inattention pour imposer sa loi. Indifférente à tout ce qui ne concernait pas son amant, elle s'accrochait à cette chambre dont l'odeur d'eucalyptus finissait par l'écœurer. Depuis qu'il était sous sa protection, Étienne ne l'avait pas reconnue. En son for intérieur, elle désespérait de le voir guérir. Aucune amélioration ne se produisait. Pire, la toux s'était accentuée. Une nuit, elle entrevit sa défaite. Il commença de grelotter alors qu'elle venait de recharger le poêle… Comprenant qu'il lui échappait, elle se glissa sous les couvertures pour se coller à son corps et lui insuffler son énergie. Peu à peu, elle le sentit se détendre, mais elle demeura vigilante. Soudain, elle se rendit compte qu'elle pleurait. Les larmes emportaient ses dernières peurs.

Le lendemain, une légère amélioration se dessina. Le médecin demeura, néanmoins, circonspect. Lorsque son travail au rez-de-chaussée le lui permettait, Nina s'installait dans la pièce. Il lui fallait pallier l'absence de Gabrielle et remplacer Hortense qui, sujette à des nausées, était incapable d'accomplir certains soins.

Sa grossesse était maintenant connue de son entourage. Elle avait beau ne jamais se plaindre, ses yeux battus et son visage émacié révélaient une santé déficiente. Elle apprit la captivité de Louis au milieu du mois de janvier. D'abord anéantie par la nouvelle, elle remercia le sort qu'il fût à l'abri des combats. Quand le reverrait-elle ? Question sans réponse. Les familles démantelées étaient devenues le lot de chacun. Qui pouvait se projeter dans le futur ? La conviction d'être bientôt asservie à l'Allemagne s'emparait de la population qui se repliait sur son désespoir. La fin se dessinait. Des voitures d'ambulance rentraient du front couvertes de boue pour déverser leur lot de blessés, tandis que l'armée attendait des ordres qui ne venaient pas.

Avec la sensation qu'un autre agissait à sa place, Julien participa à plusieurs attaques contre l'ennemi. Il se battait à Buzenval quand Jean, son compagnon d'armes, fut tué sous ses yeux. Le combat avait été si âpre que lui-même s'étonna d'en avoir réchappé. Fidèle à sa promesse, il se rendit chez la veuve du malheureux dès qu'il en eut l'opportunité. Elle habitait, en contrebas du village de Montmartre, une maisonnette aux volets bleus.

— C'est à quel sujet ? demanda la présumée Évangéline en dévisageant avec méfiance son visiteur.

— J'étais avec votre mari… quand…

— Ah oui…

Un silence s'installa, au cours duquel elle poursuivit son examen. Enfin, elle décida de laisser entrer Julien dans une pièce qui sentait le mauvais ragoût.

— Pauvre garçon ! Ils ont fini par l'épingler à leur tableau, murmura-t-elle en repoussant un ballot de linge qui attendait d'être repassé.

Gêné de s'en être tiré à meilleur compte, Julien cherchait une repartie quand elle ajouta d'un ton sec :

— Il ne savait pas rester tranquille ! C'est sûr qu'il a cherché à faire l'intéressant !

— Mais non ! Il a seulement accompli son devoir avec un grand courage.

— Vous parlez comme ceux qui sont venus l'autre jour m'annoncer sa mort !

Le fixant avec des yeux narquois, elle ajouta :

— J'attendais mieux d'un homme comme vous.

Des pleurs s'élevèrent d'un lit qu'il n'avait pas remarqué.

— Il m'avait parlé de son fils.

— Maintenant, me voilà toute seule pour l'élever.

Alors qu'elle se détournait pour retirer une casserole d'un réchaud, Julien remarqua.

— J'ai l'impression de vous avoir déjà rencontrée…

— Peut-être…

Sûre de son pouvoir de séduction, elle s'amusait de son malaise. C'était sa revanche sur les hommes bien nés, ceux qui la rémunéraient pour qu'elle devance leurs vices. Combien n'en avait-elle pas ramené pendant que Jean guerroyait ! Durant le siège, les espèces sonnantes avaient été remplacées par un lapin, des haricots secs, un pied de cochon ou du lait pour le petit. La facilité avec laquelle elle s'était constitué une clientèle lui ouvrait des horizons. Dès la fin des hostilités, elle oublierait son travail de repasseuse pour pourvoir au plaisir de ses compatriotes ou, si besoin était, de l'occupant. Travailler dans une « maison » avait des avantages. On y bénéficiait du gîte, d'une nourriture convenable… Il n'y avait pas la peur des rafles de police avec, au bout du compte, un séjour en prison… Elle placerait l'enfant chez une nourrice… Son avenir s'organisait, peuplé de lumières et de senteurs. À son tour, elle s'habillerait de linge fin, porterait des bas de soie et des jarretières de satin, boirait du champagne…

— J'aimerais vous aider, lui dit Julien.

Tendant sa carte, il ajouta :

— N'hésitez pas à me faire signe.

— J'y songerai, promit-elle en retrouvant où s'étaient croisés leurs chemins…

C'était à Bougival ! Il accompagnait les Duplessis !

35

1871

Un armistice de vingt et un jours fut signé le 28 janvier. L'armée régulière de Paris, cantonnée sur place, serait prisonnière de guerre si les négociations n'aboutissaient pas. Elle se verrait désarmée, hormis douze mille hommes chargés d'assurer l'ordre. La garde nationale était maintenue dans ses fonctions. Pendant cette trêve, une Assemblée nationale, librement élue, déciderait à Bordeaux du sort du pays. Le siège avait duré quatre mois et douze jours ; la population était exsangue, la mortalité avait triplé.

Julien quitta son unité du Moulin-Saquet pour regagner son domicile avec l'impression de s'éveiller d'un long cauchemar. Tout lui paraissait irréel : les fantômes qui, groupés autour des mairies, lisaient la déclaration promettant que l'ennemi ne pénétrerait pas dans la ville, aussi bien que les cortèges de charrettes ramenant à leur point de départ mobilier et objets usuels. Certains quartiers avaient davantage souffert des bombardements que d'autres : à Auteuil, on ne comptait plus les toits éventrés, les maisons démolies ; au contraire, autour de la place de Vintimille les dégâts se révélaient minimes.

Frédéric lui rendait de fréquentes visites. Malgré son désir de solitude, il n'osait le renvoyer tant il le sentait malheureux.

— Je devrais retourner au Canada, répétait le garçon sans conviction.

— En effet, rétorqua Julien qui jugeait préférable de lui ôter ses dernières illusions quant aux sentiments que lui vouait Gabrielle.

Dans le même souci d'honnêteté, il ajouta :

— Elle ne te voit pas comme tu le voudrais !

— Carlier est incapable de lui donner l'existence à laquelle elle a droit, s'insurgea Frédéric.

— Au risque de te déplaire, je n'en suis pas si sûr.

— Il n'a pas le sou !

— Je ne crois pas que ce soit un obstacle pour Gabrielle. Elle a d'autres exigences.

— Des exigences que je ne saurais combler, soupira Frédéric.

En prononçant ces paroles, il ressuscitait le tourment enduré pendant les dernières semaines. Gabrielle ne s'éloignant pas de la chambre du peintre, Gabrielle, la mine défaite et les yeux rougis par l'inquiétude et les veilles, Gabrielle suspendue au souffle d'un autre… Avec horreur, il s'était aperçu qu'il avait espéré la mort du rival ; une impulsion primitive dont il avait honte maintenant qu'Étienne était entré en convalescence. La toux avait enfin diminué et le malade parvenait à respirer sans douleur.

— Gabrielle, avait murmuré Étienne en la découvrant à son chevet.

Elle posa sa main sur son front. Il referma les paupières, fatigué par l'effort d'avoir prononcé son prénom. Puis l'émotion l'envahit ainsi que la honte de se sentir si faible, si misérable…

Les jours suivants, il reconquit une part de son autonomie.

— Tu sembles plus exténuée que moi, remarqua-t-il avec inquiétude.

Sans répondre, Gabrielle le regarda manger la ration dont elle se privait depuis qu'il se réalimentait. Rien qui fût susceptible de l'aider à recouvrer la santé ne devait être omis. De sa lutte contre la mort, il avait conservé la peur de s'endormir. Sans qu'il l'eût avoué, elle avait perçu ce malaise et restait à ses côtés jusqu'à ce qu'il sombrât dans le sommeil.

À mesure qu'il recouvrait sa lucidité, Étienne évoquait des souvenirs proches ou lointains. Attentive, elle l'écoutait relater sa vie, ses doutes, ses atermoiements et l'impression qu'il éprouvait d'être privé de tout élan créatif.

— Ma tête est vide…

Il ajouta avec une nuance de tristesse dans la voix :

— Jamais je n'ai connu ce ralentissement de l'esprit et du corps. Je me sens diminué, inutile…

— Il faudra beaucoup de temps, avait prévenu le docteur Moreau.

La patience n'étant pas la vertu principale d'Étienne, Gabrielle s'attendait à traverser une période difficile. Elle-même souffrait de ne pas toucher à sa boîte de couleurs. La guerre l'avait transformée en une femme de devoir.

Berthe Morisot, à laquelle elle rendit visite, n'était pas dans de meilleures dispositions. Affaiblie, elle s'était alitée.

— Sortirons-nous de cette agonie ? demanda-t-elle à son amie. Je m'étonne de trouver encore la force de la supporter. Ce serait si simple de se laisser glisser.

— Rien ne dure indéfiniment, ni le bien ni le mal, une vague succède à la précédente…

— Encore faudrait-il que la prochaine ne nous engloutît pas !

Le pessimisme de Berthe fut prémonitoire. Après la capitulation, l'entrée de l'armée allemande dans la ville et son occupation pendant quarante-huit heures, la révolution éclata.

L'Assemblée nationale, réunie à Bordeaux, avait dans sa majorité des vues monarchistes. Influencée par Adolphe Thiers, elle décida d'éliminer le danger potentiel que représentait la gauche. Après la ratification du traité de paix, elle ne s'installa pas dans la capitale mais à Versailles. Le 18 mars, elle donna l'ordre à ses troupes de reprendre à la garde nationale les canons que celle-ci possédait. En réponse à cette provocation, la Commune fusilla deux officiers, Thomas et Lecomte. On se battit dans les rues. Des barricades s'élevèrent, des magasins fermèrent. Partout, on appela à prendre les armes pour lutter contre les « pourris de bourgeois ».

— Il n'est pas question que vous demeuriez à Paris, déclara Julien en pénétrant dans le boudoir où se reposait Hortense. Demandez à ce que l'on fasse vos malles. Je vous emmène à Bougival.

Comme elle ébauchait un geste de refus, il s'empressa d'ajouter :

— Tant que Louis sera prisonnier, vous obéirez à mes décisions. Les événements sont graves. On pille les maisons et votre position privilégiée vous met en danger.

Ces dernières paroles anéantirent les défenses qu'Hortense avait édifiées pour se protéger des atteintes extérieures. De gros sanglots l'étouffèrent, des torrents de larmes que suscitaient le désarroi provoqué par l'éloignement de sa fille et de son époux, le poids de l'hiver, une grossesse dont elle s'était à peine préoccupée, les visages de ceux qu'elle avait tenté de guérir sans succès, ainsi que la certitude de ne jamais voir la fin de ce gâchis. Dans un élan de tendresse, Julien l'obligea à se lever pour la serrer entre ses bras.

— Ayez confiance, ma douce ! Tout se passera bien, murmura-t-il à son oreille.

Il sortit son mouchoir et commença de lui essuyer les joues.

— Je suis ridicule, s'excusa-t-elle. Ce doit être mon état.

Son accouchement aurait lieu deux mois plus tard. Au lieu de le voir comme une délivrance, elle imaginait le pire. Bien que personne ne lui eût divulgué la vérité, elle avait compris que la naissance d'Élisa avait failli lui être fatale. Ayant observé que certaines situations se répétaient, elle appréhendait cette échéance.

Julien avait-il deviné ses pensées ? Avec une patience dont elle l'aurait cru incapable, il tenta de la rassurer. Sans résister, elle s'abandonna contre sa poitrine, puisant dans sa force d'homme le courage de faire front. Au travers de sa redingote, elle entendait battre son cœur. Une odeur de santal et de tabac blond l'entourait. Elle ferma les yeux, attentive au plaisir d'être protégée. Quelques minutes s'écoulèrent avant qu'elle ne le repoussât. Elle fut surprise de lui découvrir un visage troublé. Se reprenant à son tour, elle lui demanda des détails sur leur déplacement.

— Nous devons partir en milieu d'après-midi.

Il alluma une cigarette. Après en avoir aspiré la fumée, il ajouta :

— Il serait souhaitable que Gabrielle se mette à l'abri, ainsi qu'Étienne.

— Acceptera-t-il ?

— Si vous m'en donnez la permission, j'essaierai de l'en persuader.

Hortense se trouva assise dans la berline de Julien, tandis que sa cousine et Étienne les suivaient dans un autre attelage. Le jour déclinait quand ils approchèrent du Berceau. Le dos endolori par le trajet, le ventre en proie à des contractions, elle jeta à peine un regard à la villa pour laquelle elle s'était inquiétée lorsque les Prussiens marchaient sur Paris. Le siège levé, les nouvelles reçues lui avaient appris que celle-ci n'avait subi aucun dommage. Une senteur de lilas et d'herbe mouillée l'accueillit.

— J'avais oublié, répéta-t-elle en se grisant de ces parfums. J'avais oublié combien c'était bon…

Étienne se laissait lui aussi enivrer par les odeurs de la nature. La tête lui tournait presque. Gabrielle l'aida à monter jusqu'à la chambre qui lui était destinée. Blême, il se laissa tomber sur le lit. Combien de temps lui offrirait-il l'image d'un homme affaibli ? Devinant son malaise, elle lui attacha les services d'une garde qui s'occuperait de sa toilette et de ses soins.

— Tu es tout, lui avoua-t-il un matin. Tout : ma famille, ma compagne, mon amour…

Avec un sourire de dépit, il ajouta :

— Qu'ai-je à t'offrir en échange, sinon une charge ?

Plutôt que de chercher à le dissuader, elle se réfugia dans le silence. N'avait-elle pas déjà répété à satiété qu'ils sortiraient grandis du malheur ?

Consciente d'échapper aux horreurs que subissait Paris, elle s'attardait sur le vol des oiseaux, le bruissement du feuillage. En cachette, elle avait repris son carnet de croquis et, avec les premières esquisses, était revenue l'envie de retranscrire la nature. Elle n'osait en parler à Étienne, jugeant que sa démarche pourrait passer pour une provocation. Constant s'asseyait fréquemment au côté du peintre, ainsi que Julien… Jusqu'à ce que celui-ci décidât de regagner la capitale.

— J'y surveillerai les biens des uns et des autres, confia-t-il à Hortense.

— Si on ne les a pas encore brûlés, répliqua la jeune femme sur un ton fataliste. Combien de temps resterez-vous absent ?

— Je ne sais pas.

En déposant un baiser sur ses doigts, il l'exhorta à se montrer raisonnable.

— Balayez les vilains nuages de votre esprit et profitez de cette trêve. Le dernier courrier vous a rassurée sur le sort d'Élisa… Louis sera bientôt libéré…

Refusant de lui obéir, elle ajouta à ses soucis celui de le savoir en danger. Paris était sous le tir des Versaillais. On soignait les blessés, on enterrait les morts… Le carnage était d'autant plus navrant qu'il était, cette fois-ci, l'œuvre de Français !

Julien reprit son poste de brancardier auprès de Frédéric. Face à la tuerie, à la misère morale et physique, il mesurait combien il avait été naïf de croire aux bienfaits de la République.

Des affiches ordonnaient aux hommes, jeunes et vieux, de repousser les canailles à la solde de Thiers ; les réfractaires seraient poursuivis sans pitié. Le travail de Julien le maintenait à l'abri des représailles, mais combien de temps profiterait-il de ce statut ? Dès qu'il le pouvait, il s'enfermait chez lui. Pour oublier l'horreur, il lisait ou se remémorait ses voyages. Le passé défilait, chaotique, violent, riche en découvertes. Avoir vécu vite et de façon désordonnée, sans garde-fous et sans amarres, lui octroyait une liberté dont il se réjouissait.

On pouvait tout lui prendre, tout lui confisquer, il s'en moquait. Sa fabrique de porcelaine ne fonctionnait plus depuis des mois, son négoce avec l'Extrême-Orient était interrompu…

Il songeait aux hypothétiques chances de les remettre en activité quand on carillonna à sa porte. N'attendant personne, il craignit une inspection de la Commune, qui, à la recherche d'armes cachées, fouillait les logements. Fataliste, il se dirigea vers l'entrée. Quelle ne fut pas sa surprise de découvrir une femme encapuchonnée qu'il prit pour Malvina jusqu'à ce qu'elle lui révélât son identité. Comme il demeurait sans réaction, elle précisa :

— Évangéline… La femme de Jean.

— Ah oui, s'excusa-t-il en s'effaçant pour la laisser entrer.

À la lumière des lampes, il se rendit compte qu'elle était aux abois. Transie par la pluie, elle claquait des dents. Qu'allait-il faire de cette malheureuse ? Parant au plus pressé, il lui proposa un grog.

— Pendant que je le prépare, débarrassez-vous de cette mante, ordonna-t-il.

Les autres vêtements n'étaient pas en meilleur état. L'entraînant vers une penderie, il lui tendit l'une de ses robes de chambre.

— C'est le seul moyen de ne pas attraper la mort. Installez-vous dans ce cabinet de toilette.

Elle avait meilleure figure quand elle revint s'asseoir sur un sofa, mais conservait un regard d'animal traqué.

— Expliquez-moi ce qui vous a fait traverser Paris sous cette averse.

— Je suis recherchée.

— Par la Commune ?

— Oui.

— Pour quelle raison ?

— Je m'étais mise en ménage il y a quelques semaines avec un garçon. Ils sont venus le prendre en l'accusant de trahison. Je rentrais du lavoir avec le petit. La fenêtre était ouverte... De la rue, j'ai tout entendu. Je me suis cachée en attendant qu'ils sortent...

Du revers de la main, elle essuya les larmes qui coulaient sur ses joues.

— Ils l'ont emmené et je suis sûre qu'ils reviendront. S'ils me trouvent, ils m'accuseront de l'avoir hébergé et d'être sa complice.

— Où est l'enfant ?

— Chez une voisine. Elle m'a juré de s'en occuper. Moi, je dois m'enfuir...

— Croyez-vous vraiment les intéresser ?

— Oui.

Comprenant qu'elle n'en dirait pas davantage, il soupesa la situation. Personne ne quittait la ville sans laissez-passer, aussi devrait-il en demander un à sa mairie.

— Accordez-moi une nuit de réflexion, déclara-t-il après avoir conseillé à sa visiteuse de prendre du repos.

Seule dans la chambre d'amis qu'il avait mise à sa disposition, Évangéline se remit à trembler. Les menaces interceptées résonnaient encore à ses oreilles :

— Toi et ta putain, on aura votre peau.

Elle avait connu René à la fin du siège. Sans que ce fût la passion, il avait compté. C'était un bon amant que la jalousie n'étouffait pas. Il lui avait même donné des conseils pour mieux ferrer ses clients. Parfois, il la battait mais l'un et l'autre y trouvaient du plaisir. Quant à l'argent qu'elle récoltait, il n'en prélevait que la moitié. Cette situation satisfaisante aurait pu perdurer s'il n'avait trempé dans des combines dont il venait de payer les conséquences. L'avaient-ils déjà fusillé ? Ceux qu'elle croyait de son bord, les pauvres, les exploités, se montraient pires que les salauds de bourgeois ! Malgré son désespoir, elle se reprit : c'étaient les salauds de bourgeois qui les transformaient en hyènes ! Et celui qui l'hébergeait cette nuit n'était pas supérieur à ses semblables. En lui rendant service, il ne faisait qu'obéir au sacro-saint code de l'honneur ! Comme elle avait eu raison de jouer sur cette corde sensible…

Pressé d'en terminer, Julien se rua à la mairie afin d'y obtenir le fameux laissez-passer. Il reconnut à peine les lieux qui ressemblaient à une vilaine casemate. Le long de corridors mal entretenus, des insurgés traînaient leur ennui tandis qu'une odeur pestilentielle provenait de salles où l'on avait déroulé des matelas. Renvoyé de bureau en bureau, il finit par trouver un responsable qui, convaincu par son discours, délivra l'autorisation.

L'ouest de Paris était dévasté. Les obus avaient creusé d'énormes trous dans la chaussée. Quant aux maisons, la plupart n'avaient plus de fenêtres ! Happés par le vent, de vieux rideaux flottaient. Des femmes groupées devant les portes cochères pleuraient. À ces images se superposaient dans la mémoire de Julien les soirées d'antan, les boulevards illuminés et saturés de badauds qui rêvaient d'une fête éternelle.

Plus tard, dans l'attelage qui les emportait, Évangéline se taisait. Son cœur battit la chamade lorsqu'ils s'arrêtèrent devant les fortifications et passèrent les contrôles. Julien montra les papiers nécessaires, répondit avec fermeté à plusieurs questions... La barrière s'ouvrit...

Bougival se profila en milieu de journée. Évangéline pouvait respirer même si elle n'en avait pas le cœur. La seule idée de retrouver son père attablé devant la soupe au potiron lui soulevait le cœur. Cette image lui insuffla l'énergie de demander :

— N'y aurait-il pas un travail pour moi chez vos amis ?

— Je ne le pense pas, répliqua Julien sur la réserve.

— Promettez-moi de me prévenir si l'occasion se présentait. Je dois payer la voisine qui s'occupe de mon enfant...

36

Fidèle à ses habitudes, Julien s'installa chez Constant Delteil qu'il jugea fatigué.

— Plutôt soucieux, précisa celui-ci. Pas pour moi-même, mon temps est écoulé, mais pour vous autres. Le pays est ravagé et je ne sais quel sera l'avenir de ce malheureux bébé auquel Hortense va donner naissance.

Le terme approchant, la jeune femme avait besoin de compagnie. Constant lui rendait visite quotidiennement. Ils jouaient aux dominos, parfois aux dames. Gabrielle tentait, elle aussi, de distraire sa cousine quand Étienne ne l'accaparait pas. Non qu'il se montrât tyrannique, mais elle évitait de le laisser glisser dans la morosité.

— Il lui faudrait ses réunions avec ses amis, les cafés… Je ne peux les lui donner, confia-t-elle à Julien.

Quelques jours plus tard, Étienne confirma ce propos.

— J'aurais tort de me plaindre ! N'ai-je pas survécu à l'enfer ? Alors, explique-moi, Julien, pourquoi je me sens si misérable.

Il avoua :

— Je n'ai pas l'habitude de ce monde policé, raffiné… Je ne m'y sens pas bien ! Ne le répète pas à Gabrielle…

— Crois-tu qu'elle ne l'a pas compris !

Étienne murmura :

— Je suis incapable de la rendre heureuse. Nous habitons des planètes différentes.

— Comment discerner la vérité dans le cataclysme que nous traversons ? Attends de recouvrer tes facultés. Quand tu te seras remis à peindre, tu pourras tirer tes conclusions.

— Peindre ! C'est un verbe que j'ai banni de mon vocabulaire.

— On ne renonce pas à sa raison d'être ! Souviens-toi de notre première soirée ensemble. Les rôles étaient inversés. C'était toi qui essayais de me montrer la voie.

— Y serais-je parvenu ?

— Plus que je ne l'aurais cru. La guerre a elle aussi contribué à ce changement, ainsi que cette saloperie de révolution ! Elles m'ont permis de balayer mes peurs.

Les rapports avec sa mère s'en étaient améliorés. Julien la voyait enfin comme une vieille et pitoyable dame qui, à force de rechercher l'assentiment et la respectabilité, était passée à côté de l'essentiel. Il ne l'aimait pas, ne la détestait plus et se moquait des sentiments qu'elle lui vouait… quoiqu'elle lui donnât les preuves d'un attachement tardif. « Le besoin de se racheter avant le grand saut », ironisait-il.

— Pourquoi choisis-tu d'habiter chez M. Delteil ? lui demanda-t-elle un jour.

— Il apprécie ma présence, j'apprécie la sienne… Nous nous faisons mutuellement du bien.

Déconcertée par cette franchise, elle fixa son fils. Avec les années, la ressemblance avec son père s'accentuait. C'était la même silhouette élancée, la même élégance teintée d'originalité, la même facilité à séduire. Bien qu'elle s'en défendît, sa liaison passée hantait sa mémoire. Cet homme, qui avait traversé sa vie comme une comète, avait davantage compté que son époux. Mais il était trop tard pour rectifier ses erreurs ! De toute façon, Julien avait décidé de quitter la France dès que s'en présenterait l'occasion.

— Aux États-Unis, je parviendrai à imposer la peinture moderne !

À condition que ses amis lui confient leurs toiles...

À Londres, Pissarro hésitait à regagner sa maison de Louveciennes que les Prussiens avaient ravagée en la transformant en abattoir. Monet avait, quant à lui, quitté la capitale anglaise où le marchand Durand-Ruel leur avait acheté des études de pluie, de neige et de brouillard. Il s'était dirigé vers la Hollande, attiré par les ciels brumeux et les plaines interminables. Renoir venait de regagner les environs de Bougival, ainsi que Sisley. Tous les deux travaillaient aux alentours de Marly. Le premier avait retrouvé avec bonheur sa compagne Lise, mais la mort de Bazille continuait de hanter ses nuits. Quant au second, il était assailli par les soucis financiers.

Julien remarquait que l'adversité et la séparation n'avaient pas brisé les liens d'amitié. C'était à qui encouragerait, aiderait le voisin.

Dès qu'il apprit la présence de Carlier chez les Duplessis, Renoir lui rendit visite. Gabrielle choisit de les laisser seuls. L'entretien terminé, Étienne arborait un léger sourire. Néanmoins, au crépuscule, il s'enferma de nouveau dans le silence.

Au bord des larmes, elle s'apprêtait à regagner sa chambre afin de s'y changer pour le dîner, quand Hortense l'appela. Allongée sur le lit, les mains comprimant son ventre, celle-ci respirait avec peine.

— Envoie chercher la sage-femme, souffla-t-elle. Et fais prévenir Julien.

Le travail était commencé, quand Julien s'annonça. Bien qu'elle n'eût rien de surprenant, la nouvelle lui inspira une bouffée d'inquiétude et de nervosité. Ne se donnant pas la peine de converser avec Étienne, il attendait assis dans un fauteuil de la véranda. Une seule pensée occupait son esprit : il ne supporterait pas qu'il arrivât malheur à Hortense. Ce séjour l'avait encore rapproché d'elle. Lui qui n'avait pas connu la douceur d'un foyer s'était peu à peu laissé prendre par l'atmosphère qui régnait au Berceau. Passé la grille du parc, on oubliait les hommes et leurs combats pour profiter d'une harmonie que prodiguait l'alliance de l'esprit et du cœur. Chaque jour, il rendait visite à la jeune femme… Et ils parlaient à bâtons rompus ! De la vie, des choix, de l'art…

— Vous avez eu la chance d'approcher les plus beaux monuments, s'était-elle exclamée un jour qu'il évoquait le Taj Mahal.

Sur un ton de dépit, elle avait ajouté :

— Je n'en connais que les illustrations.

Il lui raconta les Indes telles qu'il les avait ressenties, avec leurs contrastes violents, leurs cités de rêve.

— Imaginerait-on qu'à l'intérieur de forteresses à l'aspect redoutable se succèdent des salons de marbre, des cours aux fontaines bruissantes ? On y croise des serviteurs enturbannés et des paons ! Quant aux couleurs ! Jamais vous ne rencontrerez de tels jaunes, citron, safran, de tels roses ! Plus elles mêlent leurs discordances, plus vous en éprouvez de plaisir !

À sa suite, elle découvrait les femmes qui marchaient sur des chemins de poussière.

— Avec leurs voiles rebrodés d'or, leurs bijoux tintinnabulants, leurs petits pieds chaussés de pantoufles chamarrées, elles rappellent les princesses des Mille et Une Nuits. Leur grâce est inégalable.

— Pourquoi n'écrivez-vous pas ces impressions ?

— Peut-être le devrais-je…

— Promettez-moi d'essayer.

Ne trouvant aucune échappatoire, il avait acquiescé d'un hochement de tête.

Ce soir, alors qu'une cigarette se consumait entre ses doigts, il se rendait compte de l'importance d'Hortense dans sa vie. Il aurait souffert mort et passion pour qu'il ne lui arrivât rien.

La voix de Gabrielle le fit sursauter.

— C'est fini, lança-t-elle.

— Quoi… fini ?

— Louis et Hortense ont un petit garçon.

Louis et Hortense ! Julien ne retint que l'association des deux prénoms. Fouetté par ce rappel à l'ordre, il prit des nouvelles de la mère puis de l'enfant. Une fois rassuré, il annonça :

— Constant m'a demandé de le tenir au courant. Je rentre…

Le vieil homme perçut-il le trouble de son protégé ? Toujours est-il qu'il demeura à discuter avec Julien jusqu'au milieu de la nuit.

— Comment Louis va-t-il vivre son retour ? Tant d'événements se sont produits depuis son départ ! Ils nous ont tous changés.

— Tous ?

— Toi aussi, Julien.

— Aurais-je perdu la poésie du superflu pour acquérir la science de l'inutile ? ironisa celui-ci.

— Si tu l'affirmes.

Rire leur fit du bien. Après s'être servi un verre de fine, ils glissèrent vers les souvenirs. Constant évoqua l'époque où Julien frappait à la porte pour qu'il lui commentât les articles de *L'Illustration*.

— Je n'ai jamais connu un enfant aussi curieux du monde et de l'actualité. Aucun détail ne t'échappait !

— Mon existence était tellement ennuyeuse qu'il me fallait des dérivatifs. Vous étiez mon seul espoir, Constant, ma seule lumière…

— J'essayais de répondre à tes questions.

— C'est aussi grâce à vous que j'ai rencontré Elsie.

— Elle m'avait prié de t'amener chez elle.

En prononçant le prénom de la cantatrice, Julien s'était approché d'une aquarelle où celle-ci chantait en regardant le pianiste qui l'accompagnait.

— C'est Shams, n'est-ce pas ?

L'attention de Julien s'était-elle aiguisée ? Était-il prêt à accepter l'évidence ? Toujours est-il qu'il finit par murmurer :

— Si les vêtements ne la situaient pas dans les années quarante, on pourrait nous confondre, lui et moi…

Constant retenait son souffle. Julien devait découvrir la vérité sans l'aide de personne. Il resta de longues minutes à contempler l'aquarelle, puis se retourna.

— Ai-je raison de vouloir vous demander certains éclaircissements ?

— Oui.

— J'ai l'impression de marcher sur des sables mouvants. Que m'a-t-on caché ? Sur quel gigantesque leurre ai-je bâti ma vie ?

Constant savait depuis toujours que le moment viendrait. L'affection qu'il éprouvait pour son protégé lui souffla les mots justes.

— Shams était ton père. Ta mère l'a beaucoup aimé. Lorsqu'il l'a quittée, sa vie s'est arrêtée. Elle s'est noyée dans le malheur et le ressentiment. Voilà pourquoi elle jalousait Elsie…

Julien était abasourdi. Non seulement on avait déchiré les premiers chapitres de son histoire, mais on lui imposait un point de départ qu'il ne parvenait pas à assimiler. Se familiariser à plus de trente ans avec un père qu'il ne connaissait que par des témoignages et descendre de son piédestal l'homme qui avait veillé sur ses premières années n'était pas simple.

L'aube les surprit alors qu'ils devisaient encore. Julien avait beaucoup bu, mais son jugement demeurait clair.

— Nous devrions prendre un peu de repos, conseilla Constant.

Julien ne parvint pas à trouver le sommeil. Trop de pensées contradictoires se bousculaient dans sa tête ; toutes dominées par l'image de la mère devenue une femme vulnérable, blessée… Il lui faudrait du temps pour assimiler cette découverte – du temps et de la distance.

Quand réussirait-il à quitter la France ? Constant affirmait que Paris ne pourrait éternellement résister aux bombardements et aux assauts des Versaillais. Aux dernières nouvelles, la Commune avait de nouveau suspendu la parution de journaux, décrété que chaque citoyen devait posséder une carte d'identité. La cartoucherie Rapp, proche du Champ-de-Mars, avait explosé. Quant à la colonne Vendôme, on l'avait déboulonnée.

L'après-midi, il se rendit au Berceau.

— Hortense n'a pas le droit aux visites, l'informa Gabrielle. Mais elle m'a extorqué la promesse de vous laisser entrer.

Allongée dans un flot de ruchés et de dentelles, l'accouchée leva légèrement la tête en entendant s'ouvrir la porte.

— Julien, je savais que vous viendriez !

Une lueur de joie brillait dans ses yeux. Elle prit la main qu'il lui tendait et la garda serrée entre les siennes.

— J'avais si peur, avoua-t-elle.

— Moi aussi.

— Vous me l'avez bien caché.

— Croyez-vous que je vous dise tout ?

— Vous voir me réconforte, se contenta-t-elle de répondre.

Pour souligner ces paroles, elle resserra ses doigts sur les siens.

— Vous ne devez pas vous fatiguer, l'avertit Julien qui luttait contre l'émotion.

— Voilà le petit Emmanuel, lança Gabrielle qui revenait accompagnée de la nourrice et du bébé.

Julien se força à regarder l'usurpateur. Six livres de chair emmaillotées et impotentes ! Il frissonna en songeant que lui aussi était passé par ce stade. Hortense demandait qu'on lui confiât l'enfant. Il eut alors l'envie de partir.

— Revenez vite, le pria-t-elle avant qu'il ne s'éloignât.

Gabrielle l'avait raccompagné jusqu'au perron.

— Faisons ensemble quelques pas, proposa-t-il. Vous êtes trop confinée.

Elle jeta un coup d'œil vers la véranda où se tenait d'habitude Étienne. Son fauteuil était vide : il faisait sûrement la sieste. Ramenant son châle autour de ses épaules, elle suivit Julien jusqu'à l'étang.

— La période est difficile, mais ne vous laissez pas accaparer par les uns et les autres. Préservez-vous, c'est important.

Ces paroles délivrèrent Gabrielle. Retenant avec peine son exaspération, elle reconnut :

— Si vous saviez comme j'ai parfois envie de m'enfuir en courant ! Je souffre de ne pas être dans mon atelier avec mes affaires, je souffre de n'être jamais seule, je souffre de voir ma relation avec Étienne se dégrader avant même que nous ayons pu la construire. Ce n'est rien en comparaison de ce que d'autres endurent... Mais je ne suis pas une sainte, non, vraiment pas !

Du pied, elle lança un caillou au loin. En essayant de se tempérer, elle ajouta :

— Nous allons à la catastrophe, lui et moi. En l'ayant soigné, je suis liée à une maladie qu'il a besoin d'oublier. Il lui faut du neuf, Julien, du neuf et du surprenant.

Avec un geste d'impuissance, elle demanda :

— En quoi le surprendrais-je ?

— C'est à vous de le savoir, répliqua Julien avec douceur.

— Vous avez raison ! Pour l'instant il faut parer au plus pressé, continuer de veiller sur lui et aider Hortense. À ce propos, pourriez-vous demander à Constant, qui connaît tout le monde dans le village, de nous engager une jeune fille pour seconder la nourrice ? Une repasseuse...

— Comptez sur moi, répliqua-t-il machinalement.

Il se reprit :

— En fait, ce ne sera pas nécessaire de déranger Constant. J'ai quelqu'un pour vous.

— Ah oui ?

— La jeune femme que j'ai aidée à sortir de Paris. Évangéline. Elle cherche du travail.

37

Au cours de la nuit du 21 au 22 mai, le bruit se répandit que les troupes versaillaises avaient forcé l'enceinte et qu'elles occupaient certains points de la capitale.

— Ce n'est pas trop tôt, s'exclama Flora qui venait d'apprendre la nouvelle par sa camériste.

Elle saisit une tasse de thé, but une gorgée, se brûla, puis ajouta :

— Qu'on les fusille, tous ces salopards ! Ce n'est pas moi qui pleurerai sur leur sort !

Au moment où elle atteignait la gloire, les Prussiens avaient déferlé. Elle pensait s'en tirer à bon compte quand ces misérables fédérés s'étaient attaqués à ses biens. Ils avaient réquisitionné son appartement de la Plaine Monceau. Une bouffée de haine l'envahissait lorsqu'elle les imaginait foulant de leurs godillots crottés ses tapis persans. Une odeur de rance et de méchante cuisine devait imprégner les tentures… Peut-être avaient-ils fait du feu avec les meubles que lui avait offerts Mendoza. Il avait su filer, celui-là !

En dépit de ses promesses, elle n'était pas sûre qu'il revienne un jour… Que payait-elle, Jésus, pour accumuler tant de malchance ? Se retrouver dans un deux-pièces que lui avait sous-loué sa modiste tenait du mauvais vaudeville. Heureusement, elle possédait encore ses bijoux. Ils étaient là, sous son matelas. Elle priait aussi pour que le chalet d'Enghien n'eût pas été détruit. Quelques-unes de ses consœurs, les grandes horizontales, avaient tenté de sauver leur mise et de s'acheter une conduite en jouant les infirmières et en transformant leur logis en ambulance. Elles n'avaient récolté que la désapprobation générale. Mieux valait faire le gros dos et garder son énergie pour des heures plus favorables !

Flora s'étira, se leva et, nue, s'approcha de la fenêtre. La rue était calme.

— Aide-moi à m'habiller. J'ai l'intention de sortir.

— Sortir ! Cela pourrait être dangereux !

— Je préfère le danger à l'ennui.

Les quartiers de la Madeleine et de la Bourse essuyaient un déluge d'obus. Les insurgés, aux abois, avaient édifié des ébauches de barricades sur les boulevards, mais ils savaient leur combat perdu. Sentant s'approcher la délivrance, des bourgeois les insultaient de leur balcon. Flora vociférait avec eux, menaçant du poing les gardes nationaux qui, dans la débâcle, avaient dû quitter leurs postes.

— On vous aura, charognes !

Sourds aux injures, ils attendaient des ordres, en vain.

À l'ambulance des Champs-Élysées pour laquelle ils travaillaient depuis plusieurs semaines, Héloïse et Frédéric soignaient les malades en plein air. Il n'y avait plus de place sous les tentes. L'un et l'autre avaient oublié ce que dormir signifiait. Avec une sensation d'impuissance face à l'horreur qui les cernait, ils luttaient contre les hémorragies, les gangrènes…

— Nous nous démenons pour les sauver… Mais je ne donne pas cher de leur peau si l'armée régulière s'empare de Paris.

— Taisez-vous, le supplia Héloïse. N'en avons-nous pas assez vu et supporté ?

Rien ne leur fut, pourtant, épargné. Le soir même, les Tuileries flambèrent. Vêtus de pantalons et de blouses de toile grise, coiffés d'un képi ou d'un bonnet de matelot, les incendiaires que la Commune avaient baptisés « Compagnie des fuséens » se glissèrent autour du palais afin d'y mettre le feu. À ce forfait, ils ajoutèrent les lendemain et surlendemain la bibliothèque du Louvre, l'Hôtel de Ville d'où certains bandits ne parvinrent pas à sortir, le théâtre de la Porte-Saint-Martin et le ministère des Finances que les pompiers ne purent sauver car les conduites d'eau avaient été délibérément coupées.

Héloïse, qui avait soigné des blessés de tous partis, pleura sur ceux que l'on avait manipulés et bernés en profitant de leur misère et en leur promettant monts et merveilles. Ils gisaient sous ses yeux, leurs mains encore noires de poudre, à peine conscients de ce qui les entourait. Une femme en haillons suppliait que l'on n'amputât pas son mari.

— Il doit encore travailler ! Pensez donc, on a quatre bouches à nourrir.

Ce spectacle se répétait au fil des travées où, sur des grabats, se tordaient et gémissaient des hommes en pleine force de l'âge. Un aumônier passait, sachant qu'il ne pourrait suffire à la demande. Des enfants au visage crasseux regardaient, apeurés et silencieux, la mort lente, celle qui n'en finissait pas de laisser souffrir ses otages.

Héloïse avait perdu l'habitude de réfléchir. Avec des gestes mécaniques, elle nettoyait, pansait, donnait à boire, fermait des paupières, parlait aux familles. Combien de fois ses proches l'avaient-ils accusée de se dévouer pour la racaille ! Jusqu'à présent, elle s'était contentée de hausser les épaules, mais aujourd'hui elle se sentait ébranlée dans ses convictions. La sauvagerie, le vandalisme qui avaient gouverné les actions de la Commune lui paraissaient impardonnables.

Sans la moindre interruption, les brancardiers amenaient de nouveaux blessés, de nouveaux brûlés. Parmi ceux-ci, elle s'étonna de n'avoir pas encore aperçu Frédéric.

— Frédéric ? répondit à sa question un garçon au visage rubicond. Je l'ai croisé il y a environ une heure du côté de la Concorde. Ça tapait tellement que l'on n'arrivait pas à ramasser ceux qui s'étaient fait avoir.

Les yeux et la gorge piqués par une âcre odeur de poudre, de pétrole, de fumée et de produits chimiques, Frédéric attendait à l'abri d'une porte cochère que le combat cessât. Malgré les assauts répétés de l'armée versaillaise, un groupe de fédérés ne cédait pas. Deux d'entre eux avaient eu la tête éclatée par les tirs adverses ; d'autres se convulsaient au pied de la barricade qu'ils défendaient. Les balles sifflaient dans tous les sens, suivies de jurons et de fracas de verre brisé. Derrière Frédéric, quelqu'un pleurait. Réfugiée sous la voûte, une petite fille tremblait de tous ses membres.

— Que fais-tu là ? lui demanda-t-il après l'avoir rejointe.

— Mon frère m'a dit de ne pas bouger d'ici pendant qu'il se battait.

— Ton frère… Où sont tes parents ?

— Mon père, il a été tué… Et ma mère, on l'a mise en prison.

Ce n'était pas la première fois que Frédéric affrontait ce genre de situation. Plût à Dieu que le frère ne fût pas l'un des cadavres ! À chaque explosion d'obus, la petite sursautait.

— Je ne peux plus les entendre, sanglotait-elle, je ne peux plus.

Et elle se bouchait les oreilles.

Des troupes arrivèrent en renfort. La fusillade s'intensifia. Il y eut des ordres de repli chez les insurgés. Frédéric perçut un bruit de course. Des coups de feu crépitèrent, puis le silence s'installa. Sortant de son abri, il rejoignit son coéquipier et la compagnie de brancardiers qui débouchait d'une rue perpendiculaire. Bientôt s'effectua le tri des corps, dont aucun n'excédait quinze ans.

— C'est lui, dit l'enfant en désignant du doigt un garçonnet.

De sa casquette, il essuyait sa main maculée de sang.

— Montre, lui ordonna Frédéric.

La blessure était superficielle.

— Suis-nous.

— Où ça ? répliqua le gamin sur un ton rogue.

— À l'ambulance.

Piétinant du verre, butant contre des pierres et des briques, ils se dirigèrent vers les Champs-Élysées. Le canon continuait de tonner. L'air était saturé de cendres… La désolation s'étendait : cohortes de prisonniers emmenés jusqu'au lieu où ils seraient fusillés, processions de femmes « en cheveux » et à la mise débraillée, les madones de la Commune… Face à tant d'espérances bafouées, Frédéric avait honte de n'avoir jamais eu à lutter pour vivre décemment. Alphabétisé, nourri, policé, il se mouvait dans un monde où les acquis de sa famille lui servaient d'introduction. De souche française, celle-ci avait bâti une solide fortune au Canada. L'argent n'était-il pas devenu le dieu devant lequel la société se prosternait ? Ses illusions sur la nature humaine s'envolaient les unes après les autres, cédant la place à une lassitude dont rien ne venait à bout, pas même la sollicitude d'Héloïse.

Avoir travaillé côte à côte les avait rapprochés. Il avait même fini par remarquer qu'elle était jolie avec son visage de chérubin et sa lourde chevelure blond cendré. Ce fut vers elle qu'il se dirigea dès qu'il pénétra dans l'ambulance. Il remarqua que, à force de se pencher sur les malades, elle marchait les épaules courbées. Une vague de compassion l'envahit pour cette petite personne obstinée, qui avait bravé l'opinion de son entourage afin de mener à bien sa mission. En vain lui avait-on reproché de n'avoir pas suivi sa famille à Versailles ! Rien n'avait entamé ses convictions, ni les menaces ni les chantages. Elle logeait chez les sœurs dominicaines par souci des apparences, car elle avait pris l'habitude de dormir dans un réduit réservé aux infirmières.

— Je m'inquiétais, avoua-t-elle à Frédéric.

Il lui raconta ce qu'il avait vécu et lui montra ses protégés.

— Qui pourrait s'en occuper ? Le gamin a besoin d'être pansé. Mais ensuite… où les abriter ?

— Chez vous, Frédéric. Je ne vois pas d'autre solution. Vos serviteurs ne sont pas des délateurs. Ils garderont le secret.

— Et après ?

— Il sera temps de voir.

Le soir même, Frédéric installa les dénommés Vincent et Rosalie dans la lingerie de son appartement. Si la petite semblait contente d'avoir trouvé un gîte, il n'en était pas de même pour l'aîné qui souhaitait reprendre la lutte. Au bout d'une longue conversation, Frédéric parvint à lui faire entendre raison.

— Vous n'avez plus aucune chance de vous en sortir, toi et tes camarades… Tous ceux qui seront pris les armes à la main seront éliminés. Le nettoyage a déjà commencé. Alors, cesse de vouloir jouer les héros et garde tes forces pour d'autres combats.

La liquidation des rebelles fut massive et brutale. Fournée après fournée, on les amenait devant les pelotons d'exécution. Le centre de Paris n'était plus qu'un tas de ruines fumantes. Par miracle, Notre-Dame ainsi que le Louvre et ses trésors avaient été épargnés. Les Versaillais contrôlaient entièrement la ville. La guerre civile avait pris fin et le général de Mac-Mahon était chargé de la pacification. Sur les façades des immeubles flottaient les drapeaux tricolores. Bientôt, on se promena afin de jauger les dégâts. La rue de Rivoli était engloutie sous les décombres, de même que la gare de Lyon, les Magasins Réunis et le Château d'eau. Autour du pont d'Austerlitz, on ne comptait plus les maisons détruites. Le Jardin des plantes avait échappé à l'incendie. Ce n'était pas le cas de la manufacture des Gobelins dont une grande partie était endommagée.

Dès que le calme fut rétabli et que l'on eut le droit de passer les fortifications, les Parisiens qui avaient fui rentrèrent, pressés de récupérer leurs biens.

— Je vous quitte, annonça Julien à Hortense alors qu'elle se reposait dans une méridienne en osier.

Étienne qui avait entendu cette déclaration s'interposa :

— Tu rentres à Paris ?

— Oui.

— Emmène-moi.

Gabrielle pâlit. Le moment était arrivé où leurs chemins bifurquaient. Elle croisa le regard de son amant. Sans quêter son assentiment, il tentait de lui faire comprendre qu'il n'avait pas le choix. Avant de monter dans sa chambre afin d'y préparer son bagage, il posa brièvement sa main sur la sienne.

Elle demeura auprès de Julien et d'Hortense qui relataient les derniers événements. L'un et l'autre semblaient tendus. Le ton de sa cousine parut à Gabrielle légèrement tremblant quand elle annonça :

— Dès que mon médecin m'y autorisera, je rentrerai rue La Bruyère.

— D'autant que Louis devrait être bientôt libéré. Les Prussiens quittent notre territoire et les prisonniers reviennent avec régularité.

— Oui, répondit-elle, songeuse. Ma belle-mère et Élisa ne vont pas tarder, elles non plus. Les parents de Gabrielle, qui se sont décidés à quitter leur refuge de Trouville, les ramèneront du Havre dès que leur bateau aura accosté.

Elle soupira.

— Ma fille a dû changer ! Cela fait si longtemps !

Et, se tournant vers Julien :

— Vous risquez d'être étonné en la voyant.

— Je ne verrai pas Élisa avant des mois.

Comme elle le regardait avec étonnement, il précisa :

— Vous n'avez pas prêté attention à mes propos. À plusieurs reprises, j'ai répété que je partirais pour l'Amérique dès que les frontières seraient rouvertes.

— Je croyais que…

— Que je parlais en l'air ?

— J'essayais de m'en persuader.

Témoin d'un dialogue qui lui inspirait une certaine gêne, Gabrielle préféra s'éclipser.

Elle atteignait le palier du premier étage quand lui parvint une conversation.

— Je ne peux rien vous promettre, disait Étienne. Pour l'instant je ne suis pas sûr de vouloir me remettre à lapeinture.

— Et vos amis, ils n'auraient pas besoin d'un modèle ? Ce M. Renoir qui vous a rendu visite, par exemple ?

— Il faudrait que vous lui posiez la question.

— Moi… Oh… je n'oserai jamais !

— Vous avez pourtant osé me la poser…

— Ce n'est pas pareil. Vous, je vous vois tous les jours… Et vous paraissez gentil… Remarquez… M. Renoir aussi.

La voix féminine poursuivait sur un ton pressant :

— Aidez-moi, je vous en prie. Je n'ai plus de mari et mon petit est chez une nourrice qui me prend toute la paie que me donne Mme Duplessis. D'ailleurs, qui sait si elle me gardera à son service et m'emmènera à Paris pour m'occuper du linge de son bébé… Alors, qu'est-ce que je vais devenir ? Je vous en supplie, insista-t-elle, aidez-moi à devenir modèle. Il paraît que c'est un métier qui rapporte.

— Vous me trouverez au Café Guerbois, avenue des Batignolles. J'y suis souvent en fin d'après-midi.

Gabrielle décida de se montrer. À quelques pas d'Étienne, une jeune femme tourbillonnait sur elle-même pour mieux faire admirer ses attributs. C'était Évangéline, la nouvelle repasseuse, qu'Hortense avait engagée sur les conseils de Julien. Chaque fois qu'elle la croisait, Gabrielle éprouvait une bouffée d'antipathie, pire elle la sentait dangereuse. En la découvrant, Évangéline s'arrêta net. S'emparant de la pile de linge posée à ses pieds, elle s'éloigna d'un pas rapide.

— Gabrielle, murmura Étienne, j'ai l'impression de m'enfuir comme un malfaiteur. Mais j'ai besoin de retrouver mon univers, j'ai besoin de voir clair…

Au rez-de-chaussée, une porte claqua, sans doute poussée par un courant d'air. Gabrielle sursauta plus que de raison. Ses nerfs avaient faibli, ces derniers temps. Ballottée entre le désespoir que lui causait le départ d'Étienne et le soulagement momentané qui pourrait en résulter, elle essaya de retenir des questions qui n'auraient servi à rien.

— M'en veux-tu beaucoup ? lui demanda-t-il.

— Pour t'en vouloir, il faudrait que je ne te comprenne plus.

C'était la première fois depuis sa maladie qu'il la serrait entre ses bras. Spontanément, elle posa sa joue contre la poitrine de cet homme qu'elle aimait au point de s'effacer afin qu'il renoue avec lui-même et son art… Quoi qu'il affirmât, elle savait qu'il n'avait pas encore accédé à ce que serait sa véritable peinture. L'épreuve qu'il traversait avait aiguisé sa perception. De son isolement forcé, il risquait de sortir plus riche en connaissances et plus humain.

Elle plongea son regard dans le sien. Tenait-il à elle ainsi qu'il l'affirmait ? Sans nul doute, mais c'était un luxe qu'il ne devait pas se permettre, un luxe et une entrave ! Pour avoir toujours privilégié la difficulté, elle était payée de retour. Toutefois… aurait-elle échangé leur histoire contre une autre ? Le hasard n'existait pas, encore moins lorsqu'il s'agissait de rencontres. Étienne n'en avait pas fini avec elle comme elle n'en avait pas fini avec lui, même si le chemin pour se rejoindre se révélait escarpé.

Il se recula et elle sentit qu'il ne fallait pas prolonger l'aparté.

— Ta malle est-elle prête ?

— Oui. Justin l'a descendue.

Hortense et Julien parlaient à mi-voix quand ils les rejoignirent dans le salon. Un voile de tristesse s'étendait sur une journée que la paix aurait dû rendre sereine.

— Attendez que Louis soit de retour pour quitter Paris, insista la jeune femme alors que son hôte s'inclinait pour prendre congé.

— J'essaierai... En tous les cas, je vous promets de veiller avant d'embarquer à ce que votre maison soit en état de vous accueillir.

Il aurait accompli son devoir jusqu'au bout ! Hortense frissonna en songeant que ce sens des responsabilités constituait peut-être la seule explication à ses fréquentes visites. Puis elle eut peur des sentiments qu'elle éprouvait pour celui qui ne devait pas outrepasser le rôle d'ami. Elle eut honte de se rendre compte qu'elle souffrait déjà de son absence. Cette guerre l'avait rendue folle. C'était à Louis qu'elle devait consacrer ses pensées, Louis qui lui avait donné deux enfants. Avec l'énergie qui lui restait, elle se raccrochait à cette image. Julien parlait à Gabrielle. Leur conversation résonnait étrangement aux oreilles d'Hortense. Un brouillard l'enveloppa...

— Respire, répétait Gabrielle en maintenant sous ses narines un flacon de sels.

— Que s'est-il passé ?

— Un petit malaise, expliqua Julien qui prenait son pouls.

La tête rejetée sur les coussins, Hortense ne cherchait pas à lutter contre une faiblesse qui obligerait le voyageur à retarder son départ.

— Vous sentez-vous mieux ?

— Combien de fois nous sommes-nous dit au revoir depuis l'été dernier ? demanda-t-elle en ignorant sa question.

— Vous me prenez au dépourvu…

— Contrairement à vous, je me souviens de chacune de nos rencontres… de chacune de nos séparations.

— Vous me jugez bien vite et bien mal !

— Pensez-vous réellement ce que vous venez de dire ?

— Non, se défendit-il en souriant.

— Julien… Je ne sais comment vous remercier pour votre soutien.

— Taisez-vous.

Sans oser le regarder, elle ajouta :

— Vous m'avez donné beaucoup de joie dans ces moments difficiles.

À son tour, il se sentit chaviré.

— Surtout ne changez pas… Restez telle que vous êtes…

Regrettant d'avoir prononcé ces mots, il recula.

— Es-tu prêt, Étienne ?

— Oui.

Gabrielle s'interposa pour demander au peintre :

— Souhaites-tu reprendre les toiles que j'ai mises à l'abri dans ma cave ?

— Rien ne presse. Nous verrons à mon retour.

— Non, interrompit Julien. Si notre accord existe toujours, j'aimerais en emporter quelques-unes à Boston.

Boston ! Hortense détestait cette ville, tout comme elle détestait l'Amérique, la vie que Julien y mènerait et dont elle serait exclue. Il n'avait pas dit combien de temps il demeurerait éloigné. Le savait-il seulement ?

Gabrielle rédigea une lettre pour que son concierge rendît à Étienne ce qui lui appartenait. D'autres détails matériels furent réglés… Puis Hortense se retrouva seule avec sa cousine. Dehors, l'angélus sonnait.

— Il commence à pleuvoir, murmura Gabrielle, le front collé au carreau de la fenêtre.

38

Comme la plupart des Parisiens, Étienne reprit ses habitudes. Monter les étages jusqu'à son atelier l'essoufflait, le soleil de l'été tapait sur la verrière, mais il était chez lui sans souci de rituels et d'horaires. Rien ne valait la liberté ! Contre les toiles qu'il avait retenues, Julien lui avait donné une somme d'argent qui lui permettrait de vivre pendant deux ou trois mois, le temps de recouvrer ses forces… En revoyant son travail d'antan, le peintre prit conscience de son propre changement. La joliesse, l'harmonie, les paysages gorgés de lumière, la joie dans les regards ne l'intéressaient plus. Il voulait plonger au plus profond de ses contradictions pour capter la misère de l'humain, sa couardise et son orgueil, sa folie de conquête et sa propension à détruire.

Plusieurs journées s'écoulèrent au cours desquelles il arpenta les rues en déplorant les dégâts. La tristesse l'envahissait face à tant de sauvagerie.

— Il nous reste au moins le Louvre et nos maîtres, remarqua Chevigny, revenu de la côte méditerranéenne où il s'était réfugié pendant la guerre civile. Imagine ce que nous serions devenus si les tableaux que nous vénérons avaient disparu…

Au Café Guerbois, le groupe se reforma.

Affecté par la destruction de son atelier, Manet venait entre deux séjours à Boulogne-sur-Mer. Il se plaignait de l'absence de son fidèle ami Duret qui avait abrité ses toiles et soutenu financièrement Renoir.

— Je ne partage pas toutes ses idées... Mais la répression des Versaillais est inacceptable. Quand je pense que l'on voulait le fusiller !

Maire adjoint du IXe arrondissement pendant la Commune, Duret avait par miracle quitté la France. On le disait en Angleterre où Pissarro l'aurait pris sous sa protection. Courbet avait eu moins de chance ! Traduit devant le Conseil de guerre, emprisonné, il était accusé d'avoir participé à la destruction de la colonne Vendôme. D'autres n'étaient pas sortis indemnes de cette période troublée. Degas souffrait des yeux, Chevigny avait été blessé à l'épaule. Pour tous, l'avenir demeurait une interrogation. Le pays était exsangue, des fortunes s'étaient écroulées.

— Qui en a à foutre de notre peinture ? clamait Chevigny à son entourage.

— Pas grand monde, renchérissait Manet.

— Où trouverons-nous nos mécènes ?

— Ils seront remplacés par des marchands comme ce Durand-Ruel dont Pissarro vante les qualités dans ses lettres. Coblence semble, lui aussi, entreprenant. Je ne suis pas certain qu'il imposera Carlier aux Américains, mais il aura tenté l'aventure !

Julien s'était embarqué pour le Nouveau Monde. Après une dernière soirée auprès de Malvina, il avait quitté son domicile sans donner à quiconque une date de retour.

Quand le navire s'éloigna des côtes, il sentit ses nerfs se détendre. Une distance entre son passé et lui-même serait bénéfique. Elle l'aiderait à reprendre ses esprits et il rendrait à Hortense la place qu'elle ne devait plus outrepasser. Hélas, l'image proscrite venait trop souvent le hanter. La précision avec laquelle il se souvenait de tout ce qui concernait la jeune femme le surprenait. Était-ce l'amour, cette mémoire des mille riens ? Pour la première fois depuis la disparition d'Elsie, il écrivit ce qu'il éprouvait. Les rimes se formèrent et le poème prit consistance. La nuit était presque tombée quand il revint à la réalité. En se relisant, il eut l'impression que les vers avaient été tracés par un autre, un familier qui aurait connu son tourment. Ébranlé par cette découverte, il rangea les feuillets. L'heure était venue de se changer pour le dîner, ce qu'il accomplit en sifflotant.

Gabrielle ne touchait pas ses pinceaux. N'avoir reçu aucune nouvelle d'Étienne signifiait qu'il souhaitait couper les ponts… Des nuits sans sommeil se succédaient où, allant et venant à travers sa chambre, elle se retenait pour ne pas hurler sa douleur. On lui avait arraché le cœur, on lui avait pris l'essence même de sa vie… Pourtant, elle tentait de trouver des excuses à son amant.

— Cesse de te préoccuper de lui et pense à toi, lui ordonna Hortense. Regarde ta mine... Tu es cadavérique. Et puis...

Elle répéta les propos que Louis lui avait adressés au début de leur mariage.

— On ne doit pas vivre au travers des autres, encore moins quand on possède des dons que beaucoup t'envieraient... Reprends-toi, Gabrielle ! Tu n'es pas allée aussi loin dans ta démarche pour t'arrêter.

En même temps qu'elle s'adressait à sa cousine, elle se parlait à elle-même. Jusqu'au dernier moment, elle avait cru que Julien attendrait le retour de Louis. Lorsqu'elle apprit qu'il s'était embarqué, elle s'était réfugiée auprès de Constant Delteil.

— Cette période nous a tous troublés, mon amie, et il devient nécessaire de faire la part des choses. Vous êtes une âme romanesque ; je ne vous en blâme pas. Néanmoins, je dois vous mettre en garde contre les leurres que provoquent l'isolement et la séparation. J'ai assisté à trop de désastres causés par des mirages pour feindre de ne rien voir.

Hortense ne chercha pas à se défendre.

— Vous avez raison, murmura-t-elle, le repos forcé m'a ôté la raison.

L'arrivée d'Élisa lui fut d'un grand secours. Coléreuse, tyrannique, la petite fille menait son monde tambour battant. Si la dame au parfum de fleurs et à la voix mélodieuse qu'on lui demanda d'appeler « maman » l'intimida, ce fut de courte durée. D'autant que, face au nouveau-né qui requérait beaucoup d'attention, il fallait marquer son territoire. Une vie de famille s'instaura, ponctuée d'élans et de tendresse à rattraper. Par les fenêtres ouvertes, on entendait babils et rires d'enfants.

Il ne manquait plus que la présence d'un époux et d'un père. Un matin, un message officiel annonça à Hortense que Louis arriverait avec un convoi de prisonniers, le 1er juillet, au chemin de fer du Nord. Le retour rue La Bruyère fut décidé en hâte. Une partie du personnel se déplacerait : la nourrice d'Emmanuel, la gouvernante d'Élisa ainsi qu'Évangéline dont le travail était satisfaisant…

Hortense ne parvenait pas à vaincre sa nervosité. Rencontrer dans quelques heures un époux avec lequel elle n'avait eu aucun échange depuis dix mois l'inquiétait. Comment le retrouverait-elle après l'humiliation de la défaite et de la captivité ?

Accompagnée de Marthe Duplessis, elle guettait au bout du quai un panache de fumée quand deux femmes commencèrent à s'insulter. Se servant de ses deux bambins comme décorations, la plus âgée ordonnait à une créature aux cheveux de jais de disparaître. Dans un silence stupéfait et consterné, elles égrenèrent leurs griefs.

— Il voulait vous quitter mais avec cette saloperie de guerre…

— Menteuse, on allait acheter une maison…

L'arrivée du convoi mit fin à la dispute. Des visages épuisés apparurent aux portières, puis des silhouettes descendirent des wagons.

Indifférente à la bousculade, Hortense avançait. La gorge serrée par l'appréhension, elle cherchait au milieu des inconnus, dont les corps flottaient dans des vêtements délavés, celui qu'elle avait envie de chérir et de réconforter. Il fut soudain devant elle, à la fois familier et différent. Elle sentit des bras qui l'entouraient, un souffle sur sa joue. Comme une noyée, elle s'accrocha, balbutiant des phrases incompréhensibles. Autour d'eux, le brouhaha s'intensifiait ; rires et pleurs se juxtaposaient, s'entremêlaient. Marthe les avait rejoints. Elle regarda intensément Louis puis se réfugia contre la poitrine de son fils qui, à son tour, la berçait.

— Si nous quittions cette foule ? finit-il par murmurer. J'ai hâte d'être à la maison.

Sur leur passage, des soldats l'interpellaient : un dernier salut, une dernière recommandation...

Dans la calèche, il posa son bissac de toile à ses pieds puis ferma les yeux.

— Dites-moi à qui ressemble Emmanuel, demanda-t-il à sa mère.

— C'est difficile à définir, répliqua la vieille dame.

Le trajet s'effectua sans qu'il s'adressât directement à Hortense. Lorsqu'elle parlait, il l'écoutait, mais ne relançait pas la conversation. Elle mit cette attitude sur le compte de l'émotion. Les lettres qu'elle avait pu lui envoyer l'avaient tenu au courant des événements importants qui les concernaient. Il avait répondu par des missives dont le laconisme trouvait son explication dans la censure.

Élisa accourut à l'arrivée de l'attelage, fixa l'inconnu qui accompagnait sa mère et sa grand-mère, puis tourna le dos. Rien ne la fit revenir.

— Laissons-la s'apprivoiser… En attendant, menez-moi auprès du bébé.

Le petit dormait à poings fermés. Louis le considéra en silence. Hortense vit ses traits s'adoucir… Enfin, elle le retrouva tel qu'elle l'avait connu.

Au cours du dîner, il continua de s'entretenir avec Marthe.

— La malheureuse princesse Mathilde, se lamentait celle-ci, a obtenu de Thiers la permission de résider en France contre la promesse de ne pas se mêler de politique.

Louis écoutait avec politesse ces propos de salon, mais sa pensée voguait vers l'avenir. Paris délivré, l'ordre rétabli par un bain de sang, Thiers continuait de siéger à Versailles où il avait institué une sorte de cour. Tous les partis s'y pressaient, bonapartistes, républicains, légitimistes ou orléanistes, afin d'y pousser leurs candidats. Qu'allait instaurer cette République qui n'avait pas fini de laver sa lamentable soumission à la Prusse ? Demain, il irait constater les destructions et déjà il souffrait du spectacle qu'il devrait affronter. Tant de mois s'étaient écoulés où haïr, tuer étaient devenus des devoirs ! À la dérobée, il observa Hortense. Elle était telle qu'il l'avait laissée, belle, délicate, attentionnée… Pourtant rien ne serait plus comme auparavant. Cette constatation hantait ses nuits quand, avec son bataillon, il attendait d'attaquer l'ennemi.

— Nous nous sommes fait avoir comme des débutants, racontait-il. Entre deux combats, au moment où nous bivouaquions, les Prussiens nous ont pris en tenaille. On s'est battus à la baïonnette. Beaucoup y sont restés…

Hortense frissonnait à mesure qu'elle apprenait les détails de sa campagne. Des actes de bravoure dont on l'avait félicité, il ne dit rien car il n'en tirait aucune fierté. À plusieurs reprises, il avait sauvé la vie de compagnons, mais cette attitude n'avait rien d'héroïque. D'ailleurs, il ne croyait pas à l'héroïsme. On était lancé, emporté dans des aventures que l'on avait ou non souhaitées… Dans cette mêlée, on agissait du mieux que l'on pouvait. Il se remémorait la difficulté avec laquelle il s'était intégré à son régiment, son recul face à la promiscuité, la bêtise des uns, la vantardise des autres, l'échappatoire que représentait cette guerre pour certains, le besoin d'en « découdre » du plus grand nombre… Tout semblait si loin, à présent que, lavé, rasé de frais et habillé de vêtements civils, il prenait un repas correct. Agitée par Hortense, la clochette d'argent tintait. Les mets se succédaient dans des plats de fine porcelaine. L'argenterie étincelait. Il avait l'impression de rêver.

Dès que Marthe les eut quittés, il se dirigea vers la bibliothèque, pressé de retrouver ses livres, de les toucher, de les feuilleter. L'odeur familière du cuir et de l'encaustique l'accueillit. Chaque objet occupait sa place habituelle. Du doigt, il fit tourner sa mappemonde jusqu'à ce qu'un froissement de tissu attirât son attention. Hortense l'avait suivi.

— Que se passe-t-il, Louis ? demanda-t-elle sans détour. J'ai l'impression que vous n'êtes pas heureux de me revoir ?

— Comment ne serais-je pas heureux de vous revoir vivante et en bonne santé ? Mais puisque vous désirez la vérité, je vous en veux de ne pas avoir tenu votre parole.

— Quelle parole ?

— Celle de vous rendre à Londres.

— Mais…

— Vous m'aviez promis de veiller sur Élisa.

Hortense soupira. Comment lui faire comprendre qu'elle n'avait pas voulu s'éloigner de lui ? Muré dans sa réprobation, il ressemblait à un juge.

— Essayez de me comprendre, insista-t-elle.

Aucune justification ne parvint à le fléchir. Décontenancée, elle ne savait qu'ajouter lorsqu'il déclara sur un ton sans réplique :

— Je ne pourrai plus jamais vous faire confiance.

— Vous rendez-vous compte de ce que vous me dites là ?

— J'en suis pleinement conscient.

Tant d'injustice la fit pâlir. Puis elle décida de passer outre à ses remontrances. La guerre les avait l'un et l'autre malmenés. Louis était fatigué. Il avait besoin de renouer avec ses habitudes. De toutes ses forces, elle essaya de se persuader qu'il s'agissait là d'un malentendu.

— Je ne chercherai plus à me défendre, murmura-t-elle avant de gagner le corridor. J'espère seulement que vous réviserez votre opinion.

Les jours suivants, il se montra courtois mais évita les tête-à-tête. Élisa accaparait son attention. Il passait de longs moments à bavarder avec elle, à lui apprendre à dessiner des animaux, des fleurs... Hortense avait la sensation qu'il reportait sur sa fille la tendresse qu'il avait décidé de ne plus donner à son épouse. Le reste du temps, il demeurait enfermé. Sans doute réfléchissait-il au tour que devrait prendre son existence.

— Il lit beaucoup, confia Hortense à Gabrielle. Mais il me tient à l'écart de ses réflexions.

Avec un geste d'impuissance, elle ajouta :

— Je ne sais comment l'approcher. Il m'intimide.

— Sois patiente ! Il est impossible que votre complicité se soit envolée.

Gabrielle rangeait son atelier quand sa cousine était arrivée. Tout en parlant, elle continuait à classer des toiles. Parmi celles-ci, Hortense découvrit le portrait de Julien et cette vision fit battre son cœur. Face à son regard aigu, elle se sentait démunie, devinée. Malgré son absence, elle subissait son pouvoir. Il était là, tel que Gabrielle avait su le restituer, avec son mystère, son désenchantement, sa sensibilité. Oui, il était là, rêveur, passionné, sceptique, lucide et, quoi qu'il s'en défendît, idéaliste. Dans son habit chatoyant, un faucon sur le poing, il incarnait ces princes lointains auxquels Gabrielle avait choisi de l'apparenter. Se souvenait-il encore de leur connivence ? Hortense en doutait, mais ne doutait-elle pas de tout ce qui la touchait de près ou de loin ?

Gabrielle termina sa tâche. Après-demain, elle suivrait Héloïse en Bretagne, où les parents de celle-ci l'avaient invitée. Elle avait hésité avant de prendre cette décision ; mais la présence de son amie et la proximité de la mer l'avaient fléchie. Là-bas, personne ne lui volerait le peu de vitalité qui lui restait. Elle jouirait du silence et du calme nécessaires à un travail qu'elle ne savait plus recréer entre ces murs.

39

GABRIELLE ÉCRIVIT À ÉTIENNE afin de l'informer qu'elle quittait Paris, mais elle s'arrangea pour que la lettre lui parvînt après son départ. En lisant les quelques lignes amicales et laconiques, il se sentit misérable d'avoir évité les explications. Jamais il ne rencontrerait une femme possédant sa trempe ! La nostalgie s'installa, alimentée par des souvenirs et des rêves. En temps normal, il aurait empoigné chevalet et boîte de couleurs puis serait parti pour travailler sur le motif, mais la fatigue physique l'empêchait d'agir. Nina de Callias aurait pu le réconforter si sa prise de position en faveur de la Commune ne l'obligeait à se cacher en Suisse. Flora, en revanche, réapparut. Elle frappa à la porte de l'atelier. Après s'être brièvement inquiétée de la santé d'Étienne, elle évoqua sa propre malchance.

— Mon appartement est saccagé. Ils en ont fait une cambuse…

Occupé à suivre le vol d'une mouche, il l'écoutait à peine. Elle s'en plaignit.

— En quoi pourrais-je t'aider, moi qui suis incapable de trouver une solution à mes problèmes ! Et ton protecteur… qu'est-il devenu ?

— Je n'en ai plus de nouvelles depuis qu'il est retourné à ses cactus.

Une bordée d'injures fut dévidée sur l'absent.

— Comment vais-je surnager, gémit-elle, tu veux me le dire ?

— En cherchant un nouveau mécène.

— Les Français sont ruinés…

— Pas tous, ma belle… Il existe encore de bons magots…

— Il ne me reste plus que mon chalet d'Enghien ! Ce n'est pas là-bas que je vais trouver un nouveau Crésus.

Elle continua de soupeser différentes solutions. Puis, comprenant que son interlocuteur ne lui prodiguerait aucun conseil, elle se leva et s'empara de son sac. Comme si l'idée venait juste de lui traverser l'esprit, elle posa sur un ton dégagé la question qui la hantait :

— On m'a raconté que tu étais un ami des Duplessis. Est-ce vrai ?

— Mme Duplessis m'a soigné.

— Et l'époux, tu le connais ?

— Je l'ai rencontré à plusieurs reprises avant la guerre. C'est un homme éclairé, ouvert, probe…

— Ils s'entendent bien ?

— Ils m'ont donné l'impression d'être très unis.

L'évocation des Duplessis fit resurgir à la mémoire du peintre les après-midi ensoleillés de Bougival, la cérémonie du thé sous le grand parasol de toile blanche, les notes de musique qui se perdaient dans les feuillages. Il revoyait la maison où tout avait été créé pour le bonheur des habitants. Il se souvenait des tapis de soie, des meubles baroques et des chandeliers de cristal… Puis l'ombre de Gabrielle se dessina… Gabrielle et ses boutades, ses emportements, Gabrielle et son infinie tendresse. Il sentit la caresse de sa main fraîche, son parfum fleuri, le velouté de sa peau… Durant sa convalescence, il ne l'avait pas touchée : respect de ses hôtes, des convenances… Ou plutôt crainte d'être affaibli face à l'image inébranlable qu'elle offrait… Aucune femme n'était parvenue à l'intéresser depuis qu'il avait repris sa liberté. Il les observait, les appréciait, mais elles ne lui inspiraient aucun désir. Avec Chevigny et La Fleur, il s'était rendu à des réunions où pour quelques sous des modèles se livraient à leur bon vouloir. Une petite brune dont les seins tendaient à craquer un chemisier de pilou l'avait abordé. Il s'était rapidement détourné.

Fin juillet, Étienne se trouvait au Café Guerbois quand une silhouette féminine attira son attention. Jouant des coudes, Évangéline se frayait un passage entre les consommateurs. Il lui fit signe.

— Tu la connais ? s'extasia Chevigny.

— Pas comme tu l'imagines.

— Tant mieux ! On pourra plus vite se placer.

— Elle cherche à poser.

— Je suis son homme.

Chevigny se leva pour accueillir la jeune femme qui séduisait plus par l'expression féline de ses yeux et son sourire gourmand que par ses traits…

— Carlier est un sacré cachottier, se plaignit Chevigny.

— Il ne vous a pas dit que je cherchais du travail ? s'étonna Évangéline.

— Bien sûr que non ! Quand on a mis la main sur un trésor, on n'a pas envie de le partager.

Cachant ses mains gercées par les lessives sous des gants de filoselle, Évangéline s'assit sur la chaise que lui présentait Carlier. L'ayant choisi pour cible, elle décida de piquer son orgueil en se consacrant à Chevigny. Très vite, Étienne montra de l'agacement.

— Allons discuter ailleurs, lui proposa-t-il alors que son ami commandait des boissons au comptoir.

En signe d'acquiescement, elle battit des paupières.

— C'est dur de poser…, l'avertit Étienne en chemin.

— Pas plus que d'accomplir mon travail actuel.

— Tu n'imagines pas la difficulté de rester immobile pendant des heures.

Elle s'arrêta sur le trottoir pour lui souffler au visage :

— Alors, vous m'engagez, oui ou non ?

Pris au dépourvu, Étienne se débattait entre l'envie et la peur de toucher un pinceau. L'alcool absorbé l'aida à sauter le pas et à proposer un prix horaire qu'Évangéline accepta.

— Mais… ton emploi chez Mme Duplessis ?

— Je la quitte. On vient de m'engager comme domestique dans un hôtel…

Elle tut que ce poste de domestique n'était qu'une couverture et que ses occupations ne consisteraient pas à passer le plumeau. Avant la guerre, elle avait appris l'existence, non loin du nouvel Opéra, d'un immeuble de trois étages où l'on recevait des clients. Il fallait partager ses gains avec la maîtresse des lieux. Longtemps, elle avait hésité entre cette solution et la véritable maison close qui garantissait gîte, nourriture et davantage de sécurité. Son besoin de liberté l'avait emporté !

Ils convinrent de se rencontrer le surlendemain...

À l'heure définie, Évangéline frappa à la porte de l'atelier.

Étienne, les manches de sa chemise retroussées au-dessus des coudes, la salua d'un signe de tête. Du doigt, il désigna le portemanteau où elle devait accrocher ses vêtements.

Il installait une toile vierge sur son chevalet quand elle le rejoignit. Son corps était mûr comme un beau fruit. Il détailla les seins trop lourds pour le torse, le ventre renflé, les cuisses musclées par l'exercice. Rien ne sentait l'oisiveté chez cette rousse dont la peau blanche se marquait de rougeurs provoquées par la chaleur.

— Défais tes cheveux, ordonna-t-il.

Levant les bras, elle ôta quelques épingles. Semblables à une coulée d'or, de longues mèches tombèrent sur ses épaules.

Il la prit par la taille pour l'amener jusqu'au socle. Il l'assit, l'accroupit, l'agenouilla, tordant son cou, une jambe, jusqu'à ce qu'il trouvât la pose désirée. S'éloignant de quelques pas, il constata l'effet, rectifia l'angle du genou droit... Enfin satisfait, il commença des croquis sur un calepin. Sans prononcer un mot, il exécuta plusieurs études, traquant un arrondi, la fuite d'une hanche, épousant chaque parcelle de l'inconnue qui sans gêne se livrait à sa vue.

Malgré le soleil qui tapait sur la verrière, Évangéline ne montrait aucun signe de lassitude. En revanche, elle transpirait. Des minutes s'écoulèrent sans qu'aucune parole ne fût échangée. Concentré sur sa toile, Étienne tentait de restituer la nudité de son modèle. Au mépris de ce que souhaitait le public, il avait décidé d'être fidèle à la nature et d'en rendre les qualités autant que les défauts.

Si son crayon ne se déroba pas à sa volonté, il n'en fut plus de même lorsqu'il commença d'étaler les couleurs. Évangéline lui échappait, avec son air de bravade, sa gorge trempée de sueur…

— Accordons-nous une pause, déclara-t-il en reposant sa palette.

Après avoir essuyé ses doigts sur un chiffon, il demanda :

— Tu as soif ?

— C'est pas de refus.

Elle s'était relevée et, bombant le buste, massait ses reins endoloris. Sous les aisselles, il aperçut le duvet fauve. Il s'approcha pour lui donner un verre d'eau et remarqua que sur la nuque des frisons s'étaient accrochés à une chaînette d'argent.

— Attends, ordonna-t-il.

Elle fut bientôt contre lui, chaude, moite… Puis elle s'empara de sa main pour la poser sur son pubis. Alors, il décida de lui laisser l'initiative. Elle se retourna et, d'un geste sec, ouvrit sa chemise après en avoir déchiré les boutons.

Qui lui avait enseigné à provoquer de tels frissons? Pris dans un tourbillon, Étienne perdit toute notion d'identité.

Si rouée qu'elle fût, il sut qu'elle avait éprouvé un plaisir aussi fort que le sien quand, épuisé, il roula sur le côté. D'un commun accord, elle s'installa pour la nuit.

— Tu veux me tuer, gémit-il alors qu'à l'aube elle le réveillait avec de nouvelles caresses.

Lorsqu'elle dut le quitter, il lui fit promettre de revenir.

Étienne avait beau recommencer, obliger Évangéline à changer de pose, rien n'y faisait. L'idée qu'il était fini s'imposa et sa consommation de vin augmenta. Lorsqu'il était seul, il buvait et dormait.

Au fil de l'été, l'argent s'amenuisa. Chevigny le mit en garde, mais Étienne n'écoutait plus personne.

— On a l'impression qu'il cherche à se punir, avoua le garçon à Gabrielle qui avait regagné Paris. Il ne travaille plus. Je suis inquiet.

Ils s'étaient rencontrés devant l'entrée du Louvre où tous les deux avaient repris leurs copies. Ce rappel détruisit les bonnes résolutions de Gabrielle. Même si elle n'attendait plus rien d'Étienne, elle ne se résolvait pas à le laisser sombrer. Trop de liens les unissaient, ils avaient partagé une trop forte complicité pour qu'elle continuât à se protéger du mal qu'il lui faisait. Écourtant la conversation avec Chevigny, elle regagna son domicile. Après avoir cherché les termes qui convenaient, elle rédigea une longue lettre qu'elle décida de déposer elle-même.

Avec moins d'allégresse que les fois précédentes, elle gravit les escaliers. Des enfants s'envoyaient un ballon d'un étage à l'autre. Son seau à la main, un vieil homme se plaqua contre le mur pour la laisser passer.

Elle glissait le pli sous la porte quand une toux la fit tressaillir. Sans réfléchir, elle frappa. Des pas se rapprochèrent. Le vantail s'entrouvrit sur Évangéline en chemise qui, passé l'étonnement, la fixa avec une joie mauvaise.

— Étienne, on te demande, lança-t-elle en s'écartant.

Avant de tourner les talons, Gabrielle eut le temps d'apercevoir Étienne torse nu, à demi étendu sur son matelas. Dans un sursaut d'orgueil, elle revint sur ses pas afin de reprendre sa missive. Il s'était redressé pour savoir qui s'aventurait jusqu'à son antre et leurs regards se croisèrent. En dépit de son esprit embrumé, Étienne lut un tel mépris dans les yeux de Gabrielle qu'il en demeura figé. La situation était digne des pires vaudevilles.

— Et merde, maugréa-t-il en finissant par se rallonger.

Évangéline déambulait dans la pièce à la recherche de ses vêtements. Il bâilla. Par la verrière, il apercevait le ciel chargé de nuages. Une journée à tirer, et il n'avait plus un sou pour s'offrir la tournée des cafés…

— À tout à l'heure, chuchota Évangéline en mordillant son oreille.

Impossible de trouver le sommeil ! C'était fini, bien fini ! Il attrapa la bouteille de vin qui traînait sous une table et en but au goulot une rasade. Gabrielle l'avait surpris dans sa vérité, sa faiblesse, elle avait enfin compris leur différence ! Il se leva, se dirigea d'une démarche chancelante vers ses habits fripés. Puis il décida de rejoindre des camarades qui lui paieraient un verre. Un parasite… voilà ce qu'il était devenu, mais il s'en foutait !

Si La Fleur ne l'avait plus tard ceinturé, il se serait battu avec un commis qui lui reprochait de parler trop haut. Ensuite, ce fut le trou noir ! Lorsqu'il reprit ses esprits, il était étendu sur le trottoir et son ami lui vidait une carafe d'eau sur la tête. Il se souleva sur un coude. Évangéline allait rentrer. Il rabâchait encore cette phrase en montant les marches de son immeuble.

— Laisse-moi, disait-il à La Fleur. Pas besoin d'un garde-chiourme…

Dès que celui-ci eut disparu, l'angoisse s'installa et suscita une folie de destruction. Inachevé, raté, le nu d'Évangéline le narguait sur le chevalet. À grands coups de poing, il éventra la toile, en brisa le châssis sur sa cuisse. Après avoir lancé à terre sa boîte de couleurs, cassé en deux sa palette, il ouvrit un placard et détruisit un à un les tableaux qui s'y trouvaient : les scènes de boulevard, les patineurs sur le lac du Bois de Boulogne, Nina, les vues de Bougival réalisées au côté de Gabrielle. Animé d'une rage aveugle, il piétina, arracha, lacéra. À l'aide de bouteilles vides, il visait un sein, une fesse… Quand il ne resta plus rien à saccager, il se sentit soulagé… Alors il se laissa tomber sur les genoux et rit à perdre haleine.

40

1872

AU DÉBUT DE L'HIVER, le propriétaire d'Étienne le mit à la porte pour loyers impayés. Jean Chevigny le prit sous sa protection. Il était le seul parmi ses amis à ne pas lui tourner le dos. À la décharge des autres, Étienne était devenu insupportable. N'admettant aucune contradiction, il pérorait devant la bière dont on lui faisait la charité.

Comprenant qu'il n'y avait rien à tirer de cet artiste raté, Évangéline s'éloigna. D'autant que les colères de son amant l'inquiétaient. Combien de fois ne s'étaient-ils pas battus ! Sans le moindre scrupule, elle proposa ses services à La Fleur ainsi qu'à d'autres artistes. Étienne en éprouva de la vexation. L'apathie aidant, il tira un trait sur une histoire dont il avait été l'instrument. Le groupe des Batignolles s'était peu à peu reformé, mais il l'évitait.

— Toutes ces discussions qui ne mènent à rien ! disait-il à Chevigny. Personne ne nous attend ! Contrairement à moi, vous refusez de l'admettre.

— C'est faux, rétorquait son compagnon. Le marchand Durand-Ruel qui, jusqu'à présent, s'intéressait aux maîtres de Barbizon a rencontré, par l'intermédiaire de

Monet et de Pissarro, Sisley et Degas auxquels il a acheté des toiles. Et il vient de découvrir dans l'atelier de Stevens le travail de Manet. Il lui a pris vingt-trois tableaux pour trente-cinq mille francs. Penses-tu toujours que nous perdons notre temps ?

Incapable de supporter la compagnie de Chevigny, Étienne décida de sortir. La rue et son brouhaha l'empêcheraient de réfléchir.

L'air glacial le fit frissonner dans sa houppelande. Sans but, il marcha au milieu des hommes et des femmes qui se hâtaient de retrouver logis et famille. Quelqu'un les attendait, une personne avec laquelle ils partageraient un repas, des projets, des soucis, la fatigue ou la joie. L'ampleur du gâchis dont il était l'unique responsable lui apparut. Instinct de survie ? Un chien famélique lui emboîta le pas et le suivit jusqu'à ce que l'étal d'une triperie l'arrêtât. Les magasins d'alimentation se préparaient à fermer. On tirait des volets, mouchait des lampes. Sur une place, des écoliers en cape bleu marine échangeaient billes et osselets, tandis qu'une chanteuse battait la semelle en poussant une rengaine que personne n'écoutait. Transi, Étienne cherchait un refuge quand la porte d'une église s'ouvrit pour laisser passer un groupe de fidèles.

La nef était plongée dans la pénombre lorsqu'il y pénétra. Il y avait peu de monde et ce calme lui parut précieux. Assis sur une chaise, il examina les fresques et les vitraux. Ce n'était pas des œuvres d'art, mais les contempler lui apportait le repos. Il ne faisait guère plus chaud qu'à l'extérieur, pourtant il demeura à s'imprégner du silence. Dieu ne l'ayant jamais beaucoup préoccupé, prier n'entrait pas dans ses coutumes. Il se moquait même de ceux qui demandaient l'aide du Seigneur quand ils traversaient des passes difficiles. Autour de lui, des paroissiens allaient et venaient, certains disposaient des cierges au pied de la Vierge Marie, tandis que d'autres se dirigeaient vers le confessionnal. Agenouillée, une jeune fille égrenait un chapelet. À observer son visage empreint de ferveur, il se surprit à l'envier. N'espérant rien et encore moins trouver un remède au mal qui le rongeait, il ne s'expliquait pas pourquoi sa pensée s'éclaircissait. Libéré du voile dont il l'avait recouvert, le passé revenait à sa mémoire sans qu'il cherchât à le falsifier. Ses premiers émois de peintre, son périple à travers l'Europe, la quête, le désespoir, la pauvreté et la certitude de ne pas s'être trompé dans son choix, les images se succédaient et il les accueillait avec lucidité. Il se revoyait, petit enfant, quand s'emparant d'écheveaux de laine il s'amusait à les assembler afin de créer des alliances de couleurs. Il se revoyait déambuler dans les musées et, le cœur battant, se nourrir des trésors qu'ils déployaient. La phrase de Delacroix s'imposa : « Quelle misère que la nôtre ! Voir des chefs-d'œuvre dans son esprit, les contempler, les rendre parfaits par les yeux du cerveau et, quand on veut les réaliser sur la toile, les sentir s'évanouir et devenir intraduisibles ! »

Étienne sortit parmi les derniers, au moment où le bedeau annonça la fermeture de l'édifice. Les rues s'étaient vidées de leurs passants. Il s'approchait d'un café quand en sortit une bande de lurons qui braillaient des couplets obscènes. L'évidence de pouvoir en faire partie lui serra la gorge. Il fallait à tout prix couper avec le quotidien qu'il s'était construit, mais de quelle façon ? Ses racines l'appelaient. Il n'aspirait plus qu'à retrouver sa terre natale, la Loire paresseuse et le soleil se couchant sur les blés presque mûrs. Déjà, il respirait l'odeur des bois, sentait sur sa peau l'eau de l'étang dans lequel il avait l'habitude de plonger. Ce n'était pas la saison des moissons, encore moins celle des baignades, mais il savait qu'il partirait, demain, après-demain. Là-bas, il trouverait une réponse à son tourment, là-bas, il découvrirait une nouvelle approche de la peinture.

— Il me faut un œil propre, déclara-t-il à Chevigny après lui avoir annoncé sa décision.

Il ajouta :

— Je ne veux plus satisfaire le goût du public. Je veux casser les normes, privilégier les masses et les débarrasser de leurs ornements, de leurs boursouflures.

Les premiers temps de son séjour en Touraine furent pénibles. Il désirait ne plus boire, mais des mois d'abus l'avaient intoxiqué.

La nuit, il s'éveillait, la bouche sèche, avec une envie de vin si violente qu'il en tremblait jusqu'au matin. Le jour, il refusait d'aller en ville pour n'avoir pas à passer devant le café. Il marchait des heures à travers la campagne, s'enivrant d'espace à défaut d'alcool.

Bien qu'elle ne se doutât de rien, sa mère l'aida. La tendresse qu'elle lui vouait, le bonheur visible qu'elle éprouvait à l'avoir auprès d'elle le revalorisaient. Enfin, il était précieux pour quelqu'un. Il aimait à la regarder déambuler dans la cuisine où mijotaient les mets qu'elle servirait à ses pensionnaires. Sa silhouette cassée révélait une existence consacrée au labeur et au service des autres. Jamais, pourtant, il ne l'avait entendue se plaindre. Face à cette rigueur, aux sacrifices qu'elle avait accomplis pour l'élever, il tentait de se ressaisir !

Dès qu'il en eut la force, il se mit à couper du bois, à nettoyer caves et remises. Le printemps arriva avec la promesse d'une nature colorée. Étienne partit pour Tours et mit au clou la montre de son père afin de s'acheter du matériel. Avant d'accomplir ce geste, il avait battu la campagne, s'était arrêté dans des hameaux, en avait observé les maisons, cherchant l'angle parfait… Assis dans l'herbe, il avait contemplé la course des nuages, suivi la fuite des arbres le long du fleuve. Il s'était grisé de l'odeur du limon, avait voyagé avec les oiseaux et, surtout, il avait étudié avec passion les hommes et les femmes aux champs. On restituait ce que l'on connaissait ! On restituait si l'on s'identifiait… Sa période d'inactivité lui avait enseigné que, quoi que l'on fît, l'être ou la chose auxquels on était destiné ne se laissait pas oublier. Il avait beau l'avoir répudiée, la peinture ne le laisserait plus s'échapper. Lorsque, sans complaisance, il examina sa première toile, il se réjouit de ces retrouvailles. Il travaillait comme un forcené, maudissant ses limites et les heures qui filaient. Ses yeux, ses bras, ses mains ne pouvaient s'emparer de la campagne qui l'appelait. Soûlé de vent, gorgé de lumière, il rentrait au crépuscule et, le dîner terminé, dormait d'un sommeil exempt de mauvais rêves.

Quand il se sentit capable d'affronter Paris et les critiques de son entourage, il plia bagage.

— Quelle mine ! s'exclama Chevigny en le découvrant sur le seuil de son atelier.

Sourire aux lèvres, Étienne déposa à ses pieds son carton à dessin et le baluchon qui contenait ses effets.

— Tu n'y croyais plus, n'est-ce pas ?

— C'est vrai, admit Chevigny.

Sans tarder, il se pencha sur l'ouvrage d'Étienne. L'évolution était évidente. La vie s'imposait dans son bouillonnement. Sans doute avait-il été nécessaire de souffrir et de renaître pour en percevoir la beauté.

Ils conversèrent la nuit entière. Étienne demanda des nouvelles des uns et des autres. Monet s'était installé à Argenteuil, Renoir lui rendait de fréquentes visites. Degas séjournait à La Nouvelle-Orléans. Quant à Cézanne, revenu de son Midi, il profitait à Pontoise de l'enseignement de Pissarro.

— J'ai décidé de les rejoindre. On me loue deux pièces à Auvers-sur-Oise. Pourquoi ne m'accompagnerais-tu pas ?

La proposition était tentante. Après la solitude, Étienne avait besoin de discussions, d'émulation.

— Il faudrait que je vende quelques toiles, murmura-t-il.

— Tu rencontreras là-bas un certain docteur Gachet. C'est un féru de peinture et il risque fort d'être intéressé par ton travail.

— Mais je n'ai pas le sou, répéta Étienne.

— J'avais projeté de payer seul ce logement... alors profites-en... Tu m'entretiendras plus tard...

Lourd de fatigue, Étienne refusait de s'endormir avant de poser la question qui lui brûlait la langue. Chevigny prit les devants.

— Tu ne tiens pas à savoir ce qu'est devenue Gabrielle ?

— Si.

— Elle s'est taillé un solide succès au Salon avec le portrait de Julien Coblence.

— J'en suis très heureux.

— Elle est partie pour l'Italie jusqu'à la fin de l'automne.

— Pour l'Italie !

— Elle a rejoint Henri à Rome. Il séjournait chez des amis de la famille Duplessis. C'était une occasion à ne pas manquer !

Ces informations donnaient la fièvre à Étienne. Bien qu'il sût sa relation avec Gabrielle condamnée, il souffrait de son éloignement. Une bête lui rongeait le cœur chaque fois qu'il songeait à cette femme dont il n'avait pas su apprécier la valeur. Il maudissait sa bêtise, son égoïsme et sa couardise. Face aux erreurs accumulées et au cruel traitement qu'il lui avait infligé, il ne devait plus rien lui demander. Gabrielle avait droit à une existence lumineuse auprès d'un homme qui la protégerait et la chérirait...

Une semaine plus tard, ils s'installèrent à Auvers, au rez-de-chaussée d'une chaumière transformée en petite auberge. Ce village était depuis longtemps fréquenté par les peintres. Corot, Berthe Morisot et sa sœur s'y étaient arrêtés avant la guerre. Ils avaient suivi Daubigny qui, sur l'Oise, s'était aménagé un bateau-atelier.

Avec la fin de l'été, les teintes s'assourdissaient, les verts viraient à l'or. Le soir, les hirondelles envahissaient les bosquets et s'égosillaient jusqu'à la nuit. Renforçant son alliance avec la terre, Étienne parcourait les champs. Avec Chevigny, ils s'amusèrent, comme bon nombre de leurs amis, à peindre le même sujet : une église qui dominait une large boucle du fleuve. La proximité de Pontoise leur permettait de se rendre chez Pissarro. Avec ses idées simples, sa peinture grave, son souci de la justesse, son inlassable générosité, celui-ci attirait la sympathie et le respect. À ses côtés, Cézanne apprenait l'humilité, sachant qu'elle était la clef d'une véritable compréhension de la nature. Son caractère tourmenté trouvait un réconfort chez cet aîné qui l'hébergeait, lui, sa compagne et leur fils Paul. L'admiration du docteur Gachet pour son œuvre affermit l'Aixois dans ses prises de position contre les normes établies. Bientôt, il loua une habitation à Auvers.

Avec Guillaumin et Béliard, présents eux aussi, la bande du Café Guerbois se reformait. Tous se réunissaient autour du médecin qui, s'intéressant à l'eau-forte, avait aménagé dans sa belle demeure un atelier où il partageait avec ses compagnons plaques de cuivre et presses. Ces recherches en commun, cette entente leur donnaient des ailes. Plus rien ne paraissait impossible aux uns et aux autres, Étienne trouvait enfin un accord entre ses aspirations et ses compétences. La main obéissait à l'esprit. Matin et soir, il allait voir les motifs, guettant les particules de lumière, l'étirement des ombres… Réalisant les prédictions de Chevigny, le docteur Gachet lui acheta plusieurs toiles. C'était l'encouragement qui jusque-là lui avait manqué. Son ardeur ne connut plus de limites. Il en oubliait de manger et de se reposer…

— J'ai du temps à rattraper, lança-t-il à son protecteur. Tous ces mois où je n'étais bon à rien…

— Aucune interruption n'est à regretter, le tempéra Gachet. Cette période n'a pas été aussi négative que vous vous obstinez à le croire…

— Je ne sais pas…

Étienne pouvait-il avouer qu'il se sentait mutilé ? Lorsqu'il observait ses amis dans leur vie de couple, il se surprenait à les envier. Que n'aurait-il donné pour s'endormir ou se réveiller auprès de Gabrielle… pour parler, rire avec elle ! Que n'aurait-il donné pour lire dans son regard l'amour qu'il lui inspirait naguère !

41

Le succès de Gabrielle au Salon la sortit de l'anonymat. En riant, elle rendait Julien responsable de sa réussite.

— Avec un tel modèle !

Des commandes se présentèrent dont elle refusa le plus grand nombre.

— Tant que je pourrai matériellement me le permettre, je ne peindrai que les êtres qui me séduisent.

Alice Laferrière critiquait cette attitude. Décidément, sa fille ne cesserait de la déconcerter et de l'inquiéter. Sans connaître la relation qui l'avait liée à Étienne, elle devinait une blessure chez Gabrielle. La tristesse habitait son regard et, malgré les efforts qu'elle accomplissait pour tromper son entourage, il n'était pas difficile de comprendre qu'elle attendait des satisfactions de son art et de lui seul. Lorsque Henri, peu pressé d'achever son périple méditerranéen, lui suggéra de le rejoindre, Alice encouragea sa fille à accepter.

Dès son arrivée à Rome, Gabrielle fut recherchée. On se battait pour recevoir cette Française élégante, mystérieuse, peintre de surcroît… Garden-parties, promenades à cheval dans la campagne, concerts et bals se succédèrent à un rythme effréné.

— Je n'y résisterai pas, se plaignait-elle à Henri. Pensez que je n'ai pas encore ouvert mon carnet de croquis. C'est lamentable !

Elle avait trouvé le garçon en meilleure forme. Sur le Maroc et le désert, il se montrait intarissable et lui racontait les nuits étoilées que l'on découvrait aux confins des dunes.

— J'ai mesuré combien mon existence antérieure était étriquée. En réalité, je ne veux plus grand-chose : me promener au gré de mes envies, m'arrêter où bon me semble… En ce moment, nos hôtes m'offrent un luxe qui ne me déplaît pas, mais dont je me passerais tout autant. J'ai connu les masures, la saleté, les bestioles… J'étais bien, à peine vêtu, à sentir le soleil et le vent.

Pour contenter Marthe Duplessis qui se lamentait de son absence, il décida de rentrer avec Gabrielle ; une pause avant de repartir vers les couleurs chaudes, les senteurs entêtantes et la clameur de l'Orient.

En attendant, il partageait avec son amie la découverte de la ville, déambulait dans le palais Farnèse ou la villa Médicis et s'extasiait devant les fresques de la chapelle Sixtine. Il se souvint d'un paragraphe de Taine : « Il y a quatre hommes qui, dans les arts et les lettres, se sont élevés au-dessus de tous les autres, tellement au-dessus qu'ils semblent d'une race à part : Dante, Shakespeare, Beethoven et Michel-Ange. Ni la science profonde, ni la possession complète de toutes les ressources de l'art, ni la fécondité de l'imagination, ni l'originalité de l'esprit n'ont suffi à leur donner cette place : ils ont eu tout cela, mais tout cela est secondaire. Ce qui les a portés à ce rang, c'est leur âme, une âme de dieu tombé, tout entière soulevée par un effort irrésistible vers un monde disproportionné au nôtre, toujours combattante et souffrante, toujours en travail et en tempête et qui, incapable de s'assouvir comme de s'abattre, s'emploie solidairement à dresser devant les hommes des colosses aussi forts, aussi douloureusement sublimes que son impuissant et insatiable désir. »

— Michel-Ange est tellement moderne, remarqua Gabrielle, qu'il nous est facile de le comprendre…

Elle songeait à cet homme qui, dès son plus jeune âge, avait préféré la solitude et l'étude. Au faîte de sa renommée, il était demeuré fidèle à ses choix. Méprisant les plaisirs ordinaires, il avait poursuivi le face-à-face avec lui-même et un art consacré au divin. Sans cette abnégation, cette obstination, cette rigueur, d'autant plus surprenantes chez un être à la sensibilité exacerbée, l'œuvre n'aurait pas existé. Souffrance et difficulté étaient-elles nécessaires à l'évolution ?

— Longtemps j'ai essayé de me persuader du contraire, avoua-t-elle à Henri.

L'existence qu'elle menait la condamnait à la marginalité. À vingt-quatre ans, elle offrait l'image d'une jeune fille indépendante, fantasque, qui avait transgressé les lois de son milieu et dont on craignait les reparties. Sa lucidité, son humour n'en faisaient pas une interlocutrice facile, encore moins pour les hommes qui auraient souhaité qu'elle les remarquât. L'un après l'autre, elle les repoussait, fatiguée par leur suffisance, leur certitude et leur verbiage auquel elle ne trouvait aucun intérêt. Leur monde n'était plus le sien, ce voyage en Italie le lui confirmait. Qu'avait-elle à partager avec une société éprise de repères émoussés par le temps ? Qu'avait-elle à partager avec ces engouements pour le pouvoir, la fortune, les belles alliances et un quotidien régi par des conventions dérisoires ? Elle aimait son travail, ses compagnons d'atelier, déambuler à sa guise ainsi que les rencontres fortuites comme celle qu'elle venait de faire alors qu'elle avait installé son chevalet sur le mont Palatin afin d'y peindre le palais de Septime Sévère… Deux hommes s'approchèrent et observèrent sa toile. Le plus jeune d'entre eux finit par lui poser une question en italien, à laquelle elle répondit en français. Un dialogue s'instaura où chacun continua d'employer sa langue. L'étranger s'appelait Paolo. Il devait avoir une vingtaine d'années, possédait plus de charme que de beauté et inspirait la sympathie. Passionné de botanique, il consacrait une partie de son temps libre à l'observation de la flore. Il précisa que son véritable métier était d'accorder les pianos.

— C'est une tradition familiale. Mon père m'a formé pour que je prenne sa suite.

L'ami s'était éloigné et Paolo s'assit dans l'herbe, invitant Gabrielle à l'imiter. Elle regarda le soleil. Il devait être 5 heures. Henri n'allait pas tarder. Aux yeux de leurs hôtes, il passait pour son chaperon… Mais à peine avaient-ils traversé quelques rues que chacun prenait un chemin différent pour se retrouver en fin de journée. L'inconnu posa de nombreuses questions. Qui était-elle ? Où habitait-elle ? Que faisait-elle à Rome ? Sans la moindre vergogne, elle y répondit par une succession de mensonges.

— Je veux vous revoir, insista-t-il alors qu'Henri venait dans leur direction.

Il ajouta :

— Demain, même heure…

Le manège commença. Henri, entré dans la confidence, servit d'alibi aux escapades.

— Méfiez-vous… Ils deviennent vite entreprenants. Êtes-vous vraiment sûre qu'il vous plaise ?

— Il me distrait.

Sans éprouver le moindre élan amoureux pour Paolo, Gabrielle appréciait sa présence. Il était attentif, attentionné et la considérait comme la plus exquise des créatures. Aucune ombre ne ternissait leurs rendez-vous. Sous son égide, elle découvrit une Rome plus quotidienne, plus populaire. À pied, ils parcouraient rues et venelles, se fondaient dans une foule affairée et joyeuse. Grisée de couleurs, de cris et de senteurs entêtantes, Gabrielle s'abandonnait au seul plaisir de respirer et ressentir. Oubliant le passé et ses activités habituelles, elle vivait cette parenthèse comme une convalescence. Paolo ne connaissait de son existence que ce qu'elle avait inventé à son intention. Elle ne le reverrait jamais et cette situation lui permettait d'obéir à ses fantaisies… Aussi accepta-t-elle sans hésiter de le suivre jusqu'à la chambre qu'il habitait au dernier étage d'une maison mal entretenue.

Comme il s'approchait pour l'embrasser, elle entoura son cou de ses bras. Avec une allégresse inconnue, elle découvrit le goût de sa bouche. Ses caresses la faisaient frissonner. Il savait la provoquer, la brusquer. Pourtant, malgré le désir qu'ils avaient l'un de l'autre, l'étreinte demeura légère. Une jolie récréation où chacun jouait de son mieux sans risquer son va-tout… L'esprit au repos, Gabrielle apprenait un langage des corps sans que celui-ci fût la prolongation de l'amour. À mesure qu'elle avançait dans son initiation, elle se délivrait de ses souvenirs. Songer à Étienne ne provoquait plus la même souffrance. Bien qu'elle ne l'eût pas recherché, elle se sentait enfin à égalité, libre de ses penchants et de ses attachements, libre de chasser et d'être convoitée…

— Tu vas me manquer, lui avoua son amant quand elle lui apprit l'imminence de son départ.

À elle aussi manqueraient l'insouciance de ces après-midi ensoleillés, leurs rires et la connivence qui les avait liés. Elle regretterait sa jeunesse et sa franchise, son enthousiasme et sa discrétion. Dans le train qui la ramenait vers Paris, elle se jura de s'accorder d'autres voyages.

— Vous avez raison, dit-elle à Henri qui contemplait le paysage… Il n'y a rien de tel que l'éloignement pour y voir plus clair. Maintenant, je sais ce que je veux et ce que je ne veux plus.

Dès son arrivée, elle décida de s'installer dans son atelier, ce qui provoqua une dispute avec sa mère.

— Je ne peux te le permettre, déclara celle-ci. Vis-à-vis de notre entourage, tu t'interdirais toute promesse d'un mariage convenable…

— J'y ai bien habité pendant que vous répariez les dégâts de votre maison.

— C'était une situation particulière.

— Maman, je vous en prie…

— Ôte de ta tête cette idée révoltante. Il n'y a que les filles perdues qui vivent comme tu souhaiterais le faire.

Gabrielle céda, mais elle se montra intraitable lorsqu'il fut question de sa présence à des réceptions qu'elle s'était jurée d'ignorer.

— Ne comptez pas sur moi pour ces goûters, ces dîners où l'on me présente invariablement l'homme prometteur !

Son amie Héloïse l'approuvait. Elle aussi revendiquait la liberté que lui avaient octroyée la guerre et la Commune. Pour répondre aux invitations de Frédéric, elle aurait bravé toutes les menaces. À certaines hésitations, certains silences, Gabrielle avait perçu ses sentiments pour le Canadien.

— Il doit bientôt repartir, soupira Héloïse alors qu'elles rentraient de leur séance d'atelier. Son père l'appelle pour prendre sa succession.

Comprenant qu'elle devait intervenir, Gabrielle entreprit de parler à Frédéric.

Depuis son retour d'Italie, elle avait perçu qu'il la voyait avec d'autres yeux. Héloïse n'était certainement pas étrangère à ce changement. Avec habileté, elle amena la conversation sur la jeune fille, vantant sans trop s'y attarder ses qualités, son sens des responsabilités, son refus de la facilité. Frédéric approuvait mais ne livrait pas ses impressions. Lorsque Gabrielle évoqua la peinture d'Héloïse, il demanda :

— Est-ce vital pour elle de peindre ? Sacrifierait-elle tout à sa carrière ?

— Je ne le pense pas… Et je ne lui donnerais pas tort.

— Pourtant…

— Je n'ai pas le choix, Frédéric. Si j'agissais autrement, je me détruirais peu à peu.

— Cet homme que vous avez soigné, qu'est-il devenu ?

C'était la première fois qu'il évoquait Étienne. Il se rendit compte que prononcer son nom ne lui serrait plus la gorge.

— Il s'est installé près de Pontoise.

Gabrielle tenait cette information de Chevigny, rentré à Paris afin d'y accomplir un trompe-l'œil dans une boutique de frivolités.

— Il travaille d'arrache-pied et son art n'a jamais été aussi bon, avait ajouté le peintre.

Ravalant les questions qu'elle aurait aimé poser, Gabrielle s'était contentée de hocher la tête. Toutefois Chevigny, décidé à curer la plaie, poursuivit :

— Tu ne veux plus le voir ?

— Un jour… peut-être, quand je serai guérie.

Avec un sourire, elle ajouta :

— Je croyais l'être… Jusqu'à ces minutes où le passé revient au galop.

Cette découverte la persuada d'employer tous les moyens pour vaincre sa fragilité. Sa première action fut d'affronter lieux et connaissances qu'elle évitait. Dans le sillage de Chevigny, elle hanta les réunions où se retrouvaient artistes, échotiers et modèles. On y buvait, composait des pamphlets, proposait ses services. Les plaisanteries n'étaient pas du meilleur goût, des bagarres éclataient pour un rien. Le projet de regrouper dans une exposition privée les peintres réfractaires à l'académisme était abordé un après-midi, quand La Fleur entra au bras d'Évangéline. Non seulement Gabrielle ne détourna pas le regard quand celle-ci la fixa avec insolence, mais elle lui adressa un signe de tête. La fille avait perdu de son éclat. Son teint était fané, des cernes soulignaient ses yeux et sans doute avait-elle satisfait les caprices des messieurs présents car ils lui prêtaient peu d'attention. Plusieurs refusèrent même de l'embaucher quand elle fit un tour de piste.

— Tu es trop chère, répliqua l'un d'entre eux à sa proposition.

— Combien ? demanda Gabrielle en s'approchant. Évangéline ne semblant pas avoir compris, elle insista.

— Tu cherches du travail, oui ou non ?

Alertés par le ton coupant de Gabrielle, certains se turent pour les écouter. Devant témoins, Évangéline n'allait pas se laisser intimider par celle dont elle jalousait la force de caractère et la prestance. La nouvelle assenée quelques jours auparavant ne lui permettait pas de jouer les difficiles. Sans tergiverser, elle avait quitté l'hôtel où elle recevait sa clientèle. La maîtresse des lieux ne plaisantait pas en matière d'hygiène. Il fallait montrer patte blanche chaque semaine, en l'occurrence le sacro-saint certificat délivré par le médecin qui contrôlait les locataires de l'établissement. Le verdict était tombé : elle devait soigner une syphilis.

La cure au mercure et à l'iodure de potassium pouvait durer de trois semaines à trois mois, période pendant laquelle elle ne gagnerait pas un sou… à moins de tricher ! Sa position de clandestine l'avait tenue à l'écart du dispensaire officiel et lui évitait le séjour à Saint-Lazare où étaient envoyées les filles « en carte ». Avec un frisson, elle se remémorait les récits que n'avaient pas manqué de lui relater des connaissances, la mauvaise nourriture, le manque de propreté d'un univers qui ressemblait davantage à une prison qu'à une infirmerie.

— Dites-moi où je dois me présenter et à quelle heure, lança-t-elle à contrecœur.

Le lendemain matin, elle se déshabilla dans l'atelier de Gabrielle pendant que celle-ci préparait son matériel. La pièce était claire, sobrement meublée d'une longue table de chêne et d'une armoire dont la porte entrouverte laissait voir des toiles vierges, des flacons et de grandes feuilles de papier. Dans des vases posés à même le sol, des dahlias s'épanouissaient. Contre son gré, Évangéline subissait le charme d'un endroit qu'elle aurait aimé critiquer. Les gestes de Gabrielle étaient calmes, précis. Quand elle eut rangé ses fusains, elle se dirigea vers le poêle afin d'y ranimer le feu.

— Tu es prête ? dit-elle en se retournant.

D'un œil professionnel, elle jaugea son modèle.

— Assieds-toi, les fesses sur les talons. Plus à gauche, dans cette flaque de lumière… Voilà, baisse la tête… et ramène tes cheveux sur l'épaule gauche.

Sans la toucher, elle continua de lui donner des ordres.

Lorsque la pose lui convint, elle se dirigea vers le chevalet et avec rapidité commença à travailler. En même temps qu'elle traçait au crayon les premiers contours, elle ne pouvait oublier qu'elle répétait ce qu'avait accompli Étienne. N'était-ce pas le but recherché ? On ne craignait plus ce que l'on avait approché, ce que l'on connaissait. Depuis l'adolescence, elle avait exorcisé ses tourments en provoquant les situations qui la mettaient mal à l'aise et qu'elle devrait tôt ou tard affronter. Chaque fois, elle en sortait délivrée. Cette attitude viendrait-elle à bout de la peine ressentie depuis son incursion chez Étienne ? Elle le revoyait allongé sur son matelas… Dans un sursaut de volonté, elle se concentra sur Évangéline qui tenait la pose sans broncher. La courbe d'une hanche ne la satisfaisant pas, elle gomma puis recommença. Le silence devenait pesant, mais elle n'avait pas envie de le rompre. Étienne avait-il désiré cette femme avec la même intensité que celle éprouvée à son égard ? Lui avait-il murmuré les mêmes mots ? Un instant, elle ferma les yeux. Quelle importance avaient ces détails comparés à leur entente ? Pour la première fois, elle s'avoua son envie de le revoir.

Une poignée de graviers lancés contre la vitre la fit sursauter. Elle connaissait le signal. Ouvrant la croisée, elle se pencha.

— Je vous dérange, cria en contrebas Henri, qui, depuis son retour à Paris, lui rendait quotidiennement visite.

— Non. Montez !

Gabrielle épingla à son chignon une boucle échappée. À l'adresse d'Évangéline, elle déclara :

— Habille-toi... C'est fini pour aujourd'hui.

Henri entra alors que la jeune femme se dirigeait vers le paravent derrière lequel elle avait abandonné ses vêtements. Cette rencontre les laissa l'un et l'autre sans voix. Ils ne s'étaient pas revus depuis le pugilat qui les avait opposés des mois auparavant.

— Évangéline, finit-il pas murmurer.

Celle-ci, sans chercher à cacher sa nudité, resta debout devant son ancien amant, qui ne semblait pas se plaindre de cette situation. Il avait meilleure mine que dans sa mémoire, et lui paraissait plus détendu, moins amer... Constatation qui augmenta la haine qu'elle lui vouait. À lui, l'oisiveté et les voyages, pendant qu'elle s'escrimait à nourrir leur enfant. À mesure que le petit grandissait, la ressemblance avec le père levait les doutes qui auraient pu subsister. Une idée prit forme dans son esprit pendant qu'il lui proposait une promenade. Ne possédait-elle pas la faculté de se venger ? Avec une joie mauvaise, elle murmura :

— J'ai soif. Emmène-moi au café...

42

1873

Gabrielle passait une partie de son temps libre auprès de sa cousine et des enfants. Emmanuel était devenu le souffre-douleur d'Élisa. Exclusive, possessive, la petite ne supportait pas de partager l'amour parental. Hortense devait sévir.

— Élisa est punie. Nous ne l'emmènerons pas au cirque, décréta-t-elle un matin de décembre à Gabrielle. Dès que la gouvernante a le dos tourné, elle pince son frère ou le mord.

Avec un soupir, elle ajouta :

— Louis la gâte trop !

— Est-il au courant de ses agissements ?

— Il me reproche d'exagérer…

Hortense tourna le dos, mais Gabrielle remarqua qu'elle avait les larmes aux yeux.

— Que se passe-t-il ? demanda-t-elle, inquiète.

Hortense demeurant silencieuse, elle insista :

— Tu n'es pas heureuse. Je le sens.

— Je ne parviens plus à communiquer avec Louis. Depuis qu'il est rentré d'Allemagne, il s'enferme avec son travail. En apparence, je n'ai rien à lui reprocher. Il veille sur mon quotidien, s'occupe des enfants. Nous ne manquons de rien, ni les uns ni les autres, pourtant j'ai l'impression de vivre avec un absent. Au début, j'ai espéré que le retour à nos habitudes viendrait à bout de cette attitude. Je me suis trompée !

— Il s'est forcément passé un événement qui a déclenché une telle situation !

— Il ne me pardonne pas d'être restée en France pendant la guerre. Il ne me le pardonnera jamais. C'est devenu une idée fixe !

Gabrielle était stupéfaite. Si elle avait dû citer un homme sensé, équilibré, elle aurait sans hésiter choisi Louis. Son intelligence, sa clairvoyance faisaient l'unanimité. Le front puis la captivité l'auraient-ils marqué au point de le changer ?

— Notre relation est si pesante, poursuivit Hortense, que j'aspire à ce qu'il voyage. On lui propose de nombreux chantiers dans l'Est. Il a une si grande revanche à prendre contre les destructions qu'il en accepte plus qu'il ne pourra en mener…

Louis avait décidé de consacrer son énergie à relever son pays. En quelques semaines, la rançon de cinq milliards avait été souscrite sans que le sacrifice parût monstrueux. Les moyens de reconstruction ne manquaient pas.

Avec son cabinet d'architecture, il se trouvait parmi les premiers sollicités. Les entrepôts du Havre requéraient également un surcroît d'attention. L'importation et l'exportation augmentant, il dut agrandir les locaux et y séjourner davantage. Lorsqu'il n'était pas trop fatigué, il accompagnait sa femme à l'Opéra, au concert… La musique dissipait ses tensions. Avec une certaine admiration, il suivait le cheminement d'Hortense. Avec sa dot, elle avait ouvert un orphelinat. Les revenus de ses contes écrits et publiés avec régularité étaient consacrés à la bonne marche de l'établissement où Frédéric avait placé ses deux jeunes rescapés des barricades.

À l'approche de Noël, elle organisa en faveur de l'œuvre un spectacle suivi d'une tombola. Assise au premier rang du public, elle suivait les attractions. Le prestidigitateur et l'équilibriste furent acclamés par les pensionnaires et les amis qui avaient répondu à son appel. La deuxième partie de la représentation était consacrée à la pièce qu'elle avait écrite pour l'occasion. Derrière elle, elle entendait résonner le rire des enfants, sa plus belle récompense. Élisa glissa sa main dans la sienne. Pour sa première sortie dans le monde, la petite fille étrennait une robe de valenciennes ivoire soulignée de nœuds bleu Nattier. Médusée par les lumières et les couleurs, elle oublia de s'agiter jusqu'à ce que la vision d'un panier de friandises l'extirpât de son rêve. Le goûter la calma. Plus encore, le cadeau qu'elle gagna à la loterie : une boîte de pâtes d'amande confectionnée par une bienfaitrice.

Elles étaient là, en escadron, celles qui avaient choisi de se donner bonne conscience en se penchant sur une misère que les derniers événements avaient aggravée. Malgré l'antipathie qu'elle nourrissait à son égard, Hortense dut se diriger vers Fanny Mercier afin de la remercier.

— C'est tout naturel, se rengorgeait l'ancienne maîtresse de Louis qui, depuis le retour de celui-ci, cherchait à s'introduire dans les bonnes grâces du couple.

En tapotant de son éventail le bras de son interlocutrice, elle demanda :

— Que pensez-vous de la nouvelle ? N'est-ce pas incroyable ?

Hortense ne semblant pas comprendre, elle précisa :

— Le mariage de Julien Coblence…

— Le mariage de qui ?

— Vous n'êtes pas au courant ! L'une de mes amies a traversé l'Atlantique sur le bateau qui amenait sa future épouse, une jeune et riche veuve… Il l'a, paraît-il, rencontrée à Philadelphie.

Les oreilles bourdonnantes, Hortense luttait pour garder bonne figure. Fanny Mercier se trompait ! Repoussant Élisa qui voulait l'entraîner vers un étal de sucre candi, elle murmura :

— M. Coblence l'accompagnait-il ?

— Non. Il arrivera bientôt… mais de Panamá. Il a souhaité visiter le chantier du canal.

Hortense sentait ses ongles s'incruster dans les paumes de ses mains. Elle aurait aimé crier, hurler sa douleur. Dans un brouillard, elle entendit la voix faussement suave de Mme Mercier.

— Vous sentez-vous bien, ma chère ? Vous êtes livide ! La chaleur, sans doute…

— Sûrement, parvint-elle à articuler.

Fanny la fixait avec insistance. Une lueur de triomphe brillait dans son regard. Ainsi, ce que l'on avait murmuré pendant les hostilités n'était pas dénué de fondement. Les fréquentes visites de Julien Coblence à l'épouse de son meilleur ami n'étaient pas dictées par un sentiment exempt d'ambiguïté. Elle en tenait aujourd'hui la preuve.

Jusqu'au soir, Hortense fut distraite. Agissant en automate, elle répondait par bribes à des conversations dont elle captait à peine le sens. Se pouvait-il que Julien l'eût oubliée avec autant de facilité ? Incapable de trouver le sommeil, elle remua cette pensée durant la nuit. Un sursaut de bon sens la ramenait de temps en temps à la réalité. Que lui avait-il promis et qu'aurait-il pu lui promettre ? Son existence n'était-elle pas liée à celle de Louis et de leurs enfants ?

Cette idée soudain la révolta. Son aspiration à vivre l'amour qu'elle éprouvait pour l'homme qui lui était interdit la poussant à prendre tous les risques, elle choisit de lui parler à son retour. Décision qu'elle repoussa avec la venue de l'aube. Orgueil, sens du devoir ? Mille questions se bousculaient dans son esprit à propos de sa rivale. Que possédait-elle pour avoir capturé cet éternel errant ? La réponse lui fut fournie quelques jours plus tard alors qu'elle patinait avec Gabrielle et Élisa sur le lac gelé du Bois de Boulogne. Tenant par la main la petite fille, elles tentaient de la maintenir debout sur la glace quand Hortense aperçut Fanny Mercier qui lui faisait signe de la rejoindre.

À côté d'elle, une jeune femme entourée de deux chevaliers servants rajustait sa toque de fourrure tandis qu'une autre s'asseyait sur une chaise-traîneau qu'un adolescent se proposait de pousser.

— Hortense, je vous présente Nancy Preston qui vient de s'installer à Paris.

Hortense détailla l'Américaine. Julien avait bon goût. Des prunelles bleu porcelaine éclairaient un visage délicat et régulier où s'épanouissait un sourire irrésistible. Avec un accent qui ajoutait à son charme, Nancy Preston s'exclama :

— Madame Duplessis ! J'ai beaucoup entendu parler de vous !

Malgré son désir d'en savoir davantage, Hortense dut saluer les autres comparses, notamment l'amie de Fanny qui avait introduit dans les salons parisiens celle qui porterait bientôt le nom de Coblence.

Autour de leur groupe, on s'interpellait, on riait aux éclats. Des enfants formaient des farandoles endiablées tandis que des élégantes oubliaient leur grâce habituelle pour s'accrocher au premier secours venu.

— Nous lançons-nous ? demanda Nancy sur un ton enjoué.

Elle avait dû pratiquer avec régularité ce loisir dans son pays car elle ne tarda pas à évoluer avec aisance sous le regard admiratif des participants. Bientôt, on l'entoura, on l'entraîna dans des figures compliquées. À chacune de ces invitations, elle répondait par un rire cristallin qui fronçait son petit nez.

Hortense revint patiner près de Gabrielle et d'Élisa. Henri ne tarda pas à les rejoindre.

— Comment supportez-vous un tel froid ? se plaignit-il. Je suis transi.

Nancy approchait. Au moment de les doubler, elle s'arrêta près d'Élisa, effleura sa joue de ses doigts gantés de fourrure. S'adressant à Hortense, elle demanda :

— C'est votre fille ?

— Oui.

— Me permettez-vous de l'enlever un petit moment ? Elle est si mignonne !

D'un signe de tête, Hortense acquiesça. Ravie, Élisa suivit celle qui prenait déjà des allures de fée.

— Alors, vous me cachez vos amies ! se récria Henri. Si vous voulez vous faire pardonner, renseignez-moi vite sur ce joyau.

— Ce n'est pas mon amie.

— Bon, bon.

— Mais je peux vous apprendre qu'elle n'est pas libre.

— Qui est libre, ma toute belle ?

— Vous, par exemple…

— Vous oubliez que mes vices me tiennent la bride serrée !

La neige s'était mise à tomber, saupoudrant chapeaux et vêtements. Fatiguée, Hortense aurait aimé rentrer, mais Élisa avait disparu dans la foule. À son côté, Henri insistait pour connaître l'identité de l'étrangère.

— Ne bâtissez pas de châteaux en Espagne, finit-elle par répondre. Julien vous a devancé.

— Julien ! Il s'agit donc de Mme Preston !

— Vous étiez au courant ?

— Qui ne le serait ? On ne parle que de cette histoire. En tous les cas, il a de la chance, ne trouvez-vous pas ?

Rien ne lui serait épargné, songea Hortense. Comme elle se jugeait misérable, avec ses rêves avortés, ses espoirs déçus ! Qu'accomplir, désormais, si rien ne la motivait ? Elle se sentait stérile et abandonnée. Maudissant sa nature romanesque, sa sentimentalité, elle tenta de faire bonne figure quand Nancy Preston lui ramena sa fille.

— J'organise un dîner la semaine prochaine pour le retour de Julien. J'aimerais qu'avec votre époux vous soyez des nôtres.

La semaine prochaine ! Hortense n'avait su retenir un élan de bonheur. Elle imagina les retrouvailles. Ce ne serait pas chez Nancy, car elle prétexterait un refroidissement pour ne pas assister à cette réunion. Non, ce serait un tête-à-tête où ils se raconteraient ce qu'ils avaient accompli depuis un an et demi.

Quand Julien se présenta rue La Bruyère, Hortense était sortie. Louis travaillait dans la bibliothèque.

— Julien ! s'exclama-t-il en découvrant son ami sur le seuil de la porte. Je savais que tu devais rentrer d'un jour à l'autre !

Tenant son visiteur par les épaules, il le dévisagea. Julien lui parut plus détendu que dans son souvenir. Le doute avait disparu de son regard.

— Alors, tu es revenu pour de bon ?

— Je n'en suis pas certain.

— As-tu décidé de t'installer en Amérique ?

— Je ne suis pas mécontent de l'accueil réservé à certains tableaux. Ceux de Carlier, en particulier ! Mes objets japonais ont aussi été appréciés. Ces réactions positives m'ont décidé à ouvrir un bureau à New York. Je resterai en France le temps d'acheter des toiles à certains artistes... Puis je retournerai en Extrême-Orient pour m'y approvisionner...

— Ne dois-tu pas te marier ?

— J'ai rencontré une jeune femme. Elle est belle, fantaisiste, amusante et mène une vie libre qui ressemble à la mienne. Elle souhaiterait que nous nous installions ensemble... Je ne suis pas certain que ce projet me convienne.

— L'aimes-tu, au moins ?

— Sa compagnie ne me pèse pas.

— C'est la première fois que tu reconnais cet avantage à l'une de tes conquêtes.

— Ce n'est pas une raison pour m'emballer.

— Qu'a-t-elle l'intention de faire à Paris ?

— Se familiariser avec mes racines, mes coutumes... Me prouver qu'elle est devenue indispensable à mon bien-être...

Renouant avec leurs habitudes, ils s'assirent devant le feu.

— Vous m'avez manqué, toi et Hortense. Comment se porte-t-elle ? Est-elle à Paris ?

— Elle devrait rentrer d'un moment à l'autre, répliqua Louis après avoir consulté sa montre de gousset.

Dans l'intonation de son ami, Julien perçut du désarroi et de la lassitude... Louis ne possédait plus la même énergie, le même entrain. Que s'était-il passé qui le rendait proche de cet état de désillusion que lui-même avait connu autrefois ?

La difficulté avec laquelle son ami relata plusieurs épisodes de « sa guerre » mit Julien sur la voie. Certaines phrases commencées et laissées en suspens, certaines répétitions montraient à quel point il avait été touché par une destruction et une violence qu'il ne parvenait pas à oublier. Les villages incendiés, les femmes et les enfants lancés sur les routes, la séparation, la désolation, la mort devenue si proche et si concrète avaient bouleversé son équilibre.

— Je ne peux plus croire en l'homme et encore moins en Dieu, avoua Louis avec un geste d'impuissance. Et je ne peux plus vivre sans me culpabiliser d'être le rescapé, le chanceux.

— Aurait-il été préférable d'ajouter ton nom à la liste des défunts ?

— Peut-être…

— Et ta famille… Tu y songes ?

— Ma famille a survécu sans mon aide. Hortense a même rejeté ce que j'avais organisé pour la mettre à l'abri.

— Elle ne voulait pas s'éloigner de toi et elle aspirait à se rendre utile !

Au rez-de-chaussée, une porte claqua, un chien aboya. Julien tressaillit. Il reconnaissait la voix mélodieuse qui parlait avec le majordome. Bientôt,

Hortense fut devant lui, encore vêtue de sa pelisse. Il se leva, prit les mains qu'elle lui tendait. L'émotion l'envahissait malgré la promesse qu'il s'était faite de ne plus se hasarder sur des terrains mouvants. Il avait oublié combien sa séduction était enveloppante, dangereuse. Un dialogue s'ébaucha, fait de questions et de réponses entrecoupées, une conversation où rien d'important ne fut évoqué.

En retrait, Louis alluma une cigarette. Préoccupé par la construction d'un hôpital, il n'aspirait qu'à se replonger sur des plans dont il n'était pas satisfait. Le travail lui permettait d'oublier son malaise. C'était une fuite, il ne le niait pas, mais il ne trouvait pas d'autre remède. Refusant les commandes privées, il ne se consacrait qu'à des projets susceptibles d'aider ses semblables. Il employait des matériaux nouveaux et moins coûteux, privilégiait l'espace, la clarté. Sans renier la beauté et l'harmonie, il devait prendre en compte les nécessités du présent. L'approbation, la gloire, la postérité, il fallait avoir perdu tout jugement pour y accorder de l'intérêt ! Quant au bonheur… qui avait inventé pareille utopie ? Les premières années de son mariage revenaient à sa mémoire. Il s'était cru préservé, béni des cieux. Rêve puéril dont il se réveillait meurtri. La pire faute avait été d'entraîner Hortense dans cette illusion. Il se sentait coupable de ne plus lui donner l'existence d'antan. Où trouver la force de l'aimer comme elle le souhaitait ? Elle était devenue une étrangère qu'il évitait, afin de ne pas lire dans ses yeux le reproche de sa désertion. Les enfants n'étaient pas non plus une source d'apaisement. Élisa surtout. Il appréhendait le jour où elle aborderait en adulte un monde dont elle n'avait rien à attendre. Jugeant nécessaire de ne pas lui mentir, il la mettait déjà en garde contre les difficultés de la vie.

— Par pitié, Louis, laissez cette enfant grandir dans l'insouciance, lui reprochait Hortense. Elle a été privée de ses parents et de sa maison pendant des mois, ne jugez-vous pas cela suffisant ?

— Croyez-vous l'aider en la berçant de vos contes de fées ? répliquait-il.

— Oui ! D'autant que je ne triche pas avec les situations. Ne m'en aviez-vous pas félicitée lorsque vous preniez la peine de les lire ?

En ce moment même, il entendait Julien en réclamer le dernier recueil à Hortense.

— J'aurai un cadeau à vous offrir en contrepartie, promit-il. Une surprise…

— Une surprise ! s'exclama la jeune femme.

— Elle vous plaira, j'en suis certain.

Passé les premières minutes de gêne, leur intimité s'était rétablie. Ils avaient tant à se dire ! La journée se parait d'une couleur nouvelle pour Hortense. Elle sentait le sang couler dans ses veines, oubliant l'état d'attente et de devoir dans lequel elle s'était enfermée.

En s'approchant, Louis rappela sa présence. Il proposa à Julien de rester pour le souper.

— Tu perds la mémoire, rétorqua celui-ci. Nancy donne une réception à l'hôtel Régina !

— C'est Hortense qui s'occupe de répondre aux invitations.

Se tournant vers sa femme, Louis ajouta :

— Vous aviez négligé de me rappeler cette sortie.

Hortense maudit la faillite de son plan. Tout avait été prévu pour qu'en cette fin d'après-midi leur cocher portât un pli d'excuse. Que prétexter pour se dérober ? Il était trop tard pour jouer les malades. Et Louis n'était-il pas en train d'affirmer qu'ils se rendraient avec plaisir à cette réunion ?

43

DANS LA SUITE QU'ELLE OCCUPAIT au premier étage de l'hôtel Régina, Nancy terminait l'essayage d'une robe que venait de livrer Worth.

— Vous me surprenez en flagrant délit de frivolité, lança-t-elle à Julien lorsqu'il se présenta.

Elle ajouta en le rejoignant :

— Votre avis contre un baiser.

— Vous avez toute mon approbation, la rassura-t-il en souriant.

Il se penchait sur sa bouche quand il aperçut Fanny Mercier qui les observait.

— Je vous quitte, minauda la visiteuse. À tout à l'heure, *dear*. Onze heures, n'est-ce pas…

Dès qu'ils furent seuls, Nancy se blottit contre son amant. Elle sentait la fleur, le luxe et l'oisiveté. Ses cheveux avaient la couleur du miel. Sa peau était douce, soyeuse… Il ne se lassait pas de la respirer, de la provoquer par des caresses… Aujourd'hui encore, il se laissait prendre par le mélange de mots anglais et français qu'elle inventait à son intention. Il bousculait sa coiffure, l'ordonnance de sa mise.

— J'attends la modiste, protesta-t-elle, et…

— Je m'en fiche, interrompit-il en la soulevant dans ses bras.

À travers les rideaux à demi tirés filtrait la lumière pâle d'un soleil d'hiver. Julien, qui détestait les milieux d'après-midi où il était trop tard ou trop tôt pour engager une action intéressante, n'aspirait plus qu'à se réchauffer auprès de cette sirène qui savait dispenser l'oubli.

Il l'avait rencontrée à Philadelphie chez un conservateur de musée. Dès la première minute, il s'était juré de la conquérir. Le regard qu'elle lui adressa, lors des présentations, lui confirma ses chances. Nancy Preston avait épousé à dix-huit ans un industriel qui aurait pu être son père. Une fortune acquise dans la construction du chemin de fer en faisait un millionnaire. Son décès précoce avait hissé Nancy à la tête des meilleurs partis de la ville... Ventes de charité, expositions les remirent en présence, mais Julien ne précipita pas les événements. Lorsque la jeune femme marqua la fin de son deuil par une réception à laquelle elle le convia, il pensa que le moment était venu d'entamer sa cour. Le décorum de l'hôtel particulier, qui tenait du mausolée, le glaça et faillit lui faire rebrousser chemin. En découvrant Nancy enveloppée de tulle incarnat, sa petite tête couronnée d'aigrettes, si incongrue au milieu des marbres et des dorures, il éprouva de l'admiration pour son cran et son effort à réinstaurer la vie. À l'aube, lorsque les derniers invités s'éclipsèrent, elle devint sa maîtresse et le surprit par son manque de préjugés et de principes. Nancy agissait comme bon lui semblait, n'écoutant que son intuition, ses désirs et ceux de son partenaire. La peur lui était inconnue ! En revanche, sa joie d'exister était contagieuse. Pour lui, elle ouvrit la propriété de Portsmouth qui dominait l'océan. Des courses en mer furent organisées ainsi que des séjours dans des îles où il découvrit des oiseaux aux noms poétiques. Elle lui raconta son enfance américaine, ses parents puritains, la rigidité de la pension, le bal des débutantes. Rien ne manquait au parcours, pas même le mariage de raison !

— Il m'a convaincue de l'épouser en m'offrant mon poids en bijoux. Je satisfaisais sa vanité. On l'enviait… On m'enviait…

— Moins que maintenant !

— C'est vrai, admit-elle en riant.

— Belle, riche à millions…

— Ayant intéressé un homme réputé difficile, français de surcroît…

Lorsqu'il annonça son intention de rentrer en Europe, après un détour par Panamá, Nancy s'était assombrie.

— Rien ne presse.

— J'ai conclu mes affaires, placé les tableaux que je souhaitais vendre. Il est temps de revoir mes peintres.

— Et moi ! Que dois-je faire ? Mettre un point final à notre liaison ?

— Nancy, je ne peux rien vous promettre. Et… réfléchissez à nos positions…

— Existe-t-il une autre femme à Paris ? coupa-t-elle.

— Non.

— Alors, rien ne m'empêche de vous y suivre… Pour quelques mois, ajouta-t-elle avec prudence.

Pris au dépourvu, il réfléchit. Depuis qu'il connaissait Nancy, il n'avait plus cherché d'autres aventures. Sans l'aimer, il éprouvait de la tendresse à son égard. Il appréciait aussi sa discrétion, la confiance qu'elle lui témoignait. Le destin lui offrait peut-être l'occasion d'en finir avec la solitude…

Alors que Nancy reposait à ses côtés, il se félicitait de sa décision. Sans ébaucher un geste, sans prononcer un mot, Hortense l'avait reconquis. Il lui avait suffi de lire dans son regard l'interrogation qu'il connaissait pour que le passé rejaillît. Oubliant Louis et ses résolutions, il n'avait plus songé qu'à renouer le fil de leur histoire.

Se penchant sur l'épaule de Nancy, il la mordilla afin de l'éveiller.

— Vos invités vont bientôt arriver.

— Comment voulez-vous que je les reçoive ? gémit-elle sans bouger. Je suis imprésentable… Par votre faute…

— Quelle mauvaise foi !

Malgré ses efforts pour le retenir, il se leva.

— Je ne vais pas assister à votre dîner dans cette tenue !

— Certaines en seraient contentes.

— Cessez de dire des bêtises et appelez votre femme de chambre. Quant à moi… il ne me reste qu'à courir à la maison.

Bien qu'il habitât à quelques pas, Nancy sentit qu'il s'échappait. D'une voix de petite fille, elle murmura :

— Je vous aime.

Imperturbable, il l'exhorta à se presser puis s'éclipsa.

Nancy enfila un déshabillé et se dirigea vers sa coiffeuse. Comme elle saisissait un flacon d'eau de lis, un écrin de velours noir posé sur un pli cacheté attira son attention. Il contenait une broche sertie de diamants. La forme évoquait une libellule, son animal fétiche.

En la découvrant, j'ai pensé qu'elle se plairait sur votre épaule.

Julien.

Avec un sourire, elle déposa le bijou sur sa peau nue. Léger, aérien, il marquait la première reddition de son amant. La pudeur de Julien, quand il s'agissait d'exprimer un sentiment, la déconcertait. Sans qu'il eût ébauché la moindre confidence, elle percevait une blessure, un secret. Que s'était-il produit pour expliquer ces plages de silence, cette difficulté à s'abandonner ? Elle comptait sur son séjour à Paris pour le comprendre…

Avec allégresse, elle descendit les marches qui menaient aux salons. Selon son vœu, des bouquets de roses jaunes s'épanouissaient à foison, mélangées à des bougies du même ton. Elle s'était vêtue d'une robe aux reflets de lune. Des diamants jonquille ornaient son chignon, ses poignets et le manche de son éventail.

Julien était arrivé. Elle l'aperçut en grande conversation avec Osmond Barry, un compatriote qui partageait son existence entre la France et New York. Il travaillait pour une revue consacrée à la peinture.

— Nancy, quelle apparition ! s'exclama Osmond, admiratif.

— Le défi était d'importance, répliqua-t-elle.

S'adressant à son amant, elle ajouta :

— Je tenais à ne pas ternir la réputation de M. Coblence.

— Quand cesserez-vous de vous payer ma tête ? répondit Julien en riant.

Tandis qu'il parlait, ses yeux fixaient la libellule. Son premier présent à une maîtresse ! Transgresser cette règle n'avait pas été facile.

L'huissier aboya des noms. Un à un, il les vit s'avancer : ses anciens compagnons de débauche, les femmes possédées pendant que leur époux s'occupait de politique ou se prélassait dans d'autres alcôves. Le changement de régime avait rabattu la superbe de certains, terni blasons et fortunes. En attendant de savoir quel parti l'emporterait, on se targuait de morale. C'était à qui se sacrifierait pour le bien du pays. Aux anciennes lionnes et aux ténors reconvertis se mêlait la colonie américaine. Jeunes gens à la découverte de l'Europe, artistes en tout genre, riches et oisifs, ils avaient répondu à l'invitation de leur plus beau fleuron.

Hortense et Louis arrivèrent parmi les derniers. Comme ils s'approchaient, Julien fut frappé par l'harmonie de leurs silhouettes. Lui, grand, réservé, la démarche nonchalante ; elle, souveraine dans sa robe de tarlatane bleu nuit et or. Aux traditionnelles pierres précieuses, elle avait préféré la nacre et les perles. Des étoiles parsemaient sa chevelure, des torsades s'enroulaient autour de sa gorge. Malgré les efforts d'amabilité qu'elle déploya envers Nancy, il la sentit tendue.

Hortense cherchait à surmonter son malaise quand elle aperçut la fameuse Flora qui, au bras d'un grand dadais, faisait une entrée remarquée. Rien ne lui serait épargné ce soir ! Outre l'actuelle conquête de Julien, elle devrait affronter les anciennes amantes de son mari. Non sans admiration, elle constata le parcours de la grisette. Elle la revoyait encore, pauvre silhouette frileuse, à demi dissimulée derrière un bec de gaz, rue de la Paix. Quelle somme de santé, de volonté et de dureté avait-il fallu pour parvenir à cette apothéose ! En dépit des événements politiques, la courtisane s'était maintenue au faîte d'une carrière d'où beaucoup avaient été balayées.

— On dit qu'elle va bientôt épouser l'échalas qui l'accompagne, murmura à l'un de ses compagnons un dandy à la moustache cirée.

— Et alors ?

— Il a décidé d'investir une grande partie de sa fortune en France.

— C'est un étranger ?

D'un pas chaloupé, Flora se frayait un chemin au milieu d'une faune dont elle connaissait vices et comptes en banque. Du haut de son insolence et de son expérience, elle fixait les malheureuses bourgeoises qui, en chuchotant derrière leurs éventails, la paraient de tous les maux. Bien que celles-ci ne lui eussent jamais adressé la parole, elle savait tout de leur pudibonderie et de l'ennui qu'elles inspiraient à ceux qui, sur son oreiller, égrenaient leurs confidences. Elle leur abandonnait volontiers leur respectabilité ! Ce qu'elle voulait, elle, c'était le pouvoir !

Ramassant la traîne de sa robe, elle monta les marches qui menaient à la salle à manger. Louis s'y trouvait déjà. Sans hésiter, elle le rejoignit. Après lui avoir tendu sa main à baiser, elle déclara sur un ton doucereux :

— J'avais justement dans l'idée de te rencontrer ! James a acheté un terrain à Saint-Cloud. Nous voudrions y construire une propriété et j'ai pensé que…

— Je ne travaille que pour des édifices publics, coupa-t-il.

— Ton prix sera le nôtre.

— Là n'est pas la question.

Parviendrait-elle un jour à le faire fléchir ? Elle chercha la faille, mais le détachement qu'il affichait la décontenança.

— Des édifices publics, répéta-t-elle.

— Utilitaires… si vous préférez.

Une idée germa dans l'esprit de Flora, mais elle n'en souffla mot. Louis tourna les talons pour prendre sa place à table. James s'était assis à la gauche de leur hôtesse qui faisait face à Julien Coblence. Celui-ci avait pour voisine Hortense Duplessis. Avec insistance, Flora détaillait celle qu'elle n'arriverait jamais à égaler. L'élégance de l'âme, la grâce naturelle ne s'achetaient pas !

Contre son bras, Hortense sentait celui de Julien. À plusieurs reprises, il s'assura qu'elle ne manquait de rien. Avec autorité et adresse, Nancy veillait à ce que la conversation demeurât générale et enjouée. On parla des derniers spectacles et divertissements, de l'ouverture prochaine du nouvel Opéra.

— Je ne serai pas là pour y assister, soupira-t-elle.

— Qui vous empêche de vous attarder chez nous ? souligna Louis. Un an, ce n'est pas grand-chose.

— Ce serait peut-être une bonne idée… Nous verrons.

Ce « nous » exaspéra Hortense. Elle avait beau se raisonner, il lui était impossible d'accepter cette officialisation d'intimité. Ce n'était qu'un début ! Pendant le repas, elle intercepta des regards, des jeux de mots où filtraient tendresse et connivence. Une bête lui rongeait le cœur. À quelques mètres se tenait Fanny Mercier, parfaite image de ce qu'elle risquait de devenir. Une femme qui n'attendait plus rien d'un époux indifférent et dont le favori s'était lassé.

— Avez-vous des nouvelles de notre ami Carlier ? demanda Julien en se penchant vers Hortense.

— Il m'a envoyé une aquarelle pour Noël. Quelques phrases l'accompagnaient. Il s'est installé dans un atelier de la rue Saint-Georges.

— Je lui ai écrit plusieurs fois de Philadelphie pour lui annoncer que ses toiles avaient trouvé des amateurs. Il ne m'a pas répondu.

— Vos lettres ne l'ont sans doute pas suivi dans ses changements de domicile.

— Et Gabrielle ? Est-elle toujours proche de lui ?

— Non.

— J'aurais pourtant cru que rien ne les séparerait.

— Moi aussi. Mais j'ai appris que l'on ne devait s'abandonner à aucune certitude…

Surpris, il l'observa. Que souhaitait-elle lui faire comprendre ? S'agissait-il de sa relation avec Louis ? Du regard, il balaya les convives réunis en son honneur. Nancy lui souriait. La malheureuse ! Il n'avait rien à lui reprocher ! Pourtant, à cette minute même, il ne songeait qu'à s'échapper de la prison dorée dans laquelle elle voulait l'enfermer.

— Que s'est-il passé dans votre vie pendant mon absence ? demanda-t-il à Hortense.

À mesure qu'il la questionnait, elle s'anima. Ce qu'elle avait accompli se colorait puisqu'il y prêtait une attention qui valait tous les encouragements. Des transformations qui avaient embelli le Berceau, il voulut connaître chaque détail.

— Constant m'a conseillé pour l'amélioration du parc. Nous avons dessiné un labyrinthe et un odéon où j'ai organisé des récitals.

Prise dans un tourbillon de réminiscences et de goûts partagés, Hortense retrouvait son brio. Tandis qu'il écoutait les propos d'un dilettante italien, Louis constata cette transformation. La joie de revoir un ami ne suffisait pas à expliquer cet éclat qu'il connaissait pour l'avoir provoqué autrefois.

Hortense, Julien ! Une sueur glacée coula le long de son dos, semblable à celle qui avait accompagné son premier corps à corps avec l'ennemi. Il revit le combat silencieux, l'hébétude ressentie face à son « premier mort ». D'autres carnages avaient suivi… On s'habituait à tout, même au sang. Bien que la situation fût différente, quels moyens de l'empor-ter possédait-il ce soir ? Il se souvint du jour où Hortense lui avait lancé au visage : « Vous vous interdisez d'être heureux… et vous l'interdisez à vos proches ! » Louis but le vin qui restait au fond de son verre. Un long chemin restait à parcourir pour se détacher du monde auquel il refusait d'appartenir !

44

Le lendemain après-midi, Julien se présenta rue La Bruyère. Avant qu'Hortense ne lui proposât de s'asseoir, il lui tendit un cahier.

— Personne ne l'a vu, avoua-t-il. Ce sont des poèmes et quelques impressions de voyage.

— Voilà la surprise que vous me réserviez ! Vous aviez raison de m'affirmer qu'elle me plairait. Rien ne pouvait me causer plus de joie.

Pour cacher son émotion, il s'assit et lui demanda la permission d'allumer une cigarette.

— J'ai souvent espéré ces instants, murmura Julien.

Elle savait qu'il disait la vérité. Comme elle avait compris qu'il n'était plus en conflit avec lui-même…

— L'air me semble plus léger, admit-il après qu'elle en eut fait la remarque. Voir la souffrance des autres m'a obligé à balayer mes problèmes. On ne participe pas à une guerre sans en sortir différent.

— Le changement ne se révèle pas forcément bénéfique pour tout le monde !

— Est-ce à Louis que vous pensez ?

— Oui.

Il la vit hésiter avant de poursuivre :

— Nous sommes devenus deux étrangers et rien, encore moins mes efforts, ne réussit à lui redonner goût à la vie.

— Soyez patiente.

— Patiente ! Personne ne l'aura été davantage !

— Louis ne peut avoir perdu ce qui faisait de lui un être à part. Vous ne vous êtes pas trompée en l'aimant, Hortense ! Il est de ces hommes dont le monde a besoin pour évoluer. Idéaliste, mais actif, constructif... Le contraire de moi, conclut-il avec un geste de dérision.

— N'avez-vous pas affirmé que vous aviez changé ?

— En dehors de me prendre en charge avec plus de facilité, je ne me sens pas la vocation d'un nouvel Atlas.

— N'est-il pas nécessaire d'être en paix avec soi-même pour se tourner vers les autres ? Alors, vous y viendrez...

— Peut-être.

— Sinon, insista-t-elle en posant sa main sur le cahier, m'auriez-vous apporté ces feuilles ? Écrire n'est-il pas un acte d'amour ?

— Certainement pas, répliqua-t-il avec violence. Je n'ai écrit que par égoïsme, pour me délivrer de mon passé, de mes tourments et de mes désillusions. Je n'ai écrit que pour confesser mes erreurs. Nos démarches sont différentes ! Vous, vous créez pour donner ! Vous êtes de la même trempe que Louis... Moi, je n'ai rien à offrir !

— Vous oubliez votre expérience.

— Qui intéresse-t-elle ?

— Moi... parmi d'autres.

Il se leva et déambula dans la pièce.

— Je me suis souvent demandé comment j'avais réussi à attirer l'attention d'Elsie et la vôtre.

Sans chercher à savoir si cette association avec la cantatrice lui convenait, Hortense l'interrompit.

— Vous vous posez trop de questions et cette introspection vous empêche de regarder autour de vous. Tout est passé au tamis de votre pensée… qui n'est pas infaillible. Cessez de vouloir diriger, contrôler, cessez d'avoir peur de vous engager !

Elle avait élevé la voix mais, pour lui, pour elle, il fallait que certaines paroles fussent prononcées.

— Si j'avais encore peur, serais-je revenu en France afin de rendre visite à ma mère qui ne se porte pas bien ?

Sentant que, pour la première fois de son existence, il allait livrer ce qui l'avait longtemps étouffé, Hortense resta silencieuse.

— Nous n'avons jamais eu grand-chose à nous dire, elle et moi ! Néanmoins, j'ai décidé d'être attentif à ses besoins. Il n'y a plus personne autour d'elle, hormis un mari qu'elle ne supporte plus depuis qu'il est impotent. Alors, si je peux adoucir cette vieillesse qui me navre… Saviez-vous que cette femme avait connu une grande passion ? lui demanda soudain Julien. Saviez-vous que j'en étais le fruit ?

Elle hocha la tête.

— Constant vous a parlé ?

— Oui.

— Des malentendus auraient été évités si j'avais connu plus tôt cette histoire.

L'obscurité envahissait le boudoir, toutefois Hortense n'alluma pas les lampes. Julien parla longtemps de son père officiel et de son père officieux, le fameux Shams dont les faits et gestes avaient bercé son adolescence, cet inconnu qu'Elsie n'avait cessé de lui donner en exemple.

— Un errant, lui aussi ! Jusqu'à ce qu'il s'installe dans cette maison devenue la vôtre. J'ai hérité de son goût pour le farniente et la musique.

Il avait aussi hérité de son don de séduire et de convaincre. Dans la pénombre, Hortense discernait le visage de Julien, les yeux sombres qu'abritaient d'épais sourcils, le nez impérieux, la bouche sensuelle et désabusée. Il n'y avait pas trace de douceur sur ces traits, encore moins de compassion ! Sans doute était-ce le secret de son emprise. Julien était un être de fuite, un voyageur sans bagage dont il était impossible de se lasser puisqu'il disparaissait avant d'avoir été percé à jour. Sur quel royaume mythique avait-il régné pour posséder une telle autorité ? Saurait-elle déposer à ses pieds le fardeau d'un amour qui la submergeait ? Elle allait s'accuser de lâcheté quand Henri se présenta. Les deux hommes se congratulèrent, échangèrent leurs impressions sur le nouveau Paris, puis le nom, évité jusqu'à présent, fut prononcé.

— On m'a annoncé que tu quittais le club des célibataires, s'exclama le garçon. Je reconnais que Mrs. Preston est de nature à remettre en question certaines professions de foi...

— Rien n'est encore décidé, répondit Julien sur un ton sec. Et si je peux te donner un conseil... il est nécessaire d'avoir de bonnes informations pour jouer les gazettes.

Se tournant vers Hortense, il déclara :

— Je n'ai que trop abusé de votre temps.

— Comment osez-vous me tenir ce langage alors que je vais passer des heures en votre compagnie !

— Justement… je vous laisse à votre lecture.

Il porta sa main à ses lèvres puis la posa sur son cœur.

— Promettez-moi de ne pas me ménager.

D'un battement de cils, elle acquiesça.

Le majordome éclaira la pièce et Julien découvrit une aquarelle.

— C'est le travail de Carlier, n'est-ce pas ? Quel changement, quelle évolution, murmura-t-il en s'attardant devant une paisible scène de jardin.

— Il l'a peinte chez les Monet à Argenteuil.

— Avez-vous son adresse ?

— Il l'a notée sur la lettre qui accompagnait ce présent.

Hortense se dirigea vers son secrétaire, tandis que Julien livrait à Henri ses impressions.

— Il a abandonné le détail anecdotique pour privilégier l'ensemble. Ses touches sont plus légères, plus serrées, ses couleurs plus claires. Il en ressort une impression d'instantanéité… Toi, le photographe, tu dois t'en rendre compte !

— Coblence, constata Carlier sans paraître étonné… Entre !

L'atelier occupait le deuxième étage d'une maison située au fond d'une cour. Julien fut frappé par la simplicité monacale de l'endroit et par un ordre dont Étienne ne s'était pas toujours soucié. De nombreuses toiles étaient alignées à même le sol et le long des murs, la plupart retournées. Sur une table de noyer, des brosses et des pinceaux de toutes tailles emplissaient des pots de terre cuite. Une blouse maculée était suspendue à une patère.

— Assieds-toi, proposa Étienne en désignant un sofa recouvert d'un tissu terni par le soleil. Aimerais-tu un café ?

Pendant qu'il s'affairait autour du réchaud, Julien constata que le peintre avait rajeuni. Les traces de la maladie s'étaient effacées. Son corps respirait l'exercice et le plein air. Le regard, surtout, n'était plus désespéré.

— J'ai vendu les toiles que tu m'avais confiées, annonça-t-il. À des personnes que tu apprécierais !

— Des Américains ?

— Lui est anglais. Elle est française. Lewis Robinson et la comtesse de Mazenau. Ils habitent New York.

— Degas m'a parlé d'eux. N'ont-ils pas ouvert un musée afin d'y exposer des peintres modernes et « maudits » ?

— C'est exact… Tu les as rejoints…

— J'en suis très fier.

Indifférent aux heures qui s'écoulaient, Julien écouta Étienne lui raconter son séjour à Auvers-sur-Oise.

— Je dois beaucoup à Pissarro, à sa patience, sa générosité. Il m'a redonné confiance ! Il m'a aussi appris à ne pas violer la nature mais à doucement la comprendre. Nous travaillions comme des fous. Cézanne était le plus acharné. Le docteur Gachet nous encourageait en nous achetant des toiles. Durand-Ruel aussi. On vendait comme jamais !

— Et maintenant ?

— Il y a un creux. Certains ont envie de tenter la vente aux enchères. Moi, je suis plutôt partisan d'exposer en indépendants. Nous devons nous réunir demain afin d'étudier cette idée. Nadar mettrait à notre disposition son local du boulevard des Capucines.

— Quand aurait lieu cette manifestation ?

— Quinze jours avant l'ouverture du Salon officiel.

— Vous n'avez pas froid aux yeux !

— Non, s'exclama Étienne en riant. Mais... avons-nous le choix ?

Retrouvant son sérieux, il ajouta :

— Si nous parvenons à nous imposer, ce sera parce que nous nous sommes toujours entraidés. Dès que l'un d'entre nous rencontre un amateur, il le présente au groupe sans attendre. On ne bâtit rien sur la solitude et la méfiance ! En tous les cas, pas un mouvement d'importance.

Les divergences d'opinions ne manquaient pourtant pas ! Étienne en eut la preuve lorsqu'il fallut, le lendemain, définir les grandes lignes de la manifestation.

Degas se montra d'emblée réticent au projet.

— Bien que nous ayons les uns et les autres décidé de ne rien envoyer au Salon officiel, ne risquons-nous pas d'être considérés comme des « refusés » en exposant ensemble ? Pour éviter cet écueil, nous devrions inviter des artistes sélectionnés par le jury.

— Non, s'insurgea Monet. Leurs recherches ne correspondant pas aux nôtres, l'exposition perdra son caractère novateur et révolutionnaire.

— Si nous sommes plus nombreux, nos cotisations en seront allégées, fit remarquer Degas sur un ton doucereux.

L'argument ayant son poids, il l'emporta. Pissarro insista sur l'obligation de former une association corporative et proposa comme modèle la charte d'une corporation de boulangers qu'il avait étudiée à Pontoise. Il voulut y ajouter des règlements hérissés de défenses et de pénalités, mais Renoir qui détestait les lois l'en empêcha.

— Pourquoi ne verserions-nous pas chacun à une caisse commune un dixième du produit des ventes éventuelles ? proposa-t-il.

Pissarro réfléchissait en se grattant la tête tandis qu'autour de lui les suggestions fusaient. Étienne, pour sa part, se fichait des modalités. Il souhaitait seulement que ses tableaux fussent vus du plus grand nombre. Distraitement, il entendait se créer une société par actions, avec des versements mensuels, des contrats de participation, des souscriptions… un langage qui le touchait peu. Son attention s'accrut lorsque Pissarro aborda la question de l'accrochage. Comment fournir aux exposés des chances égales de placement à la cimaise ?

— Doit-on instaurer un tirage au sort ou en décider par un vote ?

— Classons d'abord les tableaux par ordre de grandeur et, ensuite, tirons-les au sort, lança Étienne.

— L'idée n'est pas mauvaise, répliqua Renoir qui venait d'être élu membre du conseil d'administration.

Bière et absinthe arrosèrent cette décision. Malgré son vœu de sobriété, Étienne ne résista pas à l'attrait de l'alcool qui aussitôt fouetta son sang. Après tant de mois consacrés à la peinture, il avait envie de bruit, de couleurs chaudes et de mouvement. Rejoignant Chevigny qui se levait, il lui proposa une promenade nocturne.

— Le moine se réveille, s'étonna celui-ci.

— Il me faut des huîtres, du vin, de la musique et quelques gambilleuses…

— Si tu t'engages à payer la tournée, je suis ton homme.

Jusqu'à l'aube, ils écumèrent les cafés-concerts et autres beuglants qui, à l'approche du nouvel an, étaient pris d'assaut. Partis à deux, ils furent bientôt absorbés par une bande d'échotiers et de grisettes qui fêtaient un anniversaire. Placé entre une rousse plantureuse et une gamine qui toussait, Étienne se laissait envahir par la voix de Teresa. Il aimait son répertoire, ses intonations rauques, le mouvement de jambe avec lequel elle écartait la traîne de sa robe vermillon. Tendue vers son public, elle s'offrait un cœur à cœur dont elle sortait toujours victorieuse. Dans un brouhaha de vivats, de verres brisés, on l'applaudissait, la bissait. Arrachées aux paniers des bouquetières, les roses tombaient aux pieds de l'idole. La vénération brillait dans les prunelles, parfois les larmes.

— Si je pouvais la toucher, se lamentait la rousse.

Les yeux piqués par la fumée, Étienne respirait l'air saturé de musc. Au fond de la salle, des étudiants s'étaient assis sur la rambarde des balcons et, les jambes dans le vide, buvaient cul sec leurs maigres économies. Dans un va-et-vient perpétuel, des filles passaient à la recherche de l'occasion qui les sortirait de la prostitution. Dès qu'elles trouvaient preneur, elles se réfugiaient dans des loges où, pour une poignée de sous, elles amorçaient l'aventure. C'était le chemin que sa voisine souhaitait faire prendre à Étienne. Malgré son insistance, il ne parvenait pas à la désirer.

Quand il se sentit à la limite de l'ébriété, il décida de rentrer chez lui. À l'arrêt de l'omnibus, des travailleurs grelottant dans leur pèlerine attendaient le véhicule qui les emmènerait vers une journée semblable aux autres. Il préféra rentrer à pied et profiter du froid pour se nettoyer l'esprit. Dans trois jours commencerait l'année 1874. Quel tour allait prendre sa vie ? Il restait un si grand vide à combler…

45

1874

ÉTIENNE PASSA LE PREMIER JANVIER chez Nina de Callias qui, depuis son retour d'exil, habitait rue des Moines. Quelques mois avaient suffi pour que se regroupent autour de leur muse les fidèles, auxquels s'étaient ajoutées de nouvelles recrues, dont Manet et Renoir. La discussion ne manqua pas de se fixer sur l'exposition à venir.

— Je ne souhaite pas y participer, déclara Manet. Ma peinture est différente de la vôtre. Je ne suis pas un fanatique du grand air et j'aime les teintes sombres.

Son dernier portrait de Berthe Morisot ainsi que le *Bal masqué à l'Opéra* confirmaient ses dires. De plus, l'idée d'appartenir à un groupe lui déplaisait.

— J'ai envie de participer au Salon officiel.

Connaissant la soif d'honneurs de son ami, Renoir ne chercha plus à l'influencer. En revanche, il l'exhorta à ne pas interférer dans les décisions de son entourage.

— Berthe s'est toujours passée de mon avis, se défendit Manet avec mauvaise foi… Mais je prie pour qu'elle ne tourne pas le dos à une manifestation qui ne l'a jamais boudée.

Au crépuscule, Étienne emprunta l'escalier qui menait à son atelier. Il cherchait ses clefs dans la poche de sa vareuse quand il découvrit Gabrielle assise sur la plus haute des marches.

— Jure-moi que je ne rêve pas, murmura-t-il.

Sans bouger, elle le regarda monter. Puis elle dit :

— Je ne pouvais pas terminer cette journée sans te voir. En es-tu contrarié ?

Pour toute réponse, il s'empara du sac déposé sur le palier. Après avoir ouvert la porte, il s'effaça pour la laisser entrer.

— C'est étrange…, avoua-t-il en allumant les lampes à pétrole. Depuis une semaine, je cherchais un moyen de te rencontrer. J'avais même espéré te trouver chez Nina.

Abandonnant manchon et pelisse, elle s'approcha du poêle qu'il remplit de bois. La chaleur l'apaisa.

— Je suis devenu plus sage, plus sobre et, par la même occasion, mortellement ennuyeux pour mes amis, avoua Étienne.

Les yeux fixés sur la toile qui séchait au pied d'un chevalet, elle se contenta de sourire.

Éclairée par le halo de globes opalescents, une femme chantait sur une scène tandis qu'en contrebas se découpaient l'orchestre et les premiers rangs des spectateurs. Il ressortait de ce tableau une telle force, un tel réalisme, que Gabrielle frissonna. Elle entendait la voix rauque, les cuivres et les cymbales… Un refrain de Teresa trottait dans sa tête… La magie du spectacle l'emportait…

— C'est le travail que j'attendais, souffla-t-elle.

— J'avais le choix entre crever ou prouver que je n'étais pas un barbouilleur du dimanche. Le cercueil m'a fait peur.

Après un silence, il ajouta :

— J'ai passé une sale période où je me haïssais et haïssais les autres.

— Y compris moi.

— Non, toi, c'était autre chose ! Comme une conscience que je ne voulais pas affronter. J'avais honte, Gabrielle, du gâchis dont j'étais responsable, du mal que je te faisais.

— Est-il nécessaire d'en parler ce soir ?

— Oui.

Sans se chercher des excuses mais sans exagérer non plus, il fit son propre procès.

— Si mes débuts ont été durs, je n'ai jamais véritablement connu la souffrance. Seules comptaient la joie de peindre, l'amitié et l'entraide. On logeait chez les uns, chez les autres, on se chauffait en faisant flamber de vieux souliers, on mangeait assez pour tenir. Vivre ainsi au jour le jour ne me dérangeait pas. J'avais foi en mon travail. Il a fallu cette saleté de guerre et la perte de mes moyens physiques pour mettre à bas mes convictions. L'acte de peindre me dégoûtait ! Plus encore celui de me sacrifier pour poursuivre une carrière ! En même temps, j'étais incapable d'entreprendre quoi que ce soit d'autre. Par réaction, la facilité m'attira. Boire, m'étourdir devint une vocation où j'excellais. Aujourd'hui je me demande de quoi je voulais me punir.

— De ne pas te montrer digne du don que tu as reçu.

— Peut-être. J'allais jusqu'à regretter de l'avoir possédé, ce don ! Rien ne remplace la faculté de créer, rien ne provoque cette exigence, cette fièvre. Un soir où je me préparais à traîner dans les cafés, je me suis dit qu'en reprenant mes pinceaux certaines questions se résoudraient. Il fallait que je brise un orgueil qui masquait l'essentiel. Je devais apprendre à voir le monde tel qu'il était, non tel que je le désirais. Je devais unifier ma création et ma vie. Jusque-là, j'avais pensé qu'il suffisait de peindre pour exister.

— Je l'ai cru, moi aussi, le rassura Gabrielle.

— La campagne m'a sauvé. J'ai senti dans mon corps l'air et le soleil. Respirer comme autrefois, marcher, courir sans éprouver de fatigue transformait chaque instant en bonheur. Je me suis réconcilié avec ceux qui m'avaient tourné le dos. J'ai retrouvé l'émulation et enfin obtenu la restitution quasi fidèle de mes sensations sur la toile. À cette renaissance, poursuivit-il sur un ton sourd, perdurait un obstacle. Je ne m'accordais pas le droit de te rechercher. Chevigny m'a proposé de plaider en ma faveur, ainsi que Nina… Je le leur ai interdit.

— Tu crois qu'ils t'ont écouté ? Tu es naïf !

Étienne avoua avec ironie :

— Alors, leurs renseignements fonctionnaient dans les deux sens ! Ils me tenaient au courant de tes moindres faits et gestes. Lorsque j'ai appris ton départ pour l'Italie, j'ai craint le pire. Moi qui avais adoré ce pays, je me suis mis à le détester, lui et ses habitants.

Il s'empara du poignet de Gabrielle et posa la question qui le hantait.

— Quelqu'un a-t-il compté pour toi pendant la période où nous ne nous sommes pas vus ?

— Non, Étienne, je ne me suis attachée à personne.

Il scrutait ses traits, cherchant à savoir quel pouvoir il avait encore sur son cœur.

— Je ne veux plus te perdre, répéta-t-il en la serrant à la broyer contre sa poitrine.

Paupières closes, il laissa courir ses mains sur ce corps retrouvé afin d'en réapprendre le langage. Une étrange timidité l'envahissait face à une femme qui avait été sienne et qu'il percevait comme une inconnue. Gabrielle en eut conscience et, s'écartant, elle commença de se dévêtir. Immobile, il la regardait agir… La jeune fille qui, autrefois, s'inquiétait de le séduire s'était transformée en une sirène dont il acceptait l'autorité.

Mue par son intuition et par l'amour qu'elle lui vouait, elle vint au-devant de son désir. Avec des mots qui enflammaient ses sens, elle ne lui cacha rien de ce qu'elle éprouvait ou attendait. Curieux de connaître ses secrets, il s'abandonna à ses initiatives. Douce, violente, obstinée, implorante, elle tissa autour de lui un rets dont il n'aurait voulu s'échapper. Lorsqu'il la déposa sur le lit, ses cheveux se dénouèrent, cachant en partie ses seins. De la bouche, il les écarta… Confondus, le passé et le présent l'emportaient vers celle qui avait détruit ses craintes.

Ni l'un ni l'autre ne cherchèrent à se séparer quand ils eurent retrouvé le calme. Dans la chaleur de Gabrielle, Étienne dérivait vers des contrées où rien de fâcheux ne leur arriverait. Ils commençaient de s'assoupir lorsque de grosses gouttes de pluie criblèrent la verrière.

— J'adore ce bruit, murmura Gabrielle avec un soupir de contentement.

— Moi aussi… Attends…

Il se leva afin d'ouvrir en grand les fenêtres puis, en frissonnant, revint se blottir sous les couvertures auxquelles il ajouta un volumineux édredon. La nuit et le froid envahirent la pièce, mais ils n'en ressentirent que de l'agrément.

— Je ne connais cette paix qu'auprès de toi, remarqua Étienne. Mon Dieu… quand je songe à ce temps perdu !

— Il n'y a pas eu de temps perdu… Simplement quelques épreuves !

— Accompagnées de trop grands risques ! J'ai été stupide. Maintenant, je ne te laisserai plus t'éloigner, dussé-je t'attacher.

Elle rit.

— On a dû te courtiser, insista-t-il. Et le fameux Frédéric, qu'est-il devenu ?

— Il a demandé mon amie Héloïse en mariage et s'apprête à l'emmener au Canada.

— Bon débarras !

— Ne me dis pas que tu en étais jaloux !

— Bien sûr que si ! Comme de tous ceux qui t'approchent.

L'obscurité l'empêchait de discerner ses traits, mais à l'altération de sa voix elle comprit qu'il faisait un effort pour se confier.

— Je suis ébranlé dans mes convictions, tiraillé, et je ne vois aucune solution. Que puis-je te proposer ? Ma famille n'a ni titre ni fortune. Je n'ai moi-même pas un sou et cette situation n'a aucune raison de changer. Mes tableaux se vendent par intermittence et je viens de m'engager à exposer avec des fous… Après un tel bilan, comment pourrais-je te demander de m'épouser ?

— Je ne suis pas certaine que cette solution soit la bonne.

Par crainte de l'avoir froissé, elle rectifia :

— Tu n'es pas un homme de contraintes, Étienne. Je t'imagine mal nanti d'une femme et d'une famille qui t'entraveraient dans tes décisions et tes démarches…

— Ce langage est insensé, s'exclama-t-il. En quoi t'arroges-tu le droit de savoir ce qui me convient ou non ?

— Je ne m'arroge aucun droit, hormis celui de nous préserver ! Tu te crois obligé de m'offrir un statut social, mais écoute-moi… Je suis depuis longtemps débarrassée des préceptes bourgeois et je n'ai pas l'intention de revenir en arrière. Rentrer dans le rang ne m'intéresse pas, encore moins pour faire taire les mauvaises langues.

— Alors, explique-moi de quelle manière tu envisages notre avenir…

— Je n'y pense pas. Anticiper m'a toujours déplu.

— Est-ce anticiper que de réfléchir au moyen de nous voir sans difficulté, de dormir, de voyager ensemble ? Dans moins d'une heure, tu vas me quitter pour rentrer chez tes parents. Est-ce envisageable à long terme ? Non, poursuivit-il, tu ne me dicteras pas ma conduite ! Dès demain, je chercherai des solutions pour t'offrir une existence décente. Oh ! sois tranquille, tu continueras à travailler comme bon te semble. Tu auras ton atelier et moi le mien…

Sans douter de sa détermination, elle se laissait bercer par ses paroles. C'était bon de s'abandonner à une volonté extérieure, bon de se sentir précieuse et recherchée. La pluie avait redoublé. Un volet claqua, poussé par le vent. Étienne avait entouré Gabrielle de ses bras. Une confiance nouvelle s'installait. Le visage contre son torse, elle se familiarisait avec l'idée de partager, de construire. Il n'était pas un être simple, loin de là. Le quotidien en sa compagnie serait houleux mais les eaux calmes ne l'avaient jamais séduite.

— Je dois y aller, gémit Gabrielle quand le beffroi de l'église voisine sonna 7 heures.

Bravant une température polaire, Étienne courut fermer les croisées, puis il activa le poêle et alluma quelques lampes.

— Que dirais-tu d'un bon grog ? lança-t-il, une bouteille de rhum à la main.

Pendant qu'il s'affairait, elle s'habilla. Après avoir hésité, elle demanda en désignant les toiles retournées :

— Est-il permis de les regarder ?

— Bien sûr.

Mieux que s'il le lui avait conté, elle découvrit l'itinéraire d'Étienne pendant leur séparation. Partout, la vie s'imposait, dans le ressac de la mer ou le cours des saisons. Faneuses, mariniers, chacun veillait à l'ordre du monde et le respect qu'ils inspiraient au peintre se lisait dans le regard lavé de lumière, les silhouettes cassées.

Étienne aimait ses semblables et les comprenait au point de devenir chacun d'entre eux, au moment voulu… Sinon, comment aurait-il capté l'inquiétude, la soumission ou le bonheur du travail accompli ? Il n'était pas nécessaire d'être devin pour savoir qu'il marquerait son époque. En était-il conscient ? Elle l'observa. Avec des gestes calmes et précis, il préparait leur boisson. Dans un élan, elle le rejoignit et, collée contre son dos, murmura :

— Je t'aime.

— Tiens, bois, ordonna-t-il en se retournant pour lui tendre un verre. Et dis-moi si je l'ai assez sucré…

Sur un ton léger, il ajouta :

— Tu n'as pas trouvé ton cadeau ? Pourtant, tu brûlais !

— Mon cadeau ?

— Cherche dans les toiles posées près du fauteuil… là-bas…

Bientôt, elle se reconnut assise à l'arrière d'un canot.

— Quelle confrontation intimidante !

Rien n'avait échappé à Étienne, ni l'obstination ni la douceur, encore moins la sensibilité qui faisaient de Gabrielle une femme singulière. À la sensualité du visage, la liberté de la pose (ne voyait-on pas au premier plan un escarpin jaune et la cheville gainée d'un bas du même ton ?), s'ajoutait une idée de modernisme qui la troublait.

— Tu te souviens des croquis que j'avais faits sur la Seine ?

— Tu les avais gardés ?

— Je les ai toujours.

Il sortit un calepin. En même temps qu'ils le feuilletaient, elle se remémora leur promenade et le plaisir qu'elle avait éprouvé à le tromper sur son identité, ce plaisir que le peintre avait su traduire.

— Tu devrais me féliciter d'avoir si bien capté ton âme rouée, plaisanta Étienne.

Il ajouta, cette fois avec sérieux :

— C'était la déclaration que je t'adressais quand je n'espérais plus rien. Si elle te plaît, je la mettrai sous mon bras pour t'accompagner jusqu'à chez toi.

46

En sachant qu'un jour ou l'autre elle devrait officialiser sa relation avec Étienne, Gabrielle préservait le secret de leurs tête-à-tête. Sans se poser de questions, elle en profitait ! Sans doute se serait-elle accordé quelques semaines de farniente si Renoir, croisé rue Saint-Georges, ne l'avait invitée à exposer avec son groupe. Impatiente de connaître l'avis de Berthe Morisot, elle se rendit à Passy.

Juchée sur un tabouret, Berthe rangeait des volumes dans une bibliothèque vitrée.

— Je n'avais pas trouvé le temps de vider toutes mes caisses depuis que nous avons déménagé, s'excusa-t-elle auprès de sa visiteuse.

La famille Morisot venait de s'installer rue Guichard, mais dans ce nouvel appartement Berthe n'avait plus d'atelier.

— Ma vie se déroule dans cette chambre et je m'y habitue avec difficulté.

Qui aurait songé que Berthe peignait ses toiles au milieu de ce bric-à-brac de jeune fille ? Contournant une cage où des perruches s'égosillaient, repoussant un filet à papillons, Gabrielle s'assit dans le fauteuil que lui avançait son hôtesse. Sans tarder, elle aborda le sujet qui l'intéressait.

— Que pensez-vous de cette exposition qui doit se tenir boulevard des Capucines ?

— Ah... vous aussi, vous avez été sollicitée ! Degas m'en parle quotidiennement, répliqua Berthe.

— Êtes-vous tentée ?

— Songez à ce que je dois à Cadart, à Durand-Ruel. Mon apprentissage, comme le vôtre, n'a pas été académique... Ce que nous peignons ne répond pas à ce que prêche l'Institut. De plus, notre statut de femme nous interdit les honneurs. Voici d'excellentes raisons pour rejoindre ceux dont nous aimons le style.

Berthe scruta Gabrielle, puis remarqua :

— Est-ce de renoncer au Salon qui vous dérange ?

— Non !

— Alors, je ne comprends pas votre hésitation.

L'insistance de Berthe permit à Gabrielle de discerner la véritable cause de son dilemme. Elle n'osait pas s'infiltrer dans un univers où Étienne occupait l'une des premières places. À mesure que cette idée se précisait, elle comprit que l'art était une chose trop grave pour qu'on le mêlât à des considérations d'origine privée.

— Manet m'a avertie qu'il se tiendrait à l'écart, dit Berthe avec un sourire entendu. Sa décision ne m'a pas étonnée. L'idée d'être assimilé à d'autres artistes le rend fou ! Souvenez-vous de sa contrariété quand il a découvert qu'un peintre de sa génération avait un nom proche du sien...

Avec un rire léger, elle ajouta :

— J'aimerais être une souris pour assister à leurs réunions car elles ne doivent pas manquer de piquant ! Degas se plaint d'avoir toutes les peines du monde à faire accepter certaines candidatures, Pissarro, de même. La venue de Cézanne et d'autres énervés de son genre cause des discussions houleuses. De vieilles susceptibilités resurgissent. Mon Dieu, que ces hommes sont compliqués !

Une nuance de regret perçant dans cette constatation, Gabrielle se demanda où en était Berthe dans sa vie privée. Pendant un temps, on avait cru que Puvis de Chavannes avait conquis son cœur, mais cette rumeur n'avait pas duré. Avait-elle choisi de sacrifier amour et maternité à sa carrière ? Son amie n'était pas destinée à la solitude. Elle avait trop à donner pour qu'une œuvre, si riche fût-elle, l'en empêchât.

— Après cette exposition, je m'accorderai de longues vacances et j'en profiterai pour faire des choix. Il arrive un âge où l'on ne doit plus rêver à l'impossible, déclara Berthe. Avez-vous parfois la tentation de déposer votre fardeau dans d'autres mains ? Le temps de respirer, avant de recommencer…

— De plus en plus fréquemment.

Sans en abuser, Gabrielle confiait certains de ses tracas à Étienne. C'était lui qui, en réalité, l'y avait invitée.

— Cesse de m'affirmer que tu vas bien et que tu n'as pas de soucis, lui reprocha-t-il, un matin qu'une altercation avec sa mère l'avait contrariée. Tu ne peux pas me tromper ! Dès que tu triches, je le sens. Si tu n'as pas suffisamment confiance en moi pour m'avouer ce qui te préoccupe, je ne comprends pas ce que nous faisons ensemble. Je ne t'aime pas seulement pour les moments agréables que tu sais m'offrir, avait-il ajouté en l'obligeant à s'asseoir sur ses genoux, mais pour tout ce que contient ta petite tête de mule…

Pressée d'avertir Étienne de sa décision, elle fit un détour par l'atelier de la rue Saint-Georges, lorsqu'elle quitta Berthe Morisot. Ce fut Julien qui ouvrit la porte.

— Étienne est descendu acheter un seccatif avant que la boutique ne ferme. Il sera là dans cinq minutes. J'en profite pour regarder ses toiles.

Ensemble, ils se penchèrent sur des tableaux que Gabrielle connaissait, mais sur lesquels les appréciations de son compagnon lui ouvrirent des horizons. Elle n'entendit pas Étienne s'approcher, Julien non plus. Un instant, il demeura immobile à les écouter. Aucun orgueil n'expliquait cet acte, seulement le plaisir de découvrir que sa propre vision pouvait s'expliquer par les paroles. Il s'avança, les interrompant.

— Toi qui cherches une introduction pour un catalogue destiné aux Américains, pourquoi ne l'écris-tu pas au lieu d'engager le journaliste dont tu me parlais tout à l'heure ?

Julien le dévisagea pour s'assurer qu'il parlait sérieusement.

— Crois-tu que ce serait une bonne idée ?

— J'en suis certain !

— Alors, j'y songerai.

Les phrases s'articulaient déjà quand son attelage le ramena à son domicile. Il les nota en arrivant. Puis il s'accorda sa pause quotidienne, ce moment privilégié où, dans le silence de son salon, il goûtait la compagnie des tableaux. Depuis son retour, il avait acheté des aquarelles et des pastels de Monet, Sisley, Degas. Carlier avait accepté de lui céder son *Café-Concert* ainsi qu'un port de pêche sous un clair de lune. Entouré par l'aura de ces œuvres, il donnait libre cours à sa mémoire et à son imagination, échafaudant le roman de sa vie. Fréquemment, les images s'enchevêtraient et il ne discernait plus lesquelles appartenaient au rêve ou à la réalité. C'était un voyage sans passeport dans des pays où il se voyait tour à tour roi et mendiant, homme, femme, enfant et quelquefois vieillard… Un voyage dont il revenait apaisé. Il songeait au développement de son introduction quand il entendit carillonner à la porte.

Surpris, il se retourna lorsque Nancy lança d'une voix inquiète :

— Chéri, que se passe-t-il ? Tu devais m'emmener aux Variétés. Cela fait plus d'une heure que je t'attends.

— J'avais oublié, avoua-t-il.

— Oublié !

— Oui.

— Je te trouve bien distrait, ces derniers temps. As-tu des soucis ?

— Ni plus ni moins que d'habitude.

— Alors, explique-moi ton attitude, insista-t-elle.

— Il n'y a rien à expliquer, Nancy.

Jetant un coup d'œil sur la pendule, il ajouta :

— Accorde-moi quelques minutes pour me changer et…

— Ce n'est plus la peine. Je déteste manquer le début d'un spectacle.

— Comme tu voudras.

— Ne joue pas la même comédie après-demain.

— Après-demain ?

— Le bal chez les Mercier… L'as-tu également oublié ?

— Je suis désolé, mais je ne pourrai pas t'y accompagner.

— Pour quelle raison ?

— Je dois me rendre à Bougival pour fêter les quatre-vingts ans de mon ami Constant Delteil.

— Cherche une excuse pour ne pas y aller.

— Il n'en est pas question !

En colère, elle cria :

— Personne ne s'est encore payé ma tête ! Ce n'est pas toi qui vas commencer !

— Je ne me paye pas ta tête, interrompit Julien avec un calme qui ne fit qu'augmenter l'énervement de Nancy.

— Prouve-le-moi en te rendant libre…

— Tu devrais savoir que je déteste les marchandages.

— Moi, je déteste que l'on ne me traite pas à ma juste valeur ! Ta conduite ressemble à celle d'un goujat et je ne suis pas certaine de vouloir demeurer à Paris. Qu'y ferais-je, si je ne peux compter sur ta présence ?

— Les divertissements ne manquent pas.

La réplique avait jailli. Même s'il la regrettait, le mal était fait. Nancy s'avança et, le visage proche du sien, souffla :

— Tu détestes peut-être les marchandages, mais je te pose un ultimatum : ou tu m'escortes chez les Mercier, ou je prends le prochain bateau pour l'Amérique.

— Nancy, essaie de comprendre. Hortense Duplessis a organisé un dîner pour notre vieil ami. Il n'en est même pas averti, c'est une surprise…

— Hortense Duplessis ! On m'avait prévenue qu'elle avait tous les droits sur ta personne…

Sous la critique, Julien blêmit. Loin de s'en préoccuper, Nancy libéra sa rancœur.

— Comment ai-je été assez stupide pour croire que tu en viendrais à m'aimer ! Jamais je ne me pardonnerai de t'avoir suivi jusqu'ici.

À mesure qu'elle prononçait ces paroles, elle se rendait compte que la situation lui échappait. Le regard glacial de Julien lui signifiait clairement son congé. Il s'était approché de la porte. Des sanglots montaient à la gorge de Nancy. Dans un sursaut de fierté, elle ramena le burnous qui avait glissé sur son épaule ; peut-être allait-il la rappeler ? Elle l'espéra, néanmoins aucun bruit ne résonna dans les escaliers qu'elle descendit comme une somnambule. Pelotonnée sur la banquette de sa voiture, elle pleura tout son soûl sur ses espoirs évanouis. Julien, l'homme qui lui avait appris la liberté, celui pour lequel elle aurait parcouru océans et continents, Julien l'avait répudiée. Elle fut tentée de faire demi-tour… mais connaissant l'horreur que son amant nourrissait pour les scènes, elle s'abstint. Pour ne pas affronter la solitude de sa chambre, elle demanda au cocher de la promener durant la nuit entière. À son retour au Régina, sa détresse s'était transformée en détermination. Elle ne quitterait la France qu'après avoir répandu la vérité que Julien n'avait pas su lui cacher…

47

Se séparer de Nancy était pour Julien une décision irrévocable. Dès le lendemain de leur dispute, il lui adressa une lettre dans laquelle il se déclarait l'unique responsable de leur échec. Son soulagement l'éclairait sur la valeur de cette liaison ; même s'il avait préféré l'Américaine aux femmes possédées jusque-là ! Pour être honnête, il l'avait préférée tant qu'ils étaient restés à Philadelphie ! Depuis son installation à Paris, Nancy était devenue capricieuse et jalouse. La moindre soirée à son club ou avec ses amis du Guerbois déclenchait les reproches.

Habitué à ne pas rendre de comptes, Julien avait mal supporté cette invasion de son intimité, qui avait refroidi ses sentiments.

En se rendant comme prévu à Bougival, il chercha des causes au changement d'humeur de sa maîtresse… et se souvint de l'avoir vue contrariée alors qu'il rentrait de la rue La Bruyère.

— Vous ne m'avez jamais paru aussi radieux, avait-elle souligné. Que s'est-il produit qui fasse ainsi briller vos yeux ?

— Mme Duplessis m'a complimenté sur mes écrits.

— Vos écrits ! C'est la première fois que j'en entends parler !

— J'attendais d'avoir son avis…

— Parce qu'il a plus de valeur que le mien ?

— Vous n'êtes, aux dernières nouvelles, ni française ni écrivain…

Nancy s'était détournée mais, replié sur son entretien avec Hortense, Julien n'avait pas tenté de la dérider… Il avait même prétexté un rendez-vous pour l'abandonner à sa morosité.

Auprès de Constant, il oublia sa culpabilité d'avoir fait traverser l'Atlantique à Mrs. Preston pour ensuite la congédier.

— Je devais surveiller la création d'un nouveau service à la fabrique, expliqua-t-il quand, surpris par sa venue, son ami voulut en connaître le motif. J'ai eu envie de passer la soirée en votre compagnie. Une table est réservée au Coq d'or pour notre dîner.

— Mon garçon, je ne sors plus la nuit… surtout en plein hiver…

— Vous ferez une exception.

Pour se rendre à l'auberge, il fallait passer devant le Berceau. Constant sursauta en découvrant la façade de la maison illuminée.

— C'est étrange, murmura Julien. Allons voir…

Les consignes avaient été suivies à la lettre par chacun des participants. Lorsque Constant pénétra à la suite de Julien dans le salon, il trouva groupés autour de Louis et d'Hortense son neveu Frédéric, Héloïse, Gabrielle, le peintre Étienne Carlier, Henri et Marthe Duplessis.

— Mon anniversaire ! Vous vous en êtes souvenus, balbutia-t-il, la voix nouée par l'émotion. Et vous vous êtes déplacés jusqu'ici !

Pour la première fois depuis quatre ans, Hortense sentait revivre sa demeure. Dieu avait permis qu'ils fussent tous présents à cette réunion. Elle croisa le regard de Louis. Il semblait plus détendu et elle eut l'impression qu'il était heureux.

Assis dans un fauteuil à haut dossier, Constant goûtait à l'affection partagée. S'il n'avait pu fonder une famille traditionnelle, il avait établi une parenté du cœur plus précieuse que certains liens du sang. Au terme de son existence, il fut tenté d'en dresser le bilan. Force lui fut de constater qu'il n'avait pas connu l'ennui, encore moins l'amertume ou le regret. Seul le souvenir d'Elsie aurait pu le tourmenter, s'il n'avait sublimé leur relation. Savoir qu'elle l'avait choisi pour veiller sur ses protégés l'empêchait de s'adonner à la nostalgie de ce qui n'avait pas existé. N'était-elle pas là, parmi eux, à les regarder se déplacer sur un échiquier dont elle connaissait tous les secrets ? Louis, Hortense et Julien n'étaient pas aujourd'hui en bonne position. Sans s'être brûlé à la passion, Constant en lisait les signes. Il suffisait d'observer la fébrilité de leur hôtesse, sa façon d'ignorer Julien et le silence de celui-ci.

Louis s'approcha d'Étienne qui conversait avec Frédéric.

— Je suis en train de bâtir une bibliothèque à Rouen, annonça-t-il. Vous pourriez en peindre la coupole. Cette proposition vous intéresse-t-elle ?

— Aurai-je une liberté d'exécution ?

— Totale. Mais c'est un travail de longue haleine…

— Mon temps est compté jusqu'à notre fameuse exposition… Ensuite je…

— Ce ne serait pas avant l'été, coupa Louis.

— Dans ce cas, je suis votre homme.

À quelques pas, Gabrielle écoutait cet échange. Les paroles prononcées par la cartomancienne lors de la kermesse revinrent à son esprit. N'avait-elle pas prédit pour son amant la fin d'un purgatoire ? Un sourire s'inscrivit sur ses lèvres. Étienne était un grand peintre, mais elle savait que personne, pas même le plus célèbre marchand de tableaux, ne parviendrait à lui imposer des vues différentes des siennes. Pareille rigidité serait cause d'un avenir houleux qu'elle n'échangerait cependant contre aucun autre.

On servit le repas après que Constant eut déballé ses présents.

— Ma chère petite, murmura-t-il à Hortense alors qu'elle l'entraînait vers la salle à manger, aucun mot ne peut exprimer ce que je ressens…

Les convives rivalisèrent de gaieté. Seul Henri, assis à la droite de Gabrielle, ne songeait qu'à oublier dans le sommeil une inquiétude grandissante. Avoir foncé tête baissée dans le piège tendu par Évangéline lui donnait la nausée. Il la revoyait encore, aguicheuse, servile… Elle l'avait manipulé comme un débutant. Après quoi, sans crier gare, elle s'était évaporée.

Il sortait avec un groupe de fêtards de la Closerie des Lilas quand il l'avait retrouvée :

— Où t'étais-tu envolée ? s'écria-t-il en l'attrapant par le poignet.

Furieuse d'être rudoyée, elle tenta de se dégager. Il l'attira à l'écart et, la plaquant contre un mur, insista :

— Où étais-tu ?

— Tu tiens à le savoir ?

— Bien sûr.

— À l'hôpital pour y soigner une syphilis.

— Arrête de plaisanter !

— Parce que, pour toi, il s'agit d'une plaisanterie ?

— Voyons, Évangéline, dis-moi que ce n'est pas vrai !

— Ai-je une tête à mentir ?

Son rire résonnait encore à ses oreilles.

— Tu n'allais tout de même pas t'en tirer à si bon compte, avait-elle repris.

Comme, abasourdi, il ne répliquait rien, elle avait précisé :

— T'es-tu jamais préoccupé de mon sort et de celui du gamin que tu m'as si généreusement laissé ? Qui l'a nourri pendant que tu te promenais à dos de chameau ?

L'estocade avait suivi :

— J'aurais été trop sotte de ne pas profiter d'une aussi belle occasion de me venger.

Pendant que les plats préférés de Constant se succédaient, Henri luttait contre une sueur glacée. Sa mère l'observait. Craignait-elle qu'il se conduisît avec désinvolture ? Depuis sa naissance, il représentait une perturbation ! Qu'avait-il accompli qui fût digne d'intérêt ? Avec une violence qui l'étonna, il ressentit l'appel du désert. Il souhaitait y retourner pour s'y cacher ou peut-être s'y perdre. Là-bas, personne ne le jugerait ni ne le comparerait à ce demi-frère dont on ne cessait de vanter les mérites et la réussite.

On servit un café turc, puis des liqueurs. Constant s'assit au piano tandis qu'Héloïse se préparait à chanter une romance. Comment s'éclipser ? Rongeant son frein, Henri gagna le fumoir. Par la porte grande ouverte, il assistait au spectacle qui se déroulait dans le salon.

Hortense se réfugia près de la cheminée. Aveugle à ce qui l'entourait, elle frissonnait en écoutant son invitée avouer de sa voix mélodieuse ce que son propre cœur contenait d'incertitude et de trouble. C'était à peine si elle avait adressé la parole à Julien de peur qu'il ne comprît ce qu'elle souhaitait pourtant qu'il sût. Tant de contradiction la déroutait. Elle jeta un regard vers Julien. Malgré l'effort qu'il accomplissait pour paraître enjoué, elle le sentait absent. Éclairé par la flamme des bougies, son visage se découpait sur un miroir et cette vision lui fit mal. Si elle ne s'était trouvée en public, elle n'aurait pas résisté au désir d'enfouir ses doigts dans les cheveux sombres puis de… La précision des images suscitées la gêna…

— Votre réunion est très réussie, murmura Louis.

Harcelé de travail, il n'avait plus goûté aux joies familiales depuis des mois. Soudain, il prenait conscience de la privation qu'il s'était infligée. Cette découverte le tint éveillé une grande partie de la nuit. Était-il trop tard pour combler le fossé qui se creusait au sein de son couple ? Dans la chambre voisine, Hortense devait dormir, indifférente à cet époux de convenance dont il était devenu la caricature.

Était-il capable de ranimer ce qu'il avait laissé se consumer ? Aspiré par un tourbillon de doutes et de remords, il perdait pied… Dans un total désarroi, il frappa chez Constant au début de la matinée.

Un châle de laine sur les épaules, celui-ci l'accueillit derrière son bureau.

— Quelle discipline ! s'exclama Louis en riant.

— À mon âge, on ne peut rester inoccupé… Il faut une stimulation.

— Et pas n'importe laquelle !

— Vous êtes gentil… mais c'est vrai que je m'amuse à écrire cette histoire de la mythologie ! D'autant plus en cette période où j'aborde les figures féminines : les amoureuses, les bienfaisantes, les déesses de la guerre et celles du destin…

— Les déesses du destin ! Si seulement l'une d'entre elles pouvait m'aider à ne plus me fourvoyer ! Je ne sais plus ce que je veux. Tout est devenu flou.

Sans l'interrompre, Constant écouta ses confidences puis lui dit :

— Vous êtes devenu inaccessible aux autres et à Hortense en particulier. Qu'avez-vous à lui reprocher ?

— Rien, Constant, et je m'en aperçois maintenant qu'il est trop tard.

— Trop tard !

— Je ne crois plus pouvoir l'aimer comme auparavant et comme elle serait en droit de l'attendre. J'ai l'impression d'être devenu un arbre sec.

— Les arbres secs reverdissent, remarqua Constant en s'approchant d'une fenêtre. Regardez cette nature repliée sur elle-même. Dans quelques semaines, elle renaîtra. Rien n'est jamais fini.

Louis paraissant peu convaincu, Constant s'empara d'un volume aux pages marquées de signets et l'ouvrit.

— Bien que vous affirmiez le contraire, vous êtes trop orgueilleux et, surtout, vous cherchez à étouffer vos émotions. Prêtez attention à ce passage de Novalis : « La magie de l'or, les secrets de la couleur, les plaisirs de l'eau ne lui sont pas étrangers, il devine dans les statues antiques le merveilleux des pierres, néanmoins il lui manque encore la douce passion pour le travail de la nature, l'œil pour nos ravissants mystères. Apprendra-t-il un jour à sentir ? Il connaît encore peu ce plus naturel, ce plus céleste de tous les sens : c'est par l'émotion que reviendront les temps anciens, les temps désirés, l'élément de l'émotion est une lumière intérieure qui se regarde en couleurs plus belles, plus fortes. Alors les constellations se lèveraient en lui, il apprendrait à sentir l'univers entier plus clairement et plus diversement que l'œil ne lui montre aujourd'hui frontières et surfaces. Il deviendrait le maître d'un jeu sans fin et oublierait tous les vains efforts en un plaisir éternel, nourri de lui-même et toujours croissant. La pensée n'est qu'un rêve de l'émotion, une émotion morte, une faible vie gris pâle. »

La lecture terminée, Constant ajouta :

— Ne vous fermez plus au monde ! Ne tournez pas le dos à l'homme que vous étiez.

— Comment mon entourage va-t-il m'accueillir ?

— Vous devrez consacrer le même temps à rebâtir que celui perdu à détruire, répondit Constant.

48

Louis regagna Paris… seul. Hortense s'attarderait à Bougival afin d'y surveiller l'aménagement d'une orangerie.

Elle buvait une tasse de chocolat quand sa femme de chambre l'avertit que M. Coblence demandait à être reçu.

— Julien, s'exclama-t-elle en le découvrant dans le vestibule. Je vous croyais reparti, vous aussi…

— Je me suis attardé auprès de ma mère.

— Comment se porte-t-elle ?

— Physiquement mieux, mais elle s'ennuie à périr.

Il semblait assombri par cette visite, aussi lui montra-t-elle les plans oubliés par le paysagiste.

— Dites-moi la vérité… Cette fontaine ne vous paraît-elle pas prétentieuse ?

— Il s'agit de quelques détails. Donnez-moi un crayon.

D'une main sûre, il rectifia le croquis. Puis il se prépara à prendre congé.

— Il est tard. Je voulais seulement vous saluer avant de prendre la route.

— On vous attend ?

— Non.

— Pourquoi ne me tiendriez-vous pas compagnie pour le dîner ?

Percevant son hésitation, elle insista :

— Nous nous sommes à peine vus ces dernières semaines.

Dès qu'il eut accepté l'invitation, l'existence prit une autre couleur. Ils s'assirent et évoquèrent la soirée de la veille.

— Gabrielle serait-elle parvenue à apprivoiser Carlier ? Il semble libéré de ses démons.

— On dirait que vous l'enviez.

— Je l'envie, c'est vrai.

— Il est aimé, voilà la raison.

Avec un haussement d'épaules, Julien répliqua :

— Faudrait-il donner une signification à ce mot !

— Moi, je la connais…

Hortense se leva. En malmenant son mouchoir de dentelle, elle poursuivit dans un souffle :

— Je sais ce que c'est que de s'endormir et de se réveiller avec dans l'esprit un visage, toujours le même, tantôt proche, tantôt lointain, parfois distant… et la longueur des nuits où l'on voudrait échapper à ce que le passé a lié pour se perdre dans des questions sans réponses et des espérances qui font plus de mal que de bien… Oui, cette longueur des nuits, j'en connais l'exacte mesure.

Se retournant, elle s'approcha…

— Comme je connais le nombre de jours où vous êtes resté en Amérique.

Devant cet aveu, il se leva à son tour. Cachant avec difficulté son trouble, il murmura :

— Hortense, je vous en supplie, ne prononcez pas des paroles que vous pourriez regretter.

— Que je pourrais regretter ou que vous ne voulez pas entendre ? Est-ce une faute si je me suis attachée à votre personne ?

— Non… enfin… oui.

— Parce que vous ne partagez pas cet attachement ?

Les tempes battantes, elle attendait la réponse. Voyant qu'il cherchait à éluder, elle ajouta :

— Soyez franc, mon ami… Si je n'étais pas mariée à Louis, vous comporteriez-vous comme vous le faites en ce moment ?

— Pourquoi évoquer ce qui n'existe pas ? Vous êtes mariée à Louis et vous lui avez donné deux enfants. Voilà la réalité !

— La réalité !

Avec un rire amer, Hortense reprit :

— La réalité, c'est qu'il me considère depuis longtemps comme une quantité négligeable ! Croyez-moi, s'il n'y avait sa sacro-sainte morale, il aurait repris sa liberté.

— Vous vous trompez ! Ses sentiments sont demeurés les mêmes.

Il aurait pu poursuivre sa plaidoirie en faveur de son ami qu'elle n'aurait pas changé d'avis.

— Vous me conseillez d'attendre qu'il veuille se souvenir de mon existence ?

— En effet.

Conscient de la souffrance qu'il lui infligeait, il se retint de ne pas voler à son secours. S'il ébauchait le moindre geste de consolation, il était perdu. Il suffisait de tendre la main pour que cette femme qui avait hanté ses pensées lui appartînt.

— Vous n'êtes pas destinée aux relations ambiguës, Hortense… Vous le savez bien.

— Quand cesserez-vous de prôner ce qui me convient ou ne me convient pas ? interrompit-elle avec colère.

Sur le même ton, il répliqua :

— Si vous ne m'importiez pas, croyez-vous que je serais là à vous raisonner ?

— Ce n'est pas moi qui vous importe, mais votre honneur !

— Vous y êtes liée.

Furtivement, elle essuya une larme. De toute sa volonté, elle luttait pour réprimer des sanglots. Les hommes détestaient les pleurs, et plus encore quand ils en étaient la cause.

— Oui, vous êtes liée à ce que je possède de plus précieux.

— Alors, vous m'aimez ?

— Que vous êtes obstinée, souligna-t-il avec un sourire triste.

Comme elle ne disait mot, il ajouta :

— En doutez-vous ?

Dehors, un chien aboya, l'empêchant de capter le début d'une confidence qui ressemblait à un murmure.

— Vous êtes celle que je rêvais de conquérir et pour laquelle j'aurais livré des batailles. Néanmoins nous nous sommes rencontrés trop tard ou, pour être fataliste, nous n'étions pas destinés à devenir des amants. Regardez-moi, Hortense, je ne suis pas un homme d'attaches, mais un nomade. Personne, pas même vous, ne pourrait me tempérer. Alors, comment m'octroierais-je le droit de vous prendre à un autre ?

— Vous ne me prenez à personne puisque je suis venue à vous.

Elle le rejoignit près de la cheminée où il s'était réfugié. Proche de lui à le toucher, elle tentait de faire fondre sa réticence.

— Pourquoi vous révolter contre une évidence ? Nous sommes seuls dans cette maison. Une nuit commence où nous pouvons tout oublier…

— J'en serais incapable !

— Vous réfléchissez trop, Julien, et je vous en veux de refuser le bonheur.

— Ce ne serait pas le bonheur.

Pour l'empêcher de protester, il ajouta :

— Constant vous a raconté mon enfance, n'est-ce pas ?

— Quel est le rapport ?

— Ma mère était mariée… agréablement mariée jusqu'à ce qu'un séduisant étranger vînt troubler cet ordre. Elle l'a adoré. Je suis né… J'ai trop souffert des tourments que cette liaison a causés pour réitérer l'aventure. Cette nuit pourrait nous appartenir, c'est vrai, et d'autres plus tard. Nous nous cacherions, mentirions…

— Vous avez peur ?

— Je vous aime du mieux que je le peux et depuis beaucoup plus longtemps que vous ne le pensez. Aucune phase, aucune nuance de ce sentiment ne me sont inconnues. Mais je ne suis pas un héros, ma douce amie, encore moins un saint… Alors, devenez mon alliée pour que notre histoire ne sombre pas dans la médiocrité.

Il saisit sa main et spontanément elle noua ses doigts aux siens.

— Que nous souhaitez-vous, Julien ?

— De savoir que nous sommes importants l'un pour l'autre ! Je nous souhaite aussi de songer à nos moments partagés sans en éprouver de nostalgie ni de douleur. Ce jour-là, nous serons guéris.

— Je ne veux pas guérir !

Elle noua ses bras autour de son cou et répéta :

— Je ne veux pas guérir… Et j'en ai assez que vous me considériez comme une personne exceptionnelle.

— Il faudra pourtant vous y habituer, dit-il en déposant un baiser sur sa tempe.

S'il ne s'était trouvé dans cette pièce où résonnaient encore les conversations d'autrefois, si la présence d'Elsie n'avait flotté, aurait-il trouvé la force de ne pas trahir celui qu'il considérait comme un frère ? Cruelle logique, ils avaient aimé les mêmes femmes, mais cette fois-ci le désir faussait le jeu. Hortense effleura sa bouche de ses lèvres. Avec tendresse, il la repoussa.

— Contrairement à ce que je vous ai promis tout à l'heure, je ne vais pas m'attarder.

— Jamais je n'aurais imaginé que vous puissiez vous montrer aussi intraitable.

— Moi non plus ! Mais, en m'accordant votre amour et votre confiance, vous m'avez appris à ne plus obéir aux facilités. Si je ne vous avais pas rencontrée, je ne me serais probablement pas remis en question… Ou plus tard et plus difficilement.

Hortense savait que Julien ne reviendrait pas sur sa décision. À quoi ressemblerait un avenir privé de rêve et de folie ? Sa tête était lourde, sa gorge sèche. Comment supporterait-elle de le croiser au bras de Nancy Preston ? L'idée lui donna la nausée. Dans toutes les fibres de son corps, elle souffrait de leur séparation. Il était déjà ailleurs… Elle le voyait à bord des navires qui l'emporteraient vers des pays lointains. N'était-ce pas ainsi qu'elle l'avait aimé et l'aimait… imprévisible et libre ?

49

À SON RETOUR DANS LA CAPITALE, Hortense prétexta un refroidissement pour s'aliter. Inquiet, Louis appela le médecin qui préconisa potions et cataplasmes. Renouant avec d'anciennes habitudes, il passa une grande partie de ses soirées au chevet de sa femme. Celle-ci, trop fatiguée et encore bouleversée par son entretien avec Julien, ne sut saisir la main qu'il tendait.

Un matin, après avoir pris de ses nouvelles, il remarqua :

— J'aurais aimé que vous assistiez à l'inauguration de l'hôpital… Avec cette température polaire, ce serait de la folie.

Jusqu'à la visite de Gabrielle, Hortense somnola.

— Comment te sens-tu ? lui demanda sa cousine.

— Je tousse encore un peu… Raconte-moi plutôt la cérémonie.

— Notre président a très chaleureusement félicité ton époux. On a ensuite dévoilé la plaque de marbre portant les noms des membres fondateurs de l'établissement. J'ai pu découvrir que Robert et Fanny Mercier avaient apporté leur tribut.

— Cette femme ne laisse passer aucune occasion d'approcher Louis.

— Sois tranquille, il ne la regarde pas.

En jouant avec la dentelle de son peignoir, Hortense murmura :

— Je suis certaine qu'elle cherche à me faire du mal.

Gabrielle haussa les sourcils.

— Te faire du mal ? De quelle façon ?

— Elle trouvera... tu verras.

— Le départ de Nancy Preston requiert pour le moment toute son attention.

— De quel départ parles-tu ? demanda Hortense d'un ton altéré.

— Julien ne t'a pas dit qu'elle était repartie pour l'Amérique ?

— Julien ! Je ne l'ai pas vu depuis l'anniversaire de Constant.

— Tu n'es pas au courant de leur rupture ?

— Non, souffla Hortense en rougissant.

— Je ne tiens pas à imiter Mme Mercier et ses ragots, mais cette histoire défraye la chronique.

— Elle est partie... vraiment partie ?

— Les malles ont été bouclées en un clin d'œil.

— Et Julien, comment affronte-t-il cette situation ?

— Il sort beaucoup... Et il nous aide pour l'exposition auprès des journalistes.

Sans écouter Gabrielle, Hortense réfléchissait. Julien était bien un homme de conquête et de tourmente ! Ange et démon, solitaire dans ses aspirations, insaisissable et pourtant recherché...

Dès son retour, Louis frappa à sa porte.

— Gabrielle m'a appris combien Mac-Mahon semblait satisfait de votre hôpital.

Il sourit, puis attira une chaise jusqu'au chevet de sa femme.

— Pendant qu'il chantait ces louanges, je notais mes erreurs. J'aurais dû accentuer l'inclinaison du toit. Enfin, je ne vais pas vous ennuyer avec des détails techniques.

— Vous ne m'ennuyez pas.

— Si je ne doute pas de votre intérêt pour mon travail, je suis conscient de vous avoir apporté peu d'agrément ces dernières années. Aucune excuse ne justifie mon comportement. Je pourrais vous dire qu'un autre, un étranger, agissait à ma place. Ce serait la vérité… et une facilité.

Cette explication mettait Hortense au supplice. Elle venait trop tard pour remédier à la désillusion et à l'érosion des sentiments.

Louis continua son monologue :

— Vous vous êtes éloignée de moi et je ne peux vous en tenir rigueur… Pourtant, j'ai besoin de savoir si votre cœur m'est à jamais fermé.

— Nous sommes mariés, balbutia-t-elle. Vous êtes le père de mes enfants…

— Par pitié, laissez de côté ces précautions oratoires et répondez-moi !

N'allait-il pas la laisser en paix ? Après la scène avec Julien, celle-ci était de trop ! Elle regarda Louis comme s'il s'agissait d'un revenant qui lui parlait un langage incompréhensible.

— Puisque vous demeurez silencieuse, je vais parler à votre place, reprit-il. Vous ne m'aimez plus, Hortense. Pire, vous m'aimez par devoir ! Depuis que nous nous sommes réunis autour de Constant, j'ai réfléchi à notre situation et à mes torts. J'ai pris la décision de m'éloigner, une convalescence en quelque sorte.

— Je ne voudrais pas que…

— Rassurez-vous, ma chère, vous n'êtes pas l'unique cause de ce choix. Mon travail manque de richesse. J'ai besoin de tirer des leçons du passé, de côtoyer d'autres civilisations. On a deux vies… la première, composée d'une succession d'actions obligatoires et sociales ; la seconde, que l'on accomplit pour soi-même, selon ses propres critères. En me penchant sur l'histoire de l'humanité, j'espère combler mes lacunes.

— Quand avez-vous l'intention de partir ?

— Dès que la bibliothèque de Rouen sera terminée.

— Resterez-vous longtemps absent ?

— Six mois… un an… Soyez tranquille, toutes les dispositions seront prises afin que vous n'ayez aucun souci.

— Élisa… Emmanuel… avez-vous songé à eux ?

— Oui et, là aussi, j'ai des torts à réparer vis-à-vis de vous. L'éducation que vous leur prodiguez est irréprochable.

— J'essaie seulement d'être honnête et juste.

— On pourrait à première vue me juger égoïste… Mais, si je reviens guéri, ce sera bénéfique pour tout le monde.

À son tour, il voulut savoir comment elle envisageait son avenir.

— Dès que je me porterai mieux, je reprendrai l'écriture. J'abandonnerai sans doute les contes.

— Ah oui ?

— J'ai envie de raconter une histoire, une longue histoire avec beaucoup de personnages et de rebondissements, une histoire triste.

« Aussi triste que mon existence », se retint-elle d'ajouter.

À mesure qu'elle récupéra ses forces et reprit ses occupations, elle se jugea avec davantage de lucidité. L'orphelinat et les œuvres dont elle s'occupait surent la rappeler à l'ordre. Quelle importance avait son malaise comparé à l'abandon, la misère, le deuil et une solitude qu'aucune lueur n'atténuerait ? Réfléchissant aux difficultés traversées, elle comprit que celles-ci l'avaient aidée à progresser. Sans étouffer ses tourments, elle commença à les apprivoiser. On la vit se pencher sur les autres, les écouter... Sa relation avec son mari demeurait courtoise. Pour le monde extérieur, ils offraient l'image d'un couple uni. Mais Flora, qui n'avait pas oublié son idée d'engager Louis pour la construction d'un édifice, assiégea son bureau jusqu'à ce qu'il en ouvrît la porte.

— Je vous ai déjà avertie que je travaillais pour des bâtiments utilitaires.

— Justement… J'ai décidé James à financer une fondation pour les veuves de guerre. Le terrain existe… Il est magnifique. Quant au budget alloué à la construction, il n'est pas négligeable…

Le dévisageant, elle ne discerna dans son regard qu'une indifférence polie.

— Que faut-il de plus pour t'intéresser ? lança-t-elle avec dépit.

— Rien, Flora. Je suis fatigué et j'ai l'intention de quitter la France pour un temps indéterminé.

— Nous attendrons ton retour.

— Je refuse cette commande.

— Pour quelle raison ?

— Personne ne m'a encore acheté.

Sous le coup, elle blêmit, mais récupéra son sang-froid pour déclarer d'une voix doucereuse :

— Il ne s'agit pas de t'acheter, seulement d'édifier une œuvre qui marquerait son époque.

— Je connais des architectes talentueux qui seraient ravis d'être sollicités pour un tel projet.

— Alors, c'est non ?

— C'est non.

Il la vit se ramasser sur elle-même comme un fauve prêt à bondir sur sa proie. Les yeux plissés par la cruauté, elle le fixa :

— Tu te conduis comme un imbécile, et pas seulement dans ton travail.

S'approchant de lui, elle tenta de l'enlacer. Il la repoussa avec fermeté.

— Suis-je si peu séduisante ou tiens-tu à demeurer fidèle à une femme qui se moque de la morale ?

Sur le même ton désinvolte, elle poursuivit :

— La plupart des gens sont aveugles quand la trahison les touche de près. Tu ne t'es jamais inquiété de savoir pourquoi ton cher ami Coblence avait assidûment tenu compagnie à la belle Hortense pendant que tu croupissais dans ton camp de prisonniers ? Et pourquoi Nancy Preston avait quitté notre pays en catastrophe ? Quand elle a découvert la vérité, elle n'a plus voulu servir de paravent. On la comprend !

— Sortez, interrompit Louis d'une voix blanche.

Comme elle n'obéissait pas, il s'avança et elle eut peur. S'emparant du manchon oublié sur une chaise, elle gagna la porte sans insister.

Seul, Louis se laissa tomber sur son siège. L'équilibre qu'il retrouvait était à nouveau menacé. Un brouhaha emplissait sa tête. Ce qu'il avait imaginé, puis repoussé, existait ! Comment était-il été assez naïf pour croire qu'une attirance ne se transformerait pas en liaison ? Contre les pensées insupportables qui le harcelaient, il ne trouvait aucune parade. Julien, Hortense, les deux êtres en qui il avait placé sa confiance ! La jalousie et la rancune s'alliaient pour le rendre fou.

Il était tard quand le cocher se présenta.

— Dois-je attendre Monsieur ?

— Pourquoi… quelle heure est-il ?

— Onze heures passées, Monsieur.

Hortense devait l'attendre pour dîner et peut-être s'inquiéter. Mais non, voyons, il y avait longtemps qu'elle ne s'inquiétait plus ! Affronter un tête-à-tête lui paraissait insupportable avant de décider d'un comportement. Allait-il parler, demander des explications ? Il hésitait.

Après avoir soupé au club avec un groupe d'amis et bu plus que de coutume, il prit le chemin de la rue La Bruyère.

Une lampe brûlait dans le vestibule. En titubant, il monta les escaliers. Sur le palier du premier étage, il heurta une terre cuite qui se fracassa sur les dalles de marbre.

Alertée par le bruit, Hortense le rejoignit sans avoir enfilé un peignoir sur sa fine chemise de valenciennes.

— Que se passe-t-il ? demanda-t-elle, ensommeillée.

— Rien, grommela Louis d'une voix pâteuse.

Avant qu'il ne l'en empêchât, elle se baissa pour constater les dégâts.

— Vous étiez très attaché à cette statue !

— Eh bien… m'en voilà libéré.

Du pied, il repoussa les débris. Il aurait voulu briser, réduire en miettes ce qui l'entourait. Un grand saccage… Et le passé deviendrait poussière. À genoux, Hortense le dévisageait avec étonnement. Ses cheveux dénoués recouvraient ses épaules nues. Il apercevait la naissance de ses seins, dévoilée par le décolleté. Saisi d'un vertige, il la souleva dans ses bras afin de la porter jusqu'à sa chambre.

— Vous êtes fou… Arrêtez… répéta-t-elle en essayant de se dégager.

D'un baiser, il la fit taire. Ce n'était plus Hortense qu'il embrassait, mais une femme pour laquelle le respect s'effaçait devant le désir. Lorsqu'il la déposa sur le lit, elle tenta de lui échapper. De tout son poids, il l'immobilisa. Maintenant son visage entre ses mains, il l'obligea à le regarder pendant qu'il prononçait des mots réservés à celles qu'il prenait dans des étreintes sans lendemain. Sous ses caresses, il sentit Hortense se cabrer, puis la révolte devint consentement. Oubliant leurs liens et leurs griefs, ils voguaient dans cette nuit différente. Hortense étreignait un homme qui n'avait plus de nom ! À cet étranger, elle s'abandonnait sans pudeur et découvrait un plaisir d'autant plus troublant qu'il n'était pas dicté par l'amour.

Louis ne parut pas le soir suivant. Un pli avertit Hortense au dernier moment de ne pas compter sur sa présence. Jusqu'à 4 heures du matin, elle guetta le roulement de son attelage… Elle ressentait cette absence comme une insulte. Malgré ses efforts pour s'endormir, elle assista au lever du jour. Des larmes de fatigue et d'énervement brouillaient sa vue. Louis s'échappait et, cette fois, ce n'était plus l'attitude d'un être désabusé, mais une démarche délibérée, pesée. Fallait-il qu'ils se recherchent à contretemps ?

50

LOUIS GARDA LE SILENCE. Son mépris pour les ragots et les scènes de mauvais feuilleton l'y avait décidé. Durant les quelques heures qu'il passait rue La Bruyère, il affichait une attitude polie, mais réservée. Cette situation devenant pesante, il avança son départ après avoir chargé son assistant de veiller sur les finitions de la fameuse bibliothèque. Comme ils en étaient convenus, Étienne Carlier fut présenté au maire de Rouen qui lui commanda les fresques de la coupole. Les entrepôts du Havre étaient en de bonnes mains. Quant au reste, un homme de confiance répondrait aux besoins de sa famille…

— Enfin, Louis, on n'entreprend pas de longs voyages quand on a la responsabilité de deux enfants, s'insurgea Marthe Duplessis. Et Hortense, qu'en pense-t-elle ?

Ignorant cette dernière question, il enchaîna sur des détails matériels.

— Henri saura me remplacer.

— Henri ! Je le vois à peine. Il travaille, paraît-il…

— En effet.

Après une période difficile où il fut tenté de mettre fin à ses jours, Henri, influencé et aidé par Gabrielle, avait timidement sorti son appareil photographique du placard où il était enfermé. Averti de sa tristesse, le groupe lui demanda d'organiser l'exposition qui bientôt ouvrirait ses portes. Tous les participants étaient connus et inscrits. Degas avait amené des peintres comme Nittis, Lepic, Rouart et Brandon pendant que Pissarro ralliait les candidatures d'Astruc, Cézanne, Guillaumin ou Béliard. De nombreuses discussions tournèrent autour du titre qui annoncerait cette manifestation. Degas était partisan de « La Capucine », puisque leur local se trouvait sur ledit boulevard. L'idée fut écartée et l'on retint : « Société anonyme coopérative d'artistes peintres, sculpteurs, graveurs, etc. » À l'instar de Manet, Fantin-Latour, Legros et Tissot s'abstinrent de figurer parmi les rebelles. En revanche, Bracquemond rejoignit ses amis alors qu'ils ne l'espéraient plus. Les toiles arrivaient, certaines prêtées par des collectionneurs, dont le docteur Gachet, le chanteur Faure ou Durand-Ruel. Edmond Renoir, le frère d'Auguste, proposa d'établir un catalogue, mais très vite se rebiffa contre les appellations monotones des tableaux.

— Des *Entrée de village*, *Matin au village*, *Brouillard et neige*, j'en regorge, lança-t-il à Monet qui cherchait à baptiser l'une de ses toiles. Alors… je t'en supplie… distingue-toi.

— Note *Impression* ou plutôt *Impression, soleil levant*.

L'accrochage fut difficile. Il fallait établir une certaine unité malgré la disparité des œuvres. Pressenti pour aider Auguste Renoir dans cette tâche, Étienne y consacra plusieurs journées.

— Nous n'avons pas été assez sévères… Certains sujets sont trop académiques, avoua-t-il à Gabrielle.

Elle avait envoyé deux œuvres dont il ne lui avait encore rien dit et elle n'osait demander où elles étaient placées. Elle le quittait, après une promenade au Bois de Boulogne, quand il lui dit :

— Je me suis arrangé pour que nous figurions côte à côte. C'est une bonne idée, n'est-ce pas ?

Ainsi, il rendait publiquement hommage à sa peinture. Avec un soupir heureux, elle pressa son front contre l'épaule de son amant et vit qu'il souriait.

— Profitons de ces instants, murmura-t-il d'un ton plus grave. Je redoute que nous ne soyons bientôt malmenés…

— Crois-tu que les critiques vont nous écharper ?

— Le contraire m'étonnerait.

L'inauguration eut lieu le 15 avril 1874. L'exposition durerait un mois et, fait nouveau, resterait ouverte jusqu'à 10 heures le soir. Une foule se pressait devant les portes du local prêté par Nadar.

La première salle était comble lorsque Hortense, accompagnée de Louis, y pénétra. Dans son dos, elle entendit une voix masculine s'écrier à propos du travail de Degas :

— Quel dommage que cet artiste ne dessine pas mieux ! Les jambes de sa danseuse sont aussi floches que la gaze de son jupon !

À mesure qu'elle avançait, elle capta d'autres réflexions.

— Ça, des sillons ! Ça, de la gelée ! Ce sont des grattures de palette posées sur une toile sale.

Et encore :

— Boudin a du talent, mais pourquoi pignoche-t-il ainsi ses marines ?

L'envie d'étrangler ces imbéciles qui gâchaient son plaisir l'envahit. Que n'aurait-elle donné pour un tête-à-tête avec ces tableaux qui l'enthousiasmaient ! Après s'être arrêtée devant *Le Berceau* et *Cache-cache* de Berthe Morisot, elle aperçut Julien qui s'entretenait avec Burty, un critique de *La République française.* Elle ne l'avait plus rencontré depuis qu'ils s'étaient expliqués. Bien qu'elle se fût préparée à le croiser, son cœur battait à rompre. Elle se rapprocha de Louis qui, imperturbable, continuait sa visite. En la rejoignant, Nina de Callias créa une diversion. Volubile, elle ne tarissait pas d'éloges sur ses protégés.

— Hélas, c'est donner des perles à des cochons, souligna-t-elle en fixant de son regard aigu des femmes qui s'éventaient devant l'horreur imposée par ces souilleurs de toiles.

Avec davantage d'aménité, elle demanda :

— Avez-vous vu la sélection de Gabrielle ?

— Pas encore.

— Suivez-moi.

Louis leur emboîta le pas. Bientôt, ils se heurtèrent à Julien qui les salua en s'exclamant :

— Ils sont tellement abasourdis par ce qu'ils ont sous les yeux qu'ils ne savent plus s'ils doivent se moquer ou pleurer. Je ne me suis pas trompé en m'intéressant à ce groupe… Personne ne reste indifférent ! Ce qui est bon dérange… Que penses-tu de *La Nouvelle Olympia* ? demanda-t-il à Louis.

— Je n'ai pas réussi à l'apercevoir.

— C'est la risée de cette exposition, mais quel tableau ! Un jour viendra où ceux qui auront conspué Cézanne se l'arracheront.

L'abandonnant à son discours, Hortense tenta de se concentrer sur *La Loge* de Renoir. Une femme, la gorge couverte de perles, sa main gantée de blanc posée sur une lorgnette, regardait en guise de spectacle ceux qui s'arrêtaient devant son portrait.

— Que de défi et de nostalgie dans ces yeux, remarqua Henri qui admirait le personnage. On la dirait revenue de tout et, pourtant, prête à rejouer sa vie.

Obéissant aux signes que lui adressait Nina, Hortense la rejoignit devant les tableaux de Carlier.

Indifférent à ceux qui le félicitaient ou le fixaient d'un air navré, Étienne songeait au chemin parcouru jusqu'à cet événement qui marquerait sa carrière. Face à tous les amateurs et curieux, il se détachait de son ouvrage. Que lui restait-il de ces moments de joie et de désarroi durant lesquels il avait capté puis restitué le monde, maintenant qu'ils étaient offerts en pâture à des inconnus ? Dans le fil ininterrompu de ses souvenirs, il adressa un dernier adieu à ces êtres, ces endroits dispersés qui avaient aiguisé son désir de témoigner. Étienne imaginait, lancés comme des bouteilles à la mer, ses tableaux… À qui inspireraient-ils interrogations ou apaisements ? Dans des maisons successives, des regards attentifs, souvent fatigués, se poseraient sur l'image d'une sensation fugitive. Dans cette approche de l'être véritable, il était heureux que Gabrielle l'eût rejoint. Un peu plus loin, au-dessus des chapeaux empanachés, il apercevait, côte à côte, leurs visions réciproques. Plus que n'importe quel discours, celles-ci révélaient leur différence et leur complémentarité. Comme Berthe Morisot, Gabrielle glorifiait l'univers féminin. Ce n'était que douceur, frémissement, touches légères et couleurs subtiles. Un ruban agité par la brise, une tapisserie oubliée sur un banc, des femmes rentrant de promenade les bras chargés de fleurs, indiquaient que malgré son entrée dans un milieu misogyne elle ne reniait pas son identité. Lui, en revanche, s'était intéressé au labeur. Pêcheurs déchargeant leurs chaluts, serveuses de brasserie, enfants repavant une chaussée défoncée n'étaient rien d'autre que l'aveu de son amour pour les humbles et les gestes quotidiens. La chaleur s'était accrue et il s'essuya le front. Autour de lui se congratulait ce que Paris comptait de plus huppé. Qui aurait boudé un scandale ? Des journalistes passaient et repassaient. Étienne imaginait déjà ce qu'il aurait à lire dans les jours à venir. De temps en temps, il apercevait l'un de ses compagnons. Pissarro semblait las tandis que Renoir affichait une mine rieuse. Ainsi, ces années d'amitié, d'entraide et de recherche les avaient conduits à affronter ensemble le jugement de leurs pairs ! Et ce qui aurait dû ressembler à un encouragement prenait déjà des allures d'épreuve... Étienne n'aspirait plus qu'à quitter ces lieux pour retrouver Gabrielle. Alors qu'il se dirigeait vers une arrière-salle, un mouvement de foule l'avertit qu'un événement d'importance se produisait. À grand renfort d'exclamations, Flora tentait de l'approcher.

— J'ai été son modèle, clamait-elle à qui voulait l'entendre.

Du geste qu'aurait eu une reine pour son vassal, elle lui tendit à baiser une main qu'il ignora. Elle se vengea séance tenante…

— Qu'est-ce qui te prend de nous montrer des gamins loqueteux et morveux ? On ne vient pas jusqu'ici pour contempler la misère !

— Personne ne t'oblige à t'attarder, lança Nina.

Pour éviter que la situation ne s'envenimât, Étienne prit son amie par le bras et l'entraîna à l'écart.

— Nina, nous n'avons pas besoin de remous supplémentaires !

Énervé, il mit du temps à comprendre que Louis Duplessis souhaitait acheter l'un de ses tableaux : le plus abstrait et le plus poétique, un lever de soleil sur des étangs couverts de givre.

En retrait, Hortense suivait leur échange. Louis avait un goût sûr en matière de peinture. Il possédait de nombreux dessins, des aquarelles. Avec la sensation de retrouver l'homme qu'elle avait aimé, elle continua de l'observer. Un murmure à sa droite attira son attention. En la désignant du menton, Flora s'entretenait avec Fanny Mercier. Ce conciliabule dura suffisamment pour que Louis le remarquât. Venant vers sa femme, il la prit par le bras et la mena vers Julien avec lequel il engagea la conversation.

— Je ne comprends plus rien, chuchota Fanny Mercier tandis que Flora s'éventait avec force.

Sans comprendre elle non plus l'attitude de son époux, Hortense devina qu'il obéissait à un mobile précis. Le regard glacial, qui démentait son apparente affabilité, lui inspira quelques questions. Avait-il deviné ses sentiments pour Julien ? Elle veillait pourtant à n'en rien laisser paraître... Cette exposition prenait tout à coup des allures de souricière. À quoi cherchait-on à la contraindre ? Et Julien que rien ne semblait ébranler ! Comme elle enviait cette indifférence ! D'une oreille distraite, elle l'entendit énumérer les journaux qui défendraient ses amis.

— On peut compter sur *La Presse* et *Le Rappel*. Quant à Castagnary... il devrait écrire un article favorable.

Il ne se trompa pas ! Le 29 avril, le critique du *Siècle* déclarait : « Voici du talent et même beaucoup de talent. Ces jeunes ont une façon de comprendre la nature qui n'est ni ennuyeuse ni banale. C'est vivant, précis, lumineux, délicieux. Quelle intelligence rapide et quel coup de pinceau amusant ! Oui, c'est sommaire mais comme les indications sont justes ! Une fois que l'impression est saisie, ils déclarent que leur rôle est terminé... Si l'on voulait les caractériser par un mot simple qui explique leurs efforts, il faudrait créer le nouveau terme d'impressionnistes. Ils sont impressionnistes dans le sens où ils rendent non pas un paysage mais la sensation produite par un paysage. »

Castagnary n'était ensuite plus en accord avec les artistes. Comme d'autres journalistes, il ne discernait pas la valeur révolutionnaire de ce mouvement. Le public se rangea à cette opinion et, de cent soixante-quinze le premier jour, le nombre de visiteurs baissa jusqu'à cinquante-quatre à la fermeture. La plupart se gaussaient devant ce qu'ils considéraient comme dénué de sens et adoptaient la déclaration d'un échotier : « Souillez les trois quarts d'une toile avec du noir et du blanc, frottez le reste avec du jaune, distribuez au hasard des points rouges ou bleus... et vous obtiendrez une impression de printemps en face de laquelle les experts seront emportés par le ravissement ! »

Affecté par ces railleries, Pissarro écrivit à son ami Duret : « Les critiques nous dévorent et nous accusent de ne pas travailler. Je retourne à mon travail, c'est mieux que de lire leurs commentaires. On n'apprend rien d'eux ! »

« Sauf à s'endurcir », songeait Étienne qui tentait de consoler Gabrielle. Malgré les mises en garde, jamais elle n'aurait imaginé essuyer un tel déluge de mauvaise foi.

— Je suis découragée, avoua-t-elle alors qu'Étienne lui proposait de se rendre au Louvre.

— Découragée ! Tu ne vas pas entrer dans leur jeu ! Si j'avais dû prêter attention aux injures dont j'ai été l'objet depuis des années, je serais devenu un rond-de-cuir ! Allons ! Tu m'as habitué à davantage de force...

Parmi leurs compagnons, certains avaient eux aussi du mal à remonter la pente. D'autant que le bilan de l'opération n'avait même pas laissé aux participants de quoi payer leur cotisation annuelle à la société. Cézanne partit pour Aix et Sisley se réfugia en Angleterre. Il fallut la réponse de Duret à Pissarro pour réchauffer les ardeurs : « Le public n'aime pas, ne comprend pas la bonne peinture, on donne la médaille à Gérome, on laisse là Corot. Les gens qui s'y connaissent et qui bravent les railleries et le dédain sont peu nombreux et fort peu millionnaires. Ce qui ne veut pas dire qu'il faille se décourager. Tout finit par arriver, même la gloire et la fortune, et, en attendant, le jugement des connaisseurs et des amis vous dédommage de l'oubli des sots. »

— J'aurais pu rédiger ces lignes ! s'exclama Julien.

Depuis quelques jours, il choisissait les toiles qu'il enverrait à New York. Elles l'y précéderaient, puisqu'il se rendrait d'abord au Japon. Au fur et à mesure qu'il préparait son départ, il se rendait compte que son absence durerait. Certaines plaies cicatrisaient avec lenteur et la sienne était encore à vif. Dans le regard d'Hortense, il lisait de la tristesse face au comportement neutre qu'il avait adopté. Elle qui se croyait oubliée… Si elle savait son tourment !

Julien se changeait avec Louis dans le vestiaire de leur club quand son ami lui annonça son embarquement imminent pour la Grèce.

— Pour la Grèce ? répéta Julien, déconcerté.

— Tu n'étais pas au courant ?

— Comment l'aurais-je été puisque tu n'as pas jugé bon de me prévenir !

Sans relever cette remarque, Louis continua de nouer sa cravate. Dans le miroir, il apercevait Julien qui se peignait. Jouait-il la comédie ou découvrait-il seulement le projet ? Sa redingote enfilée, il hésita sur l'attitude à adopter. Julien vint à sa rencontre et ce fut l'accolade des temps anciens, accompagnée de la conviction que rien n'avait flétri leur amitié.

Sur le chemin du retour, Louis réfléchit. Malgré ce qu'il venait de comprendre, s'éloigner demeurait la solution intelligente. Il fallait une rupture pour que les évidences s'imposent. Était-il incapable de savoir ce qu'il voulait ? Aimait-il encore Hortense et souhaitait-il retrouver la connivence d'autrefois ? Quant à elle, n'avait-elle pas toutes les raisons de lui préférer Julien, si proche des héros romanesques ?

Jusqu'à son départ vers la gare, il évita la compagnie de sa femme. Pudeur, peur de faiblir ou de s'attendrir ? La gorge serrée, il frappa à la porte de son boudoir.

— Il est l'heure ? Déjà ! s'exclama-t-elle en le découvrant vêtu de son manteau de voyage.

— Oui.

Sur un ton neutre, il ajouta :

— Toutes les instructions ont été données pour que vous n'ayez aucun souci.

— Nous enverrez-vous de vos nouvelles ?

— Bien sûr.

Elle sentit les larmes monter à ses yeux. Maudissant cette sensiblerie, elle se détourna. En quelques pas, il fut près d'elle. Sans le regarder, elle murmura :

— Partez, Louis… s'il vous plaît…

Une main effleura son épaule, des voix résonnèrent dans la cour. Puis ce fut le silence.

51

À L'APPROCHE DES BEAUX JOURS, Hortense s'installa avec ses enfants au Berceau. Sous de grands parasols en toile blanche, les fauteuils de rotin retrouvèrent leurs occupants. Constant venait deviser à la fin de la journée devant une tasse de thé.

À ces vacances s'associèrent Gabrielle et Henri. La première avait décidé d'attendre à Bougival Étienne qui travaillait à Rouen. Chargée de son chevalet et de ses pinceaux, elle parcourait la campagne. Au contact des prairies et des bois, elle se délivra de la paralysie suscitée par les critiques et elle recommença à peindre. Allongée dans l'herbe, elle ouvrait ses sens à ce qui l'entourait : le soleil, un papillon ou le froissement des feuillages sous le vent... À quelques-uns de ses compagnons, elle aurait aimé communiquer cette confiance reconquise ! De sa visite à Pissarro, elle conservait une si grande peine qu'elle ne trouva pas le sommeil les nuits suivantes.

— Je n'ai plus un sou... Ce que je peins ne plaît à personne et je ne vois pas pourquoi les choses changeraient, lui avait-il avoué d'une voix lasse.

Comme Cézanne, Monet ou d'autres, il avait une famille à charge. Gabrielle songeait souvent à ces femmes qui, malgré une existence chaotique et démunie, ne doutaient jamais de leurs artistes. Elles mettaient au monde des enfants, les élevaient, affrontaient des déménagements successifs. Quand elles ne prenaient pas la pose, elles géraient de maigres budgets, réconfortaient ou se faisaient oublier si la bourrasque soufflait trop fort. Parmi les meilleurs exemples figurait Camille Monet qui tenait bon face aux emballements et aux folles dépenses de son époux. Une fois de plus, il lui avait fallu émigrer dans une nouvelle demeure à Argenteuil…

À peine les meubles furent-ils sortis de leurs housses que les familiers prirent l'habitude de se retrouver dans la maison. Pour le déjeuner du 14 Juillet, chacun arriva avec les denrées récoltées. Fidèle à sa réputation, Nina fit descendre de son attelage des paniers contenant un festin de roi. Ajouté à ce qu'avaient apporté Hortense et Gabrielle, il y avait de quoi nourrir un régiment. Henri s'était distingué en dévalisant la cave de sa mère.

— Voilà qui va changer notre ordinaire ! s'exclama Monet en contemplant des bouteilles aux noms illustres.

Aidé de La Fleur, il les rangea à la bonne température. En s'épongeant le front, il proposa une baignade qu'acceptèrent avec enthousiasme Renoir et un garçon dont Gabrielle venait de faire la connaissance : Gustave Caillebotte, un riche célibataire qui se passionnait pour la peinture, le jardinage et la construction de bateaux.

— Carlier ne devait-il pas quitter sa bibliothèque ? demanda Renoir avant de prendre la direction du fleuve.

— Il arrivera un peu plus tard… avec Chevigny, répliqua Gabrielle.

— Dites-leur de nous rejoindre. Après leur voyage, un plongeon leur fera du bien !

Chaque journée de congé, Étienne prenait le chemin de fer pour retrouver Gabrielle et ses amis. Fourbu par un travail qui réclamait une grande dépense physique, il appréciait ces récréations qui lui rendaient son insouciance de petit Tourangeau.

Gabrielle déployait une nappe sur une longue table de noyer lorsqu'il arriva avec Chevigny. Oubliant sa tâche, elle courut à sa rencontre. Des deux mains, il encercla sa taille et la souleva pour l'embrasser. Avec un rire heureux, elle s'abandonna contre lui. Déjà les autres l'accaparaient. Nina avait mille anecdotes à lui conter tandis que La Fleur l'appelait pour allumer un feu sur lequel ils feraient griller la pêche du matin.

À la tête d'une troupe d'enfants, Élisa rejoignit Gabrielle qui dut tresser des couronnes de fleurs, accrocher des cerises aux oreilles, essuyer des bouches maculées de sucre… Hortense vint à la rescousse et, très vite, des équipes se formèrent pour jouer aux gendarmes et aux voleurs. Depuis longtemps, Gabrielle n'avait pas vu sa cousine s'amuser de la sorte. Jupons retroussés, elle faisait semblant d'échapper au petit Monet qui, du haut de ses six ans, la poursuivait.

Julien, convié à la fête, venait de franchir le portail. En découvrant Hortense dans cet univers de paix, il s'en voulut presque de venir la perturber.

Il aurait dû embarquer, s'il n'avait été retardé par des affaires à régler, notamment la nouvelle organisation de sa fabrique. Sa mère avait aggravé ce contretemps en contractant une pleurésie. Au cours des heures passées à son chevet, il comprit que leur relation terrestre touchait à sa fin. Il demeurerait longtemps absent et elle n'avait plus envie de vivre... Alors, en secret, il avait pris congé de celle qui ne lui avait rien donné, sinon la force de ne pas redouter la solitude. Elle semblait chercher une réconciliation. Il la lui accordait d'autant plus volontiers que cette tentative le laissait indifférent. Lorsque certains événements se faisaient trop attendre, leur importance s'édulcorait jusqu'à devenir inexistante. Allégé du poids de la rancune, il réaliserait davantage de projets.

Rien au monde ne surpassait l'acte d'écrire. Pour conjurer sa peur des éventuels lecteurs, Julien venait de confier à un imprimeur le recueil qu'Hortense avait lu. Cette décision prise, il continuerait d'exorciser ses souvenirs et ses chagrins dans des poèmes ou des récits. En outre, le Japon l'appelait ! S'il voulait satisfaire les collectionneurs qu'il fournissait depuis quelques années, il devrait le parcourir en tous sens. Projeté dans le futur, Julien sursauta quand Étienne lui cria :

— On m'a chargé de rapporter des tomates ! Tu m'accompagnes au potager ?

— Le temps de déposer ces anguilles à la cuisine, répliqua-t-il en brandissant son fardeau.

La main en visière, Hortense déjouait les rayons du soleil afin d'apercevoir le visiteur. Sans bouger, elle lui adressa un signe amical puis le regarda entrer dans la maison. Depuis leur dernière rencontre, elle espérait ne plus le croiser pour demeurer l'âme en paix. En tirant les rubans de sa capeline, Élisa la rappela à l'ordre. Bientôt, elle fut entraînée dans une farandole qui la laissa sans souffle.

La table avait été dressée sous un chêne. Camille Monet y mit une dernière touche en y déposant des guirlandes de roses et de seringa. Nina, dont l'appétit s'était aiguisé en surveillant la cuisson des plats, pestait contre les hommes qui n'en finissaient pas de se baigner. Ils arrivèrent enfin, vêtus de longs peignoirs.

— Le temps d'être présentables et nous sommes à vous, s'écria Monet en juchant son fils sur ses épaules.

Étienne et Chevigny avaient commencé de déboucher des bouteilles de meursault. Le vin coula à flots, notamment dans le verre d'Henri.

C'était la première récréation que partageait la bande depuis la fermeture de l'exposition. À mesure que se déroulait le repas, ils comprirent que, s'ils avaient été capables de tenir tête à l'opinion une fois, rien ne les empêcherait de réitérer l'exploit… Quand ? Comment ? Il était encore trop tôt pour y songer.

Les serviteurs apportaient des charlottes aux fraises quand la cloche de la grille tinta. Édouard et Suzanne Manet, installés non loin pour l'été, accomplissaient leur visite quotidienne. Son chevalet sous le bras, le peintre rejoignit les convives qui se serrèrent pour lui faire de la place.

À voix basse, Chevigny demanda à Renoir :
— Depuis quand Manet travaille-t-il avec vous ?
— Depuis qu'il se plaît en plein air.
— On aura décidément tout vu cette année…

Le déjeuner terminé, une torpeur s'empara des convives. Assise dans l'herbe, Gabrielle s'abandonnait à la douceur du moment. Au premier étage de la maison, une servante fermait des volets pour la sieste des enfants. Gabrielle s'allongea sur un coude et, un bouton d'or entre les dents, observa Étienne qui discutait avec les hommes en fumant un cigare. Elle avait hâte de lui avouer la décision prise pendant son séjour à Bougival et que renforçait cette journée partagée. On ne vivait pas entre deux mondes, ou mal. Elle était lasse de traverser l'existence d'Étienne en visiteuse. Il était devenu sa vraie famille !

— Ne voulez-vous pas une couverture ? Ce serait plus confortable pour vous étendre, demanda Camille Monet.

— Non, merci…

Suzanne Manet avait sorti de son sac un ouvrage et, placide, tirait l'aiguille.

— Quel contraste avec Eva Gonzalès, remarqua Nina qui avait suivi son regard. Avec Berthe… c'est encore plus criant ! Mais elle a su ne pas espérer l'impossible. On raconte qu'elle s'est consolée avec le frère…

— Eugène Manet ?

— Tout juste, ma belle.

Après avoir vidé sa pipe dans un cendrier, Renoir se leva et lissa son pantalon froissé.

— On ne va pas fainéanter tout l'après-midi, clama-t-il à la cantonade.

Personne ne bougea, sauf Manet qui demanda à Camille si elle acceptait de reprendre la pose pour le portrait commencé l'avant-veille.

Pendant que Caillebotte et La Fleur s'étiraient, Henri s'éloigna pour dormir sous un cèdre.

— Avec ce qu'il a bu, il va cuver jusqu'à la nuit, souligna Chevigny qui n'avait pas fait acte de sobriété.

Comme Étienne, les fresques de la bibliothèque l'épuisaient ! Pourtant, il ne remercierait jamais assez son ami de l'avoir associé à ce travail quand il n'avait plus de quoi acheter un quignon de pain.

Chargé de son matériel de peinture, Renoir se préparait à regagner le fleuve. Monet et Caillebotte l'y suivraient… Le premier pour s'installer à bord de son bateau-atelier d'où il embrassait chaque angle de la Seine ; le second pour participer à des régates dont il était l'un des champions.

— Il me rappelle Bazille, remarqua Nina. Même éducation, même élégance, même générosité…

— C'est vrai, admit Gabrielle.

Le canotier rejeté à l'arrière de son crâne, Étienne était venu s'asseoir près d'elles. Dès que Nina leur eut préféré la chasse aux papillons, Gabrielle murmura :

— Ce que tu m'avais demandé l'hiver dernier…

Timide, elle s'arrêta, puis reprit :

— Le souhaites-tu toujours ?

— Tu parles de notre mariage ?

Elle hocha la tête.

— Comment aurais-je changé d'avis… Mais je ne pourrai pas te donner l'aisance matérielle à laquelle tu es habituée et… tu risques d'être mise au ban de ton milieu…

— Il y a longtemps que je ne côtoie plus ce milieu ! Les seules personnes qui lui appartiennent et me sont proches comprendront. Alors…

Recueillis sur leur engagement, ils demeurèrent assis épaule contre épaule. Un chat s'était approché et, dans une flaque de lumière, se toilettait. Au loin, la cloche sonna 4 heures. Les joues rosies par le sommeil, les enfants avaient quitté leur lit. Un cerceau à la main, Élisa se dirigeait vers une allée sablée tandis que son frère s'énervait contre un bilboquet.

— Si nous allions rejoindre nos amis ? proposa Étienne.

Hortense, qui sortait de la maison où elle avait oublié son ombrelle, accepta de les suivre. La lumière s'était adoucie et le ciel se striait de traînées qui vireraient au pourpre et à l'indigo.

— Avez-vous reçu des nouvelles de Louis ? demanda Étienne.

— Dans sa dernière lettre, il disait qu'il quittait Épidaure.

Au fil des semaines, les missives de son époux avaient perdu de leur laconisme.

Certains passages lui rappelaient le ton d'autrefois. Le voyage répondait aux espérances de Louis. Il avait séjourné plus longtemps qu'il ne l'avait prévu à Corfou, puis Athènes l'avait retenu. Était-ce la crainte d'un accident ou le vide que créait son absence, Hortense avait plusieurs fois rêvé de lui. En demeuraient des images floues mais tenaces.

— C'est étrange, avait-elle confié à Gabrielle, comme il m'est redevenu proche…

À l'abri des aulnes, Renoir et La Fleur travaillaient. Baissant la voix pour ne pas les déranger, les promeneurs s'approchèrent. En entendant leurs pas, Julien qui pêchait se retourna et avec un sourire désigna le seau où se pressaient des goujons. Monet s'était éloigné à bord de son bateau-atelier. On discernait l'embarcation derrière un rideau de peupliers. Menées à grande vitesse par des athlètes en maillot rayé, des périssoires filaient. Par intermittence, les flonflons des guinguettes couvraient le chant des oiseaux et Gabrielle, amusée, se remémorait sa visite à La Grenouillère.

On marqua une pause à l'arrivée des servantes qui sortirent de malles en osier bouteilles de cidre et pâtisseries. Escortées des enfants, Camille et Suzanne se dirigeaient vers leur groupe. Manet les suivait, réfugié dans ses pensées.

Sur des nappes de damas blanc on disposa jarres de crème et tartes aux cerises, puis Camille versa du thé dans des tasses de porcelaine fleurie.

— Où est Nina ? s'étonna-t-elle.

— Elle a rejoint Caillebotte au départ des régates, répliqua La Fleur en rangeant son matériel.

Sa boîte de couleurs fermée, il quêta l'avis de Renoir qui, concentré sur son propre ouvrage, mit du temps à répondre.

— C'est bien, l'impression y est.

— Et alors, se récria La Fleur avec un grand rire, que veut le peuple ? N'est-ce pas ce que l'on attend des « impressionnistes », car… enfin… c'est ainsi que l'on nous a baptisés !

En approchant sa main d'une corbeille de fruits, Hortense sentit une piqûre.

— Tu t'es fait mal ? s'enquit Gabrielle qui la voyait presser son doigt.

— Ce doit être une guêpe.

— Montrez, ordonna Julien.

Avec autorité, il saisit son index afin d'en dégager le dard, le porta à sa bouche et aspira le venin avant de le recracher. Surprise par le geste, Hortense oublia sa douleur. Pour cacher son trouble, elle détourna la tête… Julien s'était déjà écarté.

— C'est fini, la rassura-t-il d'une voix neutre.

Monet, qui arrimait son bateau, créa une diversion. Avec un soupir heureux, il se laissa tomber au côté de Camille.

— Quelle belle journée, s'exclama-t-il, rien n'y manque !

Un moineau s'approcha. Il lui jeta des miettes de son gâteau, puis contempla le fleuve où de temps à autre sautait un poisson.

Avec lenteur, le ciel glissait vers des tonalités rosées. Le sifflement d'une locomotive perça le silence et rappela qu'ailleurs l'activité continuait. Repus, les enfants s'écartèrent afin de reprendre leurs jeux et chacun parmi les adultes profita de cette accalmie pour rêver devant un spectacle dont il était impossible de se lasser. Sous la fraîcheur de l'air, Hortense frissonna. Ramenant son châle sur ses épaules, elle se dirigea vers un ponton. De cet observatoire, elle scruta la berge où Julien avait repris sa pêche. Sans qu'aucun mot eût été prononcé, ils avaient pris congé l'un de l'autre durant l'après-midi. Le temps s'écoulerait et, comme il le lui avait prédit, la nostalgie ne serait plus synonyme de souffrance.

Le soleil avait encore décliné. Bientôt il disparaîtrait, derrière le bois de bouleaux qui frangeait l'horizon. Étienne et Gabrielle avaient la gorge nouée. Tant de beauté leur donnait une leçon d'humilité. Adossé à un tronc d'arbre, Manet guettait les ombres. Il n'avait assez de ses yeux pour en capter les plus infimes nuances. La nature se moquait de lui et de ses compagnons, ces fous de lumière pour lesquels la peinture n'était autre que le grand tumulte de ce qu'ils avaient connu, entendu ou deviné. Le merveilleux les emportait et jusqu'à leur dernier souffle ils tenteraient d'en percevoir l'essentiel…

52

Julien Coblence partit à l'aube d'une journée de grande chaleur. La brume masquait encore le fleuve et le village s'éveillait à peine. Du regard, il embrassa l'univers dans lequel il avait grandi et qu'il avait tour à tour apprécié ou honni. Installé à l'arrière de sa voiture, il traversa des ruelles où des chats cherchaient dans des rigoles malodorantes quelques reliefs intéressants.

Devant les grilles du Berceau, il demanda au cocher de s'arrêter. Sans descendre de son siège, il adressa un adieu silencieux aux deux femmes qu'il avait aimées et qui dans sa mémoire s'unissaient pour former sa vraie famille, celle du cœur. Leurs images se superposaient : Elsie, Hortense. Paupières closes, il vivait son rêve. La première, vêtue de la robe qu'elle portait pour ses récitals, chantait pour lui tandis que la seconde l'accompagnait au piano. Il n'avait pas d'âge, plus d'âge… En avait-on dans les rencontres d'âme à âme ? Le songe n'en finirait jamais. Il devenait son trésor secret. Contrairement à beaucoup qui se nourrissaient de chimères, il comprenait que, si cette harmonie, cette perfection avaient existé et existaient, il devait pour mieux les préserver s'en écarter.

Un râteau sur l'épaule, le jardinier se dirigeait vers l'allée qui conduisait à l'étang. Comme chaque jour, il lisserait le sable. Si beaucoup d'humains trouvaient une certitude dans la répétition de leurs gestes, Julien continuait de se révolter contre l'ordre établi. Seules les grandes bourrasques l'intéressaient…

— Allons, lança-t-il au cocher.

Sans se retourner, il rejoignit la route qui l'emmenait vers l'aventure.

Cette séparation ne bouleversa pas Hortense. Dans son esprit elle avait été scellée du jour où Julien l'avait conjurée de l'oublier. Non sans surprise, elle découvrait qu'elle s'ennuyait de Louis. Entourée de leurs enfants et des échos dont résonnait leur maison, elle se demandait comment elle avait cru pouvoir se passer de lui. Des lettres continuaient d'arriver d'Asie Mineure, d'Égypte… Au fil de ses récits se révélaient une prise de conscience des erreurs passées et une tendresse que la distance lui donnait le courage d'exprimer.

L'automne vint, Louis se rapprochait. Sa dernière missive provenait de Turin.

— Croyez-vous qu'il sera là pour Noël ? demanda Hortense à Constant au cours d'une promenade dans la campagne.

— Il ne devrait plus tarder, répliqua son ami en se gardant de révéler le contenu des lettres que lui envoyait le voyageur et dans lesquelles il lui avouait son espoir de renouer des liens fondés sur une nouvelle confiance. Oui, il ne devrait vraiment plus tarder, reprit-il.

Comme ils traversaient un bois, les derniers rayons du soleil effleurèrent les feuilles persistantes. Devant la nature qui entamait son travail de repli, Constant songea au peu de saisons qui lui seraient encore offertes.

Les mains dans son manchon, Hortense marchait à pas lents, attentive à ce qui l'entourait. Elle comprenait que de la difficulté naissaient les grandes transformations, elle comprenait ce que Louis recherchait depuis qu'elle l'avait rencontré… la fusion avec l'univers et les autres ainsi que la sensation d'aller au bout de soi-même. Maintenant qu'elle s'était égarée, elle saurait accomplir avec lui le rêve interrompu.

La nuit s'étendait sur l'étang. Au loin, elle apercevait les fenêtres illuminées de sa maison. Dans un froissement d'ailes, des oiseaux volaient entre des bosquets. Le bras passé sous celui de Constant, elle continua d'avancer. Un soir comme celui-ci où la terre exhalerait une odeur de mousses et de bruyère, elle percevrait, avant même de pousser la porte, la présence de Louis… Mais n'était-ce pas ce qu'elle ressentait à l'instant même… ?

CHEZ LE MÊME ÉDITEUR

DOMINIQUE MARNY

Gabrielle

LES FOUS DE LUMIÈRE**

1875. L'ex-impératrice Eugénie n'assistera pas à l'inauguration de l'Opéra de Paris. Pas de quoi émouvoir Gabrielle, qui ne pense qu'à étreindre l'avenir. Et l'avenir est à l'audace, à la République et à la liberté. Il est à Degas, Sisley, Cézanne Et il est à l'amour.

1881. Se croyant trahi, Étienne a pris la route de la Méditerranée pour renouer avec la peinture. Pendant ce temps, remarquée par le marchand Durand-Ruel, Gabrielle s'apprête à exposer ses œuvres au Salon de Paris…

Le jour est déjà loin où le tableau d'un inconnu, en 1873, baptisait du nom d'« impressionnisme » une école de peintres iconoclastes. Des bals de la Grenouillère aux plages normandes, les « fous de lumière » – Pissarro, Manet, Caillebotte –, ont repeint leur époque aux couleurs de la vie. Elles éclatent à chaque page de Gabrielle, deuxième volet d'une fresque romanesque où ressuscite la plus extraordinaire aventure esthétique du XIXe siècle.

ISBN 978-2-35287-116-3 / H 50-5921-7 / 448 pages / 8,50 €

JACQUELINE MONSIGNY

Fils du tsar

FLORIS*

En 1717, alors que Pierre le Grand rend visite au jeune Louis XV, le hasard le met en présence de la comtesse Maximilienne de Villeneuve-Caramay.

C'est le coup de foudre. Bien que mariée et mère d'un enfant de deux ans, la jeune femme suit le tsar en Russie. Un périple qui mènera la comtesse, son fils Adrien, et Floris, qui naîtra de ses amours avec le souverain russe, de Paris à Moscou en passant par la Turquie, les splendeurs de Saint-Pétersbourg, les rivages de la Baltique et les steppes d'Ukraine.

Les protagonistes de cette aventure connaîtront tour à tour le luxe de la cour, la paille des cachots, la peur des loups, l'attaque des brigands… Un roman de cœur et d'épée qui est aussi l'une des plus touchantes histoires d'amour jamais écrite.

Avec ce premier roman, paru en 1970 sous le titre Floris, mon amour, *commençait pour* ***Jacqueline Monsigny****, actrice et scénariste, une seconde vie. Elle est désormais l'auteur de quelque quarante livres, traduits dans 22 pays, au nombre desquels la trilogie « Le Maître de Hautefort », puis* Les Filles du tsar *(Michel Lafon, 2003) et* La Viking *(Alphée, 2008).*

ISBN 978-2-35287-107-1 / H 50-5912-6 / 448 pages / 7,50 €

JACQUELINE MONSIGNY

Le Cavalier de Pétersbourg

FLORIS**

Devenus de beaux jeunes gens, Floris et son demi-frère Adrien sont envoyés en Russie par Louis XV, dont ils sont à présent les hommes de confiance. Leur mission secrète : placer sur le trône la tsarevna Elisabeth, fille légitime de Pierre le Grand. L'affaire est délicate, et les deux frères devront compter sur leurs talents – et la chance – pour vaincre bien des obstacles, dont les horreurs de la Sibérie.

Floris, devenu le favori de sa demi-sœur l'impératrice Elisabeth, accédera-t-il lui aussi au trône des tsars ?
Avec maestria, Jacqueline Monsigny nous entraîne dans le sillage de son héros, de la cour de Louis le Bien-Aimé aux fastes de Saint-Pétersbourg.

ISBN 978-2-35287-109-5 / H 50-5914-2 / 512 pages / 7,50 €

ARIÈLE BUTAUX

La Vestale

À vingt-cinq ans, la cantatrice Pauline Viardot (1821-1910) a consacré chaque jour de son existence à la musique, au détriment de sa vie de femme et de mère. Elle n'en tire aucune gloire, n'ayant jamais fait qu'obéir à son père, à sa mère, puis à George Sand qui l'a mariée à Louis, pour la tranquillité de son âme et pour le bien de sa carrière. Car sa liberté est ailleurs : sur une scène d'opéra.

Mais comment survivre à la mort d'une sœur, la célèbre Malibran, ? Doit-on tenir jusqu'au bout une promesse faite à un père défunt ? Où trouver le manuscrit du *Don Giovanni* de Mozart lorsqu'on est prête à vendre tous ses bijoux pour l'acquérir ? Faut-il sacrifier sa vie de femme pour incarner des héroïnes de papier ?

Autant de questions posées à la « vestale », que l'aideront à résoudre ses amis et ses amants : Balzac, Chopin, Musset, Tourgueniev, Gounod, Rossini, Berlioz et Liszt, entre autres figures de l'époque romantique, fascinés par cette artiste qui s'imposa avec des arguments d'hommes au temps des crinolines et des grandes courtisanes.

« Roman d'une voix » remarqué lors de sa parution initiale en 2001, portrait d'une époque et d'une société, *La Vestale* est le premier de trois récits qu'Arièle Butaux, productrice et animatrice d'« Un mardi idéal » sur France Musique, a consacrés à sa passion, avec *La Samouraï* (L'Archipel, prix Lire Élire 2004) et *Violon amer* (L'Archipel, 2009).

ISBN 978-2-35287-110-1 / H 50-5915-9 / 360 pages / 7,50 €

GERALD MESSADIÉ

La Rose et le Lys

JEANNE DE L'ESTOILLE *

Jeanne n'aurait jamais dû s'attarder en forêt ce jour de mai 1450. Le temps de remplir son panier de cèpes et de girolles, la fortune lui a tourné le dos. À quelques lieues de là, dans la maison saccagée, père et mère gisent près de l'âtre. Assassinés. Et Denis, son petit frère, a disparu. Seul a survécu l'âne de la maisonnée.

Des brigands ? Plus sûrement des déserteurs anglais, assoiffés de vengeance, écumant la campagne normande comme loups en maraude. Ils ont pillé l'église de La Coudraye, profané le tabernacle, souillé l'autel. À défaut de curé, Jeanne dira les prières pour ses parents défunts.

Est-ce à Paris, ce ventre peuplé de mendiants et de malandrins, avec ses places festonnées de pendus et ses rues pavées de boue, que Jeanne trouvera la force d'oublier ? Elle n'a encore que quinze ans et, pour toute richesse, son baudet, un sac de méteil, du beurre, un peu de sel. Comment survivre parmi ce peuple de camelots et de détrousseurs, elle qui ne sait faire que des petits pains ?

Dans une France décimée par la peste et livrée aux aventuriers, nul ne donnerait cher du destin de Jeanne. Mais la rose est gracieuse, et le lys magnanime. Comment un roi, Charles VII, comment un poète, François Villon, ignoreraient-ils longtemps sa beauté ?

Romancier, biographe et historien né en 1931, ***Gerald Messadié*** *a publié de nombreux essais sur les croyances, les cultures et les religions. Il est l'auteur des trilogies* Jeanne de l'Estoille *et* Orages sur le Nil *(Archipoche, 2006 et 2007).*

ISBN 978-2-84187-810-4 / H 50-4096-9 / 480 pages / 8,50 €

GERALD MESSADIÉ

Le Jugement des loups

JEANNE DE L'ESTOILLE * *

Dix années ont passé depuis que Jeanne Parrish a fui sa Normandie natale, livrée aux pillards anglais. Elle qui n'était qu'une miséreuse lorsqu'elle posa son bagage sur le pavé parisien, un matin de l'an 1450, est devenue baronne de Beauvois. Et la cour continue de savourer les pâtisseries qui ont fait sa renommée.

Mais la roue tourne. Son mari est emporté par l'explosion d'une bombarde, sa protectrice Agnès Sorel terrassée par le poison, et le poète François Villon, père de son enfant, impliqué dans une affaire de meurtre… Autant d'amis que vent emporte…

Lorsque resurgit dans la vie de Jeanne le premier homme qu'elle eût aimé, qui peut dire si ce messager annonce un retour de fortune ? Car Isaac Stern est juif : si la rumeur le répétait, même la faveur royale ne pourrait empêcher le discrédit…

Mais Jeanne est femme de cœur autant que de tête. Pas question pour elle de sacrifier son amour à son honneur. Isaac lui a dit : « Tu est mon étoile. » Il est bien temps que cet astre brille. Dût-elle, pour forcer le destin, supporter l'accusation de sorcellerie, braver les docteurs en Sorbonne, ou soumettre son propre frère au jugement des loups…

ISBN 978-2-84187-811-2 / H 50-4097-7 / 480 pages / 8,50 €

GERALD MESSADIÉ

La Fleur d'Amérique

JEANNE DE L'ESTOILLE * * *

Jeanne, la petite paysanne devenue pâtissière du roi, est désormais riche. Le fils que lui donna le poète François Villon règne avec elle sur un empire industriel et financier. Ateliers d'imprimerie, banques, draperies : quoi qu'il touche, le « clan de l'Estoille » s'illustre par son audace.

Dans le fief palatin de Gollheim, pourtant, Jeanne désespère du destin. Un seul homme occupe son esprit : Franz-Eckart. Ce garçon étrange n'a pas vingt ans, mais ses dons singuliers d'astrologue le distinguent entre tous. Tant de légendes courent sur son compte. On murmure même qu'il ne serait pas le petit-fils de Jeanne…

En cette fin de XVe siècle, bien des certitudes vacillent. Un jour, un navigateur génois nommé Colomb prétend ouvrir une voie occidentale vers les Indes… Le lendemain, un cartographe allemand prédit qu'il trouvera sur sa route une *terra incognita* infranchissable…

Ces querelles ennuient le roi de France. Jeanne et les siens, au contraire, entrevoient de nouvelles conquêtes, aux confins du monde connu. Une aventure périlleuse, dont seul un mage pourrait deviner l'issue…

ISBN 978-2-84187-812-0 / H 50-4098-5 / 480 pages / 8,50 €

DANS LA MÊME COLLECTION

1. Roger CARATINI, Hocine RHAÏS, *Initiation à l'islam.*
2. Caroline BEE, *Mylène Farmer, la part d'ombre.*
3. Pierre MIQUEL, *La France et ses paysans.*
4. Gerald MESSADIÉ, *Jeanne de l'Estoille. I. La Rose et le Lys.*
5. Gerald MESSADIÉ, *Jeanne de l'Estoille.* II. *Le Jugement des loups.*
6. Gerald MESSADIÉ, *Jeanne de l'Estoille.* III. *La Fleur d'Amérique.*
7. Alberto GRANADO, *Sur la route avec Che Guevara.*
8. Arièle BUTAUX, *Connard !*
9. James PATTERSON, *Pour toi, Nicolas.*
10. Amy EPHRON, *Une tasse de thé.*
11. Arthur KLAVAN, *Pas un mot.*
12. Colleen MCCULLOUGH, *César Imperator.*
13. John JAKES, *Charleston.*
14. Evan HUNTER, *Les Mensonges de l'aube.*
15. Anne MCLEAN MATTHEWS, *La Cave.*
16. Jean-Jacques EYDELIE, *Je ne joue plus !*
17. Philippe BOUIN, *Mister Conscience.*
18. Louis NUCÉRA, *Brassens, délit d'amitié.*
19. Olivia GOLDSMITH, *La Femme de mon mari.*
20. Paullina SIMONS, *Onze heures à vivre.*
21. Jane AUSTEN, *Raisons et Sentiments.*
22. Richard DOOLING, *Soins à hauts risques.*
23. Tamara MCKINLEY, *La Dernière Valse de Mathilda.*
24. Rosamond SMITH, *Double diabolique.*
25. Édith PIAF, *Au bal de la chance.*
26. Jane AUSTEN, *Mansfield Park.*
27. Gerald MESSADIÉ, *Orages sur le Nil. I. L'Œil de Néfertiti.*
28. Jean HELLER, *Mortelle Mélodie.*

29. Steven PRESSFIELD, *Les Murailles de feu.*

30. Jean-Louis CRIMON, Thierry SÉCHAN, *Renaud raconté par sa tribu.*

31. Gerald MESSADIÉ, *Orages sur le Nil.* II. *Les Masques de Toutankhamon.*

33. Choga Regina EGBEME, *Je suis née au harem.*

34. Gerald MESSADIÉ, *Orages sur le Nil.* III. *Le Triomphe de Seth.*

34. Alice HOFFMAN, *Mes meilleures amies.*

35. Bernard PASCUITO, *Les deux Vies de Romy Schneider.*

36. Ken MCCLURE, *Blouses blanches.*

37. Colleen MCCULLOUGH, *La Maison de l'ange.*

38. Arièle BUTAUX, *Connard 2 !*

39. Kathy HEPINSTALL, *L'Enfant des illusions.*

40. James PATTERSON, *L'amour ne meurt jamais.*

41. Jean-Pierre COLIGNON, Hélène GEST, *101 jeux de logique.*

42. Jean-Pierre COLIGNON, Hélène GEST, *101 jeux de culture générale.*

43. Jean-Pierre COLIGNON, Hélène GEST, *101 jeux de langue française.*

44. Nicholas DAVIES, *Diana, la princesse qui voulait changer le monde.*

45. Jeffrey ROBINSON, *Rainier et Grace.*

46. Alexandra CONNOR, *De plus loin que la nuit.*

47. BARBARA, *Ma plus belle histoire d'amour.*

48. Jeffrey DEAVER, *New York City Blues.*

49. Philippe BOUIN, *Natures mortes.*

50. Richard NORTH PATTERSON, *La Loi de Lasko.*

51. Luanne RICE, *Les Carillons du bonheur.*

52. Manette ANSAY, *La Colline aux adieux.*

53. Mende NAZER, *Ma vie d'esclave.*

54. Gerald MESSADIÉ, *Saint-Germain, l'homme qui ne voulait pas mourir. I. Le Masque venu de nulle part.*

55. Gerald MESSADIÉ, *Saint-Germain, l'homme qui ne voulait pas mourir.* II. *Les Puissances de l'invisible.*
56. Carol SMITH, *Petits Meurtres en famille.*
57. Lesley PEARSE, *De père inconnu.*
58. Jean-Paul GOUREVITCH, *Maux croisés.*
59. Michael TOLKIN, *Accidents de parcours.*
60. Nura ABDI, *Larmes de sable.*
61. Louis NUCÉRA, *Sa majesté le chat.*
62. Catherine COOKSON, *Jusqu'à la fin du jour.*
63. Jean-Noël BLANC, *Virage serré.*
64. Jeffrey FOX, *Les 75 lois de Fox.*
65. Gerald MESSADIÉ, *Marie-Antoinette, la rose écrasée.*
66. Marc DIVARIS, *Rendez-vous avec mon chirurgien esthétique.*
67. Karen HALL, *L'Empreinte du diable.*
68. Jacky TREVANE, *Fatwa.*
69. Marcia ROSE, *Tout le portrait de sa mère.*
70. Jorge MOLIST, *Le Rubis des Templiers.*
71. Colleen MCCULLOUGH, *Corps manquants.*
72. Pierre BERLOQUIN, *100 jeux de chiffres.*
73. Pierre BERLOQUIN, *100 jeux de lettres.*
74. Pierre BERLOQUIN, *100 jeux de déduction.*
75. Stuart WOODS, *Un très sale boulot.*
76. S.S. le DALAÏ-LAMA, *L'Art de la sagesse.*
77. Andy MCNAB, *Bravo Two Zero.*
78. Tariq RAMADAN, *Muhammad, vie du Prophète.*
79. Louis-Jean CALVET, *Cent ans de chanson française.*
80. Patrice FRANCESCHI, *L'Homme de Verdigi.*
81. Alexandra CONNOR, *La Faute de Margie Clements.*
82. John BERENDT, *La Cité des anges déchus.*
83. Edi VESCO, *Le Guide magique du monde de Harry Potter.*
84. Peter BLAUNER, *Vers l'abîme.*
85. Gérard DELTEIL, *L'Inondation.*

86. Stéphanie LOHR, *Claude François.*
87. Jacqueline MONSIGNY, *Floris, fils du tsar.*
88. Jacqueline MONSIGNY, *Le Cavalier de Pétersbourg.*
89. Arièle BUTAUX, *La Vestale.*
90. Tami HOAG, *Meurtre au porteur.*
91. Arlette AGUILLON, *Rue Paradis.*
92. Christopher REICH, *Course contre la mort.*
93. Brigitte HEMMERLIN, Vanessa PONTET, *Grégory, sur les pas d'un ange.*
94. Dominique MARNY, *Les Fous de lumière. I. Hortense.*
95. Dominique MARNY, *Les Fous de lumière.* II. *Gabrielle.*

Cet ouvrage a été composé
par Atlant'Communication
aux Sables-d'Olonne (Vendée)

Impression réalisée par

ROSÉS

en mars 2009
pour le compte des Éditions Archipoche.

Imprimé en Espagne
N° d'impression : 97
Dépôt légal : mars 2009